um desejo
para
NÓS
DOIS

TILLIE COLE

um desejo para
NÓS DOIS

Tradução
Flávia Souto Maior

# Planeta

Copyright © Tillie Cole, 2018
Copyright © Editora Planeta do Brasil, 2019
Todos os direitos reservados.
Título original: *A Wish for Us*

Preparação: Carla Fortino
Revisão: Laura Folgueira e Valquíria Della Pozza
Diagramação: Departamento de criação de Editora Planeta do Brasil
Capa: Hang Le

DADOS INTERNACIONAIS DE CATALOGAÇÃO NA PUBLICAÇÃO (CIP)
ANGÉLICA ILACQUA CRB-8/7057

Cole, Tillie
  Um desejo para nós dois / Tillie Cole ; tradução de Flavia Souto Maior. -- São Paulo : Planeta, 2019.
  416 p.

  ISBN: 978-85-422-1685-1
  Título original: A Wish for Us

  1. Literatura norte-americana 2. Literatura juvenil I. Título II. Maior, Flavia Souto
  19-1288   CDD 813.6

2019
Todos os direitos desta edição reservados à
EDITORA PLANETA DO BRASIL LTDA.
Rua Bela Cintra, 986 – 4º andar
01415-002 – Consolação – São Paulo-SP
www.planetadelivros.com.br
faleconosco@editoraplaneta.com.br

A Roman, a batida do meu coração

"Música dá uma alma ao universo, asas à mente, voo à imaginação e vida a tudo."
Platão

🎵 1
Cromwell

BRIGHTON, INGLATERRA

A casa noturna pulsava conforme a batida que eu injetava na multidão tomava conta de cada corpo. Braços para cima, quadris balançando, olhos arregalados e vidrados enquanto a música reverberava nos ouvidos, as batidas rítmicas controlando cada movimento. O ar estava denso e úmido, as roupas colavam na pele das pessoas que se aglomeravam para me ouvir.

Eu observava todos se iluminarem com cores. Observava todos se entregarem ao som. Observava todos se livrarem de quem tinham sido naquele dia – assistente administrativo, estudante, policial, funcionário de uma central de atendimento, não importava. No momento, naquela casa noturna, eles, muito provavelmente chapados, eram escravos do meu som. Bem ali, naquele instante, minha música era a vida deles. Era tudo o que importava ao jogarem a cabeça para trás em busca de elevação, o quase nirvana que eu proporcionava a eles de meu lugar no alto.

Eu, no entanto, não sentia nada. Nada além do entorpecimento que a bebida ao meu lado me oferecia.

Dois braços envolveram minha cintura. O hálito quente tocou meu ouvido enquanto lábios volumosos beijavam meu pescoço. Tocando a batida final, peguei o Jack Daniel's e tomei uma dose direto da garrafa. Bati a garrafa na mesa e voltei ao laptop para mixar a música seguinte. Mãos com unhas afiadas percorreram meus cabelos, puxando as mechas negras. Bati nas teclas, abaixando a música, desacelerando a batida.

Minha respiração se prolongava enquanto a multidão esperava, pulmões paralisados enquanto eu os levava a um balanço lento, preparando para o crescendo. A onda épica de batidas e bateria, a insanidade da mixagem que eu tocaria. Tirei os olhos do laptop e observei a multidão, sorrindo ao vê-los no precipício, esperando... esperando... só esperando...

Já.

Bati a mão com força, segurando os fones no ouvido esquerdo. Um estouro, uma trovoada de música eletrônica tomou conta da multidão. Uma explosão de cores neon preencheu o ar. Verdes e azuis e vermelhos encheram meus olhos enquanto se prendiam a cada pessoa como escudos de neon.

As mãos em volta da minha cintura se apertaram, mas eu as ignorei. Em vez disso, ouvi o chamado da garrafa de uísque que dizia meu nome. Tomei outra dose, meus músculos começaram a relaxar. Minhas mãos dançavam sobre as teclas do laptop, sobre minhas mesas de mixagem.

Levantei os olhos, ainda tinha a multidão na palma da mão. Sempre tinha.

Uma garota bem no centro da pista chamou minha atenção. Cabelos longos e castanhos penteados para trás. Vestido roxo, de gola alta – ela se vestia de maneira bem diferente das outras pessoas. A cor que a cercava era distinta – rosa-claro e lilás. Mais calma. Mais serena. Franzi as sobrancelhas enquanto a observava. Os olhos estavam fechados, mas ela não se mexia. Parecia completamente sozinha enquanto as pessoas se chocavam e se empurravam ao seu redor. Tinha a cabeça inclinada para cima e uma expressão de concentração no rosto.

Intensifiquei o compasso, acelerando o ritmo e a multidão o máximo possível. Mas a garota nem assim se mexeu. Aquilo não era normal para mim. Eu sempre tinha todas as pessoas da pista nas mãos. Eu as controlava, em todos os lugares em que tocava. Nessa arena, eu era o titereiro. E todos eles, as marionetes.

Outra dose de uísque desceu queimando por minha garganta. E a garota permaneceu ali durante outras cinco músicas, no mesmo lugar, apenas absorvendo as batidas como água. Sua expressão não mudava. Nenhum sorriso. Nenhum ápice de euforia. Apenas... os olhos fechados e a maldita testa franzida.

E aquele rosa-claro e lilás ainda cercando-a como um escudo.

— Cromwell — disse em meu ouvido a loira que não tirava as mãos de mim. Ela levantou minha camisa e colocou os dedos no cós do meu jeans. Fincou as unhas compridas. Mas eu me recusava a tirar os olhos da garota de vestido roxo.

Os cabelos castanhos dela começavam a ficar encaracolados, efeito do suor, por estar espremida entre tantas pessoas. A loira, que estava a um passo de me masturbar na frente de todos, abriu o zíper do meu jeans. Programei a sequência seguinte, depois peguei a mão dela e a afastei de mim, fechando o zíper. Gemi quando ela voltou a colocar as mãos em meus cabelos. Olhei para meu colega, que tinha tocado antes de mim.

— Nick! — Apontei para minha mesa. — Dê uma olhada aqui. E não estrague tudo.

Nick franziu a testa, confuso, depois viu a garota atrás de mim e sorriu. Pegou os fones da minha mão e se certificou de que a *playlist* que eu havia preparado tocaria em sequência. Steve, o dono da casa noturna, sempre deixava algumas garotas entrarem nos bastidores. Eu nunca pedi, mas também nunca recusei. Por que recusaria uma gostosa disposta a fazer qualquer coisa?

Peguei meu uísque enquanto a loira juntava os lábios nos meus, puxando-me pela camiseta do festival Creamfields.

Afastei-me, substituindo seus lábios pela garrafa de Jack Daniel's. Ela me arrastou para uma área escura nos bastidores. Ajoelhou-se e abriu meu zíper novamente. Fechei os olhos, e ela começou a trabalhar.

Dei um gole no uísque e bati a cabeça na parede que havia atrás de mim. Forcei-me a sentir alguma coisa. Olhei para baixo, vendo os cabelos da loira balançarem. Mas o entorpecimento com o qual convivia todos os dias não me deixava sentir quase nada por dentro. A pressão na base da minha coluna aumentou. Os músculos da minha perna ficaram tensos, e logo terminou.

A loira se levantou. Pude ver as estrelas nos olhos dela quando olhou para mim.

— Seus olhos. — Ela esticou o dedo e contornou meu olho. — Têm uma cor estranha. Um azul tão escuro.

Tinham mesmo. Eles e meus cabelos pretos sempre chamavam atenção. Isso e o fato de eu ser um dos novos DJs mais famosos da Europa, é claro. Certo, talvez tivesse menos a ver com meus olhos e mais com meu nome, Cromwell Dean, encabeçando a lista de atrações da maioria dos principais festivais de música e casas noturnas naquele verão.

Fechei o zíper e me virei, vendo Nick tocar minha sequência seguinte. Eu me encolhi quando ele não conseguiu fazer a transição das batidas como eu faria. O pano de fundo da fumaça na pista estava azul-marinho.

Eu nunca tocava azul-marinho.

Passei pela garota dizendo "Obrigada, querida" e ignorei quando ela me respondeu com um "Idiota". Peguei os fones da mão de Nick e os coloquei. Alguns toques no teclado depois, e a multidão já estava mais uma vez na palma da minha mão.

Sem pensar conscientemente, meus olhos encontraram o lugar onde antes estava a garota de vestido roxo.

Mas ela tinha desaparecido. Assim como o rosa-claro e o lilás.

Engoli outra dose de uísque. Mixei outra música. E então me desliguei totalmente.

* * *

A areia estava fria sob meus pés. Podia ser início de verão no Reino Unido, mas isso não significava que o vento noturno não congelava até a alma assim que se colocava a cabeça para fora. Segurando minha garrafa e meus cigarros, deitei na areia. Acendi um cigarro e fiquei olhando para o céu escuro. Meu telefone vibrou no bolso... de novo. Havia tocado a noite toda.

Irritado por ter que mexer o braço, peguei o celular. Vi três chamadas perdidas do professor Lewis. Duas da minha mãe e, finalmente, algumas mensagens.

> MÃE: O professor Lewis está tentando falar com você de novo. O que vai fazer? Por favor, me ligue. Sei que está chateado, mas se trata do seu futuro. Você tem um dom, filho. Talvez esteja na hora de um recomeço. Não desperdice a oportunidade só porque está zangado comigo.

Uma fúria ardente tomou conta de mim. Quis jogar o telefone no meio do mar e vê-lo afundar junto com toda a merda que confundia minha cabeça, mas vi que o professor Lewis também havia mandado uma mensagem.

> LEWIS: A oferta ainda está de pé, mas preciso de uma resposta até a semana que vem. Já estou com tudo pronto para a transferência, só falta sua resposta. Você tem um talento excepcional, Cromwell. Não o desperdice. Eu posso ajudar.

Dessa vez, larguei o telefone de lado e voltei a me afundar na areia. Deixei o barato da nicotina preencher meus pulmões e fechei os olhos. Quando cerrei as pálpebras, ouvi uma música calma tocando em algum lugar próximo. Clássica. Mozart.

Minha mente embriagada foi levada de imediato para quando eu era um garotinho...

— *O que você ouve, Cromwell?* — *perguntou meu pai.*

Fechei os olhos e ouvi a música. Cores dançavam diante de mim.

— *Piano. Violinos. Violoncelos...* — *Respirei fundo.* — *Consigo ouvir vermelhos, verdes e rosa.*

Abri os olhos e olhei para o meu pai, sentado em minha cama. Ele olhava fixamente para mim. Tinha uma expressão engraçada no rosto.

— *Você ouve cores?* — *ele perguntou, mas não parecia surpreso. Meu rosto ficou quente. Enfiei a cabeça embaixo do edredom. Meu pai puxou a coberta de meus olhos. Acariciou meus cabelos.*

— *Isso é bom* — *ele disse, em um tom de voz meio grave.* — *Isso é muito bom...*

Abri os olhos. Minha mão começou a doer. Meus dedos estavam brancos de tanto apertar o gargalo. Sentei. Minha cabeça girava devido à quantidade de uísque em meu corpo. Minhas têmporas latejavam. Notei que era por causa não do uísque, mas da música que vinha do outro lado da praia. Tirei os cabelos do rosto e olhei para a direita.

Havia alguém a poucos metros de distância. Com os olhos semicerrados, vi que a noite clareava. O sol precoce do verão tornava possível distinguir os traços de quem quer que fosse. Era uma garota. Uma garota enrolada em um cobertor. Seu celular estava do lado, e um concerto para piano de Mozart escapava suavemente do alto-falante.

Ela deve ter sentido meu olhar, porque virou a cabeça. Franzi a testa, tentando me lembrar de onde conhecia seu rosto, mas aí...

— Você é o DJ — ela disse.

Aí a reconheci. Era a garota de vestido roxo.

Ela se enrolou ainda mais no cobertor enquanto eu repassava seu sotaque na cabeça. Americano. Da região do Cinturão Bíblico, se eu tivesse que chutar, com base no tom anasalado.

Ela falava como a minha mãe.

Um sorriso surgiu em seus lábios quando fiquei mudo. Eu não era muito de falar. Principalmente quando estava cheio de uísque na cabeça e não tinha interesse nenhum em jogar conversa fora com uma garota que eu não conhecia, às quatro da madrugada, em uma praia fria de Brighton.

— Eu tinha ouvido falar de você — ela disse.

Voltei a olhar para o mar. Navios se movimentavam ao longe, pontos de luz que pareciam minúsculos vaga-lumes, subindo e descendo. Soltei uma gargalhada sem graça. Ótimo. Outra garota que queria pegar o DJ.

— Que bom para você — murmurei, e tomei um gole de uísque, sentindo a queimação viciante descer pela garganta. Esperava que ela fosse embora, ou pelo menos parasse de falar comigo. Minha cabeça não suportava mais nenhum barulho.

— Não muito — ela respondeu. Olhei para ela, franzindo a testa, confuso. Ela observava o mar, o queixo apoiado nos braços cruzados sobre os joelhos dobrados. O cobertor havia caído de seus ombros, revelando o vestido roxo que eu tinha notado do alto. Ela se virou para mim, agora com o rosto encostado nos braços. O calor tomou conta do meu corpo. Ela era linda. — Ouvi falar de você, Cromwell Dean. — Ela deu de ombros. — Resolvi comprar um ingresso para te ver antes de ir embora para casa, amanhã.

Acendi outro cigarro. Ela franziu o nariz. Nitidamente não estava gostando do cheiro.

Problema dela. Ela podia se afastar. Da última vez que conferi, a Inglaterra era um país livre. Ela ficou em silêncio.

Eu a peguei olhando para mim. Seus olhos castanhos estavam apertados, como se ela estivesse me analisando. Lendo em mim algo que eu não queria que ninguém visse.

Ninguém nunca olhava para mim com atenção. Eu nunca oferecia essa oportunidade. Eu me dava bem na parte alta das casas noturnas porque ali mantinha todos distantes, na pista, de onde ninguém nunca conseguia ver meu *eu* verdadeiro. O modo como me olhava fez um arrepio de nervosismo percorrer minha pele. Eu não precisava daquela merda.

— Já chuparam meu pau hoje, querida. Não estou atrás de uma segunda rodada.

Ela piscou, e, mesmo sob o sol nascente, pude ver seu rosto corar.

— Sua música não tem alma — ela afirmou. Segurei o cigarro a meio caminho da boca. Algo conseguiu me apunhalar no estômago ao ouvir aquelas palavras. Engoli a sensação até sentir o entorpecimento de sempre. Traguei o cigarro.

— Ah, é? E o que você quer que eu faça?

— Ouvi dizer que você era uma espécie de messias naquela mesa. Mas sua música só tinha batidas sintéticas e estouros repetitivos e forçados de andamento não original.

Ri e balancei a cabeça. A garota me encarou.

— O nome disso é música eletrônica. Não é uma orquestra com cinquenta músicos. — Estendi os braços. — Você ouviu falar de mim. Foi o que você disse. Sabe que tipo de música eu toco. O que estava esperando? Mozart? — Olhei feio para o celular dela, que ainda tocava aquele maldito concerto.

Eu me sentei, surpreso comigo mesmo. Não falava tanto com alguém desde... nem sabia quando. Traguei o cigarro, soltando a fumaça que estava presa em meu peito.

— E você poderia desligar essa coisa? Quem vai ouvir um DJ tocar e depois vem para a praia escutar música clássica?

A garota franziu a testa, mas desligou a música. Voltei a deitar sobre a areia fria, fechando os olhos. Ouvi as ondas suaves batendo na praia. Meu coração se encheu de verde-claro. Ouvi a garota se mexendo. Torci para que estivesse indo embora. Mas a senti ao meu lado. Meu mundo escureceu quando o uísque e as noites de pouco sono começaram a me puxar para baixo.

— O que você sente quando toca sua música? — ela perguntou. Não consegui entender como ela achou que uma pequena entrevista àquela hora seria uma boa ideia.

Ainda assim, surpreendentemente, eu me peguei respondendo à pergunta:

— Eu *não* sinto. — Abri um olho quando ela não disse nada. Ela estava olhando para mim. Tinha os maiores olhos castanhos que eu já tinha visto. Cabelos escuros puxados para trás e presos em um rabo de cavalo. Lábios grossos e pele macia.

— Então esse é o problema. — Ela sorriu, mas o sorriso pareceu triste. De pena. — A boa música deve ser sentida. Por seu criador. Pelos ouvintes. Todas as partes dela, da criação ao ouvido, devem ser envolvidas por sentimentos. — Uma expressão estranha tomou conta de seu rosto, mas eu não tinha ideia do que significava.

Suas palavras eram como uma lâmina em meu peito. Eu não contava com aquele comentário duro. E não contava com o trauma brusco que ela pareceu causar diretamente em meu coração. Como se tivesse pegado um facão e feito um corte até chegar à minha alma.

Meu corpo pedia para eu me levantar e sair correndo. Para arrancar a declaração que ela havia feito sobre minha música da minha memória. Mas, em vez disso, eu me obriguei a gargalhar e soltei:

— Volte para casa, pequena Dorothy. Volte para onde a música significa alguma coisa. Para onde ela é *sentida*.

— Dorothy era do Kansas. — Ela desviou os olhos. — Eu não sou.

— Então volte para o buraco de onde saiu — rebati. Cruzando os braços diante do peito, eu me abaixei na areia e fechei os olhos, tentando bloquear o vento frio que soprava mais forte e batia em minha pele, e as palavras dela que ainda perfuravam meu coração.

Eu nunca deixava alguém me atingir assim. Não mais. Só precisava dormir um pouco. Não queria voltar para a casa da minha mãe, ali em Brighton, e meu apartamento em Londres estava muito distante. Então, com sorte, os policiais não me encontrariam ali e não me expulsariam da praia.

Com os olhos fechados, eu disse:

— Obrigado pela crítica noturna, mas, como o DJ de ascensão mais rápida na Europa, com as melhores casas noturnas do mundo implorando para eu tocar, tudo isso aos dezenove anos, acho que vou ignorar seus extensos comentários e simplesmente continuar vivendo minha vida boa pra cacete.

A garota suspirou e não disse mais nada.

Quando me dei conta, a luz do sol já ardia em meus olhos. Eu me encolhi quando os abri. O grasnado do bando de gaivotas reverberava em minha cabeça. Eu me sentei, vendo a praia vazia e o sol a pino no céu. Passei as mãos pelo rosto e gemi diante da ressaca que estava batendo. Meu estômago roncou, desesperado por um café da manhã inglês completo, com muitas xícaras de chá-preto.

Quando levantei, algo caiu do meu colo. Havia um cobertor aos meus pés, na areia. O cobertor que eu tinha visto ao lado da garota americana de vestido roxo.

No qual ela estivera enrolada na noite anterior.

Eu o peguei, um perfume leve chegou ao meu nariz. Doce. Viciante. Olhei ao redor. A garota não estava mais lá.

Ela havia deixado o cobertor. Não. Ela tinha me coberto com ele. "Sua música não tem alma." Uma horrível sensação de aperto surgiu em meu estômago ao me lembrar daquelas palavras. Então a afastei, como tudo o que me fazia sentir. Aprisionando-a bem lá no fundo.

Depois fui para casa.

2
Cromwell

UNIVERSIDADE DE JEFFERSON, CAROLINA DO SUL
Três meses depois...

Bati na porta.

Nada.

Larguei a mala no chão. Ninguém atendeu, então girei a maçaneta. Metade do quarto estava coberta de pôsteres: bandas, arte, um quadro do Mickey Mouse e outro de um trevo verde-claro... os temas eram bem variados. Era a coisa mais aleatória que eu já tinha visto. A cama estava bagunçada, e havia um edredom preto embolado nos pés. Pacotes de batata chips e embalagens de chocolate acumulavam-se sobre a pequena escrivaninha. Tintas e pincéis usados estavam espalhados pelo parapeito da janela.

Eu era desleixado, mas nem tanto.

À esquerda estava o que obviamente era minha cama. Larguei a mala lotada no chão, ao lado dela, e me deitei. A cama era pequena, meus pés quase ficavam para fora. Tirei os fones do pescoço e os coloquei no ouvido. O *jet lag* começava a bater, e eu estava com torcicolo por ter dormido em uma posição esquisita no avião.

Quando estava prestes a ligar a música, alguém entrou às pressas. Bati os olhos em um cara alto, de cabelos loiros e desgrenhados. Usava bermuda e camiseta regata.

— Você chegou! — ele disse, colocando as mãos nos joelhos, recuperando o fôlego.

Levantei uma sobrancelha, questionando. Ele fez sinal para eu esperar, depois chegou mais perto e estendeu a mão para mim. Eu a apertei, com relutância.

— Você é Cromwell Dean — ele disse.

Eu me sentei na cama, jogando as pernas de lado. O cara pegou a cadeira sob a escrivaninha e a colocou perto da minha cama. Ele a virou e se sentou, apoiando os braços no encosto.

— Sou Easton Farraday. Seu colega de quarto.

Acenei positivamente com a cabeça e depois apontei para o lado dele do quarto.

— Sua decoração é... eclética.

Easton deu uma piscadinha e abriu um sorrisão. Eu não estava acostumado a sorrir para os outros. Nunca entendi que motivos as pessoas tinham para sorrir tanto.

— Essa é uma boa palavra para me definir. — E se levantou da cadeira. — Vamos.

Passando a mão no cabelo, também me levantei.

— E para onde estamos indo?

Easton riu.

— Nossa, cara. Vou demorar um tempo para me acostumar com esse seu sotaque britânico. — Cutucou meu braço com o cotovelo. — As garotas daqui vão ficar loucas com ele. — Ele movimentou as sobrancelhas para cima e para baixo. — Com o sotaque e com o fato de você ser um DJ famoso e tal. Você passa o rodo na mulherada, não é?

— Eu me viro bem.

Easton colocou a mão em meus ombros.

— Cara de sorte. Depois você tem que me ensinar! — Ele foi até a porta. — Vamos. Easton Farraday vai te mostrar tudo sobre a Universidade de Jefferson.

Olhei para o pátio pela janela. O sol estava escaldante. Eu vinha da Inglaterra; lá ninguém era acostumado a tanta exposição ao calor. Embora, tecnicamente, eu fosse da Carolina do Sul. Minha mãe era americana, mas eu não conhecia nada aqui. Nós nos mudamos para o Reino Unido quando eu tinha apenas sete semanas de idade. Eu podia ter nascido nos Estados Unidos, mas era completamente britânico.

— Por que não? — eu disse, e Easton me levou pela porta.

Eu o segui pelo corredor. Passamos por algumas pessoas, e todas elas cumprimentaram Easton. Apertos de mão, abraços e piscadinhas foram distribuídos por meu novo colega de quarto para garotos e garotas. Vi os caras me olhando de um jeito estranho. Alguns obviamente tentando me medir, outros nitidamente me reconhecendo.

Easton apontou com o queixo para um cara e uma garota que se aproximaram. O cara olhou para mim.

— Cacete. Cromwell Dean. Easton disse que você estava vindo, mas achei que ele estivesse contando vantagem. — Ele balançou a cabeça. — Por que está aqui na universidade? As pessoas só falam nisso.

Abri a boca, mas Easton respondeu por mim.

— Você veio por causa do Lewis, não é? Qualquer um que já pegou em um instrumento está aqui por causa dele.

O cara concordou, como se eu tivesse respondido à pergunta, e não Easton.

— Meu nome é Matt. Sou amigo do Easton. — Matt riu. — Logo você vai perceber que está dividindo o quarto com o cara mais popular daqui. Somos insignificantes nessa faculdade, mas a boca desse cara é grande. Levou três semanas para todo mundo saber quem ele era no primeiro ano. E só mais algumas para o corpo docente, os alunos do último ano e todo o restante saberem o nome dele.

— Sara — apresentou-se a ruiva que estava ao lado de Matt. — Sem dúvida você vai ser convocado para o nosso grupo.

— Você precisa tocar na sexta — Matt disse.

Easton resmungou e deu um soco no braço de Matt.

— Eu tinha um plano, Matt. Não dá para sair pedindo essas merdas do nada.

Alternei o olhar entre Matt e Easton. Sara revirou os olhos para eles, então Easton se virou para mim.

— Temos um velho celeiro-barra-galpão abandonado a alguns quilômetros do campus. Um ex-aluno é dono do terreno e do celeiro. Ele nos deixa fazer festas ali. Por aqui, não há muitos lugares para balada... tivemos que usar a criatividade. Está todo equipado. Um dos alunos do último ano se empolgou e arrumou luzes, uma pista de dança e uma plataforma alta. Quis torrar o dinheiro do papai quando descobriu que ele estava traindo sua mãe. Aquele lugar é um sonho universitário.

— E a polícia? — perguntei.

Easton deu de ombros.

— Estamos em uma faculdade que fica em uma cidade minúscula. A maioria dos alunos é desta região. A Jefferson nunca teve nenhum atrativo além de ser barata e acessível aos moradores dos arredores, até este ano, quando Lewis chegou. A maioria dos policiais estudou com alguém daqui no ensino médio. Velhos amigos. Eles não incomodam a gente.

— Eles não perguntam nada, a gente não fala nada. O Celeiro é bem longe da civilização, então não tem ninguém reclamando do barulho — Matt disse.

Minha cabeça estava latejando. Eu precisava de um cigarro e de umas catorze horas de sono.

— É claro — falei quando vi três pares de olhos me observando, esperando uma resposta.

— Minha nossa! — Matt abraçou Sara. — Não acredito. Cromwell Dean vai tocar no Celeiro! — E se virou para Easton. — Vai ser épico.

Easton fez uma saudação e depois colocou a mão em meu ombro.

— Vou mostrar a faculdade para o Crom. Vejo vocês depois.

Acompanhei Easton pelas escadas que desciam para o pátio. Ele respirou fundo quando o ar úmido nos atingiu como um trem de carga, e abriu os braços.

— Este, Cromwell, é o pátio. — Havia pessoas descansando sobre a grama, música tocando nos alto-falantes dos celulares. Alunos lendo, relaxando em casais. Mais uma vez, todos cumprimentaram Easton. Depois ficaram me encarando abertamente. Acho que é o que acontece quando alguém se transfere, no segundo ano, para uma universidade chinfrim em outro país.

— O pátio. Para relaxar, matar aula, o que quiser — Easton disse.

Eu o acompanhei até o refeitório, depois até a biblioteca – que, ele me disse, não era para ler, mas para transar atrás das estantes. Chegamos a uma caminhonete.

— Entre — ele disse. Cansado demais para discutir, entrei, e ele pegou a estrada, afastando-se da faculdade. — E então? — ele perguntou enquanto eu acendia um cigarro e dava uma tragada. Fechei os olhos e soltei a fumaça. Passar nove horas em um voo sem nicotina era uma merda. — Compartilhe a alegria, Crom — Easton disse. Passei o cigarro a ele. Abri a janela e vi os campos esportivos e um pequeno estádio para o time de futebol americano. — E então? — Easton repetiu. — Entendo que Lewis tenha um grande apelo para você, mas, mesmo assim, sua vida está feita, não está?

Rolei a cabeça junto ao apoio do carro para olhar para ele. Ele tinha uma tatuagem no braço. Parecia um símbolo de signo do zodíaco ou algo parecido. Nunca compreendi por que as pessoas faziam uma só. Assim que fiz a primeira, já marquei as outras. Depois de várias, ainda não era o suficiente. Estava viciado.

Estava tocando uma *playlist* de seu celular. Por coincidência, uma de minhas mixagens começou a tocar. Ele riu.

— Caso esteja na dúvida, isso foi Deus ajudando com minha per-gunta.

Joguei a cabeça para trás e fechei os olhos, apenas inalando a fumaça.

— Fiz um ano de faculdade em Londres. Era legal, mas eu não queria mais ficar na Inglaterra. Lewis me convidou para estudar com ele. Então eu vim.

Fez-se um breve silêncio.

— Mas eu ainda não entendo. Por que terminar a faculdade? Você já tem uma carreira que está decolando. Por que se preocupar com os estudos?

Uma faca girou em meu estômago, e minha garganta se fechou. Eu não queria falar sobre aquilo. Então simplesmente fechei os olhos e calei a boca.

Easton suspirou.

— Tudo bem. Seja um mistério. Isso apenas aumenta a lista de coisas que excitam as mulheres. — Ele empurrou meu braço. — Abra os olhos. Como vou te mostrar a vista da cidade de Jefferson se você não está olhando?

— Pode ser uma explicação apenas falada. Do jeito que você nunca cala a boca, poderia ganhar uma boa grana com isso.

Ele caiu na gargalhada.

— É verdade. — Ele apontou para a cidadezinha onde estávamos entrando. — Bem-vindo a Jefferson. Fundada em 1812. População: duas mil pessoas. — Ele virou no que parecia ser a via principal. — Aqui temos todos os lugares de sempre — disse com um sotaque britânico péssimo, o qual, supus, fosse para me divertir. — Sorveteria, McDonald's, todas essas coisas. Alguns bares frequentados por locais. Algumas lanchonetes pequenas. Um café... tem algumas noites de microfone aberto muito boas, se você estiver querendo espairecer. Alguns bons talentos locais. — Havia um cinema com quatro salas, algumas atrações turísticas e, finalmente, passamos pelo Celeiro. Era exatamente aquilo que o nome dizia, mas Easton jurava ser algo parecido com o que se via em Ibiza. Como alguém que já tinha tocado em Ibiza, eu duvidava muito. Mas era um lugar para tocar e, naquela cidade, já era alguma coisa.

— O que você estuda? — perguntei.

— Arte — ele respondeu. Pensei nos pôsteres e nas pinturas na parede de nosso quarto. — Gosto de técnicas mistas também. Qualquer coisa com cor e expressão. — Ele inclinou a cabeça na minha direção. — Vou operar as luzes na sexta-feira. Você nas *pickups*, eu nas luzes. Vai ser irado. — Ele ergueu as sobrancelhas. — Pense em todas as gatas que vamos arrumar.

Naquele momento, tudo em que eu conseguia pensar era dormir.

3
Cromwell

Easton estava praticamente saltitando no banco do motorista da caminhonete quando nos aproximamos do Celeiro. Eram apenas dez horas da noite. Eu não estava acostumado a assumir as *pickups* antes da meia-noite, no mínimo.

Ele tinha razão. O lugar estava animado, cheio de pessoas espalhadas pelo gramado em frente à construção de madeira. *Dance music* escoava pelas rachaduras dos painéis de madeira. Eu me encolhi ao ouvir a transição de uma mixagem horrível para outra música.

Easton deve ter visto minha expressão. Parou a caminhonete e colocou a mão em meu braço.

— Você é nosso salvador, Crom. Está vendo o que tínhamos que suportar? Bryce não gosta de dividir as *pickups*. Você já está avisado.

Acendi um cigarro e saí da caminhonete. Todos os olhos estavam sobre ela desde o instante em que Easton estacionou. Ficou ainda pior quando eu saí. Ignorei os olhares e sussurros e fui até a caçamba.

Peguei a mochila com o laptop e a joguei sobre o ombro. A camiseta regata estava colando no peito. O clima me dava a sensação de estar vivendo em uma sauna permanente. O tecido da calça jeans colava nas pernas. Acompanhei Easton na direção do Celeiro. Todas as garotas olhavam para mim. Com tatuagens cobrindo os dois braços e subindo pelo pescoço, sempre havia dois tipos de reação quando as pessoas me viam. Ou as garotas inundavam a calcinha assim que colocavam os olhos nelas, ou reagiam com total repulsa. Pelos olhares lançados em minha direção, a maioria se enquadrava no primeiro caso.

Uma morena entrou na minha frente, obrigando-me a parar de repente. Easton riu ao meu lado. Ela encostou no meu braço e disse:

— Sou a Kacey. Você é Cromwell Dean.

— Ótima observação — eu disse.

Ela sorriu. Umedeci os lábios e vi o olhar dela se fixar no piercing que eu tinha na língua.

— Eu... hum... — Ela ficou corada. — ... estou ansiosa para ouvir você tocar. — Ela tomou um gole da cerveja e ajeitou, com nervosismo, uma mecha de cabelo atrás da orelha. — Tenho algumas de suas mixagens na minha *playlist* de corrida, mas me disseram que te ouvir ao vivo é uma experiência única.

Olhei para Easton.

— Se você quiser que eu impeça que os ouvidos de todos comecem a sangrar com as músicas que esse tal de Bryce está tocando, é melhor irmos.

— Falo com você depois, Kacey — Easton disse. Fiz um aceno de cabeça para ela e continuei seguindo na direção da porta. Easton me cutucou com o cotovelo. — Ela é boa. — Ele abriu um sorriso ainda maior. — E gostosa também, né?

Abaixei a cabeça, escondendo o rosto quando notei *todas* as pessoas olhando fixamente para mim. Eu odiava chamar atenção. Sei que parece idiota, o DJ que odeia atenção. Mas eu queria que as pessoas desejassem apenas a minha música, e não a mim. Não queria que se interessassem por mim como pessoa. Só queria tocar.

Precisava tocar para manter a sanidade.

Era difícil lidar com o resto.

E eu não era grande coisa mesmo. Não valia a pena me conhecer.

Easton riu ao me ver tentando evitar toda a atenção e colocou o braço em volta do meu pescoço. Do jeito que era escandaloso, ele nunca entenderia. O babaca não compreendia o conceito de espaço pessoal. Mas eu não conseguia deixar de gostar dele. Eu não tinha amigos. E estava com a sensação de que ele não se afastaria de mim, nem se eu pedisse.

— Merda, Crom. Está se sentindo como um animal no zoológico ou algo do tipo? Não recebemos muitas celebridades aqui em Jefferson.

— Não sou nenhuma celebridade — respondi enquanto ele me conduzia na direção da plataforma.

— No mundo da música eletrônica você é. E aqui na Universidade de Jefferson também. — Ele se aproximou de outra garota que estava perto do palco. Eu juro, o cara era um ímã de mulher. Ele se virou novamente para mim: — O que você bebe?

— Jack Daniel's. Garrafa cheia.

— Legal — Easton disse com um sorriso de aprovação.

A garota foi embora. Abri a mochila e peguei meus fones de ouvido. Relaxando o pescoço, peguei o laptop. Easton me observava como se eu fosse um experimento de ciências. Ergui a sobrancelha.

— É como ver um mestre trabalhando ou algo do tipo — ele falou.

Easton deu um tapinha no ombro do DJ que estava tocando, Bryce. Bryce me olhou de canto de olho e caiu fora. Easton riu quando o idiota mal-humorado passou por mim. Subi os degraus até a plataforma e configurei meu laptop. Liguei-o ao sistema, depois me permiti levantar os olhos.

O lugar estava lotado. Centenas de olhos voltados para mim. Respirei fundo quando o calor crescente dos corpos dançantes chegou à minha pele, quando as cores vibrantes que os cercavam tomaram conta de meus olhos.

Uma garrafa de uísque apareceu ao meu lado. Tomei um bom gole e a deixei à minha direita. Easton, à esquerda, apontou para mim com o queixo. Ele estava secando uma garrafa de tequila como se fosse água. Olhei sobre o laptop, para os corpos alinhados, à espera.

Eu vivia por aquele momento. A pausa. A respiração contida antes do caos.

Apertei as teclas. Organizei a música. Depois, com um toque, deixei a multidão eufórica. Easton banhou o Celeiro com feixes de luz verde. E depois luz estroboscópica, fazendo com que a multidão parecesse estar dançando em câmera lenta. Bebendo. Fumando. Alguns totalmente chapados.

Easton jogou a cabeça para trás, rindo.

— Isso é insano! Cromwell Dean está no Celeiro!

A batida tornou-se o ritmo do meu coração enquanto reverberava nas paredes do Celeiro. Easton não estava mentindo. Por dentro, o lugar era legal. Tomei um gole de uísque atrás do outro. Easton engolia a tequila como se ela fosse desaparecer se ele não a botasse para dentro bem rápido.

Dei de ombros. A vida era dele. E a ressaca matadora que o acertaria bem no meio dos olhos no dia seguinte também. Olhei para o uísque. Quem eu estava tentando enganar? Pretendia me juntar a ele.

Easton cutucou meu braço. Ele apontou para a frente da plataforma com o queixo. Kacey, a gata morena com quem havíamos falado antes de entrar, olhava para mim. Ela sorriu, e eu a cumprimentei com a cabeça. Ao passar os olhos pela multidão, vi pessoas rindo em grupos, casais se beijando, dançando. Nunca havia tido nada disso na vida. Eu tinha minha música. Era só. Meu estômago se contraiu, e senti uma tristeza repentina que me pegou despreparado. Imediatamente, dispensei aquele sentimento.

Eu não o deixaria entrar.

Voltando a me concentrar em minha música, incluí mais algumas batidas, acrescentando profundidade. Os bumbos reverberavam tanto que sacudiam o Celeiro. Easton se debruçou sobre mim, aproximando-se do microfone. Eu nunca falava. Minha música falava por mim. Nunca nem gostei de cantar junto com minhas músicas. Era apenas a batida e o ritmo.

— É isso o que vocês chamam de loucura? — Easton gritou, e a multidão vibrou.

Ele subiu na mesa, segurando as *pickups*. Balancei a cabeça, sorrindo do ego ambulante que era Easton Farraday.

— Eu perguntei... — Ele fez uma pausa, depois gritou: — ... é isso o que vocês chamam de loucura, porra?

Bombardeei-os com uma batida grave tão forte e rápida que os controlou, deixando-os de joelhos. Corpos se chocavam uns nos outros conforme se movimentavam. Conforme pulavam, bebiam, e alguns praticamente transavam na pista. E eu me perdia nela. Como sempre, quando estava na plataforma, eu ia para longe. Era retirado da escuridão de minha cabeça e jogado nisso. Naquele nirvana entorpecido.

Fechei os olhos para me afastar das luzes de Easton. Meus ossos vibravam com os graves dos quais eu abusava. O som navegava por meus ouvidos e se injetava diretamente em minhas veias. Explosões de vermelhos e amarelos dançavam sob minhas pálpebras fechadas. Abri os olhos e vi Easton cambaleando ao redor da plataforma. Seus braços estavam em volta do pescoço de uma menina, e ela praticamente devorava sua boca. Ele se afastou com ela, até passarem pela pista de dança em direção à saída do Celeiro.

Horas se passaram em um piscar de olhos. Toquei tudo o que tinha. Bryce, o cretino de antes, já estava assumindo antes mesmo de eu sair. Peguei meu uísque e fui para fora. A multidão estava tão chapada que nem notou a troca de DJs.

Eu havia acabado completamente com eles.

Senti o ar fresco e encontrei um lugar calmo ao lado de uma das paredes do Celeiro. Joguei-me no chão e fechei os olhos. O som de risadas me fez abri-los outra vez.

Esse lugar não tinha nada a ver com a universidade em que eu estudava em Londres. A Universidade de Jefferson era minúscula, e todo mundo ali se conhecia. A universidade em Londres era gigantesca. Era fácil se perder na multidão. Eu morava sozinho. Não havia dormitórios. Eu vivia em um apartamento pequeno perto do campus. Sem amigos. O mundo aqui era totalmente diferente. E eu sabia disso, mesmo conhecendo-o tão pouco.

Nos últimos dias, eu mal tinha saído do quarto. Havia dormido para me recuperar do *jet lag* e mixado as faixas para o evento desta noite. Easton tentou me fazer sair com ele e seus amigos, mas não quis. Eu não era exatamente uma pessoa sociável. Ficava melhor sozinho.

Fechei os olhos outra vez e logo senti um corpo quente se sentar ao meu lado. Era Kacey, com uma cerveja na mão.

— Você está cansado?

— Exausto — respondi, e ouvi sua risada leve. Provavelmente estava rindo do meu sotaque. Easton vinha fazendo o mesmo desde o início da semana.

— Você foi incrível. — Olhei para ela, que afastou a cabeça. — Deve estar se sentindo a um milhão de quilômetros de casa, não é? Jefferson não é exatamente Londres. Não que eu já tenha estado lá, mas... é.

— A distância é uma coisa boa.

Ela concordou com a cabeça, como se entendesse. Não entendia.

— Você está estudando música? — E então balançou a cabeça. — É óbvio. Só pode ser. — Ela olhou para as pessoas que saíam cambaleando do Celeiro. Eu também sairia se tivesse que ouvir aquela droga que o outro DJ estava tocando. — Estou estudando língua e literatura inglesa.

Não respondi; simplesmente não era do meu feitio. Em vez disso, tomei meu uísque em silêncio enquanto ela bebia cerveja. Alguns minutos depois, Matt e Sara se aproximaram. Matt se agachou ao lado de Kacey e falou com ela em um tom de voz baixo e insistente. Ela suspirou.

— Preciso ligar para ela?

Matt respondeu que sim.

— Droga! — Kacey pegou o telefone e se levantou.

— O que aconteceu? — perguntei.

— É o Easton — respondeu Matt. — Ele está chapado. Não quer nem se mexer. — Ele apontou para Kacey. — Ela está ligando para a irmã dele. É a única que consegue lidar com ele nesse estado. O idiota fica violento quando alguém tenta fazer com que ele pare de beber. Gosta de festejar, mas, na verdade, não aguenta o tranco, se é que me entende.

— Saiam daqui! — A voz embriagada de Easton atravessava o campo. As pessoas mantinham distância enquanto ele cambaleava em nossa direção, ainda segurando a garrafa de tequila. Estava vazia. — Cromwell! — Ele parou ao meu lado e colocou o braço em volta do meu pescoço. — Aquela sequência! — Ele arrastou a voz. — Não acredito que você está aqui, cara. Em Jefferson! Nunca acontece nada aqui. É um buraco tedioso.

Ele caiu ao lado do Celeiro. Matt tentou levantá-lo.

— Cai fora! — Easton gritou. — Cadê a Bonnie?

— Ela está vindo. — Easton abaixou a cabeça, mas fez um gesto indicando que tinha ouvido.

— Eu vim de carona com ele — sussurrei para Matt.

— Merda, nosso carro está lotado. Bonnie vai te levar. Ela sempre leva o East de volta para o quarto de vocês, mesmo. Ela é legal. Não vai se importar.

— Vou pegar minhas coisas. — Voltei para o Celeiro e peguei meu laptop. Tirei o cabelo do rosto e saí. Passei os olhos pelo local. Esperava que ir para aquele lugar fizesse eu me sentir melhor. Acabasse com esse buraco escuro que sempre tentava se formar em minhas entranhas. Eu havia tocado minha música para uma multidão. Tinha atingido as pessoas, mas podia sentir a tristeza, que eu havia empurrado para o fundo, lutando para se libertar novamente. Pronta para me devorar. Para me enterrar no passado. Ter ido para aquele lugar não havia feito diferença nenhuma.

Vi um quatro por quatro prata estacionado. Os faróis me cegaram quando me aproximei. Eu me encolhi. Minha ressaca começava a bater. Matt estava ajudando Easton a se levantar. Havia uma garota nova, de jeans justo e cardigã branco, do outro lado de Easton.

Deve ser a irmã dele. Fui até lá enquanto Matt fechava a porta do carro. Easton estava esparramado, totalmente derrubado, no banco de trás.

— Está bem para levar ele para casa? — Matt perguntou à menina antes de abraçá-la. Sara fez o mesmo.

— Estou — ela respondeu.

— Cromwell! — Matt fez sinal para eu me aproximar. A irmã não se virou quando me aproximei. Suas costas eram rígidas. — Aqui. Bonnie vai levar Easton para casa. — Ele olhou para ela. — Você não se importa de levar Cromwell junto, né? Não tem lugar no nosso carro. Ele veio com o Easton.

Não ouvi a resposta dela. Fui para o carro e coloquei minhas coisas no porta-malas. Matt acenou para mim enquanto se afastava, levando Sara junto. Kacey colocou a mão no meu braço.

— Foi um prazer te conhecer, Cromwell. — Ela foi embora com os outros, olhando para trás mais uma vez.

Quando eu estava prestes a abrir a porta do lado do passageiro, a irmã de Easton se virou para mim. Não acreditei no que meus olhos viram.

Uma lembrança indistinta pegou carona na brisa morna e me deu um tapa na cara. *Sua música não tem alma...*

Ela suspirou, vendo nitidamente minha reação nervosa, e disse:

— Olá de novo.

— Você. — Soltei uma gargalhada seca diante da forma como o universo cretino gostava de ir contra mim.

— Eu — ela respondeu, aparentemente se divertindo, depois deu de ombros. Eu a observei caminhar até o lado do motorista. Seus cabelos castanho-escuros estavam puxados para trás, exatamente como em Brighton. Usava um rabo de cavalo que caía até o meio das costas.

Ela entrou, depois o vidro do lado do passageiro se abriu.

— Vai entrar ou vai a pé para casa?

Girei na boca o piercing na minha língua, tentando abrir os punhos. De jeito nenhum eu mostraria a ela quanto aquela frase cretina que ela tinha dito em uma manhã fria de verão em Brighton havia me afetado. Eu me recusava a deixá-la me afetar desse jeito.

Bonnie – ao que parecia, esse era o nome dela – ligou o motor. Soltei uma risada incrédula. Abri a porta de trás. Easton estava roncando. Os braços e as pernas dele ocupavam todo o espaço.

Bonnie se inclinou para trás, olhando para mim por entre os bancos. Evitei fazer contato visual.

— Parece que você vai ter que vir aqui na frente comigo, famosinho.

Apertei os dentes e respirei fundo. Olhei para o lugar onde tinha me sentado. A garrafa de uísque ainda estava lá. Corri para pegá-la e me sentei no banco do passageiro. Eu ia precisar de álcool para aguentar a viagem.

— Jack Daniel's — ela disse. — Parece que você e ele são amigos íntimos.

— Meu melhor amigo — respondi, e me ajeitei no assento.

O silêncio no carro era ensurdecedor. Estiquei o braço e liguei o rádio. Estava tocando música *folk*. Não, obrigado. Mudei para a música seguinte da *playlist* dela. Quando começou a "Quinta sinfonia" de Beethoven, resolvi simplesmente desligar aquele maldito som.

— Suas escolhas musicais deixam muito a desejar. — Tomei um bom gole de uísque. Não sabia por que havia aberto a boca. Eu nunca era o primeiro a falar. Mas, enquanto as palavras que ela dissera aquela noite rodavam na minha cabeça, senti a raiva crescer dentro de mim e simplesmente botei para fora.

— Ah, é mesmo. Nada de música clássica. E agora nada de *folk*. É bom saber que música boa te ofende. — Ela tirou os olhos da estrada por uma fração de segundo e me olhou de canto de olho. Franziu as sobrancelhas. — Está aqui por causa do Lewis, não é? Por qual outro motivo estaria em Jefferson?

Tomei outro gole, ignorando a pergunta. Não queria falar sobre música com ela. Não queria falar com ela, ponto-final. Tirei um cigarro do bolso e o coloquei na boca. Fui acender, mas ela disse:

— É proibido fumar no meu carro.

Acendi assim mesmo e dei uma longa tragada. O carro parou tão rápido que quase perdi o uísque para a força da gravidade.

— Eu disse que é proibido fumar no meu carro — ela gritou. — Apague ou saia. Você tem essas duas opções, Cromwell Dean.

Fiquei tenso. Ninguém nunca falava comigo daquele jeito. O fato de ela ter me deixado irritado piorava tudo. Olhei nos olhos dela e dei uma tragada longa e agradável no cigarro, depois o joguei pela janela que ela havia aberto para mim. Era a primeira vez que eu olhava diretamente para ela. Era toda olhos castanhos e lábios volumosos. Levantei as mãos.

— Já joguei fora, Bonnie Farraday.

Ela voltou para a estrada e, de repente, estávamos na Main Street. Estudantes cambaleavam para casa em grupos de dois ou três, caminhando do Celeiro para seus dormitórios. Eu não queria falar com ela, mas o silêncio no carro era ainda pior. Agarrei o tecido da calça.

— Não é a sua praia? — perguntei com firmeza.

— Eu estava ocupada hoje à noite. Estudando antes do início das aulas, na segunda-feira. — Ela apontou para trás, para o irmão que roncava. — Ou, pelo menos, estava tentando. Até meu irmão gêmeo resolver ficar chapado, como sempre.

Arregalei os olhos. Ela viu.

— É, Easton é quatro minutos mais velho. Não somos nem um pouco parecidos fisicamente, não é? Não somos nem um pouco parecidos *em geral*. Mas ele é meu melhor amigo. Então aqui estou. Serviço de táxi da Bonnie.

— Easton disse que vocês dois são da região.

— Sim, de Jefferson. Mais típico da Carolina do Sul, impossível. — Senti os olhos dela sobre os meus. — Mas não é estranho? Você estar aqui depois de nosso encontro na Inglaterra?

Dei de ombros. Só que era estranho, mesmo. Qual a probabilidade de aquilo acontecer?

Bonnie parou o carro em uma vaga na frente do dormitório. Ela olhou para o irmão no banco de trás.

— Você vai ter que me ajudar a subir as escadas com ele.

Saí do carro e fui até o banco de trás. Puxei Easton para fora e o joguei sobre o ombro.

— Meu laptop — eu disse, apontando para o porta-malas com o queixo. Bonnie foi até lá e pegou minhas coisas. Consegui carregar Easton escadaria acima e colocá-lo na cama.

Bonnie vinha atrás de mim. Estava sem fôlego, ofegante depois de subir as escadas.

— Talvez fosse bom você fazer um pouco de exercício aeróbico. Uma escadaria não devia dar tanto trabalho. — Eu estava sendo um idiota. Sabia disso. Mas parecia não conseguir me conter. Aquela noite, em Brighton, ela havia me deixado muito irritado. Era evidente que eu não conseguia deixar isso para lá.

Ignorando-me, Bonnie colocou minhas coisas sobre a escrivaninha e pegou um copo na mesa de cabeceira de Easton. Voltou com ele cheio de água e o colocou ao lado do irmão. Deixou dois comprimidos perto e deu um beijo na cabeça dele.

— Me ligue amanhã.

Deitei em minha cama com os fones de ouvido no pescoço, pronto para me desligar do mundo. Bonnie passou por mim e parou.

— Obrigada por subir com ele. — Ela deu uma última olhada para o irmão. Seus olhos pareceram suavizar por algum motivo. Aquilo fez com que ficasse... mais bonita do que o normal. — Pode ficar de olho nele, por favor?

Tirei aquela ideia da cabeça.

— Ele é bem grandinho. Tenho certeza de que pode se cuidar sozinho.

Bonnie virou a cabeça para mim. Parecia chocada, então seu rosto ficou frio.

— Estou vendo que continua charmoso como sempre, Cromwell. Tenha uma boa noite.

Bonnie saiu. No mesmo instante, Easton se mexeu e abriu um olho.

— Bonnie?

— Ela já foi — eu disse, tirando a camisa. Fiquei só de cueca e fui para a cama.

Easton havia se virado novamente.

— É minha irmã. Ela te disse?

— Disse.

E adormeceu em segundos.

Liguei o som em meu celular. E, como todas as noites, deixei o conforto da *dance music* preencher minha cabeça. As cores eram diferentes com a música eletrônica. Não eram as que me faziam lembrar de tudo.

E eu agradecia a quem quer que estivesse lá em cima, Deus ou o que fosse, por esse fato.

♪ 4
Bonnie

Fechei a porta do carro e fui para o meu quarto no dormitório. A cada passo, pensava em Cromwell Dean. Sabia que ele estava na faculdade, é claro. Assim que Easton descobriu que dividiria o quarto com ele, não parou mais de falar no assunto.

Eu, no entanto, não conseguia acreditar no que estava ouvindo.

Easton não ficara sabendo que eu o havia conhecido em Brighton. Ninguém sabia. Para falar a verdade, eu ainda não conseguia acreditar que tinha falado com ele daquele jeito. Mas a forma como ele havia falado comigo... me desprezado. Ele tinha sido tão grosseiro que não pude evitar. Eu o havia visto cambalear até a praia, com a garrafa de uísque na mão. Eu o havia observado naquela casa noturna lotada. Visto as pessoas dançando ao som de sua música como se ele fosse um deus. E senti apenas... decepção.

Cromwell Dean. A maioria das pessoas o conhecia como DJ, mas eu o conhecia por outro motivo. Eu o conhecia como um prodígio da música clássica. E, sem saber da existência de Cromwell Dean, eu o havia visto. Eu o havia visto quando criança, conduzindo uma sinfonia tão lindamente que me inspirou a ser uma musicista melhor. Havia visto o material bruto de um garoto inglês com o talento de Mozart. Durante uma aula particular de piano, meu professor tinha me mostrado um vídeo dele. Para que eu soubesse do que era capaz alguém da minha idade.

Para me mostrar que havia outros no mundo com a mesma paixão por música que eu. Cromwell Dean tinha virado meu melhor amigo, mesmo alheio à minha existência. Ele era minha esperança. Esperança de que, fora desta cidadezinha, as pessoas levassem música no coração da mesma forma que eu. Mais alguém sangrava por notas, melodias e concertos.

Cromwell havia vencido o BBC Proms na categoria Jovem Compositor do Ano aos dezesseis anos. Sua música foi tocada pela Orquestra Sinfônica da BBC na última noite do festival. Eu assisti no meio da noite, em meu laptop, com lágrimas escorrendo pelo rosto, impressionada com sua criação. A câmera o mostrou assistindo à orquestra na primeira fila.

Eu o achei tão lindo quanto a sinfonia que ele havia composto.

Então, apenas um mês depois, ele desapareceu. Não foi feita mais nenhuma música. A música dele morreu junto com seu nome.

Mas, em todo esse tempo, *eu* nunca esqueci o nome dele. Então, quando ele começou a fazer música novamente, não pude conter a empolgação.

Até ouvi-la.

Eu não tinha nada contra música eletrônica em si. Mas ouvir o garoto que eu havia idolatrado durante tantos anos mixando batidas sintéticas em vez dos instrumentos reais que tocava com maestria destruiu meu coração.

Eu tinha ido ouvi-lo tocar quando estava na Inglaterra. Não consegui me conter. Misturei-me à multidão. Fechei os olhos. Mas não senti nada. Abri os olhos e olhei para ele, não sentindo nada além de empatia pelo garoto que uma vez eu havia visto conduzindo a música que criara de modo impressionante. Mãos dançando com a batuta enquanto ele se deixava levar pelas cordas impetuosas e pelos altivos instrumentos de sopro. A música transposta de sua alma para a página. A impressão de seu coração que ele deixara no teatro presenteado com a performance. E as pessoas afortunadas de escutá-la.

Naquela plataforma da casa noturna, seus olhos estavam mortos. Seu coração estava ausente nas batidas, e sua alma nem estava no recinto. Talvez ele fosse o DJ de ascensão mais rápida na Europa, mas o que estava tocando não era sua paixão. Não era seu propósito.

Ele não conseguia me enganar.

O Cromwell Dean que eu tinha visto quando criança tinha morrido com o que quer que o tivesse feito perder aquela necessidade de criar músicas capazes de mudar vidas.

— Bonnie?

Pisquei, limpando os olhos e olhando para a porta de madeira no corredor do dormitório. Eu me virei e vi Kacey entrando no quarto ao lado do meu.

— Oi — eu disse, colocando a mão na cabeça.

Você está bem? Estava parada com a mão na maçaneta há alguns minutos.

Ri e balancei a cabeça.

— Estava perdida em meus pensamentos.

Kacey sorriu.

— Como está o Easton?

Revirei os olhos.

— Bêbado. Mas, felizmente, dormindo e em segurança em sua cama.

Kacey se aproximou.

— Você deu carona para Cromwell?

— Dei.

— Como ele é? Ele falou?

— Um pouco. — Suspirei, sentindo o cansaço bater. Precisava muito dormir.

— E?

Olhei para ela e fiz um sinal negativo com a cabeça.

— Sinceramente, ele é meio babaca. É grosseiro e arrogante.

— Mas é lindo. — Kacey corou.

— Acho que ele não seria uma boa escolha, Kacey. — Eu me lembrei da menina com quem ele havia desaparecido em Brighton. No meio do *set*. De suas palavras toscas para mim na praia: *Já chuparam meu pau hoje...*

Kacey não era muito minha amiga; apenas vizinha de quarto. Ela era meiga. E eu tinha certeza de que Cromwell Dean a mastigaria e cuspiria assim que conseguisse o que queria dela. Ele parecia ser exatamente esse tipo de cara.

— É — respondeu Kacey. Eu sabia que ela estava apenas sendo educada, fingindo dar ouvidos ao que eu estava dizendo. — É melhor eu ir dormir. — Ela inclinou a cabeça. — Você também, querida. Está um pouco pálida.

— Boa noite, Kacey. Vejo você amanhã.

Entrei em meu quarto individual. Larguei a bolsa no chão, vesti o pijama e fui para a cama. Tentei dormir. Estava cansada, meu corpo doía de exaustão. Mas minha mente não desligava.

Não conseguia tirar Cromwell da cabeça. E, pior ainda, sabia que o veria na segunda-feira. As matérias que cursaríamos eram quase todas as mesmas. Eu estudava música. Nunca houve outra opção para mim. Eu sabia que Cromwell estava no mesmo curso. Easton havia dito.

Fechei os olhos, mas só conseguia vê-lo sentado no banco de passageiro do meu carro, uísque na mão. Fumando, quando eu havia dito para não fumar. As tatuagens e os piercings.

— Cromwell Dean, o que aconteceu com você? — sussurrei para a noite.

Pegando o celular, abri o vídeo da música que estava em meu coração há muito tempo e apertei o play. Quando os instrumentos de corda começaram a dançar e os de sopro tomaram a frente, fechei os olhos e o sono me encontrou.

Fiquei imaginando se esse tipo de música algum dia voltaria a encontrar o coração de Cromwell Dean.

* * *

— Irmãzinha?

Virei a cadeira e vi Easton entrando no meu quarto.

— Ora, olá — falei. Easton se jogou na minha cama. Dedilhou meu violão e o colocou no chão.

— Desculpe por ontem à noite — ele disse, e olhou nos meus olhos. — Era a primeira noite de Crom nas *pickups*, e o Celeiro estava uma loucura. Eu me deixei levar. — Ele deu de ombros. — Você sabe como eu sou.

— É. Eu sei como você é. — Peguei um refrigerante no frigobar do quarto e o entreguei a ele.

— Açúcar. Obrigado, Bonn. Você sabe como me animar.

— Você sabe que eu nem bebo essas coisas. Só tenho aqui para suas emergências com ressaca.

Ele piscou para mim.

— Cromwell disse que você levou a gente para casa. — Confirmei. — O que acha dele?

Empurrei as pernas dele para poder me sentar ao seu lado na cama.

— O que eu acho dele?

— É — ele disse, e virou a lata de refrigerante. Levantou para pegar outra, depois voltou a sentar. — Entendo que ele é um pouco grosseiro. Mas gosto do cara. Acho que ele não tem muitos amigos.

— Ele acabou de chegar.

— Mas acho que nem na Inglaterra. Ninguém nunca telefona para ele. Vi algumas mensagens de texto, mas ele disse que eram da mãe dele.

— Ele não devia ser tão grosseiro então, não é?

— Ele foi grosseiro com você?

— Ele estava bêbado — respondi, ignorando completamente o fato de que ele havia sido muito pior quando o encontrei em Brighton.

Easton assentiu.

— Você devia ter ido, Bonn. O cara tem um talento insano. É como se ele deixasse o corpo e tocasse diretamente com a alma. E, nossa, ele vai estar na sua turma, não é? Você vai ter que dar uma força para ele.

— Tenho a impressão de que ele não precisa que ninguém dê uma força para ele, East.

— Mesmo assim... — Ele pulou da cama e estendeu a mão. — Vamos. A mamãe e o papai já devem estar na lanchonete.

Peguei na mão dele e levantei da cama. Ele olhou para mim, observando atentamente.

— Está tudo bem? Você parece cansada. Saiu menos do que de costume este verão.

Revirei os olhos.

— Easton, *estou* cansada. Tive que ir te buscar depois de ter passado a madrugada inteira estudando. — Pude sentir meu rosto esquentar ao dar aquela desculpa. — Quero impressionar Lewis na segunda, sabe? Ter alguém como ele aqui... — Balancei a cabeça. — Não é todo dia que alguém com aquele talento se torna seu professor.

Easton colocou o braço em volta dos meus ombros.

— Você é tão *nerd*.

Eu me afastei e joguei umas pastilhas de menta na direção dele.

— Coloque algumas na boca antes de encontrarmos nossos pais. Você está com bafo de bêbado. — Easton pegou as pastilhas, e nós saímos.

Na segunda-feira as aulas começariam. Eu tinha quase certeza de que Cromwell Dean nem olharia na minha cara.

E Easton havia entendido *totalmente* errado. Aquele cara não precisava que ninguém desse uma força para ele.

Eu tinha certeza de que ele seria um babaca se eu simplesmente tentasse.

♪ 5
Bonnie

A turma estava em polvorosa. No ano anterior, não se havia visto uma energia como aquela. A classe era pequena, mas dava para sentir a empolgação de todos, como se eu estivesse no centro de um estádio lotado.

Meu amigo Bryce se aproximou.

— Estranho, né? Como um professor pode causar tanto alarde.

Mas ele não era apenas um professor qualquer. O professor Lewis era um compositor mundialmente renomado. Havia viajado o mundo e se apresentado em salas de concerto e em teatros que, para alguém como eu, ficavam restritos aos sonhos. Sua luta pessoal contra drogas e álcool era amplamente conhecida. Era o que o havia tirado do trabalho que vinha desenvolvendo durante toda a vida e o feito voltar a Jefferson, sua cidade natal. Em uma entrevista para o jornal da escola, ele havia dito que precisava se enraizar no lugar que mais conhecia. Queria retribuir à comunidade local, marcando presença ali.

A perda do mundo da música era um ganho para nós.

Fiquei batendo a caneta em movimento de gangorra sobre o caderno. A porta se abriu, e um homem que eu já tinha visto inúmeras vezes na TV entrou. A turma ficou em silêncio enquanto ele caminhava até a mesa, na frente da sala de aula. Ele era jovem. Mais jovem pessoalmente do que eu esperava. Tinha cabelos escuros e um sorriso amigável.

Havia acabado de abrir a boca para falar quando a porta se abriu novamente, e uma figura alta e repleta de tatuagens entrou.

Cromwell.

Se a entrada do professor Lewis havia inspirado silêncio e admiração, a de Cromwell Dean trouxe sussurros abafados e quinze pares de olhos curiosos fixados nele enquanto caminhava de cabeça baixa em direção ao fundo da sala.

Ele subiu os degraus lentamente e se sentou perto do fundo. Eu não me virei como todos os outros. Olhei para o professor Lewis, notando as linhas de irritação em sua testa. Lewis pigarreou.

— Sr. Dean. Que bom que se juntou a nós.

Desta vez, olhei para Cromwell. Só para ver se ele sentia um pingo de culpa. Ele estava jogado na cadeira, olhando para Lewis com desinteresse. Era o epítome da arrogância, girando o piercing na língua contra os dentes. Usava jeans preto com uma corrente que pendia da cintura e camiseta branca simples com gola V e mangas justas, agarradas aos bíceps musculosos. As tatuagens subiam como videiras pelos braços e pescoço.

Algumas pessoas considerariam arte. Eu achava que davam a impressão de que o estavam estrangulando.

Seus cabelos estavam desgrenhados e caindo sobre a testa. Ele usava argolas prateadas nas orelhas e uma outra do lado esquerdo do nariz.

Quando eu estava prestes a me virar, seus olhos encontraram os meus. A cor das íris era estranha. Eram de um tom turbulento de azul. Não como o azul do céu, mas um azul-marinho profundo, como as profundezas perigosas de um mar violento e agitado. Ele suspirou alto. Tive certeza de que era uma reação à minha presença. Eu não havia dito que também estava no curso de música.

— Sr. Dean? Podemos começar? — perguntou Lewis.

Ele assentiu.

— Eu não estava impedindo.

Arregalei os olhos diante da resposta.

O sotaque inglês de Cromwell era carregado e chamava atenção em comparação ao de Lewis, da Carolina do Sul. Como se Cromwell precisasse de mais um motivo para se destacar. Seu mau humor e as tatuagens bastavam em uma cidade pequena como aquela. Vesti meu suéter que estava pendurado na cadeira. A sala pareceu repentinamente fria.

— Vamos direto ao ponto — disse Lewis, dirigindo-se à turma. — Meu programa é exaustivo, e espero que todos o cumpram e deem o melhor de si. — Ele parou na frente da mesa. Sentou sobre o tampo e disse: — Todos já devem ter lido a ementa do curso a esta altura. Se leram, sabem que a maior parte da nota vem de um projeto de composição com duração de um ano. Ele será feito em duplas. — Ele sorriu, sem conseguir conter a empolgação nos olhos castanhos. Achei tê-lo visto olhar rapidamente para Cromwell, mas não tive certeza.

— Já as escolhi. — Ele tirou uma folha de papel da pasta. — No fim da aula, vocês vão saber com quem farão o trabalho. E, antes que perguntem, não, as duplas não são negociáveis. E, sim, os dois devem entregar o trabalho ou arriscarão ficar com zero. Ninguém quer um zero no histórico escolar.

Ele deu a volta na mesa e clicou no projetor. O assistente apagou as luzes.

— Cada um de vocês terá quinze horas de sessões individuais comigo por semestre. — Ele olhou para trás com uma expressão séria. — Não as desperdicem.

Olhei para Bryce, sentindo o sangue correr pelas veias.

— Sessões individuais — falei com empolgação, e Bryce abriu um sorriso.

— Teremos seminários a cada quinze dias para discutir nossas composições, tanto as individuais quanto a feita em dupla. Porque o curso é *todo* sobre composição. — Lewis sorriu e deixou de lado o personagem severo por um instante. — Pretendo criar mestres nesta sala. Todos vocês vão conhecer meus demônios pessoais. — Fiquei apreensiva. Todo mundo sabia dos problemas dele, mas não pensei que ele realmente falaria a respeito na aula. — Fiz o possível para levar minha música para o mundo, mas esse não era meu destino. — Ele sorriu novamente, e uma expressão de paz tomou conta de seu rosto. — Encontrei a felicidade ajudando outras pessoas a colocarem em prática seu talento. Meu destino, ao que parece, é ensinar. Ajudar pessoas a encontrarem seu propósito neste mundo. Sua paixão.

Um silêncio suave envolveu a sala. Pisquei, percebendo que meu coração estava cheio, assim como meus olhos.

— Vamos fazer uma apresentação no fim do ano. A obra de vocês vai ser executada nessa ocasião. — Ele levantou e colocou as mãos nos bolsos da calça. — Em minha época de compositor, não consegui aprender a contar com os outros. Compartilhar ideias e impulsionar um ao outro para tornar sua arte a melhor possível. — Ele apontou para a turma. — Vocês todos estão aqui porque são talentosos. Mas notícia importante: outros milhões de pessoas também são. Esse projeto vai ajudá-los a aprender com os colegas e aprimorar sua arte. É o tipo de trabalho que mais me estimula.

O professor Lewis voltou-se para o projetor novamente e terminou de explicar o restante das exigências do curso. Quando terminou de falar, disse:

— Turma dispensada. Sugiro que descubram quem vai ser seu parceiro de composição e saiam para tomar um café ou algo do tipo. Usem o tempo com sabedoria. Conheçam bem seu parceiro. — Ele sorriu. — Vocês vão passar muito tempo juntos este ano.

Os alunos se amontoaram na frente da sala para olhar a lista que o assistente do professor havia colado na parede. Outros foram se apresentar a Lewis. Bryce viu seu nome e depois se aproximou de Tommy Wilder. Franzi a testa. Bryce e eu costumávamos fazer os trabalhos juntos. Ele chegou perto de mim e balançou a cabeça.

— A equipe de ouro foi separada desta vez, Bonn.

Fiquei um pouco triste. Vi na expressão de Bryce que ele também estava decepcionado. Eu ficava confortável ao lado dele. Não era dos mais talentosos. Mas era gentil. Eu sabia que o que Bryce sentia por mim não era apenas amizade e nunca me envolveria com ele. Mas era alguém com quem me sentia confortável. Ele não fazia muitas perguntas pessoais.

Esperei a multidão se dissipar. Algumas pessoas ficaram me olhando antes de irem embora. Fiquei me perguntando o porquê. Mas então li a lista e obtive minha resposta.

Soltei um suspiro longo e lento. Descrente, olhei para o nome de Cromwell Dean ao lado do meu.

Quando me virei, apenas o professor Lewis continuava na sala.

— Bonnie Farraday, presumo? — Ele estava segurando a lista de presença, com minha foto ao lado do nome.

— Sim, senhor. — Mordi o lábio. — Sei que disse que não trocaria os parceiros do projeto...

— Disse. E estava falando sério.

Fiquei desolada.

— Certo. — Virei-me para sair.

— Você é a melhor da turma, Bonnie — disse Lewis. — Cromwell é novo na faculdade. — Ele se sentou na beirada da mesa, ao meu lado. A essa distância, dava para ver alguns fios grisalhos em seus cabelos escuros. Imaginei que ele tivesse quarenta e poucos anos. — Ele era o melhor de sua turma no Reino Unido. É brilhante e extremamente talentoso. Mas ser aluno novo em uma faculdade nova pode intimidar qualquer um. Independentemente do quanto a pessoa possa parecer insensível. — Ele cruzou os braços diante do peito. — A coordenação da faculdade me disse que você seria uma boa escolha para trabalhar com ele.

— Sim, senhor — respondi novamente. Pela primeira vez, odiei o fato de ser considerada responsável e meticulosa pela faculdade.

Quando estava para sair, eu disse.

— Bem-vindo de volta a Jefferson, professor. O senhor é uma verdadeira inspiração para muitos de nós aqui.

Ele sorriu e voltou ao trabalho.

Eu saí, observando o corredor em busca de algum sinal de Cromwell. Suspirei quando não encontrei nenhum. Ele havia saído da sala sem nem olhar a lista. Aposto que nem sabia quem era seu parceiro.

Sem nenhuma energia, encostei na parede. Tinha duas aulas vagas e minha missão seria encontrá-lo.

Estava determinada. Não permitiria que seu mau comportamento me prejudicasse. Se tinha que trabalhar com ele, trabalharia. Mas nada naquela parceria me passava a impressão de algo bom.

Nada mesmo.

6
Cromwell

Fui para a escrivaninha e liguei o laptop. Easton estava em aula, então sentei a bunda na cadeira e fiquei mexendo na mesa de som. Coloquei os fones de ouvido e pus para tocar a mixagem que havia começado a fazer alguns dias antes.

Fechei os olhos e deixei meu corpo absorver a batida. Ondas de cor-de-rosa e verde piscavam diante de meus olhos. Levei a mão à mesa de som sem nem olhar e acelerei o ritmo. Meus batimentos cardíacos acompanhavam a batida conforme o ritmo aumentava. Triângulos e quadrados dançavam em padrões irregulares. Aí...

Os fones foram tirados da minha cabeça. Eu me virei, pulando da cadeira. Bonnie Farraday estava atrás de mim, com meus fones nas mãos. Uma fúria gelada tomou conta de mim, mas sossegou quando vi que era ela. Aquilo me surpreendeu. A raiva era praticamente a única coisa que me movia nos últimos tempos. Não consegui entender por que havia passado.

Não gostava de me sentir confuso.

Estendi a mão.

— Devolva.

Bonnie puxou lentamente os fones na direção do peito. Fechei os olhos para me acalmar. Quando abri novamente, Bonnie estava de braços cruzados. Ela vestia jeans justos e uma camiseta branca. Tinha um suéter nos ombros, como aqueles adolescentes riquinhos que ficam desfilando pelas ruas de Chelsea no verão. Seus cabelos castanhos estavam presos em uma longa trança. E, quando olhei para o rosto dela, parecia ansiosa.

— O que você está fazendo aqui? — perguntei. Virei para trás para desligar a música que agora saía pelos alto-falantes do computador. Ainda não estava pronta. Ninguém ouvia o meu trabalho antes de estar finalizado. Eu tinha uma sequência nova para colocar nos sites de *streaming*. A pequena Bonnie Farraday estava atrapalhando minha programação.

— Você pelo menos olhou a lista do trabalho?

Franzi a testa.

— Que lista do trabalho?

Ela olhou para cima, exasperada.

— Aquela sobre a qual Lewis falou praticamente durante a aula toda. — Ela deu um passo à frente e empurrou os fones junto ao meu peito. Olhei para ela. Bonnie tinha cerca de um metro e sessenta de altura, se muito. Era bem baixinha em comparação com meu um metro e oitenta e oito. Easton era no máximo cinco centímetros mais baixo que eu. Nitidamente, havia desviado para ele todo o alimento dentro do útero.

— Você e eu, famosinho, somos parceiros. Na aula de composição. Por um ano.

Fiquei olhando para ela. Olhei fixamente dentro de seus olhos castanhos e senti o destino rindo de mim. Parecia que eu não podia escapar daquela garota.

— É claro que somos. — Suspirei e voltei a olhar para o laptop. Tinha acabado de tocar em uma tecla para tirar a tela do repouso quando Bonnie fechou o laptop novamente.

Ela ficou com a mão sobre o computador. Eu nem levantei os olhos, apenas disse por entre dentes cerrados:

— Bonnie. Só vou falar uma vez. Solte o meu laptop e vá embora. Estou trabalhando.

Ela não moveu a mão. Ela não se moveu. Olhei nos olhos dela.

— Não me prejudique — ela disse com o rosto calmo. Mas suas palavras, ditas com aquele forte sotaque anasalado, não eram nada calmas. Notei um tremor em sua voz que apertou meu peito.

Coloquei a sensação de lado e ergui as sobrancelhas.

— E como posso prejudicar você, Farraday? — Meu tom de voz era ridículo. Condescendente. Mas ela estava começando a me irritar.

Seu rosto se contorceu de tanto aborrecimento, mas ainda assim ela não tirou a mão de cima do meu laptop.

— Eu me esforcei muito para chegar até aqui e não vou deixar alguém como você, alguém que tem a vida ganha, ferrar tudo.

Ela parecia desesperada. Mas um fogo se acendeu dentro de mim.

— Você não sabe nada sobre mim.

— Não, não sei — ela respondeu. — E nem preciso saber. Não me importa se você gosta ou não de mim. Mas vamos ser obrigados a ficar juntos até terminarmos esse projeto. — Ela engoliu em seco, depois sua voz ficou mais suave. — Ter aulas com alguém como Lewis é um sonho que virou realidade. — Ela tirou a mão de cima do laptop. Fiquei olhando para onde a mão dela estava. — Não tire esse sonho de mim. — Havia um quê de emoção em sua voz.

Eu não sabia por quê, mas aquilo fez a maldita sensação de punhalada que eu tentava afastar com tanta frequência perfurar meu estômago. Bonnie tirou uma folha de papel da bolsa.

— O assistente do professor distribuiu isso no fim da aula. Você saiu antes que ele pudesse entregar um a você.

Nem olhei para o papel que ela colocou sobre a escrivaninha.

Bonnie soltou um suspiro de frustração.

— Aqui diz que temos que levar um esboço do projeto para o seminário de sexta. — Ela ajeitou uma mecha de cabelo atrás da orelha. — Vou passar uns dias fora, então temos que conversar sobre isso agora.

A ideia de trabalhar com Bonnie me causou desconforto. Eu não gostava de sentir coisas. Era feliz entorpecido. Mas, por algum motivo, Bonnie Farraday trazia vida para minha alma morta.

— Estou ocupado. — Recostei na cadeira, recolocando os fones. Tinha acabado de tirar o volume do mudo quando a tampa de meu laptop foi empurrada para baixo novamente. Desta vez com mais força. Tive que contar até dez... muito lentamente.

A raiva com que eu convivia diariamente estava despertando.

Tirei os fones e os coloquei em volta do pescoço. Virei. Bonnie ainda estava ao meu lado, espumando. Ela fechou os olhos, e seus ombros desabaram.

— Por favor, Cromwell. Sei que está irritado pelo que eu disse em Brighton. Dá para notar quando você fala comigo. Mas temos que fazer esse esboço.

Só de lembrar, meu sangue ferveu.

— Não estou irritado com você. Não sinto nada em relação a você — afirmei friamente. Não queria que ela soubesse que suas palavras haviam provocado qualquer impacto. Principalmente a dimensão desse impacto.

— Certo. Então tudo bem...

Cerrei os dentes quando ela começou a esfregar os braços. Como se eu a tivesse magoado. Aquela sensação irritante de punhalada estava de volta em meu estômago. Ela foi para a porta, mas parou de repente. Virou e me encarou, de cabeça erguida.

— Venha tomar um café comigo. Vamos conversar sobre o projeto. Eu vou escrever. Você não precisa fazer nada além de contribuir com a ideia. Só temos que decidir o que vamos fazer. — Suspirei longamente. Só queria ficar sozinho. Eu ficava melhor sozinho. — Apenas venha, por favor. Depois pode voltar para sua bateria eletrônica. — Ela era persistente. Isso, eu tinha que reconhecer.

Não queria mesmo ir, mas, estranhamente, acabei levantando.

— Você tem uma hora.

Os ombros de Bonnie relaxaram de alívio, e eu saí com ela. Tranquei a porta. Com a chave. Eu me virei, e ela deve ter percebido o que eu estava pensando.

— Easton me deu uma chave. Normalmente sou eu que vou buscá-lo nas festas. É mais fácil eu ter a chave. — Ela olhou para baixo. — Não vou usá-la de novo sem permissão.

Alguma coisa mexeu comigo quando ela abaixou os olhos castanhos. Rapidamente, afastei a sensação.

Acompanhei Bonnie até o pátio. Ela não caminhava ao meu lado, estava sempre um passo à frente, mas não me importava. Algumas garotas sorriram para mim, e decidi que iria me aliviar durante a semana. Não parecia que seria difícil pegar alguém por ali. Eu já estava havia muito tempo sem sexo e começando a ficar agitado com facilidade. A ficar distraído.

Principalmente por Bonnie.

Bonnie parou perto de seu carro.

— Se eu só tenho uma hora, vamos de carro. É mais rápido.

Os universitários ficaram olhando para nós enquanto Bonnie dirigia para fora do campus.

— Estaremos namorando oficialmente até hoje à noite, só para você saber — ela disse.

Virei a cabeça para ela com os olhos semicerrados.

— Do que você está falando?

Ela apontou para os estudantes.

— É o lado ruim de estudar em uma faculdade pequena. Os boatos correm mais rápido que um raio.

Recostei no banco e avistei a Main Street.

— Ótimo. Isso vai empatar minhas transas.

Bonnie riu sem achar graça.

— Nem tanto. Você é o brinquedinho novo do momento. Se as meninas pensarem que tem namorada, vão te achar ainda mais atraente do que já acham.

— Bom saber.

Bonnie estacionou em frente ao Café Jefferson. Ela saiu do carro, com a bolsa cheia de cadernos e só Deus sabe mais o que pendurada no ombro. Eu tinha uns dez dólares na carteira e estava com as mãos no bolso.

Não gostava de carregar peso.

Eu nunca havia estado ali antes, mas parecia igual a todos os outros cafés *hipsters* que já tinha visto. Paredes vermelhas, um pequeno palco nos fundos.

— Oi, Bonnie! — cumprimentaram umas cinco pessoas diferentes enquanto ela caminhava na direção de uma mesa do outro lado do salão. Ela sorriu para todos, mas o sorriso se desfez quando ela se sentou e olhou para mim. Cerrei os punhos. Não gostava daquilo. E odiava o fato de, aparentemente, eu me importar.

Sentei, e um cara se aproximou.

— O de sempre, Bonnie?

— Sim. Obrigada, Sam.

— O Bryce não veio hoje? Quase nunca te vejo sem ele durante a semana.

— Estou de parceiro novo — ela disse como se anunciasse uma morte.

Ele olhou para mim. O cretino acenou com a cabeça como se compreendesse o motivo de ela estar tão irritada.

— Quero o maior café que vocês tiverem — pedi. — Puro.

Bonnie abriu o caderno.

— Certo. Acho que devemos começar com o que sabemos tocar. Isso vai nos ajudar a definir quais serão nossos pontos fortes.

— Só toco música eletrônica. Então, tenho meu laptop. Sintetizador e todas essas merdas.

Bonnie olhou para mim sem expressão.

— Não podemos fazer uma composição musical com seu laptop e batidas sintetizadas.

Voltei a recostar na cadeira.

— É o que eu tenho. Trabalho com música eletrônica. Lewis sabe disso. Ele me ofereceu uma bolsa de estudos. Ele foi atrás de mim. Acha que eu encontraria sozinho essa merda de cidade no meio do nada?

— Você não toca mais nada? Nenhum instrumento de verdade? — Havia um tom questionador em sua voz. Como se soubesse algum segredo a meu respeito que eu não queria que ela soubesse. Fiquei confuso.

Neguei, esticando os braços e os apoiando atrás da cabeça. Queria dizer que mixar batidas eletrônicas *era* tocar um instrumento, mas nem abri a boca.

— Eu toco piano e violão. Um pouco de violino também, mas não muito bem. — Ela me olhou com os olhos apertados. Como se estivesse me analisando. Me testando. — Mas você sabe ler e escrever partituras, não é?

Confirmei, agradecendo aos céus quando o café chegou e ela parou um pouco de falar. Tomei o meu como se estivesse bebendo refrigerante. Sam viu e indicou que voltaria com um refil.

— Lewis quer que a gente tenha pelo menos uma ideia do tema. Do que vai se tratar a composição. O que estamos tentando dizer. — Ela inclinou a cabeça de lado. — Alguma ideia?

— Não.

— Pensei em algo como as estações do ano. Ou talvez alguma coisa relacionada à natureza? A ideia do tempo passando sem que possamos impedir.

Revirei os olhos.

— Parece meio confuso. Já posso ouvir o som de pássaros nas batidas graves no laptop. — Eu estava agindo como um idiota novamente. Pelo menos mais idiota do que o normal. Não conseguia me conter quando estava perto dela.

Ela esfregou os olhos, cansada.

— Cromwell. Precisamos fazer isso, certo? Ninguém precisa gostar. Mas podemos trabalhar juntos. Muitos músicos fazem isso, já fizeram isso, e criaram coisas boas. — Ela tomou um gole do café. — Prefiro a ideia da mudança de estações. Assim podemos incorporar mais instrumentos e andamentos.

— Tudo bem — respondi quando Sam voltou à mesa e encheu minha xícara.

Bonnie se encostou na cadeira, tomando pequenos goles de café. Olhou para mim por sobre a xícara.

— Está gostando do que está vendo? — perguntei, sorrindo. Ela me ignorou.

— Lewis me disse que você era o melhor da sua turma em Londres. — Fiquei paralisado. Meus músculos travaram.

— Alguém devia dizer para o Lewis calar aquela maldita boca.

— Deixo isso para você. — Ela apoiou o queixo na mão. — E como você fez para vir para cá? Visto de estudante?

— Tenho dupla cidadania. Nasci aqui. Em Charleston.

— Você é americano? — ela perguntou, chocada. — Eu não sabia.

— Não. Sou britânico.

Ela bufou, frustrada.

— Você entendeu o que eu quis dizer. É nascido aqui?

— Mudei para a Inglaterra quando tinha só sete semanas. Nunca vim para este país nem para visitar. Então sou tão americano quanto a boa e velha Beth.

— Quem?

— A rainha Elizabeth.

Bonnie ignorou a piada.

— Então seus pais são da Carolina do Sul?

— Minha mãe é.

— E o seu pai?

— Já terminamos aqui? — perguntei. Estávamos nos aproximando demais da minha vida. Apontei para seus rabiscos no caderno. — Estações. Muitos instrumentos. Andamentos variados. Provavelmente vai ficar uma merda, mas é o que temos. Já acabamos.

Bonnie recostou na cadeira. Ela estava de boca aberta e olhos arregalados. Senti uma ponta de arrependimento quando vi seu rosto empalidecer, mas paralisei de novo, como sempre. Já tinha ficado bom nisso.

— É. Tanto faz, Cromwell — ela disse com cuidado, tentando se recompor. — Posso assumir a partir daqui.

Levantei e joguei a nota de dez sobre a mesa. De tão rápido que fiquei de pé, minha cadeira arranhou o piso de madeira. Todo mundo olhou em minha direção. Antes de Bonnie me oferecer uma carona para casa, caí fora dali.

Caminhei por uma viela que dava no parque que levava ao campus. Meus músculos estavam saltando. Acendi um cigarro, ignorando a cara feia das mães com crianças. Quando cheguei a um campo grande, já tinha fumado uns três e estava convenientemente nicotinado. Sentei ao lado de uma árvore e vi um cara fazendo algo parecido com *tai chi* ao longe. Ele parecia ter saído de um cartão-postal.

Olhei para o sol. O vento estava parado, e rachei o bico quando ouvi pássaros cantando nos galhos sobre mim.

Pássaros.

— Estações do ano — murmurei. Que merda.

Mas enquanto estava ali sentado, tentando afastar do meu cérebro aquele conceito fraco e já explorado muitas vezes, imaginei uma flauta em erupções curtas e agudas abrindo a composição. Vi um único violino trazendo a melodia principal.

Primavera.

Amarelo. Todos os tons de amarelo do espectro.

Abri os olhos e cerrei as mãos com tanta força que meus dedos doeram. Virando o corpo, meti o punho no tronco da árvore em que estava encostado. Puxei a mão e vi sangue escorrer dos cortes feitos no tronco áspero.

Levantei da grama e voltei para os dormitórios, com sangue pingando pelo caminho. Precisava de minhas batidas. Precisava de minhas mixagens.

Precisava esquecer.

Coloquei os fones que estavam pendurados no pescoço e deixei o volume alto abafar as cores, pensamentos e imagens que me atormentavam.

Coloquei uma nova *playlist* no celular e me perdi no som pesado de *garage* e *grime*. Não era a música que eu fazia. Eu nem ao menos gostava. Só precisava afastar da cabeça Lewis, meus pais e Bonnie Farraday e suas perguntas.

Easton estava deitado na cama quando entrei em nosso quarto. Tirei os fones. Ele se levantou e soltou um assobio baixo, balançando a cabeça.

— O que você fez para irritar minha irmã, cara?

— Simplesmente usei meu charme de sempre.

Fui para o computador e tentei voltar ao que Bonnie havia interrompido. Mas, na minha mente, vi o rosto chocado e magoado dela, e isso me paralisou.

Easton deitou em minha cama. Ele brincava com uma bola de futebol americano.

— É, bem, se sua intenção foi deixá-la irada, você fez um bom trabalho. — Ele parou de jogar a bola. — E vocês vão ter que fazer um trabalho juntos?

— Parece que sim.

Acrescentei o som fraco de um violino sobre a queda de andamento com que estava tendo dificuldade. Um violino. O som funcionou perfeitamente. Eu nunca havia aberto a pasta de instrumentos de verdade. Nunca os havia incluído nas mixagens antes.

Respirei fundo.

Até aquele momento.

Tinha até esquecido que Easton estava ao meu lado, de tão concentrado que estava no fato de ter incluído um maldito violino na mixagem, até que ele disse:

— Entendo que ela pode ser mal-humorada, mas pegue leve com ela, certo? — Absorvi suas palavras. Havia uma advertência clara em seu tom de voz. — Não sei se ela é capaz de lidar com suas loucuras. — Ele deu de ombros. — É uma garota de cidade pequena.

Ele pegou impulso e levantou da cama.

— Vamos a um bar hoje à noite. E desta vez você não vai escapar. Não tem mais *jet lag*. Você já ficou se lamentando por tempo demais. Agora só está agindo como um babaca antissocial. E isso eu não admito. Tenho uma reputação a zelar.

— Se tiver mulher, estou dentro.

Não acreditava que havia concordado. Mas continuava vendo Bonnie no pensamento e sabia que precisava dar um jeito de fazê-la desaparecer. Precisava de sexo. Era disso que se tratava. Por que ela estava me afetando tanto?

— Finalmente! — exclamou Easton, batendo nas minhas costas. — Sabia que gostava de você por um motivo. — Ele jogou a bola em uma cesta do outro lado do quarto. — Não esqueça a identidade falsa. Você vai me ajudar muito a pegar mulher. — Ele esfregou as mãos. — Vou poder ver o mestre em ação. Estava esperando pelo dia que você me mostraria como fazer.

— Não acho que você precise da minha ajuda.

Easton fingiu refletir.

— É claro que não. Mas você e eu, cara... Vamos chegar a um outro nível com as meninas daqui.

Fui até o guarda-roupa, peguei uma camiseta limpa e passei as mãos pelos cabelos desgrenhados.

Aquela noite eu ia comer alguém, encher a cara e me esquecer do mundo.

Foi uma pena que, durante toda a noite, olhos grandes e castanhos e o som de um único violino tivessem importunado meu cérebro sem parar.

♪ 7
Bonnie

— Bonnie, Cromwell, preciso falar com vocês depois da aula. — Levantei os olhos de minhas anotações quando Lewis falou. Olhei para Cromwell.

Ele praticamente nem tinha olhado para mim desde a ida ao café na semana anterior. Na verdade, parecia estar me evitando deliberadamente. No entanto, no momento, estava evitando até meu olhar. Recostou na cadeira, nem reconhecendo que o professor havia falado.

A turma foi dispensada, e eu juntei minhas coisas.

— Você está bem? — Bryce perguntou, lançando um olhar de acusação na direção de Cromwell.

— Sim. — Eu imaginava que devia ter a ver com a composição que tínhamos que fazer. Até eu sabia, quando a entreguei, que estava fraca. Abri um sorriso tímido para Bryce e o abracei. — Eu te vejo depois, certo? — Ele olhou novamente para Cromwell. — Vou ficar bem — insisti.

— Sr. McCarthy, essa é uma conversa particular — Lewis disse.

Bryce acenou para Lewis com a cabeça e saiu da sala. Fui até a mesa do professor, onde duas cadeiras nos aguardavam. Sentei em uma. Ouvi os passos pesados de Cromwell se arrastando lentamente pelas escadas. Um minuto depois, ele desabou na cadeira ao meu lado. Seu perfume chegou ao meu nariz. Era intenso, com um toque de especiarias.

Era a primeira vez que eu tinha uma conversa particular com o professor. Nossas sessões individuais só começariam na semana seguinte. Lewis pegou o esboço que eu havia entregado e o colocou na mesa, diante de nós.

— Eu só queria conversar com vocês dois sobre sua possível composição. — Engoli em seco, com o estômago formigando de nervoso. — A premissa é boa. O esboço está bem escrito. — Ele olhou para mim, claramente ciente de que eu havia escrito o trabalho. — Mas acho que faltou... na ausência de uma palavra melhor... *sentimento*. — Respirei fundo e demoradamente quando Lewis soltou aquela bomba. Não olhei para Cromwell. Era a mesma coisa que eu tinha falado sobre a música dele em Brighton.

Lewis passou a mão no rosto e se virou para Cromwell. Ele estava olhando para o chão. A raiva foi crescendo dentro de mim. Esse garoto nunca parecia se importar com nada. Eu não conseguia compreender como ele havia sido escolhido para estudar com Lewis se tinha aquele tipo de atitude em relação à música.

— "A obra mais famosa de Vivaldi foi 'As quatro estações'." — Ele leu parte da proposta. — Quero que meus alunos sejam originais. Quero que vocês explorem a expressão individual em suas criações. Não quero uma recriação da obra de outro mestre. — Ele se inclinou para a frente e pude ver a paixão pelo assunto refletida em seus olhos. — Quero que esta seja a obra de vocês. Vinda do coração de vocês. Traduzam em música aquilo que os move. Provações e tormentos que sofreram. — Ele recostou na cadeira. — Digam-me quem vocês são. Coloquem tudo o que são na composição.

— Vamos fazer algo melhor — eu disse. — Certo, Cromwell? — Quando ele não respondeu nada, senti vontade de gritar de frustração.

Lewis se levantou.

— Podem usar a sala. Ela só vai ser ocupada à tarde. Vejam se conseguem pensar em alguma outra coisa.

Lewis saiu, e um silêncio ensurdecedor tomou conta da sala. Cobri o rosto com as mãos e respirei fundo. Não adiantou nada para me acalmar. Mas, quando levantei a cabeça e olhei para Cromwell e seu ar de quem não estava nem aí com nada, meu coração se partiu ao pensar no musicista que achei que ele fosse. Alguém que, aparentemente, não vivia mais dentro dele.

— Você realmente não se importa? — sussurrei.

Ele olhou nos meus olhos. Os dele pareciam sem vida. Frios.

— Não. Não me importo. — Seu sotaque fazia a resposta parecer desdenhosa e condescendente.

— Então, por que está aqui? — Levantei da cadeira e tive que esfregar o peito, onde meu coração batia e saltava devido à frustração que crescia cada vez mais dentro de mim. — Você não toca instrumentos. Não está nem aí para composição. Eu te vi nas outras matérias, e parece gostar delas na mesma medida que gosta desta. — Depois de começar, não consegui mais parar. Fiquei andando de um lado para o outro, mas tive que parar e colocar as mãos na cintura quando uma raiva repentina roubou meu fôlego. — Pedi para se encontrar comigo três vezes esta semana. Em todas elas, você disse que não podia. Mas sei que anda saindo com o meu irmão, enchendo a cara e pegando metade das alunas da faculdade.

Cromwell ergueu as sobrancelhas. Seus lábios se curvaram, esboçando um sorriso. Foi um grande erro. Aquilo me derrubou.

— Eu já te ouvi tocar, Cromwell. Não se esqueça disso. — Eu ri. O que mais podia fazer? Conseguia ver os sonhos planejados para aquele ano se esvaírem como areia correndo em uma ampulheta. — Tomei um trem para Brighton para te ver e só encontrei decepção. — Peguei minha bolsa. — Até onde posso ver, você não tem desejo. Não tem paixão pela música e foi enfiado em um curso já lotado só Deus sabe por que razão. Não tenho ideia do que Lewis vê em você, mas, seja o que for, ele vai ficar profundamente decepcionado quando não acontecer. — Certifiquei-me de que ele estava olhando diretamente em meus olhos. — Eu com certeza estou.

Mais calma após exorcizar minha raiva, fiquei parada na frente dele e disse:

— Me encontre hoje à noite no Café Jefferson. Podemos tentar consertar isso e garantir uma nota suficiente para passar. Me encontre lá às sete.

Nem esperei a resposta. Ninguém nunca havia me irritado tanto quanto ele. Saí apressada e encarei o dia morno; a temperatura escaldante do verão estava começando a esfriar gradualmente. Apoiei a mão na parede e me obriguei a respirar, movimentando-me apenas quando ouvi vozes atrás de mim. Lentamente, tentando acalmar meu coração acelerado, caminhei até o dormitório e me deitei na cama. Fechei os olhos, mas meu cérebro só queria que eu visse Cromwell.

Pensei no vídeo a que tinha assistido todos aqueles anos atrás. Para onde havia ido aquele garoto? O que havia acontecido com ele para que perdesse toda a paixão? O garoto que eu tinha visto em muitas gravações que havia procurado no decorrer dos anos estava quase morto. Ele costumava tocar com tanta intenção, tanto propósito e alma. Agora, tudo nele era frio. Ele tocava uma música que não significava nada. Que não me fazia sentir nada. Que não dizia nada ao mundo. E meu sonho de ir bem naquele curso estava nas mãos dele.

* * *

— Mais um, Bonn? — Desviei os olhos da janela e olhei para Sam, que estava parado ao meu lado com um bule de café quase vazio.

— Não. — Sorri de leve para ele. — Acho que levei um cano... de novo.

— Cromwell?

— Como adivinhou?

— Só um palpite. — Sam sorriu. — Pelo menos você toma descafeinado. Ia ficar acordada a noite toda se fosse café normal.

Sorri novamente, mas tinha certeza de que ele podia ver a tristeza em meu rosto.

— Só vou pegar minhas coisas e sair. Que horas são, aliás? — Uma rápida olhada ao redor mostrou que eles já estavam fechando. Havia cadeiras viradas sobre as mesas, e o piso estava sendo lavado. — Desculpe, Sam. Você devia ter dito antes para eu ir embora.

— Não tem problema. Você parecia estar muito concentrada. Não quis atrapalhar.

— Obrigada.

— E são onze e meia, por sinal. Caso ainda queira saber.

Sorri de leve novamente para ele, depois joguei a bolsa no ombro. Vesti meu suéter. Estava com frio. E cansada. Havia ido a pé do dormitório até lá, pois precisava me exercitar e tomar um pouco de ar fresco.

Segui para a Main Street e parei quando passei pelo Wood Knocks. Era o bar que a maioria frequentava. Eles abriam uma pequena casa noturna embaixo quando dava meia-noite. Se não estivesse rolando nada no Celeiro, era para o Wood Knocks que todos iam. A pista de dança, a cerveja barata e a atitude casual em relação à imensidão de identidades falsas eram apenas um prelúdio para o sexo, na verdade.

— Vamos beber, cretinos! — Reconheci a voz do meu irmão em um instante. Olhei pela janela e vi Easton em pé em cima da mesa. Sua voz alta ricocheteava nas paredes. Não podia acreditar que ele estava tão bêbado de novo. Era outra coisa que estava me preocupando. Ele estava exagerando nas festas.

— Cromwell, venha até aqui imediatamente, rapaz! — ele disse com um sotaque britânico terrível e passou os olhos pela multidão. — Cadê ele?

Uma gargalhada descrente escapou de meus lábios. Eu me afastei, deixando meu irmão vasculhar a multidão com os olhos, antes que eu visse a cara de Cromwell. Se o visse, provavelmente passaria vergonha indo atrás dele e o atacando verbalmente por ter me deixado naquele café por quase cinco horas, fazendo sozinha nosso trabalho conjunto.

Apertei o passo a caminho do campus, forçando meu corpo mais do que deveria. Cheguei ao dormitório, mas, quando estava para girar a maçaneta, mudei de ideia e resolvi ir para o departamento de música. Mesmo antes da chegada de Lewis à faculdade, as salas ficavam sempre abertas para os alunos. A instituição entendia que a inspiração podia aparecer a qualquer momento do dia. Muitos artistas são pessoas noturnas. Pelo menos os que eu conhecia.

Passei meu cartão de acesso e atravessei o corredor até chegar a uma sala de ensaio. Tinha acabado de largar a bolsa no chão quando ouvi o som de um piano ao longo do corredor.

Parei perto da porta e fechei os olhos. Um sorriso se formou em meus lábios. Era sempre a mesma coisa. Toda vez que eu ouvia música, algo acontecia dentro de mim. A música sempre se infiltrava em mim como garoa em um dia frio. Dava para sentir nos ossos.

Nada na vida me deixava tão feliz quanto ouvir um instrumento sendo tocado com tanta perfeição como aquele piano naquele momento. Eu amava todos os tipos de instrumento. Mas tinha algo no piano que simplesmente me fazia *sentir* mais. Talvez fosse porque eu nunca tocaria de um jeito tão belo quanto aquela pessoa. Eu não sabia. Só sabia que o som havia agarrado meu coração de tal forma que eu não queria que soltasse mais.

O piano parou. Abri os olhos. Segui na direção do piano que estava em minha própria sala, mas aí comecei a ouvir o som de um violino. Parei imediatamente e soltei um pequeno suspiro. Era perfeito. Cada movimento do arco. Escutei com mais atenção, tentando identificar a composição, ou até mesmo o compositor. Mas não consegui... Então eu soube – era uma composição original.

Quando o violino parou, e o som de um clarinete pairou pelo corredor, percebi que a música estava vindo da sala maior, onde ficavam guardados os instrumentos para empréstimo aos alunos da especialização em educação musical. Fechei os olhos e fiquei ouvindo quem quer que estivesse lá tocando um de cada vez.

Não sei ao certo quanto tempo fiquei escutando. Mas, quando tudo ficou em silêncio e meus ouvidos lamentaram a ausência da música mais estonteante que eu já havia escutado, suspirei profundamente. Era como se eu tivesse prendido a respiração durante a execução de cada instrumento.

Fiquei olhando para a porta fechada. A janelinha estava coberta com uma persiana. Levantei, organizando meus pensamentos, e o som do piano recomeçou. Mas, ao contrário da outra composição que o musicista havia tocado, essa era diferente. Passava uma *sensação* diferente. As notas lentas eram sóbrias, os tons mais profundos eram a parte principal da execução. Minha garganta fechou com a tristeza que a música evocava.

Meus olhos brilhavam enquanto a música continuava tocando. Quando vi, meus pés estavam se movendo. Minha mão se posicionou suavemente sobre a maçaneta, mas não a virei.

Não a virei porque dava para ver o piano por uma fresta entre a persiana e a porta. Meus pulmões se esqueceram de respirar quando olhei para o pianista, o mestre de todos aqueles belos sons.

Eu já tinha visto muitas apresentações na vida, mas nada se comparava à pureza do que eu havia ouvido esta noite. Acompanhei os dedos dançando como pássaros sobre um lago. Meus olhos seguiram um par de braços tatuados, uma camiseta branca sem mangas, um rosto com barba escura por fazer e piercings prateados.

Então, eles viram uma única lágrima. Uma lágrima que rolava pela face bronzeada e respingava sobre as teclas de marfim que se esvaíam em sons de dor, mágoa e arrependimento.

Meu peito estava apertado, reagindo à história sem palavras que a música estava contando. Quando olhei para o rosto de Cromwell, foi como vê-lo pela primeira vez. Desprovido da arrogância e da raiva que ele usava como um escudo. O escudo havia sido baixado e um garoto que eu não reconhecia estava exposto.

Eu nunca tinha visto alguém tão lindo.

Fiquei ali, com o coração na garganta, enquanto ele tocava. Seu rosto estava sério, mas lágrimas traiçoeiras revelavam sua dor. Os dedos nunca tocavam uma nota errada. Ele era perfeito e me contava uma história que eu nunca conheceria, porém compreendia em sua totalidade.

Os dedos desaceleraram e, quando olhei mais atentamente, vi que estavam tremendo. Suas mãos iam dançando até o *finale*, uma nota longa e marcante que encerrava a bela melodia.

Cromwell abaixou a cabeça e seus ombros estremeceram. Meus lábios tremeram quando senti a profundidade de seu desespero. Ele secou os olhos e inclinou a cabeça para trás.

Observei sua respiração. Observei-o em silêncio. Observei em devaneio enquanto tentava assimilar tudo – Cromwell Dean *era* a esperança que sempre sonhei que seria.

Cromwell respirou fundo. Meu coração bateu mais rápido do que imaginei que fosse possível ao vê-lo. A maçaneta se moveu sob minha mão e a porta se abriu, expondo minha posição.

Cromwell levantou os olhos ao ouvir o barulho, o ranger da madeira era como uma trovoada no silêncio que acompanhava seu sofrimento. O sangue havia se esvaído de seu belo rosto quando ele olhou em meus olhos.

Dei um passo à frente.

— Cromwell, eu...

Ele se levantou do banco do piano. O movimento brusco lançou o banco ao chão. Ele ficou balançando o corpo, mãos fechadas nas laterais do corpo, olhos azul-escuros perdidos. Cromwell abriu a boca como se fosse falar, mas não saiu nada. Ele olhou ao redor da sala, para os instrumentos que havia tocado, como se estivessem revelando seu segredo.

— Eu te ouvi. — Avancei para o interior da sala. Meu lábio inferior tremia de medo. Não medo dele, mas medo do que tudo aquilo significava. De quem Cromwell Dean realmente era. Do que havia dentro dele.

De quem ele podia ser.

— Seu talento... — Balancei a cabeça. — Cromwell... Eu nunca imaginei...

Cromwell virou de costas para mim e ficou andando pela sala como se tentasse escapar. Estendi a mão, querendo tocá-lo, oferecer-lhe conforto enquanto ele respirava rápido demais, enquanto seus olhos perdidos procuravam desesperadamente o que fazer em seguida. Cromwell disparou na direção de onde eu estava, a única saída. Seus olhos estavam arregalados, o rosto, pálido. Ele parou a apenas alguns metros de mim, ombros caídos e corpo exausto.

Parecia completamente fora de si.

Os piercings de Cromwell cintilavam à luz fraca sob a qual estava tocando. Um refletor relutante. Que não ousava brilhar muito sobre um artista que não queria que seu dom fosse visto.

Àquela distância, dava para ver que sua pele estava manchada, os resíduos úmidos de suas lágrimas beijavam as faces. Ele chegou mais perto, aproximando-se da saída. Eu nunca o havia visto daquele jeito. Desprovido de arrogância. Desprovido do ar desafiador.

Aquele era Cromwell Dean totalmente exposto.

Seu hálito atingiu meu rosto. Hortelã, tabaco e algo doce.

— Bonnie — ele sussurrou. Meu nome em seus lábios era cortante. A voz rouca parecia clamar por ajuda.

— Eu te ouvi. — Olhei em seus olhos marejados. Meu coração batia forte no peito. O silêncio na sala era tão profundo que dava para ouvir as batidas bem diferentes de nossos corações pulsando entre nós.

Cromwell cambaleou para trás até suas costas baterem na parede. Os olhos azuis estavam focados no piano do lado oposto da sala. Não dava para determinar por sua expressão se ele via o instrumento como um inimigo ou como seu salvador.

Cromwell se afastou repentinamente da parede e correu para pegar alguma coisa em cima do piano. Ele tentou passar por mim. Quando seus braços tocaram nos meus, agi por instinto e o segurei. Ele parou imediatamente e abaixou a cabeça. Seus ombros largos estavam curvados. Pisquei para não chorar ao vê-lo tão desolado. Tão torturado.

Tão exposto.

— Por favor... me deixe ir — ele disse.

Meu coração balançou ao ouvir o desespero em sua voz. Eu devia ter feito o que ele pediu, mas continuei segurando com força. Não podia deixá-lo sair tão chateado. Naquele momento, descobri que não queria soltá-lo.

— O modo como você é capaz de tocar... — Balancei a cabeça, sem palavras.

Cromwell suspirou, sua respiração estava trêmula, depois aproximou alguma coisa do coração. Dei um passo para trás para poder ver o que era. Ele segurava algumas chapas de metal de identificação, com as mãos hesitantes. Apertava tanto que os ossinhos dos dedos estavam brancos.

Cromwell fechou os olhos, e meu corpo ficou tenso em solidariedade quando uma lágrima caiu de seu olho. Eu queria secá-la de seu rosto, mas me contive. Eu não sabia ao certo se ele permitiria que eu fosse tão longe. Quando abriu os olhos, a expressão era de alguém torturado.

— Bonnie... — ele sussurrou com sotaque carregado, olhando nos meus olhos. Sempre achei seu sotaque arrogante. Naquele instante, falho e rouco, era apenas terno.

Então ele se soltou de mim e fugiu pela porta, com passos pesados sobre o piso de madeira.

— Cromwell! — gritei. Ele parou na passagem, mas não se virou. Eu queria que ele ficasse. Não sabia o que diria, mas não queria que ele fosse embora. Tive a sensação de ter esperado uma eternidade, com o coração na garganta, até ele decidir o que faria, se viraria e iria até mim. Mas então a porta se abriu e fechou, e ele me deixou só.

Tentei recuperar o fôlego. Tentei fazer meus pés funcionarem para ir atrás dele. Mas estava paralisada, incapaz de processar a lembrança de Cromwell tão destruído ao piano. Só consegui me mover depois de respirar fundo dez vezes.

Fui até o piano e levantei o banco caído. Sentei e passei os dedos pelas teclas. Ainda sentia um pouco de calor onde ele havia tocado.

As pontas de meus dedos encostaram em algo úmido quando posicionei as mãos. Era a lágrima vertida pelos olhos de Cromwell.

Eu não a sequei.

Reposicionando as mãos, comecei a tocar algo que eu mesma havia composto. Fechei os olhos e abri a boca, deixando minha maior alegria fluir. A resposta a uma prece que era a letra para uma melodia. Um poema cantado. Do fundo do coração, porém cantado com a alma.

Cantei suavemente, uma canção que havia escrito apenas para mim. Uma canção oportuna e significativa. Que havia se tornado meu hino. Que me mantinha forte.

Ela havia sido composta para ser cantada com violão acústico, mas algo me fez sentar ali, diante daquele lindo instrumento. Minhas mãos se movimentaram pelas teclas com desenvoltura. Mas, quando a música terminou e fechei a tampa do piano, sabia que minha execução não havia sido digna daquele instrumento depois do que Cromwell havia criado com suas teclas.

Olhei para a porta, o fantasma da voz embargada e dos olhos assombrados de Cromwell ainda pairava no ar. Respirei fundo e tentei resgatar a antipatia por ele que havia se instaurado em mim desde nosso primeiro encontro.

Só que ela não estava mais lá. Mesmo com a grosseria e a arrogância que eu havia visto nele na maior parte dos dias. Agora eu sabia que tinha dor por trás de seus olhos azuis, das tatuagens e dos cabelos escuros. Em um instante, ficou impossível pensar nele como antes.

Uma lágrima correu pelo meu rosto. Cromwell Dean estava sofrendo tanto que a dor havia levado embora a alegria de tocar a música que ele antes amava. Dor que o havia feito derramar lágrimas.

Sofri. Porque sabia como era aquele tipo de dor.

No mais improvável dos lugares, no mais improvável dos momentos, eu havia encontrado algo em comum com Cromwell Dean. Mas será que algum dia compartilharíamos aqueles segredos...?

Suspirei.

Provavelmente não.

♫ 8
Cromwell

A brisa bateu em minha pele quando atravessei o pátio correndo, passando pela estátua de ferro de algum ex-aluno bem no centro. Passei rapidamente os olhos pelo entorno, vendo uma borda escurecida de grama e os bancos iluminados sob postes de luz em estilo antigo.

Traguei a fumaça do cigarro, forçando-a para dentro dos pulmões, esperando o efeito da nicotina me acalmar. Mas não funcionou. Deixei meus pés me levarem para onde quisessem que eu fosse. Mas nada impedia o tremor nas mãos. Nada impedia os batimentos erráticos do coração, e as lágrimas que, porra, simplesmente não cessavam.

Meus dedos doíam devido à força com que eu apertava o metal com as mãos, e eu me perguntei se algum dia voltaria a senti-los. Andei, andei, até que fui parar no lago. Estava em silêncio, sem nenhum sinal de vida além dos barcos atracados e das luzes fracas do bar que ficava na outra extremidade. Meus pés me levaram até a ponta de um píer, depois cederam e eu caí de joelhos.

O som da água do lago batendo nas colunas de madeira do píer chegou aos meus ouvidos. Luzes lilases iluminaram meus olhos, e um gosto de canela explodiu em minha boca. Soltei um gemido baixo, não desejando nada daquilo. Não desejando as cores, os sabores, as sensações...

— Filho — ele sussurrou com brilho nos olhos. — Como... como você toca assim?

Dei de ombros, tirando as mãos do piano. Meu pai colocou a mão sobre minha cabeça e se agachou ao meu lado.

— Alguém te ensinou isso?

Fiz que não com a cabeça.

— Eu... — *Rapidamente fechei a boca.*

— Você o quê? — *ele sorriu.* — Pode falar, amigão. Juro que não estou bravo. — *Eu não queria deixá-lo bravo. Ele havia passado meses fora, no Exército, e tinha acabado de voltar. Eu queria deixá-lo orgulhoso, e não bravo.*

Engoli o nó na garganta e passei a ponta dos dedos sobre as teclas. Elas não emitiram nenhum som.

— Eu só sei tocar — *sussurrei. Olhei para o meu pai. Levantei as mãos.* — Elas simplesmente sabem o que fazer. — *Apontei para a cabeça.* — Eu só sigo as cores. Os sabores. — *Apontei para o peito, para a barriga.* — As sensações que sinto.

Meu pai piscou, depois me abraçou repentinamente junto ao peito. Senti sua falta quando ele estava fora. Não era a mesma coisa quando ele não estava presente. Quando ele se afastou, disse:

— Toque de novo, Cromwell. Eu quero ouvir.

Então, eu toquei.

Foi a primeira vez na vida que vi meu pai chorar.

Então, toquei mais um pouco...

Perdi o fôlego, tentando respirar o ar úmido. Movimentei os pés e bati com as costas na coluna do píer. Havia um homem em uma canoa ao longe. Fiquei imaginando os motivos para ele estar ali à noite. Mas depois pensei que ele poderia ser como eu. Talvez, quando fechasse os olhos, nunca conseguisse descansar. Em vez disso, via apenas a lembrança do que o destruía. Ao olhar para a água ondulando sob os remos, desejei ser ele naquele momento. Apenas seguindo. Sem destino em mente. Apenas seguindo.

O rosto de Bonnie surgiu em minha mente quando senti o metal da chapa de identificação cortando a palma da mão. Olhei para os dedos e os revivi tocando nas teclas. Tatuagens de caveiras, e do número de identificação que significava tudo no mundo para mim, me olhavam. Zombavam de mim.

Tinha que ter sido justo Bonnie Farraday a entrar. À meia-noite, quando todos estavam no bar ou na cama, tinha que ter sido ela parada na porta. A única garota que havia conseguido me afetar. Que havia conseguido me fazer sentir coisas que nunca havia desejado sentir. Balancei a cabeça e passei a mão que estava livre sobre o rosto.

Tudo havia começado com uma mensagem em minha caixa de correio...

Passe em minha sala às dezessete horas,
Professor Lewis

Fui até lá e me sentei de frente para ele. Ele ficou me encarando em silêncio. Já havíamos nos encontrado algumas vezes na vida. A maioria delas quando eu era mais novo... e depois logo antes...

A primeira vez que o encontrei foi quando fui com meus pais vê-lo conduzir sua obra no Royal Albert Hall. Ele tinha ouvido falar de mim e nos convidou.

Depois, anos se passaram e não soube mais dele. Pelo menos não quando precisei.

Naquele momento, eu mal o conhecia.

— Como está, Cromwell? — ele perguntou com um sotaque parecido com o de minha mãe, embora o dela tivesse se diluído depois de muitos anos na Inglaterra.

— Bem — murmurei, olhando para os certificados nas paredes. Para uma foto dele conduzindo uma orquestra que tocava suas composições no BBC Proms no Royal Albert Hall.

Lembrei do cheiro daquele lugar. Madeira. Resina dos arcos.

— O que está achando de Jefferson?

— Um saco.

Lewis suspirou. Ele se inclinou para a frente, com o rosto apreensivo. O motivo ficou claro alguns segundos depois.

— Notei a data hoje de manhã. — Ele fez uma pausa. — Sei que foi nesse dia que seu pai... — Ele pigarreou. — Sei que só o encontrei algumas vezes. Mas nós nos falávamos com frequência. Ele... ele acreditava tanto em você...

Fiquei pálido. Não sabia que meu pai falava com ele com frequência. Fechei os olhos por um instante e respirei fundo.

Era simples, bastava uma busca no Google para saber como e quando aconteceu. Pessoas que eu não conhecia – ou conhecia muito pouco – podiam encontrar todos os detalhes se soubessem o nome do meu pai. Podiam ler sobre sua morte como se o conhecessem. Como se estivessem lá quando aconteceu...

Mas eu não podia fazer aquilo naquele momento. Não enfrentaria aquilo com um professor que mal conhecia. O cara podia ter me oferecido uma bolsa de estudos, mas nem me conhecia. Não tinha o direito de meter o nariz naquele assunto.

Eu me levantei e saí apressado.

— Cromwell!!! — Já não se escutava a voz de Lewis quando fui embora.

Os alunos mantiveram uma boa distância de mim quando voei pelo corredor. Bati com um ombro em algum idiota, que gritou para mim:

— Preste atenção, cretino.

Meti a mão no peito dele e o empurrei contra a parede.

— Preste atenção, você, babaca. Antes que eu faça um estrago na sua cara. — Eu precisava bater nele. Precisava expulsar aquela onda de raiva de dentro de mim antes que fizesse algo de que me arrependeria.

— Cromwell!!! — A voz de Easton atravessou a multidão que se formava. Puxei da parede o idiota que estava segurando e o joguei no chão. Ele olhou para mim com os olhos arregalados. Eu me virei e saí, olhando para os dois lados, tentando definir para onde ir.

Easton me alcançou. Ele pulou na minha frente.

— East, juro por Deus. Saia da minha frente.
— Venha comigo — ele disse.
— East...
— Só venha comigo.
Eu o segui.
Uma menina acenou para mim.
— Oi, Cromwell.
— Agora, não — respondi, e entrei no carro de Easton. Ele saiu do campus e, pela primeira vez na vida, teve noção e não abriu a boca.

Meu celular vibrou no bolso. Era minha mãe. Ela estava tentando me ligar o dia todo. Cerrando os dentes, atendi.
— Cromwell — ela disse com a voz aliviada.
— O quê?
Houve uma pausa.
— Só queria saber se você estava bem, querido.
— Estou bem — respondi, movimentando-me no assento. Precisava sair daquele carro.

Minha mãe fungou, e uma fúria congelante tomou conta de mim.
— É um dia difícil para nós dois, Cromwell.
Entortei os lábios de repulsa.
— É, bem, você tem seu marido novo para te consolar. Pode desabafar com ele.

Desliguei, e no mesmo momento Easton parou em uma área de bosque, repleta de grandes árvores verdes. Pulei do carro e saí andando, sem saber para onde estava indo. Entrei pelo meio das árvores e cheguei à água. Parei de repente.

Fechei os olhos e fiquei ali parado, tentando me acalmar. Respirei fundo, contraindo o abdome quando sentia toda a dor que eu sabia que surgiria em um dia como aquele.

Joguei-me no chão e fiquei olhando para a água. Eu nem sabia que aquele lugar existia, muito menos tão perto do campus.

Easton sentou ao meu lado. Tirei a conversa pelo telefone com minha mãe da cabeça. Afastei a raiva que estava sentindo pelo babaca enxerido do Lewis e apenas respirei.

— Venho aqui quando fico como você está agora. — Easton se inclinou para a frente, abraçando as pernas e apoiando o queixo nos braços. — Traz paz, sabe? Como se não existisse mais ninguém no mundo além de você. — Ele riu. — Ou de nós.

Passei as mãos nos cabelos e abaixei a cabeça. Fechei bem os olhos, mas só conseguia ver o rosto do meu pai. A última vez que conversamos. As palavras exaltadas e a expressão dele quando virei as costas e fui embora. Não conseguia suportar.

Olhei para o lago. Eu havia nascido naquele estado, mas não tinha ligação nenhuma com ele. A paisagem que via não me era familiar. Não era verde o bastante, e o clima era quente demais. Pela primeira vez desde que estava ali, senti saudade de casa. Mas não sabia do quê. Eu não sentia que aquele lugar era meu lar havia muito tempo. Minha relação com minha mãe havia se deteriorado, e eu não tinha amigos. Pelo menos não amigos de verdade.

Demorou uma eternidade para me acalmar. Easton tinha desaparecido. Quando voltou a se sentar ao meu lado, trazia cervejas. Ele colocou a embalagem com seis garrafas entre nós. Tirei a tampa com os dentes. Assim que o líquido chegou aos meus lábios, suspirei.

— Você está bem? — Easton perguntou.

Fiz que sim com a cabeça. Ele brindou, batendo com sua garrafa na minha.

— Wood Knocks. Hoje à noite. Vamos ficar bem loucos. Isso ajuda a esquecer.

Concordei, depois tomei mais três cervejas.

Eu faria qualquer coisa para parar de me sentir daquele jeito.

***

Senti as mãos de uma menina descendo por minha barriga, entrando sob o cós do jeans. Joguei a cabeça para trás, encostando na parede. Seus lábios devoravam meu pescoço enquanto ela me tinha na mão.

— Cromwell — ela sussurrou junto à minha pele. — Vou gostar muito disso.

Olhei para aquele lugar escuro. Uma espécie de chapelaria onde os alunos guardavam os casacos no inverno. O chão estava coberto de serragem. Também havia cascas de amendoim ali. A menina me segurava. Pressionava os lábios em meu pescoço. Estava me irritando.

— Você é tão gostoso — ela sussurrou.

Eu não ia fazer aquilo.

Revirei os olhos, afastei-a e retirei sua mão de perto de mim. Saí da chapelaria e fui para o meio da horda de estudantes que Easton parecia ter reunido em uma hora, tempo que levamos para voltar ao dormitório e ir até o bar.

Eu conseguia ouvi-lo. Tinha certeza de que a voz de Easton podia ser ouvida do espaço. Saí na Main Street e olhei ao redor. Não havia quase ninguém na rua. Todos estavam no bar.

As lojas e lanchonetes pareciam levemente inclinadas. Esfreguei a mão no rosto. Tinha bebido demais.

— Onde está Cromwell? — Ouvi a voz da garota vindo do interior do bar. Fui embora na direção da faculdade antes que alguém percebesse que eu estava dando um perdido. Meus pés estavam pesados, eu me arrastava para casa. Mas, quando me aproximei do dormitório, senti que era o último lugar em que gostaria de estar.

Nem pensei. Nem sabia para onde meus pés estavam indo quando parei nas salas de música. Fiquei olhando para a porta fechada e para o leitor de cartão que concedia acesso. Respirei com dificuldade, como se tivesse acabado de correr uma maratona. Tentei me virar, mas meus pés não obedeciam.

Apoiei a cabeça na porta e fechei os olhos.

Tirei as mãos do piano e pisquei. Minha cabeça sempre ia parar em outro lugar quando eu tocava. Ela se transformava. Virava cores e formas. Até eu terminar e o mundo voltar a aparecer.

O público aplaudiu. Eu me levantei e olhei para a multidão. Vi minha mãe, aplaudindo de pé com lágrimas nos olhos. Abri um pequeno sorriso para ela e saí do palco. Enquanto afrouxava a gravata-borboleta, o diretor do concerto me deu um tapinha no ombro.

— *Incrível, Cromwell. Foi extraordinário. Não consigo acreditar que você só tem doze anos.*

— *Obrigado* — *eu disse, e segui para a área nos bastidores onde poderia me trocar.*

Fiquei olhando para o chão enquanto caminhava. Estava feliz por minha mãe ter conseguido me assistir, mas a pessoa que eu queria que me visse não estava presente.

Ele nunca estava presente.

Quando virei em um corredor, um movimento rápido chamou minha atenção. Levantei a cabeça. A primeira coisa que vi foi a roupa verde. Arregalei os olhos.

— *Pai?*

— *Cromwell* — *ele disse. Eu mal podia acreditar no que estava vendo. Meu coração batia acelerado quando corri até ele, abraçando sua cintura.* — *Você foi incrível* — *ele falou, e me abraçou também.*

— *Você viu?*

Ele confirmou.

— *Não perderia por nada.*

Quando levantei os olhos, estava dentro do prédio de música. Tinha meu cartão de acesso na mão. Estava dentro de uma sala de ensaio, com uma enorme estante de instrumentos de um dos lados.

Minhas mãos estavam ávidas para tocar neles. Eu queria culpar o álcool. Queria culpar qualquer coisa, exceto o fato de que eu necessitava estar ali. De que necessitava daqueles instrumentos.

Fui até o piano e passei as mãos sobre a tampa fechada. Senti minhas entranhas se rasgando. Tirei a mão, tentando me afastar. Mas não consegui. Sentei no banco e levantei a tampa. Teclas pretas e cor de marfim me encaravam. E, como sempre, eu podia decifrá-las. Não as via como algo mudo, e sim como algo repleto de notas, e música, e cor.

Passei as mãos pelas teclas e meus lábios esboçaram um sorriso. Afastei a mão.

— Não — gritei para mim mesmo. Minha voz se perdeu na sala.

Fechei os olhos, tentando conter a dor que carregava no peito havia três anos. Não conseguia controlá-la. E já estava bom nisso. Em evitá-la. Mas, desde aquela manhã, estava me esforçando mais do que de costume. A dor estava me matando o dia todo.

Estava ficando difícil evitar.

Toque, filho, sussurrou uma voz em minha cabeça. Cerrei as mãos em punho quando ouvi o eco das palavras de meu pai na cabeça. *Toque...*

Respirei fundo, liberando toda a relutância contida dentro de mim.

A sala estava em silêncio. Uma tela em branco esperando cor. Pousei as mãos sobre o teclado. Prendi a respiração e pressionei uma única tecla. O som era como o canto de uma sereia. Uma explosão de verde tão intenso que era quase neon. Outro veio, trazendo um vermelho-claro. Antes que eu pudesse parar, minhas mãos estavam dançando sobre as teclas como se eu nunca tivesse parado. Como se não tivesse deixado aquilo para trás três anos antes.

A "Toccata e fuga em ré menor" de Bach escapou de minhas mãos, cada compasso estava gravado em meu cérebro. Não necessitava de partitura. Eu apenas seguia as cores. Vermelho vibrante. Azul-claro. Ocre. Marrom-escuro. Amarelo. Uma depois da outra. Uma tapeçaria em minha mente.

Quando a composição chegou ao fim, virei no banco. Nem pensei dessa vez. Não me submeti a esse tormento. Apenas atravessei a sala e peguei o que estava na frente. Ao primeiro toque do arco no violino, fechei os olhos e simplesmente segui. Desta vez, era minha própria música que se derramava de mim.

Um após o outro, fui pegando os instrumentos. A música era como uma droga sendo injetada em minhas veias. Eu era um viciado abstêmio havia três anos e finalmente recebia uma dose novamente. Não conseguia parar. Era uma overdose de cores e sabores, e a onda de adrenalina navegava em meu sangue.

Eu não sabia quanto tempo havia se passado. Depois de tocar todos os instrumentos, fui para a porta. Porém, meu vício ainda não estava saciado. Eu queria que meus pés colaborassem. Queria ir embora, deixar tudo para trás e atribuir tudo ao meu estado de embriaguez.

Mas eu não me sentia mais bêbado. O álcool não estava mais me conduzindo. Era eu. E eu sabia muito bem disso.

Como se atraído por um ímã, voltei para o piano. Coloquei a mão no bolso e peguei as chapas de identificação dele. Não consegui olhar para o nome. Em vez disso, eu as coloquei sobre o piano e deixei que simplesmente estivessem comigo.

Que *ele* estivesse comigo.

Respirei fundo cinco vezes antes de pousar as mãos sobre as teclas. Meu coração batia como um bumbo quando as deixei assumirem o controle. E, quando assumiram, foi como receber o golpe de uma adaga no peito.

Eu só tinha tocado aquela música uma vez. Exatamente três anos antes. Nunca havia anotado a partitura. Não importava. Estava gravada na memória. Cada nota. Cada cor. Cada sensação de partir o coração.

Essa composição era toda em cores escuras. Notas e tons graves. E, quando o som me cercou, meu rosto se contorceu, lembrando-se de minha mãe entrando em meu quarto às três da manhã...

— *Querido...* — *ela sussurrou, com as mãos trêmulas, o rosto pálido e coberto de lágrimas.* — *Encontraram ele... Ele se foi.*

Fiquei olhando para ela sem mover um músculo. Não era verdade. Não podia ser verdade. Ele estava desaparecido, mas ia ficar bem. Tinha que ficar. Depois de como as coisas haviam ficado. Ele *tinha* que ficar.

Mas, vendo minha mãe desesperada, soube que era real. Ele havia morrido.

Quando o sol começou a nascer, fui à sala em que ficava meu piano – meu presente de aniversário de doze anos. E toquei. Ao tocar, comecei a assimilar a realidade.

Ele estava morto.

Eu me encolhi enquanto tocava. Era difícil suportar a dor no estômago. A música era obscura, lenta, diferente de tudo que eu já havia tocado antes. Ele não podia estar morto. A vida não era tão injusta.

Ele se foi... As palavras de minha mãe ficavam rodando em minha cabeça. Quando atingi um crescendo, um urro saiu cortando minha garganta. Lágrimas correram, densas e rápidas, depois disso. Mas minhas mãos não paravam de se movimentar. Era como se não pudessem.

Eu tinha que tocar.

Era como se eu soubesse que era a última vez. Que eu nunca mais encostaria em teclas de piano novamente.

Quando a música foi terminando, a última nota trazendo um fechamento, abri os olhos e olhei para minhas mãos. Era demasiado. Minhas mãos sobre aquele piano. Tocando novamente depois de tanto tempo. As cores, o sabor de metal... a enorme ferida no peito.

Lágrimas caíram sobre as teclas. O rosto de meu pai me veio à mente. Seu último olhar para mim – de dor e tristeza. Um rosto que eu nunca mais veria.

Ele havia levado a música consigo.

Minhas mãos escorregaram das teclas. Eu não conseguia respirar. A sala estava muito silenciosa e calma e...

O som da porta se abrindo me fez levantar os olhos. Senti o sangue se esvair de meu rosto quando vi quem estava na entrada. Bonnie Farraday olhava fixamente para mim, com o rosto pálido e os olhos castanhos tristes. E aquilo acabou comigo. Naquele momento, eu não queria ficar sozinho. Mas não tinha com quem contar. Não tinha a quem recorrer. Eu havia afastado todo mundo.

E então ela apareceu. Com os olhos cheios de lágrimas. Bonnie havia estado lá, comigo, quando eu estava desmoronando. Eu não sabia o que fazer. Tinha que ir embora, tinha que afastá-la também. Eu não precisava de ninguém em minha vida. Estava melhor sozinho. Mas, naquele momento, eu a queria por perto. Daí ela tocou em meu braço e eu quase cedi.

Quando olhei nos olhos dela, enquanto lágrimas caíam dos meus, soube que precisava sair da sala. Saí correndo, ouvindo a voz de Bonnie chamar meu nome. Corri até chegar à pequena clareira que Easton havia me mostrado mais cedo. Joguei-me na grama e deixei a brisa morna me envolver. Acendi um cigarro e olhei para as mãos.

Pareciam diferentes. Os dedos, de alguma forma, estavam livres, como se eu finalmente tivesse cedido aos desejos deles depois de tantos anos.

Eu havia tocado. Havia deixado a música entrar novamente.

Depois de uma tragada no cigarro, tentei expulsar aquela sensação da cabeça. Mas o eco das notas ainda permanecia em meus ouvidos. As sombras daquelas cores ainda viviam em minha mente, e a sensação fantasma das teclas sob meus dedos ainda estava gravada em minha pele.

Memória muscular que se recusava a desaparecer.

Frustrado, deitei e olhei para o céu noturno. As estrelas estavam totalmente nítidas. Fechei os olhos, tentando afastar tudo aquilo e voltar ao vazio que tinha adotado havia tanto tempo. Não funcionou. Nada me deixaria.

Principalmente o sotaque sulista de Bonnie Farraday e a expressão em seus olhos. *O modo como você é capaz de tocar...*

A voz dela era violeta.

Fechei os olhos.

Era a cor que eu mais gostava de ouvir.

9
Cromwell

Fiquei olhando para ela sentada ao lado do babaca do Bryce. Ela sorria e gargalhava com ele enquanto Lewis se preparava para começar a aula. *Pare de olhar, idiota*, eu disse a mim mesmo. E parei. Só que a risada dela fez meus olhos voltarem a mirar em sua direção.

Sua risada era rosa-claro.

Enquanto eu a observava, senti um aperto no estômago. A tela do meu celular acendeu e apertei o botão para destravá-lo. E, como havia feito durante todo o fim de semana, fiquei olhando para a mensagem que havia chegado.

BONNIE: Você está bem?

Aquela simples pergunta fez algo acontecer em meu peito. Parecia que a rachadura aumentava mais a cada vez que eu lia. *Você está bem?*

Eu não tinha visto Bonnie durante o fim de semana. Ela não tinha ido visitar Easton, que praticamente havia dormido o tempo todo para se recuperar da ressaca de sexta à noite. Fiquei observando a porta detrás de meu laptop, apenas esperando que ela aparecesse. Esperei Easton sair, caso fosse se encontrar com ela. Mas ela não apareceu, e East só saiu para comprar comida.

Disse a mim mesmo que era uma coisa boa. Que eu não queria vê-la depois de fazer papel de bobo. Mas depois passei a noite em claro olhando fixamente para sua mensagem de texto. *Você está bem?*

Não respondi.

Ocupei-me com trabalho. Fiz o *upload* de minhas mixagens. As músicas já eram as mais tocadas no segmento eletrônico. Aquilo devia ter me deixado feliz. Mas sempre que as escutava, só enxergava tédio em minha mente. Depois de ter tocado os instrumentos que antes amava tanto, tudo parecia sem vida em comparação.

Eu precisava esquecer que aquilo havia acontecido. Mas, quando meus olhos foram parar sobre Bonnie novamente, em seu lindo rosto e nos cabelos volumosos e escuros, senti que estava de volta àquela sala, com a mão de Bonnie segurando meu braço.

Ela havia tentado falar comigo quando cheguei à aula, mas passei por ela sem dizer uma palavra. Não sabia ao certo se conseguiria olhar para ela novamente sem sentir vontade de ser engolido pelo chão.

Mas precisava olhar para ela... e não conseguia desviar os olhos.

Recostei na cadeira e me obriguei a ouvir a lenga-lenga de Lewis sobre a eficácia da mudança do andamento na composição. Aquilo me deixou entediado. Eu não precisava de aulas sobre aquela porcaria.

Depois de quase cair no sono, olhei para o relógio. Restavam apenas dez minutos de aula. Fiquei olhando os minutos passarem. Meu celular vibrou sobre a mesa. Meu estômago revirou quando vi de quem era a mensagem.

BONNIE: Podemos nos encontrar depois da aula?

Meu coração disparou. Olhei para ela algumas fileiras à frente, mas ela não olhou para mim. Eu sabia que não devia ir. O que poderia dizer? Se ela mencionasse o que havia acontecido na sexta-feira à noite, eu teria que levantar e sair. Não havia nada a ser dito. Eu estava bêbado. Era só isso. Era essa a história que contava a mim mesmo.

Eu não queria falar sobre aquilo. Não podia.

Levantei o celular para digitar que não poderia me encontrar com ela. Mas, em vez disso, acabei respondendo: *SIM*.

— As sessões individuais começam esta semana — Lewis disse, atraindo minha atenção. Ele apontou para a parede. — Os horários para agendamento estão na parede. Preencham antes de sair. — Tentei acalmar meus batimentos cardíacos, mas eles não queriam desacelerar diante da ideia de ter que encarar Bonnie.

Os alunos saíram correndo para preencher o agendamento. Fiquei em meu lugar, guardando minhas coisas com calma. Bonnie estava na frente com Bryce.

— Venha tomar café comigo uma noite dessas, Bonn — ele disse. Por algum motivo, um fogo se acendeu em meu peito quando ele convidou Bonnie para sair.

Bonnie ajeitou o cabelo atrás da orelha e seguiu na direção da folha de agendamento. Ela preencheu um horário e voltou a olhar para Bryce.

— Eu... eu não sei — ela gaguejou.

Ele pegou na mão dela, e eu quase entrei em combustão. Ela olhou para os dedos dele sobre os dela, e eu paralisei, imaginando o que ela faria.

—Vamos, Bonn. Estou te convidando desde o ano passado.

Ela sorriu para ele, e a cara de bobo de Bryce me irritou demais.

— Farraday — falei sem pensar. Bonnie olhou para mim, surpresa. — Não tenho o dia todo. Se você quiser falar comigo, vamos logo. — Olhei de relance para Bryce. — Não quero ter que testemunhar você dando um fora nele.

Bonnie ficou corada. Bryce parecia querer me matar. Ele bem que podia tentar. Bonnie puxou a mão e se soltou de Bryce.

— Vejo você amanhã, Bryce. — Notei um pequeno tremor na voz dela. O nervosismo em seu olhar deu a entender que ela também não sabia o que dizer sobre os acontecimentos de sexta à noite.

Bryce acenou com a cabeça e foi para a porta. Mas não sem antes olhar feio para mim. Idiota. Bonnie entrou na minha frente.

—Cromwell, você não precisava falar com ele daquele jeito.

Minhas narinas se alargaram. Eu não gostava do modo como ela o estava protegendo. Será que gostava dele? Seria esse o motivo?

— Você queria se encontrar comigo. — Apontei para a pasta que ela segurava, com uma etiqueta em que estava escrito "Projeto de composição". Passei a mão pelos cabelos. — Ele estava nos atrasando.

Bonnie respirou fundo, mas depois olhou fixamente para mim. Seus olhos castanhos estavam arregalados, e eu vi uma chama de empatia dentro deles. O constrangimento tomou conta de mim. Enfiei a mão no bolso e peguei o maço de cigarros.

— Vou sair para fumar.

Coloquei os fones de ouvido e saí às pressas. Estava na metade do cigarro quando – Stacey? Sonya? – alguma menina que eu tinha traçado na semana anterior se aproximou de mim.

— Oi, Cromwell. Quer fazer alguma coisa? — Sua voz exalava provocação.

Dei mais uma tragada e soprei a fumaça. Justo naquele instante, Bonnie apareceu.

— Oi, Suzy — ela disse, depois olhou para mim. — Nós já vamos? — Bonnie abaixou os olhos, desconfortável. Ver aquilo me deixou com um buraco no estômago.

Dei de ombros e olhei para Suzy.

— Já tenho outros planos.

Terminei o cigarro e acompanhei Bonnie até o carro. Imaginei que iríamos para a cafeteria. Bonnie parecia morar lá. Quando a porta se fechou, fiquei tenso. Não queria que ela mencionasse a noite de sexta. Torci para que não dissesse nada.

Antes de dar a partida no carro, Bonnie ficou olhando pela janela.

— Cromwell...

Eu estava prestes a brigar com ela. Dizer para ela cair fora, como fazia com todos que desafiavam meus sentimentos. Mas, quando ela me encarou com aqueles olhos castanhos e notei a preocupação em seu rosto, toda a relutância se foi.

— Não... — sussurrei. Minha voz parecia alta demais no silêncio do carro. — Por favor... apenas me deixe em paz.

— Os olhos de Bonnie estavam marejados. Ela assentiu. Colocou as mãos no volante, mas, antes de sair da vaga de estacionamento, ela disse:

— Só me diga se você está bem. — Ela não olhou para mim. Continuou olhando para a frente. — Preciso saber se você está bem.

Minha perna pulou quando suas palavras me atingiram, porque ela parecia sincera. O tremor em sua voz... o tom de lilás que a cercava dizia que cada uma daquelas palavras era sincera.

— Estou — respondi, e os ombros dela relaxaram. Na verdade, eu não estava nada bem. Mas a amarra que havia dentro de mim e mantinha todos afastados estava apertada, pressionando minha garganta para mantê-la bem fechada.

A rédea ficava mais curta sempre que eu estava perto de Bonnie.

Ela sorriu, e a amarra afrouxou momentaneamente. Mas, quando ela saiu com o carro da faculdade, em silêncio, a rédea voltou a ficar curta.

Quando chegamos ao Café Jefferson, sentamos àquela que, cada vez mais, parecia ser a mesa cativa de Bonnie. Sam, o cara do outro dia, chegou com as bebidas.

— Presumi que seria o mesmo pedido de antes — ele disse, servindo-me um café forte.

Quando ele se afastou, olhei para Bonnie do outro lado da mesa. Ela estava olhando fixamente para mim. Desviando os olhos, pegou a pasta. Abriu e colocou uma partitura na minha frente. Parecia constrangida.

— Eu... eu tive umas ideias para o início da composição. Estou com isso na cabeça há um tempo. — Com nervosismo, ela tomou um gole de café. — Sei que ainda não temos um tema, nem nada parecido, mas pensei em mostrar isso para você.

Dei uma lida na música. Passei os olhos pelas notas. Não disse nada.

— Você detestou.

Olhei para Bonnie. Não havia detestado. Apenas não havia... achado nada de especial. As cores não fluíam. Era como ver uma pintura genérica pendurada em uma parede qualquer. Era boa, mas nada excepcional.

Resolvi não dizer nada. Se dissesse, só a deixaria chateada. Cerrei os dentes, irritado, quando me dei conta de que não queria deixá-la chateada. Aquela garota estava mexendo comigo.

Estiquei os braços acima da cabeça. Vi que ela estava observando. Quando olhei em seus olhos, ela os voltou para a música.

— Está horrível?

— Não está horrível.

— Mas também não está bom — disse Bonnie, com consciência, recostando na cadeira. Ela parecia desanimada. Abriu a boca, como se quisesse dizer alguma coisa. Eu sabia que seria sobre sexta-feira à noite. A raiva que normalmente me controlava começou a se manifestar diante daquela expectativa. Ela deve ter notado algo em meu rosto e disse: — Cromwell, acho que devemos falar com Lewis e pedir para trocar de parceiros. Isso — ela apontou para nós dois — não está dando certo. — Ela manteve os olhos baixos. — Não estamos sintonizados no que diz respeito a música. — Ela passou o dedo sobre os veios da madeira da mesa. — Você... — Ela engoliu em seco. — Você ainda só pretende contribuir com música eletrônica ou mudou de ideia?

Fechei os olhos e respirei fundo. Eu tinha pedido para ela não tocar naquele assunto.

Eu não podia falar naquele assunto, porra.

E ela tinha razão. Nós não combinávamos. Tínhamos gostos diferentes. Eu não queria seguir o caminho da música clássica. Ainda assim, mesmo sabendo disso, a ideia de vê-la formando dupla com outra pessoa, com alguém como Bryce, fazia todas as células do meu corpo relutarem.

— Ele disse que não haveria troca de parceiros.

Bonnie desistiu de insistir e se inclinou para a frente.

— Então, me ajude. — Ela passou a mão sobre a testa. Parecia cansada. Em seguida, respirou fundo. — Mais uma vez, você ainda quer fazer sua parte com mixagens eletrônicas?

— Sim — respondi por entre dentes cerrados.

Vi a decepção em seus olhos.

— Cromwell... — Ela balançou a cabeça. — O modo como você é capaz de tocar... — Ela esticou o braço sobre a mesa e passou os dedos sobre os meus. Seus dedos eram tão macios. Sua voz era suave. Tranquila. Triste. — Não sei por que você não quer tocar. Mas o que ouvi aquela noite... — Seus olhos marejaram. Ela colocou a outra mão sobre o coração. — Me emocionou. Muito. — Meu coração estava acelerado. Não conseguia acalmá-lo enquanto ela tocava em mim. Enquanto me dizia o que sentira ao ouvir minha música. Eu a vi. Vi a esperança em seu lindo rosto. Esperança de que eu falaria com ela. Que eu concordaria em compor com instrumentos de orquestra.

Então vi um vislumbre do rosto do meu pai em minha cabeça e congelei como um galho de árvore em uma tempestade de neve. A raiva tomou conta dos meus músculos, e puxei a mão, girando o piercing na minha língua para não explodir.

— Não vai dar.

— Cromwell, por quê?

— Já disse que não vai dar!

Bonnie ficou paralisada. Olhei em volta e vi que todos olhavam para mim. Cheguei mais perto dela.

— Eu pedi para você esquecer o que viu e não tocar mais no assunto. — Apertei um guardanapo na mão. — Por que não pode apenas fazer o que eu pedi? — Pretendia dizer com a voz firme, para assustá-la. Em vez disso, minha voz saiu falha e áspera.

— Porque nunca ouvi ninguém tão talentoso em toda a minha vida, Cromwell.

Cada uma de suas palavras suaves me atingiu como um míssil, tentando perfurar meu muro de proteção.

— Pare com isso — eu disse. Senti minha garganta fechar, a amarra apertando cada vez mais.

Alguém pigarreou e quebrou a tensão. Mantive os olhos em Bonnie, fervilhando, quando Sam, o babaca com o bule de café, perguntou a ela.

— Está tudo bem, Bonn?

— Está — ela respondeu e sorriu. Meu estômago apertou novamente. Era a segunda vez naquele dia que eu a via sorrir. E nenhum dos sorrisos havia sido para mim.

Aquilo me incomodou mais do que deveria.

Dava para sentir Sam olhando para mim.

— Você vai ao concerto no fim de semana? — ele perguntou.

— Vou — ela respondeu. — E você?

— Vou ter que trabalhar. Ah, antes que eu esqueça, o Harvey queria falar com você. — Bonnie levantou e acompanhou Sam. Eu não tinha ideia de quem era Harvey. Terminei de tomar o café e olhei para a partitura manuscrita que ainda estava sobre a mesa, encarando-me. Bati a mão na mesa quando voltei a olhar para ela. Olhei ao redor e vi Bonnie ao lado de uma sala, conversando. Lutei contra o impulso de pegar a caneta, mas, por fim, a necessidade de corrigir a composição venceu. Risquei as notas que ela havia esboçado e as substituí por outras que fluíam melhor.

Quando terminei, olhei para a folha e me levantei rapidamente. Meu coração estava acelerado demais. Eu não devia ter tocado naquilo. Mas precisei anotar. As notas, as melodias. Tudo.

Precisava ir embora. Queria levar a folha comigo e jogar no lixo na saída.

— Merda — resmunguei quando passei pela porta e me dei conta de que havia deixado a partitura para trás. Olhei para a esquerda e para a direita, resolvendo para onde iria. Mas aí recebi uma mensagem no celular.

SUZY: Está por perto? Minha colega de quarto vai ficar fora o dia todo.

Pela janela, vi Bonnie voltar para a mesa e pegar o papel manuscrito. Meu coração estava saindo pela boca enquanto ela passava os olhos pelas páginas. Ela colocou a mão no peito, o que fez o meu se apertar em resposta. Depois levantou os olhos e olhou ao redor. Eu sabia que ela estava procurando por mim. Minha pulsação acelerou e meus pés queriam voltar e trabalhar com ela. Mostrar a ela o que sua música havia inspirado em mim. Mostrar a ela para que direção eu levaria a composição. Quais instrumentos usaria. Como a conduziria.

Mas a amarra que me continha, aquela que me controlava, que me impedia de compartilhar as coisas, apertou ainda mais, mantendo-me paralisado. Mantendo a raiva presa dentro de mim.

Meu telefone vibrou novamente.

SUZY: ???

Olhei para Bonnie e vi seu lindo rosto. Vi seus olhos absorvendo as notas que eu havia escrito. E soube que era ela que desafiava os muros que eu havia erguido em volta de mim mesmo nos últimos três anos.

E eu precisava acabar com isso, ou não sabia se conseguiria lidar com as consequências.

EU: Chego em quinze.

Guardei o telefone no bolso, bloqueando todo o resto, e voltei para a faculdade antes que Bonnie me encontrasse. Obriguei o entorpecimento a assumir o controle e afastar Bonnie do pensamento. Mas, apenas alguns metros à frente, vi o pôster do concerto que aconteceria no parque no fim de semana. Filarmônica da Carolina do Sul. Cerrei os dentes, combatendo a necessidade de ir até lá para ver.

Além disso, Bonnie estaria lá. Era motivo suficiente para não ir. Eu precisava mantê-la a certa distância. Trabalhar com ela apenas no projeto. Ela já havia visto muito de mim. Conhecia muitos dos meus segredos.

Eu só precisava voltar às minhas mixagens. E aos muros altos que mantinham todos do lado de fora. Era o que eu precisava fazer.

* * *

— Você não agendou nenhum horário.

Eu estava na sala de Lewis. Havia um piano de cauda no canto. Um violino antigo com madeira rachada e envelhecida e cavalete frágil estava exposto na parede. Do outro lado, um violão sobre um suporte e um violoncelo virado de lado.

Desviei os olhos quando uma sensação familiar começou a tomar conta de mim. Olhei para as fotos em que ele estava regendo e me dei conta de como era jovem quando começou. Fiquei me perguntando se ele sempre havia amado música. Se ela também estava em todo ar que ele respirava.

— Cromwell — ele disse, chamando minha atenção.

— Eu não preciso de sessão individual.

Um músculo se contorceu em seu rosto. Ele apoiou os braços sobre a mesa.

— Cromwell, sei que já faz um tempo que você está concentrado em *dance music*. Se é nisso que quer se concentrar, tudo bem. Vamos nos concentrar nisso.

— Você pode me ensinar alguma coisa sobre música eletrônica?

Lewis me olhou com os olhos semicerrados.

— Não, mas eu conheço música. Posso lhe dizer o que está funcionando e o que não está. — Ele parou, analisando-me. — Ou podemos trabalhar em algum de seus antigos pontos fortes. — Ele apontou para os instrumentos. — Piano. Violino. — Ele soltou uma gargalhada. — Qualquer coisa, na verdade.

— Não, obrigado — murmurei. Olhei a hora no relógio. Já era quase fim de semana. Assim que aquela reunião terminasse, uma garrafa de uísque me esperava. Aquela semana havia me destruído, e eu estava pronto para deixá-la para trás. Pronto para o entorpecimento que acompanhava a bebedeira.

— Você ainda compõe?

Apoiei as mãos atrás da cabeça.

— Não.

Lewis inclinou a cabeça de lado.

— Não acredito nisso.

Todas as partes do meu corpo ficaram tensas.

— Acredite no que quiser — respondi.

— O que estou querendo dizer é que não acho que você seja capaz de impedir a si mesmo de compor. — Ele bateu na lateral da cabeça. — Por mais que queiramos, isso aqui nunca desliga. — Ele espalmou as mãos sobre a mesa. — Mesmo em meus momentos mais complicados, com a bebida, as drogas, eu ainda compunha. — Ele sorriu, mas não havia nada alegre ou engraçado naquilo. Parecia triste. Parecia que eu podia sentir. — Eu saí da reabilitação com uma sinfonia inteira. — Ele desfez o sorriso falso. — Mesmo que algo o faça detestar música, seja o que for, muitas vezes pode ser o catalisador de sua próxima grande obra.

— Que profundo — murmurei. Lewis ficou muito desanimado. Eu estava agindo como um cretino novamente. Mas tudo o que havia acontecido aquela semana tinha sido demasiado. Eu estava cansado, esgotado.

Só precisava de um tempo.

Era engraçado. Não sabia se estava sendo para Lewis, mas, naquele momento, pensei em meu pai e em como me ver tratando alguém assim partiria seu coração. Ele não havia me educado daquela forma.

Não custa nada ter educação, filho. Sempre seja amigável com quem quer ajudar.

Mas ele não estava mais ali. E eu havia lidado com o fato do único jeito que conhecia. Olhei de novo para o relógio.

— Posso ir agora?

Lewis olhou para o relógio e suspirou. Quando levantei, ele disse:

— Não estou tentando te aconselhar, Cromwell. Só quero que perceba o dom que recebeu.

Fingi bater continência. Não suportava ouvir mais ninguém falando do meu talento. Já era difícil o bastante deixá-lo de lado sem Lewis e Bonnie botando lenha na fogueira que eu tentava manter apagada.

— Seu pai percebeu — ele disse quando encostei a mão na maçaneta.

Virei a cabeça para ele, e, sem me conter, as comportas se abriram.

— Se mencionar meu pai de novo, eu paro de vir. Estou por um triz de cair fora desta merda de lugar mesmo.

Lewis levantou as mãos.

— Tudo bem. Vou parar de mencionar seu pai. — Ele saiu da cadeira e foi na minha direção. Era bem alto. Parou a poucos metros de distância. — Mas quanto a desistir da faculdade... Você não vai fazer isso.

Afastei-me da porta com o peito estufado.

— Ah é? E o que você sabe sobre...

— O suficiente para saber que, mesmo carregando um ressentimento do tamanho do Alasca, você não vai embora. — Ele apontou para a sala. — Essa é sua arena. Você só está muito irritado e magoado para aceitar neste momento. — Ele deu de ombros. — Você enxerga, mas está relutante. — O olhar de reconhecimento em seus olhos quase me fez cair de joelhos. — Você é um bom DJ, sr. Dean. Só Deus sabe como isso paga bem hoje em dia, e eu não tenho dúvidas de que verei seu nome sob os holofotes no futuro. Mas, com o dom que tem, você poderia ser uma lenda *neste* palco. — Lewis apontou para uma fotografia dele no Albert Hall e se sentou. — Acho que a decisão cabe a você.

Fiquei olhando para a fotografia por um segundo. Lewis de smoking, regendo a orquestra, tocando a música que havia criado. Senti a bola de chumbo no estômago, aquela que tentava derrubar meu muro. O que quer que vivesse dentro de mim, que me deixava daquele jeito em relação à música, estava tentando sair. Era cada vez mais difícil dominar.

— Espero que acabe escolhendo o segundo caminho, Cromwell. Deus sabe que eu sei muito bem como é viver com esse tipo de arrependimento. — Ele ligou o laptop. — Pode ir. Tenho composições para avaliar. — Ele olhou para mim por sobre a tela. — Estou esperando o esboço de seu trabalho com a srta. Farraday. Não vou esperar para sempre.

Puto, pensei enquanto batia a porta. Estava prestes a virar à esquerda em direção à saída principal, mas minha cabeça virou à direita, na direção do som de uma orquestra de cordas. Vaguei pelo corredor. Era uma forma alternativa de sair do prédio. Quis acreditar nisso quando parei na porta da sala de ensaio da orquestra. Encostei no batente da porta, de braços cruzados.

Quando o violoncelo tomou a frente, baixei meus muros por um segundo e deixei o som tomar conta de mim. Uma paz que eu não sentia havia anos se instalou. Fiquei ouvindo-os tocar "Cânone em ré maior" de Pachelbel. Não era a composição mais difícil, e aqueles não eram os melhores músicos. Mas não importava. O que importava era o fato de *estar sendo* tocada.

E eu estava ouvindo. Vi hexágonos magenta e salmão quando o violoncelo foi tocado. Depois explosões cor de pêssego e creme, pontos tremeluzentes de roxo e cor-de-rosa quando o violino engrenou na melodia. Senti um sabor floral e senti meu peito se apertar, meu estômago se encher de luz enquanto as cordas dançavam e cantavam.

Quando a música terminou, abri os olhos, sem fôlego, e me afastei do batente da porta. Olhei para a esquerda. Lewis estava na porta de sua sala, me observando. Uma onda de raiva se acendeu em mim ao saber que ele estava lá, me olhando. Saí correndo do prédio e fui para o dormitório. Assim que entrei no quarto, o cheiro de tinta me atingiu em cheio.

— Merda. — Joguei a mochila na cama.

Easton, que pintava uma tela, se virou.

— Já viu algum *leprechaun* hoje?

Balancei a cabeça.

— Idiota. Não sou irlandês. Sou inglês. — Eu me joguei na cama, mas, assim que deitei, fiquei inquieto. O cretino do Lewis estava mexendo com a minha cabeça. Bonnie Farraday e sua mão no peito enquanto lia minha música era uma cena gravada em meu cérebro. Mas não tanto quanto a impressão de sua mão em meu braço na noite da sexta-feira anterior.

Eles estavam me pressionando cada vez mais ao colapso, e eu não conseguia suportar.

— E tem alguma diferença?

Revirei os olhos e pulei da cama. Olhei para o quadro que ele estava pintando. Havia cores por todo o lado. Era ofuscante. Como se Jackson Pollock tivesse fumado crack.

— Nossa, East. O que é isso?

Ele gargalhou e largou as tintas. Estava coberto. Abriu bem os braços.

— Sou eu! Como estou me sentindo neste lindo dia ensolarado. — Ele se aproximou. — Chegou o fim de semana, Crom. O mundo é nosso!

— Está um pouco exagerado. — Olhei para minha mesa de som e percebi que não estava com vontade nenhuma de criar novas mixagens naquele momento. — Vamos comer alguma coisa. Preciso sair desta faculdade.

— Gostei do seu estilo.

Saímos do dormitório e seguimos para a Main Street. É claro.

— Sua mãe andou mandando e-mail de novo — Easton disse enquanto seguíamos para o Wood Knocks. Olhei para ele, franzindo as sobrancelhas. Ele levantou as duas mãos. — Você deixou o laptop aberto. A tela ficava acendendo toda vez que chegava mensagem dela.

— Que ótimo — resmunguei.

— Você ganhou um padrasto novo, é? — Olhei para Easton de canto de olho. — Vi na linha de assunto. — Ele abriu um sorriso amarelo. — Ele faz aniversário perto do Natal. Ela queria saber se você vai voltar para casa para comemorar. — Parei de andar e fiquei olhando para Easton. — Pronto! — ele disse. — Isso foi tudo o que eu li. Juro. — Ele piscou para mim e sorriu.

A resposta para aquela pergunta seria um gigantesco "não". Eu não passaria o Natal em casa. Imaginar o novo marido da minha mãe na casa do meu pai acabava comigo. Ficaria bem longe.

Passamos pelo parque. Havia luzes e pessoas por toda a parte. Estreitei os olhos, tentando descobrir o que estava acontecendo.

— Hoje é a apresentação da orquestra, ou seja lá o que for — Easton afirmou. Ouvi um som distante de instrumentos sendo afinados. — Bonnie vai, eu acho. Não é bem a sua praia, não é, cara? Toda essa música clássica. — Ele balançou a cabeça. — Não consigo entender como alguém consegue assistir a uma coisa dessas.

Bonnie. Eu não a havia visto e nem tido notícias dela a semana toda. Ela não estava presente nas aulas nos últimos dias. Era... estranho não a ver a algumas fileiras de distância. A sala parecia quase vazia sem ela. Ela também não havia me mandado nenhuma mensagem de texto. Não quis me encontrar.

Nunca mais perguntou se eu estava bem.

Eu... não estava gostando.

— Ele é um idiota? — Easton perguntou quando entramos no bar.

Levantei as sobrancelhas, confuso. Estava muito ocupado concentrado em Bonnie.

— Seu padrasto.

Sentamos. O barman acenou com a cabeça para nós.

— Duas cervejas — Easton disse, e parou para pensar por um segundo. — E algumas doses de tequila, Chris.

Easton se virou novamente para mim, esperando minha resposta.

— Não o conheço muito bem. Nunca fiz questão. Eu já tinha saído de casa quando ela conheceu o cara. — Easton assentiu, mas estava olhando para mim como se tentasse compreender alguma coisa. — E sua mãe? Vocês também não se dão bem? — Ele balançou a cabeça. — Minha mãe não ia admitir isso. Ela invadiria nosso quarto na faculdade e exigiria que eu falasse com ela. — Ele riu. — Ela é osso duro de roer.

— Antes eu me dava bem com a minha. — Fiz uma pausa quando as bebidas chegaram. Peguei a tequila primeiro. Virei de uma vez, sem nem colocar limão e sal. — Mas não me dou mais. — Eu detestava falar sobre a minha família. Droga, eu detestava *falar*, ponto-final.

— E o seu pa...

— O que aconteceu com a Bonnie? — interrompi Easton antes que ele pudesse concluir sua pergunta. Meu coração ainda estava acelerado só de pensar em ter que respondê-la.

Ele pareceu não notar. Tomou um gole de cerveja e disse:

— Está gripada. Ela voltou para a casa dos nossos pais esta semana, para minha mãe cuidar dela. — Ele riu. — Vou dizer que você perguntou por ela.

— Não precisa — rebati. Mas algo relaxou dentro de mim. Ela estava gripada. O que significava que logo voltaria para a faculdade.

O rosto de Easton se iluminou.

— Acho hilário o meu colega de quarto e minha irmã se odiarem. — Bonnie me odiava? Eu não percebi que estava franzindo a testa até ele dizer: — Não vai me dizer que ficou chateado? — Ele deu um tapa na mesa. — Merda! Descobrimos a sua kryptonita. O que o deixa mais irritado é uma garota não gostar de você.

— Não é nada disso. — Esperei ele se acalmar. *Eu* me acalmar. Bonnie não gostava de mim... — Temos que fazer o trabalho da aula de composição juntos. As coisas só vão até aí. — Eu queria mudar de assunto. Rápido.

— Tudo bem, tudo bem. Só estou brincando com você. — Ele se inclinou para a frente com os braços sobre a mesa. Estava me observando. Não, estava me analisando. — Mas entendo por que vocês estão sempre em conflito. — Ele fez sinal para o barman, pedindo mais bebidas.

— Você vai explicar ou só vai deixar no ar?

Easton sorriu, mexendo-se na cadeira para encontrar uma posição confortável.

— Bonnie sempre foi de correr atrás do que queria. Desde que éramos crianças, ela organizava coisas. Eventos, joguinhos idiotas para as crianças do bairro. — Ele ficou olhando para o nada por um segundo. — Eu era o que sempre estava metido em confusão. Que perturbava meus pais.

— Então, nada mudou.

— É verdade. — Easton bateu sua garrafa de cerveja na minha e suspirou. — Depois, ela se apaixonou pelo piano. E foi isso. — Ele estalou os dedos. — Ficou viciada. Nunca ia a lugar nenhum sem seu pequeno teclado. — Ele soltou uma gargalhada. — Ela me deu dor de cabeça durante uns dois anos, até ficar boa o suficiente para eu conseguir tolerar. Depois foi um recital atrás do outro. — O sorriso dele definhou. Ele ficou quieto. Muito quieto. O silêncio me deixou desconfortável. — Ela é uma boa pessoa. É minha irmã. Mas é mais do que isso. Ela é minha melhor amiga. Droga, ela é minha bússola moral. Ela me mantém na linha. — Ele tomou o resto da cerveja e empurrou a garrafa vazia de lado. — Ela é a melhor de nós dois. Não pense que alguém duvida disso. Eu estaria perdido sem ela.

Ele ficou em silêncio. Depois, levantou os olhos e deu um sorrisinho.

— Você, por outro lado, está com esse péssimo humor vinte e quatro horas por dia. Nunca faz nada na hora. Mal fala. Guarda tudo para si mesmo. E, o que é pior, toca música eletrônica. Minha irmã, que *ama* música clássica e *folk*, foi obrigada a trabalhar em dupla com um cara que não sabe tocar nenhum instrumento, só usa laptop e sintetizador.

Ele caiu na risada. Olhei para minha cerveja, pensando em como ele estava errado a meu respeito. E também sobre Bonnie. Ela havia me visto. Meu verdadeiro eu. Quem eu era por dentro.

E não gostava de mim? Eu sabia que às vezes agia feito um idiota. Mas ela havia me *visto*. O fato de ela não gostar de mim não estava me agradando.

Porque rapidamente estava me dando conta de que eu meio que gostava dela.

As portas do bar se abriram, tirando-me de meus pensamentos, e algumas garotas entraram. Os olhos de Easton foram logo para cima delas.

— Ótimo — ele disse baixinho, com os olhos iluminados. — Alex está aqui. — Em seguida, uma garota ruiva foi até a mesa e parou na frente de Easton.

— Easton Farraday. Que bom te encontrar aqui. — Ela sorriu, e entendi como uma deixa para eu ir embora.

Terminei a cerveja, virei mais uma dose de tequila e coloquei a outra garrafa de cerveja cheia no bolso do jeans rasgado. Voltei a fechá-la com a tampa para que não derramasse.

— Você já vai? — perguntou Easton, já com o braço na cintura da ruiva, apontando com a cabeça na direção das duas amigas dela. Uma das garotas, uma loira, já estava me observando dos pés à cabeça.

— Eu vou lá fora. — Mostrei o maço de cigarros.

Easton assentiu, depois levou a ruiva para o bar. Nem olhei para as amigas dela quando saí. Acendi o cigarro e comecei a andar. Não ia voltar. Não estava no clima de festa.

Estava confuso. Não queria ficar em casa, mas também não queria sair. Queria ausentar-me de minha própria pele, apenas me tornar outra pessoa por um tempo.

Estava cansado de ser eu.

A rua estava ficando movimentada, pessoas saíam para jantar e para beber. Mantive a cabeça baixa quando passei por alguns dos alunos da faculdade.

Pessoas mais velhas caminhavam na direção do parque. Quando me vi perto dele, olhei lá dentro por entre as grades. Havia centenas de pessoas sentadas no gramado, a maioria sobre toalhas de piquenique. Olhei na direção para qual todos estavam virados. Parecia haver uma orquestra com cinquenta músicos no centro de um palco. Ouvi muitos aplausos vindos da plateia. Estreitei os olhos, tentando enxergar por entre as árvores que bloqueavam minha visão.

Deu para ver o maestro entrando no palco. Meu coração se acelerou quando ele levantou a batuta e fez sinal para a orquestra se preparar. Arcos apoiavam-se sobre cordas, palhetas eram levadas a bocas, e a pianista estava com as mãos sobre as teclas.

Um segundo depois, eles começaram, em perfeito uníssono. A "Quinta sinfonia", de Beethoven deu início à apresentação. Apertei o corpo junto às grades. Sabia que devia ir embora. *Precisava* ir embora. Mas, em vez disso, eu me vi passando pela entrada. Havia uma bilheteria ali, com uma placa de "Esgotado" no portão principal.

Vá para casa, Cromwell. Eu me obriguei a cortar caminho pela lateral do parque e voltar para a faculdade. Mas, a cada movimento da música, as cores ficavam mais vivas em minha mente. Parei de repente e fechei bem os olhos. Apoiando-me na grade, pressionei os olhos com a palma das mãos. Mas as cores não desapareceram.

Vermelhos dançavam em triângulos, brilhando e virando verdes. Amarelos vivos piscavam e se transformavam em cor de pêssego. Longos e persistentes trechos cor de laranja explodiam em tons claros de marrom.

Soltei as mãos, e os ombros afundaram, derrotados. Virei e olhei pelas grades. O palco agora estava distante. Olhei para ver se havia guardas fazendo a segurança, mas não encontrei nenhum. Não tinha ninguém à vista. Subi na grade e pulei por cima dela. Chegando ao chão, sofri alguns arranhões dos galhos dos arbustos e das árvores.

A escuridão que se formava serviu para me manter escondido enquanto eu caminhava para a área principal do parque. Passei por um espaço entre as árvores e comecei a andar na direção de onde a música estava tocando. A cada passo, as cores ficavam mais vivas, até que fiz algo que não fazia havia três anos, contra o que estava cansado demais para continuar lutando...

Libertei as cores.

Cortei a amarra que as continha e as deixei voar.

Minhas mãos começaram a ficar inquietas na lateral do corpo enquanto eu absorvia a música, de olhos fechados, apenas deixando-a entrar.

Quando o quarto movimento chegou ao fim, abri os olhos e fui até onde estava o público. Vi uma árvore à minha esquerda e resolvi me sentar debaixo dela. Olhei para o palco quando a composição seguinte começou... e poucos metros à minha frente estava uma morena familiar. Meu coração disparou. Depois de uma semana sem vê-la, o rosa-claro e o lilás que a cercavam pareciam mais fortes. Mais vivos.

Eu não conseguia desviar os olhos.

Bonnie estava com um cobertor sobre os ombros, sentada sobre outro, sozinha. Aquilo me fez lembrar do cobertor que ela havia colocado sobre mim aquela noite em que dormi em Brighton.

Ela havia me deixado um cobertor, mesmo depois de eu ter agido como um completo idiota com ela. Meu coração se apertou novamente. Balancei os pés para afastar aquela sensação.

Já estava cansado de sentir tanto.

Bonnie estava com os joelhos dobrados, braços apoiados por cima. Mesmo de onde eu estava, dava para ver que seus olhos estavam fixos nos músicos. Ela não perdia um detalhe.

Observei-a quando eles passaram a um dos "Concertos de Brandemburgo", de Bach. Cerrei as mãos ao lado do corpo.

Depois, quando ela levantou o braço e secou uma lágrima que corria por seu rosto, minhas mãos relaxaram e me vi indo até onde ela estava sentada. Sentei na grama ao lado dela.

Pude sentir seus olhos sobre mim no instante em que ela suportou afastá-los da orquestra. Inclinei-me para a frente, com os braços pendendo sobre as pernas. Ela me observava com uma expressão de surpresa no rosto.

Cerrei os dentes quando meu pulso começou a ficar acelerado. Tirei a cerveja do bolso e tomei um gole. Ainda podia sentir o olhar dela, então olhei em seus olhos.

— Farraday.

Bonnie piscou, antes de seus olhos se voltarem novamente para a orquestra. Quando terminou a composição de Bach, houve um intervalo. A orquestra saiu do palco, e as pessoas foram na direção dos trailers de comida e bebida. Deitei sobre a grama, apoiado nos cotovelos. Não tinha ideia do que estava fazendo ali. Easton tinha acabado de me dizer que Bonnie nem gostava de mim.

E eu sabia disso. Não devia me importar com o fato de ela não gostar de mim, devia até achar bom, na verdade. Mas não conseguia tirar aquilo da cabeça. Ela havia me visto. Ela sabia que eu era capaz de tocar. Eu não precisava fingir ao lado dela.

— Não acredito que você está aqui — Bonnie disse com a voz trêmula. Ela estava nervosa. Dava para ver em seu rosto. Em seus olhos castanhos. Eu também não acreditava que estava ali. Quando não respondi, Bonnie ocupou-se procurando algo na cesta ao seu lado. Ela usava uma blusa de frio cor-de-rosa – ou um "suéter", como provavelmente chamaria – e jeans. O cobertor marrom agora cobria suas pernas. Ela pegou um pacote de doces, abriu e começou a mastigar um pedaço comprido de alcaçuz.

Levei um cigarro aos lábios e tentei acendê-lo. Ela colocou a mão no meu braço.

— Por favor, não faça isso, Cromwell. — Olhei para o meu braço. Ela estava segurando no mesmo ponto em que havia segurado aquela noite na sala de música. Quando ela me ouviu. Quando me viu tocando os instrumentos.

Quando me viu desmoronar.

Olhei para ela. Seu rosto estava corado, e os olhos, arregalados. Fiquei me perguntando se ela estava se lembrando da mesma coisa que eu. Continuei olhando em seus olhos, tentando decifrar o que havia neles. Mas, quando não consegui, baixei o cigarro e o guardei de volta no bolso. Então, depois de um tempo, ela disse:

— Obrigada. — Ela esfregou a mão no peito. Fiquei imaginando se seu coração também estava acelerado.

Eu não sabia o que dizer ao lado dela. Da última vez que a havia visto, eu tinha surtado e consertado sua composição. Eu tinha sido rude com ela. Tentei tirá-la da cabeça. Mas, independentemente do que tentasse, ela nunca saía.

Bonnie olhava para todos os lados, menos para mim.

— Você estava doente — eu disse. Pareceu mais uma acusação do que uma pergunta.

Ela deve ter pensado o mesmo, porque me olhou e abriu um sorriso sarcástico. Aquele sorriso gerou uma sensação estranha em meu estômago. Um aperto.

— Eu estava doente.

Eu me sentei e olhei para a multidão, tentando afastar aquela sensação.

— Você sentiu a minha falta?

Eu me virei para Bonnie, primeiro sem saber por que ela havia me perguntado aquilo. E, em segundo lugar, sem saber o que responder.

Ela estava sorrindo. Quando pisquei os olhos, confuso, ela caiu na gargalhada. Colocou a mão no meu braço.

— Estou só brincando, Cromwell. — Ela acenou com a mão, em um gesto pedindo calma. — Pode respirar.

Terminei de tomar a cerveja, mas não parei de escutar sua risada. O cor-de-rosa de sua risada. Isso, e o fato de ter sido direcionada a mim. Nunca pensei que ela sorriria para mim daquela forma. Mas, também, nunca imaginei que estaria naquele lugar, aquela noite. Meu corpo todo ficou tenso enquanto esperava que ela tocasse no assunto da sala de música. Que me fizesse perguntas. Que me pressionasse sobre nosso projeto de composição. Mas ela não disse nada.

— Quer um? — Bonnie segurava um pedaço de alcaçuz. Neguei com a cabeça. — Como assim? Não gosta de doces?

— Não gosto dos doces americanos.

— O quê? — ela perguntou, rindo. Virei a cabeça para o palco, para ver a formação da orquestra. Sempre fazia isso. Bonnie puxou meu braço, obrigando-me a olhar para ela. — Não, eu preciso ouvir isso. Você não gosta dos doces americanos?

Fiz que não com a cabeça.

— Por quê?

— São uma merda — respondi com sinceridade.

Por um instante, a expressão de Bonnie continuou sendo de choque. Até que ela abriu a boca e gargalhou. Ela puxou a caixa de doces que estava em sua mão e a segurou junto ao peito.

Aquela sensação voltou a tomar conta de meu estômago. Como uma punhalada, que começava a se mover para o peito até dominar meu corpo todo. Ela secou os olhos. Quando conseguiu falar novamente, perguntou:

— Tudo bem, então. E qual doce britânico é bom?

— Praticamente todos. — Balancei a cabeça ao lembrar da primeira vez que experimentei chocolate norte-americano. Foi horrível. Nunca mais havia tocado em um daqueles. Estava esperando uma remessa de doces bons que minha mãe havia enviado.

Bonnie acenou com a cabeça.

— Tenho que admitir, eu experimentei quando estive por lá no último verão. E concordo com você, são incríveis.

Os músicos começaram a retornar a suas posições. As pessoas voltavam correndo para seus lugares na grama. Bonnie observou os músicos com uma atenção arrebatada, depois voltou a olhar para mim.

— Então na verdade você *gosta* de música clássica? — ela disse. Fiquei paralisado. — Sei que não podemos falar sobre isso. Sobre você. Sobre aquela noite. — Seu rosto foi tomado por empatia. — E tenho que respeitar isso. — Ela deu de ombros. — Mas você está aqui. Em um concerto de música clássica.

Eu estava cutucando o rótulo da cerveja, mas olhei nos olhos dela. Não disse nada, porque a resposta àquela pergunta era óbvia. Eu estava lá. Aquilo já dizia tudo.

Ela deve ter percebido que eu não queria responder, pois apontou para a orquestra.

— Eles são incríveis. Já vi as apresentações deles muitas vezes — ela falou.

Eles eram razoáveis. Bons, na melhor das hipóteses.

— E aí? — ela disse.

— O quê?

Bonnie respirou fundo.

— Você gosta de música clássica, não gosta? A essa altura... depois de tudo, pode me contar. — Ouvi o tom de súplica em sua voz. Uma súplica para que eu admitisse que ela estava certa.

A orquestra começou a tocar a "Cavalgada das Valquírias", de Wagner. As cores começaram a correr por minha cabeça como a tinta que Easton havia jogado na tela. Tentei afastá-las. Mas descobri, ali sentado ao lado de Bonnie, que elas não iriam a lugar nenhum. Ela, de alguma forma, fazia com que elas voassem livremente.

— Cromwell...

— Sim — eu disse, exasperado. Endireitei o corpo. — Eu gosto. — Um longo suspiro escapou de meus lábios quando admiti. — Eu gosto. — A segunda confirmação foi mais para mim do que para ela.

Olhei para a multidão que observava a orquestra, para os músicos no palco, e me senti completamente à vontade. Fazia muito tempo que não me sentia assim. E, quando olhei para o maestro, eu me vi no lugar dele. Lembrei da sensação de usar smoking, ouvindo a orquestra tocar minha própria obra.

Era algo único.

— Não consegui tirar sua música da cabeça — Bonnie disse, afastando minha atenção da orquestra e de meus pensamentos. Olhei em seus olhos e senti meu coração afundar por ela estar falando sobre aquilo. — Os poucos compassos que você deixou sobre a mesa do Café Jefferson. — Meu estômago ficou apertado. — Cromwell — ela sussurrou.

Fiquei surpreso por conseguir ouvir sua voz sobre a música. Mas ouvi. É claro que ouvi.

Era violeta.

Cerrei os punhos. Devia ter simplesmente levantado e ido embora. Eu já havia feito isso várias vezes. Mas não fiz. Fiquei ali, olhando nos olhos dela. Bonnie engoliu em seco.

— Sei que não quer que eu fique mencionando isso. — Ela balançou a cabeça. — Mas foi... — Ela fez uma pausa, esforçando-se para encontrar as palavras, assim que os instrumentos de corda tomaram a frente. Naquele momento, eu não dava a mínima para os violinos, os violoncelos e os contrabaixos. Queria saber o que sairia da boca de Bonnie. — Eu gostei, Cromwell. — Ela sorriu. — Mais do que gostei. — Ela balançou a cabeça. — Como você... Você simplesmente pensa em tudo na hora?

Engoli em seco e coloquei a mão no bolso, em busca de um cigarro. Peguei um e acendi. Notei um quê de decepção em Bonnie, mas já estava em pé antes que ela pudesse me dizer mais alguma coisa.

Fui até a árvore e me encostei no tronco. Apenas metade de minha atenção estava na orquestra. O restante estava em Bonnie. Ela estava novamente concentrada nos músicos, mas seu corpo esguio estava curvado. Ela estava desanimada. E havia sido minha relutância em falar que a havia deixado daquele jeito. Ela mastigava o alcaçuz, mas dava para ver que não estava mais perdida na música.

Eu havia roubado sua alegria.

Pensei em como ela estava quando cheguei. Estava fascinada com a orquestra. Fiquei me perguntando se algum dia eu já havia ficado daquele jeito. Tão envolvido. Sem me importar com mais nada. Sem deixar nada entrar na cabeça enquanto a música tocava. E sabia que sim. No passado. Antes de tudo dar errado e a merda da música clássica se tornar algo que eu desejava desprezar.

Mas, enquanto estava ali, deixando a nicotina de que eu tanto necessitava preencher meus pulmões, soube, lá no fundo, que nunca conseguiria. Durante três anos, combati em uma batalha perdida.

Você nasceu para isso, Cromwell. Você nasceu para ser assim. Tem mais talento no dedo mindinho do que qualquer um que eu conheço. Inclusive eu mesmo.

Minha garganta fechou quando ouvi a voz de meu pai na cabeça. Quando olhei para o cigarro, minha mão estava tremendo. Dei a última tragada, forçando-me a me recompor. Mas a onda habitual de raiva ardente e a desolação visceral, tão intensas que eu mal podia respirar, reviravam meu estômago, como acontecia sempre que eu pensava nele. Sempre que ouvia esse tipo de música. Sempre que eu estava perto de Bonnie.

Eu não sabia o que a tornava tão diferente.

Joguei o cigarro no chão. Senti vontade de socar alguma coisa quando a pianista iniciou o solo. Mas meus pés estavam fincados no solo. O som das teclas me fazia escutar. Me fazia observar. Mas tudo que via naquele palco era eu. Eu, executando a única composição que nunca havia sido capaz de finalizar. Aquela composição que me assombrava havia tanto tempo.

Aquela que eu nunca conseguia ver na cabeça. As cores ficavam mudas e perdidas no escuro. Aquela que me fez me afastar de meu maior amor.

— Cromwell? — A voz de Bonnie cortou o barulhento ruído branco que havia preenchido minha cabeça, o piano que bombardeava meu cérebro como as bombas que haviam caído sobre meu pai na maior parte do tempo que passara no Exército. Fechei os olhos, apertando a palma das mãos sobre eles novamente. Senti a mão de alguém em minha cintura. — Cromwell? — Bonnie puxou meus braços para baixo. Ficou me olhando fixamente com seus grandes olhos castanhos. — Você está bem?

Eu precisava ir embora dali. Precisava sair, escapar, quando...

A pianista tomou a frente novamente. Só que desta vez era...

— "Concerto para piano nº 6" — Bonnie disse. — Mozart.

Engoli em seco. *É meu preferido, filho. É minha composição preferida, entre as que você toca, sem contar as suas.*

Olhei para os dois lados, perdido. Bonnie estava apertando meus pulsos. Quando olhei para seus dedos sobre minha pele tatuada, compreendi que ela não soltaria.

— Venha sentar. — O toque dela parecia penetrar minha obscuridade. E, daquela vez, deixei rolar. Não relutei. Não fugi. Fiquei. E não me permiti me preocupar.

Bonnie me levou de volta para onde estávamos sentados. Uma garrafa de água apareceu em minha mão. Eu a bebi, sem pensar em mais nada. Quando Bonnie tirou a garrafa vazia de minha mão, ela a substituiu por um pedaço longo de alcaçuz. Ela sorriu quando me encarou. Deitei na grama, apoiado nos cotovelos. A orquestra havia começado a tocar "Noturno em mi bemol maior", de Chopin, prestes a encerrar a noite.

Ficamos sentados em silêncio. Mas dei uma mordida no alcaçuz, mastiguei aquele doce sem gosto e murmurei.

— Continua sendo horrível.

Bonnie riu.

E eu finalmente consegui respirar.

♪ 10
Bonnie

Eu não sabia o que pensar, sentada ao lado de Cromwell.

Ele estava com uma aparência estranha enquanto fumava perto da árvore. Como se estivesse preso em um pesadelo. Estava tremendo. Seu rosto estava pálido enquanto olhava fixamente para a pianista como se ela fosse um fantasma. Parecido com o estado como ele ficou naquela noite, na sala de música. O vislumbre de medo que havia visto nele quando olhou para meu trabalho na cafeteria. Como se apenas ouvir, ver e ler notas musicais o colocasse diante de uma espécie de horror que ele não queria encarar.

Era nesses momentos que ele era mais cruel. Mais grosseiro. Mas também era quando meu coração mais chorava por ele. Porque eu compreendia o que o medo podia fazer com uma pessoa. Dava para ver que ele era prisioneiro de alguma coisa. Mas eu não sabia do quê. Não sabia como ajudar.

Quando a orquestra terminou, levantei e aplaudi com todo o entusiasmo que consegui reunir. Cromwell permaneceu sentado na grama. Meu coração bateu alto dentro do peito quando olhei para ele. Ele estava me observando. Seus olhos azuis estavam fixos nos meus. As tatuagens eram como pinturas valiosas em seus braços descobertos. Os piercings cintilavam sob as luzes do palco. Sua figura musculosa e alta parecia ocupar a grama toda, e sua presença consumia todo o ar que nos cercava.

Virei a cabeça, concentrando-me na orquestra, que agradecia aos aplausos. Dava para sentir os olhos dele ainda sobre mim. Aquilo me dava arrepios de nervosismo. Porque sempre que eu via Cromwell, sempre que conversávamos, eu ouvia o garoto desamparado em sua voz. E o via debruçado sobre o piano, chorando. E ouvia a música que ele tocava com tanta perfeição se repetindo em minha cabeça.

Era difícil não gostar de uma pessoa quando se sabia que ela estava sofrendo.

Quando a orquestra deixou o palco, as pessoas começaram a se dispersar. Eu me abaixei para pegar minhas coisas. Guardei tudo na cesta e finalmente me permiti olhar para Cromwell. Ele estava olhando para a frente, com os braços em volta dos joelhos dobrados. Achei que já teria ido embora. Era seu comportamento habitual. Mas nada em Cromwell estava fazendo sentido para mim ultimamente.

— Você está bem? — perguntei, e ele olhou para mim com os olhos ainda vidrados e perdidos.

Cromwell fez que sim, então se levantou em silêncio e me acompanhou na direção da saída. Ele estendeu o braço e pegou a cesta das minhas mãos. Meu coração se derreteu um pouco com aquilo.

Envolvi o corpo com os braços, sentindo muito frio.

— Achei que você ia sair hoje à noite. Que ia para o bar. Ou para o Celeiro. Para tocar sua música.

— Não. — Ele não disse mais nada.

Quando chegamos aos portões principais, ouvi uma buzina. Olhei para a rua e vi minha mãe no carro.

— Estou aqui — eu disse, virando-me para Cromwell. Ele franziu as sobrancelhas. — É a minha mãe. — Abaixei a cabeça com o rosto pegando fogo. — Estou na casa deles esta semana, porque fiquei doente. — Droga. Eu parecia uma criança que tinha que correr para a casa da mamãe quando qualquer coisinha dava errado.

Eu tinha dezenove anos. Sabia a imagem que estava passando. Odiava pensar que Cromwell me acharia ridícula. Mas, pelo modo como me olhava, acho que não estava pensando isso. Na verdade, o modo como me olhava me deixava sem fôlego. Era intenso e sincero. Cromwell estava sempre na defensiva, era uma ilha. Mas aquela noite algo havia realmente mudado onde antes eu via apenas reflexos.

Havia uma coisa que eu tinha certeza de que meu coração não aguentaria, e era Cromwell Dean sendo gentil comigo. Eu não estava preparada para o tipo de emoção que aquilo inspirava.

Peguei a cesta da mão dele e apressei o passo.

— Obrigada, Cromwell. Por carregar minha cesta.

Ele acenou com a cabeça, depois olhou para trás e viu um grupo de pessoas saindo do Wood Knocks. Eu suspirei. Sabia que ele iria para lá depois. Aquela era sua vida.

Não era a minha. Seria bom eu me lembrar daquilo antes que minha cabeça se perdesse em pensamentos.

— Boa noite. — Eu me virei e fui na direção do carro da minha mãe.

— Você vai para a aula esta semana? — Parei de repente. Cromwell Dean estava me perguntando sobre a aula?

Olhei para trás.

— Acho que sim — respondi. Não consegui me conter e perguntei: — Por quê?

Cromwell passou a mão na nuca tatuada. Apertei os dentes.

— Só curiosidade.

— Precisamos começar aquele projeto, lembra?

Ele fez que sim. Parecia que queria dizer alguma coisa. Mas não disse nada. Só ficou ali parado, alternando entre olhar, constrangido, para mim e para a rua. Passando os olhos pelas pessoas que transitavam por ali, Cromwell se destacava. As tatuagens, os piercings, as roupas, os cabelos escuros e os olhos azuis.

— O que acha de nos encontrarmos na quarta-feira? — perguntei, e os ombros dele ficaram tensos.

Cromwell girou o piercing que tinha na língua. Eu havia notado que ele fazia aquilo sempre que estava diante de algo que não tinha certeza se devia fazer. Quando estava em conflito, principalmente no que se tratava de música. Eu o observei relutante perante aquela simples pergunta, até que olhou em meus olhos e assentiu.

— Boa noite, Cromwell — repeti.

Cromwell não respondeu. Ele se virou na direção do bar. Só fui para o carro da minha mãe quando ele passou pela porta, deixando escapar uma rajada de música ao entrar.

Minha mãe também estava olhando para o bar.

— Quem era aquele? — perguntou quando saiu com o carro.

Cromwell Dean.

Minha mãe arregalou os olhos.

— O novo colega de quarto do seu irmão?

— É. E meu parceiro na aula de composição. — E o garoto que estava praticamente em todos os meus pensamentos desde que o havia visto na sala de música. Desde que ele havia, em poucos minutos, consertado minha composição e a transformado em algo de tirar o fôlego. E desde que tinha sentado ao meu lado em um concerto de música clássica e carregado minha cesta.

Cromwell Dean era um enigma.

— Bem... — minha mãe disse. — Ele é interessante.

— Ahã.

— E como foi o concerto?

— Incrível. — Respirei fundo. Era difícil respirar. Esfreguei o peito.

— Você está bem? — minha mãe perguntou, preocupada. — Ainda está se sentindo cansada? Não está exagerando, está?

Sorri.

— Estou bem. Só cansada. Esta semana foi longa. — Minha mãe não disse nada. Apenas segurou na minha mão e apertou com força.

— Talvez você devesse passar mais uma semana em casa.

Eu sabia que devia. Mas disse:

— Vou voltar para a aula de quarta-feira. — De jeito nenhum eu perderia a chance de trabalhar com Cromwell. Já estava mais atrasada com a matéria da faculdade do que jamais estivera em toda a minha vida. Mas o verdadeiro motivo era que eu queria ver se ele se abriria mais com sua música. Eu estava em um precipício sem fim, esperando para ouvir qualquer vislumbre de genialidade que ele oferecesse.

— Certo, querida. Mas não exagere.

— Não vou exagerar.

Minha mãe parou na entrada de casa e, em dez minutos, eu estava em meu quarto. Estava exausta. Minha cama chamava meu nome, mas me vi sentada diante do piano elétrico. A partitura que Cromwell havia consertado estava no suporte. Coloquei os fones de ouvido e posicionei as mãos sobre as teclas. E, como vinha fazendo a semana toda, segui as notas caoticamente traçadas. E, como sempre, meu peito se encheu da mais incrível sensação de beleza. Minhas mãos dançavam sobre as teclas como se não tivessem outra escolha além de traduzir em sons as marcas de caneta que Cromwell havia rabiscado com tanta facilidade.

A curta explosão de música acabou rápido demais. Então, toquei-a novamente. Toquei seis vezes até o cansaço ficar grande demais. Passei a mão sobre o papel manuscrito. Ainda estava incrédula. Aquilo havia sido tão natural para Cromwell. Ele achava que eu não o tinha visto revisando os compassos da minha introdução, mas tinha. Eu o observei lutando contra si mesmo para decidir se tocava ou não em meu trabalho.

Vi que suas mãos tremiam e seus olhos se alternavam entre mim e a partitura até que uma necessidade desesperada venceu dentro dele. A mesma que vi aquela noite na sala de música. Uma expressão que eu não conseguia explicar tomou conta de seu rosto enquanto ele escrevia. Depois, ele jogou a caneta e o papel sobre a mesa como se sua mão estivesse pegando fogo.

Tirei o fone de ouvido e fui para a cama. Repassei a apresentação da orquestra na cabeça. Depois pensei em Cromwell ao meu lado na grama. Balancei a cabeça. Era surreal.

Repassei a expressão de seus olhos enquanto observava a pianista.

O tremor de sua mão.

O olhar estranho de paz que vi em seu rosto.

A repulsa ao alcaçuz que coloquei em sua mão.

E sorri.

* * *

— Nada de cafeteria hoje? — Cromwell parecia confuso quando o levei para as salas de ensaio do departamento de música. Era hora de começarmos a fazer alguma coisa.

Passei meu cartão de acesso e entramos na sala que eu havia reservado. Cromwell ficou perto da porta enquanto eu arrastava uma mesa para o centro. O piano estava no canto.

Peguei o bloco de anotações, papel de partitura em branco e minhas canetas, tentando ignorar uma dor de cabeça. Tirei uma garrafa de água da bolsa e tomei alguns goles grandes.

Cromwell se jogou na cadeira ao meu lado. Olhando para ele, dava para pensar que estava em uma sala de execução. Ele estava com seu laptop. Peguei a partitura em que ele havia rabiscado na cafeteria, na semana anterior. Ele deu uma olhada na folha e suspirou, frustrado.

— Eu gostei. — falei, e passei a mão sobre a partitura. Olhei nos olhos de Cromwell. — É linda. E são só alguns compassos. — Não escondi que estava admirada com seu talento. Ele sabia. Minha reação a ele algumas semanas antes não deixava dúvidas. Eram alguns compassos rabiscados às pressas. Ainda assim, era de tirar o fôlego. Sorri, tentando encobrir meus pensamentos. — Acho que é uma ótima introdução. — Cromwell olhava sem expressão para o laptop. — Em que você estava pensando? — perguntei, apontando para a folha. — Quando escreveu essas notas?

— Não estava — ele respondeu. Lá estava de volta o Cromwell de antes, aquele que tinha dificuldades para se abrir. Embora uma aproximação estivesse se formando aos poucos desde que eu o ouvira tocar.

— Você simplesmente leu minhas notas, mas e aí? — pressionei.

Ele colocou as mãos atrás da cabeça.

— Não sei.

— Não sabe? — perguntei. Ele fez que não com a cabeça, mas dava para ver que estava mentindo.

— Você está pálida — ele disse, mudando completamente de assunto.

— Sempre fui pálida.

— Não. Não desse jeito.

— Eu estava doente, Cromwell. Essas coisas são assim.

— Sua composição não era nada de novo — ele soltou. Levei um segundo para me atualizar da mudança brusca na conversa. Abri a boca para falar, mas a rápida punhalada em meu estômago evitou que as palavras saíssem. — Faltava intensidade. — Ele dava os golpes por entre dentes cerrados, com uma voz suave que tornava as duras críticas um pouco mais fáceis de receber. Como se ele preferisse estar em qualquer outro lugar em vez de criticando meu trabalho árduo. Como se não quisesse, de modo algum, dizer tudo aquilo.

— As notas não se complementavam como deveriam.

— Então, basicamente, estava ruim — afirmei com uma risada autodepreciativa. Era ou isso, ou mostrar quanto estava chateada.

— Ruim não, só... nada de especial. — Ele se encolheu ao dizer aquilo.

Fiquei olhando para ele, tentando não ser infantil diante das críticas. Mas não estava sendo bem-sucedida. Respirei fundo.

— Certo. — Olhei ao redor e levantei. Precisava de um minuto. Fui parar no piano. Sentei no banco e levantei a tampa.

Arrastei os dedos sobre as teclas. Fechei os olhos e toquei o que meu coração mandou. As notas do compasso que eu havia criado foram surgindo, entrando em meus ouvidos. Quando terminaram, iniciei outra série.

Aquelas que Cromwell havia escrito.

E ouvi. Ouvi com muita nitidez. A diferença. A comparação da qualidade. As dele eram um sonho vibrante. As minhas, uma soneca leve à tarde. Suspirei e fechei os olhos. Tirei as mãos do piano.

— Como você faz? — sussurrei, mais para mim mesma do que para Cromwell. Ele estava me observando, recostado na cadeira. Eu não conseguia decifrar a expressão em seus olhos.

— Você... — Ele fez uma pausa, nitidamente pensando em como explicar o que queria dizer. — Você não toca com propósito.

— O quê? — Não esperava que ele dissesse aquilo.

Cromwell apontou com o queixo na direção do piano.

— Seu jeito de sentar... é muito rígido. Seu corpo fica muito tenso. Torna o ato de tocar desconfortável. E, quando se toca com desconforto, o *som* fica desconfortável.

— Eu não... Não sei como tocar de outra forma. — Odiava o fato de meus olhos estarem se enchendo de lágrimas. Odiava o tremor na voz. Odiava a dor que sentia no coração. Meu sonho era tocar piano bem. Eu me contentaria com uma fração do dom de Cromwell.

Ele ficou em silêncio. Dava para ouvir, ao longe, pessoas ensaiando seus instrumentos nas outras salas. Respirei fundo, depois soltei o ar. Fechei os olhos. De repente, senti alguém ao meu lado. Abri rapidamente os olhos. Cromwell estava à minha direita.

— Chega para lá, Farraday. — Meu coração batia feito um tambor dentro do peito enquanto sua figura alta se aproximava de mim. Porque eu queria Cromwell sentado ao meu lado ao piano. Queria ver o que ele faria. Não ousava me permitir ter esperança de que ele tocasse.

Meu estômago revirou quando ele chegou perto. Mas fiz o que ele pediu e abri espaço no banco. Cromwell hesitou. Fiquei me perguntando se ele havia mudado de ideia, mas logo em seguida ele se sentou ao meu lado.

Ele tinha um cheiro bom. De especiarias. E, embora eu odiasse cigarro, não podia negar que o resíduo de tabaco que permanecia em suas roupas só deixava seu perfume mais interessante.

— Suas mãos são duras demais. — Cromwell não olhava para mim enquanto falava. Ironicamente, as mãos dele também estavam rígidas. Seu corpo estava reto como uma vareta. — Você precisa relaxar mais.

Eu ri.

— Você não é exatamente a imagem do relaxamento, buda. — Cromwell me olhou de soslaio. Pensei ter visto seu lábio se contorcer. Mas foi rápido demais para confirmar se realmente havia acontecido.

Cromwell procurou minhas mãos, deixando me completamente chocada. Prendi a respiração quando suas mãos tocaram meus dedos e os posicionaram sobre as teclas. Suas mãos eram quentes, mas os dedos, ásperos. Fiquei me perguntando se seria devido aos anos dedicados a tocar tantos instrumentos. Não perguntei. Sabia que simplesmente perderia esse lado curioso dele se perguntasse.

— Toque — ordenou ele.

Franzi a testa.

— Tocar o quê?

Ele olhou para mim como se eu estivesse falando uma língua que ele não compreendia.

— O que você precisar.

— Precisar? — Balancei a cabeça. Estava muito confusa.

— Toque. — As sobrancelhas dele estavam franzidas. — Apenas *toque*.

Fechei os olhos e comecei. Engoli em seco quando me dei conta de que estava tocando os compassos que Cromwell havia escrito. Quando parei, respirei fundo e olhei nos olhos dele. Suas sobrancelhas escuras continuavam franzidas, ele parecia confuso. Então, entendi...

— Você só toca o que está em seu coração, não é? Não precisa da partitura? Você simplesmente... toca.

Seu rosto inexpressivo me disse tudo. Ele não fazia ideia de que isso não acontecia com as outras pessoas. Que as outras pessoas não *eram capazes* de fazer aquilo. Senti tontura. Tontura ao saber que Cromwell podia olhar para um piano e simplesmente tocar algo que era dele, e somente dele.

Suas mãos pairavam sobre as teclas. Observei seus dedos tatuados. As caveiras e os números contrastavam com a pureza das teclas. Ainda assim, eles se misturavam como se fossem almas gêmeas separadas havia muito tempo.

Meu peito estava apertado. Tinha ficado assim o tempo todo em que estive doente e não mostrava nenhum sinal de que daria trégua. Mas não era nada diante da amarra cada vez mais tensionada dentro de mim conforme a mais bela das músicas saía do instrumento. Senti que estava ouvindo de fora do meu corpo. Lembrei da noite em que o vi tocar uma composição tão triste que me levou às lágrimas. Agora, eu o observava de perto, vivenciando aquilo ao seu lado. E era como experimentar algo divino. Não havia outra forma de descrever.

Arrisquei dar uma olhada em seu rosto. Seus olhos estavam fechados. Aquele olhar... aquele olhar de pura paz estava gravado em seu rosto, normalmente fechado e franzido. Meu coração acelerou. Meus olhos se arregalaram.

Cromwell Dean era tão *lindo*.

Meu estômago revirou, e uma palpitação que eu não conseguia explicar tomou conta do meu peito. O pânico se instalou. Eu queria esfregar a mão no peito. Levantar do banco e correr do que estava acontecendo em meu cérebro. *Não, não, não, não... eu* não podia... Não podia me permitir aquilo...

Cromwell tirou minha atenção de meus pensamentos desesperados com uma rápida mudança no andamento. Seu corpo movia-se conforme o ritmo, e eu sabia que ele não tinha noção de que estava fazendo isso. Aquilo – tocar, criar – era tão natural para ele quanto respirar.

Eu nem ousava respirar, com medo de quebrar o feitiço sob o qual ele se encontrava. Se pudesse, ficaria sentada naquele banco até Cromwell se cansar completamente de tocar. Só me permiti soltar o ar quando suas mãos pararam de tocar e a composição que eu nunca havia ouvido antes já não passava de um eco na sala silenciosa.

Quando a última nota ecoou no ar, os olhos de Cromwell se abriram. Ele apertou os dentes alguns instantes depois, e uma onda densa de tristeza erodiu a serenidade feliz que o havia possuído enquanto tocava. Ele ficou novamente consciente de que estava de volta à sala comigo e não onde quer que sua música o havia levado. Atormentado de novo. A expressão em seu rosto parecia de sofrimento.

Tão de perto, testemunhando-o tocar, percebi que, na verdade, aquilo era doloroso pra ele.

— Cromwell... — suspirei, combatendo a necessidade de abraçá-lo. Naquele momento, ele parecia tão solitário. Tão completamente solitário com sua dor.

— Isso foi... não tenho palavras... Como...?

— Foi o concerto — ele disse, tão baixo que mal pude ouvir.

— O quê?

Cromwell abaixou a cabeça. Passou os dedos pelo rosto.

— Eu fiquei pensando... — ele suspirou. Não sabia ao certo se terminaria a frase, mas, felizmente, terminou. — Fiquei pensando no concerto. — Ele franziu os lábios como se estivesse lutando contra o que estava tentando dizer... Não. Contra o que *precisava* dizer. — Naquela noite... na música... — Ele ficou olhando fixamente para as paredes brancas à nossa frente. — Em...

Engoli em seco quando ele não terminou. *Em mim?* Quis perguntar. Mas aquela pergunta nunca sairia da minha boca. Principalmente agora. Principalmente depois *disso*. Eu precisava encerrar aquela sessão. Precisava sair de perto de Cromwell. Quando o encontrei pela primeira vez e ele foi grosseiro, quando ele foi hostil no primeiro dia do semestre, foi fácil não enxergar sua beleza. Foi fácil ignorar os músculos flexionados em seus braços, transformando as tatuagens em obras de arte vivas.

Mas ver seu verdadeiro *eu* ao piano aquela noite, sua relutância ao consertar meu trabalho e, agora, tentando me ajudar a tocar melhor... falando tão baixo comigo, de maneira tão vulnerável, com a voz grave e áspera, como outra sinfonia a que havia dado vida. A impressão digital de sua música criada com perfeição ainda estava no ar à nossa volta, era fácil demais enxergar seu verdadeiro *eu*.

Ver como, na verdade, ele era lindo.

— Eu... — Ele pigarreou. Era o empurrão de que eu precisava para eliminar a névoa induzida por Cromwell que havia anuviado minha mente. Olhei para ele por sob os cílios, esperando que me fornecessem uma camada de proteção contra o que quer que eu estivesse sentindo naquele momento. Mas ele parou de falar quando olhou em meus olhos. Seu rosto estava completamente vermelho.

— Você o quê? — sussurrei. Pareceu um grito naquela sala silenciosa.

— Eu tenho mais — ele admitiu, como se fosse o pior tipo de confissão.

— Mais?

Ele apontou para o papel sobre o piano. Meu estômago revirou de empolgação.

— A composição?

Cromwell fez que sim, tenso.

— Posso ouvir? — Cromwell olhou para o lado. Seus ombros largos estavam rígidos. Prendi a respiração. Não ousei respirar enquanto ele observava a sala à nossa volta, voltando os olhos para tudo, exceto para mim, para o piano e para a verdade: que ele havia nascido para fazer aquilo.

Meus olhos se encheram de lágrimas ao vê-lo. Porque o que o impedia de se permitir aquilo, de assumir quem ele era, era grande demais. Aquilo o estava sufocando.

Parecia que o estava *destruindo*.

Naquele momento, senti uma afinidade com ele. Ele nunca saberia, mas ele e eu... não éramos tão diferentes.

Não foi intencional. Levantei a mão e a coloquei sobre o ombro dele, onde havia um brasão de família pintado com cores vibrantes sobre sua pele morena. Foi instintivo. Foi a necessidade de ajudar aquele garoto fechado e mostrar a ele, sem palavras ou explicações, que eu entendia.

Cromwell ficou paralisado diante do meu toque. Não tirei os olhos de minha mão. Arrepios foram tomando conta de seu corpo, como fogo que se espalha rapidamente. Uma rosa vermelha na órbita ocular de uma caveira se contorceu sob meus dedos.

Cromwell fechou os olhos, e eu respirei fundo. Não movi a mão, caso ela fosse responsável pela energia de que ele necessitava para me mostrar aquilo. Suas mãos foram para as teclas, posicionando os dedos. Ele nem precisava ver onde os posicionava; sabia exatamente quais eram as teclas, um conforto que só se adquire após anos e anos de prática.

Cromwell suspirou, e a música começou a tocar.

Fiquei paralisada. Presa no exterior de seu mundo, olhando para dentro, mas incapaz de penetrar a bolha. Meu peito estava ofegante, mas não emiti nenhum som. Não corromperia a melodia, não mancharia a beleza que derramava de sua alma com o som de minha respiração instável.

Queria observá-lo. Queria absorver a visão que era Cromwell Dean ao piano. Mas minhas pálpebras se fecharam, não me dando outra escolha além de despertar meu sentido de audição. E eu sorri. Ouvi tudo o que ele estava sentindo. Tristeza nas notas lentas. Lampejos de alegria na rapidez das notas agudas e uma profunda desolação nas graves.

Lembrei da primeira vez que vi Cromwell. No verão, na casa noturna, permitindo que suas batidas tomassem conta de mim dessa forma. Não havia comparação. Eu não senti nada além de decepção naquela pista de dança pegajosa e úmida. Agora... Eu estava sendo inundada por um arco-íris de sensações. Meus batimentos cardíacos irregulares eram incapazes de manter qualquer ritmo, lutavam para aceitar tudo aquilo com que Cromwell estava me presenteando no interior daquelas frágeis paredes.

E então algo aconteceu. As notas e a criação com que Cromwell estava me presenteando se transformaram em outra coisa. A composição mudou, uma mudança abrupta. Abri os olhos e fiquei olhando para as mãos dele. Elas se movimentavam muito rapidamente, o corpo oscilava, cativado pela música, como se estivesse em outro plano. Permaneci imóvel, observando o suor escorrer de sua testa. Os olhos estavam apertados, mas havia um leve lampejo de sorriso em seus lábios.

Meu coração saltou do peito ao ver aquilo.

Mas logo o sorriso se desfez e os lábios ficaram franzidos. Eu não sabia o que fazer, o que pensar. Estava ciente de que estava vendo algo acontecer diante de meus olhos. A música que preenchia a sala era diferente de qualquer coisa que eu já havia ouvido antes.

Eu nunca havia *sentido* nada como aquilo antes.

Um nó se formou em minha garganta quando vi uma lágrima correr pelo rosto de Cromwell. Meu lábio tremeu, por empatia. A música era linda, como a sensação do sol no rosto rompendo o vento forte do inverno, dando boas-vindas à primavera.

Cromwell oscilava o corpo com mais intensidade, jogando-o para a frente e para trás enquanto se fundia ao piano. Não dava para saber onde ele terminava e a música começava. Tive certeza de ter visto um lampejo de sua alma.

Minha mão escorregou de seu ombro quando uma lágrima caiu sobre as teclas. A ausência de minha mão fez com que Cromwell abrisse os olhos. Foi instantâneo. Seus olhos se abriram e as mãos paralisaram de repente sobre as teclas. Cromwell saiu do banco. Levantei rapidamente antes que o banco caísse no chão. Pressionei o corpo junto ao piano para me equilibrar enquanto Cromwell olhava fixamente em meus olhos. Os dele estavam arregalados. As pupilas estavam tão dilatadas que consumiam todo o azul-escuro.

As veias do pescoço estavam saltadas, e os músculos, tão tensos que faziam com que ele parecesse enorme. Eu estava ofegante, um pouco zonza devido ao choque repentino.

Ele olhou para o piano, depois para as mãos. Os dedos se fecharam, cerrando os punhos, e ele estremeceu com uma raiva súbita. Lágrimas corriam por seu rosto, prova de que o que ele estava tocando havia partido seu coração.

Aquilo o havia arruinado.

Cromwell correu para a mesa e recolheu suas coisas. Eu o observei em silêncio, sem saber o que dizer.

Tinha sido a segunda composição. Que ele havia iniciado depois. E na qual havia se perdido. Ela era a causadora daquela mudança dentro dele. Que ele nitidamente combatia. A palma de minha mão ainda estava quente por ter tocado em seu ombro. Quando eu estava conectada a ele, enquanto tocava sua obra-prima. De canto de olho, vi que estava paralisado e o encarei novamente. Cromwell olhava para minha mão... a mão que havia lhe dado apoio enquanto tocava.

Àquela altura, eu já conhecia aquela expressão em seu olhar. Ele ia fugir. Quando Cromwell se virou para a porta, interceptei seu caminho, colocando-me diante dele. Cromwell parou de repente, com o laptop agarrado ao peito como um escudo.

— Não faça isso — implorei, com a voz falha, tomada pelo pânico.

Não queria que aquilo terminasse. Não queria que ele partisse novamente. Não daquele jeito. Analisei seu rosto confuso. O maxilar estava tenso e os olhos, arregalados. Seu corpo tremia.

Engoli em seco, sentindo a temperatura aumentar entre nós. Não sabia o que estava acontecendo comigo. Nem me permitia pensar muito naquilo. Não podia. Porque a razão estava voando pela janela. Cromwell era uma estátua. O único movimento vinha de sua respiração rápida.

Minhas mãos tremiam quando as levantei na direção de seu rosto. Cromwell não deixou de olhar em meus olhos em nenhum momento. Uma sensação de tontura tomou conta de mim quando as palmas de minhas mãos tocaram seu rosto. Fiquei na ponta dos pés, tentando olhar nos olhos de Cromwell.

— Não fuja. — Senti o tremor em minha voz. Parecia tão nervosa quanto me sentia. — Está tudo bem — sussurrei. Ele fechou os olhos e um som sufocado, quase silencioso, saiu de sua boca. Aquele simples som me destruiu. Carregava um quê da agonia que ele tinha no coração.

De repente, ele abriu os olhos e deu um passo à frente, chegando tão perto que nossos peitos se tocaram e respiramos o mesmo ar.

Seu laptop caiu, despedaçando-se no chão quando suas mãos seguraram meus pulsos.

— Não posso fazer isso, Bonnie — ele sussurrou com voz áspera e sotaque carregado. Seu rosto ainda estava molhado e os olhos, vermelhos. — Não consigo enfrentar tudo isso. Não sei lidar com o que você está me fazendo sentir. Quando está perto de mim. Quando me toca. — Seu rosto se contorceu, e ele respirou fundo. — Não consigo lidar com toda essa dor.

Eu queria dizer alguma coisa. Queria tranquilizá-lo. Dizer a ele que sabia como era aquele sofrimento assombroso. Mas nada daquilo saiu da minha boca. Tudo o que eu consegui dizer foi seu nome em tom torturado, ferido:

— Cromwell...

Quando seu nome escapou de meus lábios, ele cambaleou para trás. Nem olhou para o laptop despedaçado no chão. Apenas fugiu, deixando um ar de desolação por onde passou.

Encostei na parede, tentando me acalmar da tensão do momento. Corri até minha bolsa e peguei uma garrafa de água. Bebi, bebi, até meus batimentos se desacelerarem e a vertigem cessar.

O que Cromwell estava fazendo comigo? Eu não pretendia sentir isso por ninguém. Havia jurado que não deixaria ninguém se aproximar tanto. Mas o modo com que ele tocava, a intensidade com que seus olhos azuis olhavam nos meus como se fossem gritos silenciosos por ajuda... Aquele garoto angustiado estava abrindo caminho para meu coração frágil.

Mas me surgiu uma dúvida ao pensar nele quando partiu. Agora reconhecia aquela expressão em seu rosto quando ele fugiu. Ele estava me afastando. Como havia feito inúmeras vezes.

Olhei para minha mão. Fique encarando a palma e então me dei conta. Ele tinha tocado com minha mão no ombro. Estava perdido, envolvido em sua própria criação, enquanto eu tocava nele... Até que minha mão escorregou e tudo foi pelos ares.

Fechei a mão e desviei os olhos. Não tinha ideia do que aquilo significava.

Mas tê-lo tocado daquele jeito... ter visto um vislumbre de seu sorriso e ouvido a música que ele havia criado pensando no concerto...

— Cromwell — sussurrei na sala silenciosa. Então esperei meu coração se acalmar para poder afastá-lo da mente.

Escureceu antes que eu fosse embora.

E, como um mar eternamente revolto, meu coração nunca se acalmou.

♪ 11
Bonnie

Meus olhos estavam pesados quando piscaram ao acordar. O quarto escuro estava iluminado apenas pela luz noturna em um canto. Bati com a mão na mesa de cabeceira quando o toque do celular cortou a noite silenciosa.

Olhei para a tela com os olhos semicerrados. Meu estômago revirou.

— Matt?

Bonnie — ele disse, ofegante. — Você precisar vir, é o Easton.

Minhas pernas estavam na beirada do colchão antes mesmo de ele dizer o nome de meu irmão.

— O que aconteceu?

— Ele está pior do que nunca. — Matt ficou em silêncio. Deu para ouvir ele se afastando da música e das risadas. — Ainda está aí, Bonn?

— Estou. — Coloquei o celular no viva-voz para vestir a calça jeans.

— Ele bateu em um cara da fraternidade. E o cara revidou.

Vesti o suéter.

— Ele está bem?

— Está todo ensanguentado. Não está deixando ninguém chegar perto. — Matt fez uma pausa. — Nunca o vi desse jeito, Bonn. Ele está totalmente descontrolado.

— Onde vocês estão? — Peguei a chave do carro. Olhei rapidamente para meu rosto no espelho. Estava com uma aparência péssima. Prendi os cabelos em um coque e obriguei meus pés cansados a saírem do quarto.

— No Celeiro.

— O quê? — perguntei enquanto caminhava, sem fôlego, até o carro. — Em plena quarta-feira? — Olhei no relógio. — São três da manhã, Matt!

— Foi o Cromwell. Ele quis tocar. E ninguém quis perder uma apresentação dele ao vivo. Ele chegou nos dormitórios no início da noite, pronto para a balada, totalmente bêbado. East espalhou a notícia, e todos viemos. Estava bombando! — Ao ouvir o nome de Cromwell, minha respiração ficou instável. Ele tinha bebido de novo. Certamente o uísque que eu o havia visto consumir repetidas vezes. — Bonn? Está aí?

— Chego em quinze minutos.

Saí da faculdade e peguei a estrada que levava ao Celeiro. A cada quilômetro, esforçava-me para permanecer acordada. Estava ficando cada vez mais cansada nos últimos tempos. Percebi que estava dormindo no máximo há uma hora e meia quando Matt ligou. *Cromwell... o que lhe causa tanta mágoa?*, pensei. Eu não havia conseguido tirar a noite anterior da cabeça. Agora, tinha que me preocupar com Easton.

A culpa tomou conta de mim quando pensei em meu irmão. Depois o horror, seguido por uma dor extremamente aguda. Apertei o volante. Lágrimas embaçaram meus olhos. Eu as sequei antes que pudessem cair.

— Agora não, Bonn — disse a mim mesma. — Mantenha-se firme pelo Easton.

Balancei a cabeça e abri a janela para deixar entrar o ar fresco. Enquanto dirigia, olhei para as estrelas no céu escuro. Aquilo sempre fazia eu me sentir melhor.

As luzes do Celeiro chamaram minha atenção. Estudantes embriagados saíam aos montes pela porta. Tocava uma música com batidas rápidas, e eu me perguntei se ainda era Cromwell tocando.

Alguém acenou. Com a luz dos faróis do carro, vi que era Matt. Estacionei nos fundos, perto de um antigo silo. Tive um *déjà-vu* quando saí do carro. Respirei fundo, ignorando o fato de ter precisado fazer um leve esforço a mais para puxar o ar. Quando me aproximei de Matt e Sara, vi duas pernas familiares ao lado do silo.

Passei Matt e vi Easton sobre a grama. Ele revirava os olhos. Eu me ajoelhei.

— Easton? — Dei um tapa no rosto dele. Olhei para Matt. — O que ele tomou?

Matt balançou a cabeça.

— Não sei. Nunca vi ele tomar nada além de tequila e cerveja.

Passei o dedo sob as pulseiras de couro que ele sempre usava e sobre sua pele marcada por cicatrizes, tentando encontrar o pulso. Estava batendo rápido, mas não enlouquecidamente.

Ele abriu os olhos.

— Bonn. — Ele sorriu com a boca ensanguentada. Imaginei que fosse devido à briga. A expressão de Easton passou de feliz a desolada em questão de segundos. Ele me puxou para mais perto. — O que está acontecendo?

— Você está bêbado e, eu acho, chapado, Easton. — Peguei na mão dele.

— Não. — Ele buscou meus olhos. Pareceu haver um momento de clareza nos dele. — Eu quero saber o que está acontecendo! — Parei de respirar por um segundo. Ele riu sem achar graça. — Sei que está acontecendo alguma coisa. — Ele segurou meu rosto e me puxou para mais perto, encostando a testa na minha. — Você está escondendo alguma coisa de mim. Eu sei que está.

Lágrimas fizeram meus olhos arderem, enquanto ele revirava os dele novamente. Senti dor e tive vontade de gritar. Em vez disso, virei para Matt.

— Pode me ajudar, por favor? Preciso levá-lo de volta ao dormitório.

— Bonn? — Ouvi outra voz atrás de mim. Bryce corria em nossa direção.

— Oi, Bryce.

— Está tudo bem?

Matt colocou Easton em pé, mas meu irmão era pesado demais para ele. Bryce ajudou a levantá-lo.

— Para onde levamos ele? — perguntou Bryce.

— Para o meu carro, por favor. — Mostrei a eles onde o carro estava e abri a porta de trás. Bryce colocou Easton no banco e fechou a porta. Atingida por uma onda repentina de vertigem, apoiei-me no carro e levei a mão à cabeça. Eu estava muito quente. Por mais que lutasse contra aquilo, sabia que estava piorando cada vez mais.

— Bonn? Você está bem?

Fingi um sorriso.

— Estou. Apenas cansada.

Bryce sorriu para mim e passou a mão na nuca.

— Vou te seguir com o meu carro. Não bebi.

Olhei para o Celeiro.

— Você estava tocando?

— Estava. Mas não importa. A festa já terminou.

— Tem certeza? — Bryce tinha um sorriso bonito. Fiquei imaginando como seria o sorriso de Cromwell... Balancei a cabeça. Não ia pensar nele naquele momento.

— Bonn? — Bryce ajeitou uma mecha de cabelo atrás da minha orelha. Fiquei tensa. — Sinto muito — ele disse, ficando corado. — Eu não devia... eu...

— Tudo bem. — Apertei a mão dele. Não era calejada como a de Cromwell. Ele não tinha tatuagens nos dedos.

Eu também duvidava de que ele fosse capaz de criar uma obra-prima do nada.

Soltei a mão de Bryce e abri o carro.

— Encontro você no dormitório dele. — Entrei no meu carro, e Bryce correu até o dele. Eu o vi se afastar e senti uma dor no peito. Nunca o havia deixado se aproximar. Ele sempre estivera presente, ao meu lado. E eu nunca o havia deixado se aproximar. Nunca havia deixado ninguém se aproximar.

Você não pode, disse uma voz interna. *Não seria justo.*

Meu cérebro traiçoeiro me fez pensar na imagem de Cromwell novamente. E lembrei como foi me sentar ao lado dele. Tocar nele. Ouvi-lo tocar. Vê-lo tentar conter um sorriso quando nos sentamos sobre a grama no dia do concerto.

— Bonn? — Ouvi a voz arrastada de Easton atrás de mim.

— Estou aqui, Easton.

— O que está acontecendo?

— Estou te levando para casa. — Virei na Main Street. — Não falta muito para chegar.

— Não, com você. O que está acontecendo?

Voltei a sentir um buraco no estômago. Era a segunda vez que ele perguntava. Uma nuvem de escuridão pareceu se instaurar sobre o carro. Senti que não conseguia respirar quando olhei pelo espelho retrovisor. O rosto de Easton estava atormentado. Ele colocou a mão em meu ombro.

— Você me diria, não é, Bonn? A verdade.

— Easton. — Um nó do tamanho de Júpiter fechou minha garganta. — Estou bem. — Eu me odiei no instante em que disse aquelas palavras. — Só descanse.

Easton sorriu aliviado, mas dava para ver as linhas de preocupação ainda em sua testa. Ele devia estar pensando naquilo havia um tempo. Minhas mãos tremeram no volante enquanto eu dirigia o restante do caminho. Parei em uma vaga na frente de seu dormitório.

Bryce estacionou ao meu lado. Desliguei o motor e fiquei sentada, em silêncio, por um segundo. Tudo estava ficando muito difícil. Estava sendo demasiado. Olhei para os alunos cambaleando embriagados para os dormitórios e senti um vazio se formar em meu estômago. Nunca havia vivenciado aquilo. Nunca saberia como era.

Eu não era de me lamentar. Mas, naquele momento, deixei a tristeza pelo que eu teria que perder me consumir.

Uma batida no vidro me tirou da tristeza. O rosto de Bryce apareceu.

— Abra a porta. Eu vou tirar ele.

Saí do carro, tentando ignorar que minhas pernas pareciam ser de chumbo. Bryce colocou o braço de Easton em volta do pescoço. Eu o conduzi até o quarto. Peguei minha chave, mas parei ao me lembrar da reação de Cromwell da outra vez.

Bati na porta. Meu coração ficou acelerado enquanto esperava para ver se ele responderia. Poucas horas tinham se passado desde que havíamos nos encontrado e ele fora embora. Ainda assim, parecia ter acontecido há uma eternidade. Ninguém respondeu. Ele ainda devia estar no Celeiro.

Coloquei a chave na fechadura. Ao fazer isso, a maçaneta girou e a porta se abriu. Quase caí para a frente, segurando-me no último segundo no batente.

Levei um tempo para levantar a cabeça, mas, quando o fiz, fui recebida por um peito largo e musculoso, totalmente coberto por tatuagens. Respirei fundo quando vi Cromwell diante de mim, usando apenas uma cueca boxer preta. Ele parecia ofegante, e percebi que estava sem fôlego.

Seus olhos azul-escuros estavam vidrados devido à bebida e se esforçavam para olhar para mim.

— Que porra é essa? — ele resmungou.

— Cromwell, sinto muito. É o Easton, ele... — Minha voz falhou quando ouvi um barulho no colchão. Meus olhos se desviaram imediatamente para a cama de Cromwell, e meu coração se estilhaçou totalmente no peito. Eu não sabia que era possível. Não percebi que meu coração ainda era capaz de funcionar dessa maneira.

— Cromwell? — Uma voz conhecida veio da cama. Kacey estava sob o edredom, só com a alça do sutiã à mostra.

Meu rosto pegou fogo. As bochechas queimavam, e eu tive que me esforçar para respirar. Olhei para Cromwell e vi que ele ainda estava olhando para mim. Só que agora seu rosto estava pálido. Os lábios se entreabriram, como se fosse dizer alguma coisa, mas a única palavra sussurrada foi:

— Bonnie... — Notei algo em sua voz. Vi algo em seus olhos enquanto ele me encarava, algo que eu não conseguia explicar. Culpa? Constrangimento?

Não sei se eu estava apenas tentando me iludir.

Sempre a primeira a me torturar, eu não conseguia parar de analisá-lo ainda mais. Seu peito estava vermelho e suado. Os cabelos, que, para ser sincera, viviam um pouco desgrenhados, estavam ainda mais bagunçados. Depois, concentrei-me nos lábios. Não sabia o motivo, mas vê-los vermelhos e inchados foi o que mais me afetou. Quando chegasse ao meu quarto, seria estúpida o suficiente para me permitir pensar em como seria beijá-lo. Sentir seus lábios junto aos meus. Ouvir meu nome sussurrado por eles enquanto ele segurava minha mão...

Obriguei-me a pensar no momento presente e afastei aquela visão dolorosa da cabeça. Cromwell estava praticamente nu. Assim como Kacey. Rapidamente me dei conta de que Cromwell nem se importava. O que havíamos compartilhado aquela noite não tinha significado nada para ele. Não se ele havia sido capaz, poucas horas depois, de sair e fazer aquilo.

— Ah, oi, Bonnie. — Kacey se sentou na cama. Seus olhos evitavam os meus. As bochechas queimavam de constrangimento.

— Oi — consegui dizer. Eu me virei, ignorando Cromwell. — Hum... eu estava trazendo Easton para o quarto. Ele bebeu demais. — Voltei para onde Bryce estava olhando feio para Cromwell. — Mas ele pode ficar comigo no meu quarto. Notei que vocês estão ocupados.

Coloquei a mão no ombro de Bryce e fiz sinal para ele voltar. Não queria me virar para ver se Cromwell tinha fechado a porta ou estava nos esperando ir embora. Mas nada parecia estar saindo do jeito que eu queria aquela noite. Ávida por sofrimento, olhei para trás e vi Cromwell parado na porta. Seu corpo tatuado estava tenso e as mãos seguravam os cabelos pretos. Mas foram aqueles olhos de um azul profundo. Aqueles olhos escuros como uma noite de verão que se fixaram nos meus, com um desespero embriagado reluzindo nas profundezas, que me destruíram completamente. A cada passo, eu ficava mais e mais confusa. Foi só quando perdi a entrada para o corredor onde ficava meu quarto que me dei conta de como realmente estava abalada. Havia um buraco se formando em meu estômago.

Eu queria arrancar os olhos quando tudo o que conseguia ver era a pele corada de Cromwell e sua face rosada. O peito coberto de suor depois de... depois de...

— Bonnie, é por aqui. — Bryce estava esperando por mim na porta do meu quarto.

Sorri e peguei a chave.

— Desculpe. Estou muito cansada. — Não sabia se Bryce havia acreditado ou não, mas ele me acompanhou obedientemente até o quarto e colocou Easton sobre minha cama.

Easton dormiu em segundos. Eu o cobri com o edredom e depois me virei para Bryce.

— Obrigada — eu disse, finalmente me forçando a olhar para ele.

— Você está bem?

— Estou. — Suspirei. — Preciso dormir. Eu... ainda não estou totalmente recuperada.

— Certo. — Bryce ficou parado de um jeito meio estranho, depois se inclinou e me beijou no rosto. Suspirei quando seus lábios tocaram meu rosto. Meu peito não latejou com as palpitações, e meu estômago não ficou apertado como acontecia quando estava perto de Cromwell, mas foi meigo. Bryce era doce.

E não tinha tendências autodestrutivas. E nem queria me destruir também.

— Vejo você amanhã, Bonn. — Ele saiu. Fiquei inquieta enquanto o observava indo embora. Voltei a pensar em Cromwell e Kacey. Em como ele nitidamente não sentia nada por mim como eu imaginava. A música que havia compartilhado comigo não significava nada; era simplesmente uma demonstração de seu talento. Dei uma gargalhada sem graça. Pensei que havia ajudado Cromwell a tocar com o coração de alguma maneira mágica. Só que aquilo só era verdade em minha cabeça.

— Bryce? — eu disse antes mesmo de parar para pensar. Mas, quando Bryce se virou, ignorei o calor que senti no rosto e falei: — Sabe, você sempre pergunta... — Balancei a cabeça. Minha voz estava oscilante. Levantei o queixo e olhei nos olhos dele. — Se quiser, podemos sair na sexta-feira? — Olhei para o chão. — Bem, só se você quiser...

— Sim — ele respondeu antes que eu terminasse a frase. Deu um passo para mais perto de mim. — Eu gostaria de sair com você.

Não senti a empolgação que esperava sentir na alma. Mas senti alegria e imaginei que era suficiente.

— Ótimo. — Coloquei as mãos no bolso, só para ter algo para fazer.

— Ótimo. — Ele sorriu. — Vejo você amanhã, Bonn.

Vesti o pijama no banheiro e deitei no pequeno sofá-cama que minha mãe havia colocado em meu quarto quando me mudei. Não consegui dormir e fiquei olhando para o teto. Desejei que meu cérebro desligasse, porque não queria sentir mais nada. Mas ele me traiu. Ele não me ajudou, pois não deixou meu corpo descansar. Meus membros estavam pesados demais, doloridos. Em vez disso, ficou repetindo aquela noite sem parar. Do começo ao fim.

Quando terminou, eu estava sem fôlego. Mas me obriguei a respirar fundo e me recusei a ceder. Eu havia lutado por tanto tempo, sem nunca desistir. Ainda estava lutando.

Não desistiria agora.

Meus olhos ficaram pesados e não consegui afastar a imagem de Kacey na cama de Cromwell, com o rosto corado e brilho nos olhos.

Olhei para minha mão, aquela que o havia tocado mais cedo. E ela rapidamente perdeu o encanto. Parecia que Cromwell deixava qualquer um tocar nele, menos eu.

E, eu odiava admitir para mim mesma, aquilo era doloroso.

* * *

— Bonnie. — O professor Lewis soltou um suspiro.

Olhei diretamente nos olhos dele.

— Eu não posso... — Balancei a cabeça, sentindo as palpitações como pancadas no peito. Passei a mão sobre o esterno. — Professor Lewis, entendo sua posição sobre a mudança de parceiros. De verdade. Mas trabalhar com Cromwell...

— Suspirei. — Sinceramente, tem sido a atividade acadêmica mais desafiadora de que já participei.

Lewis analisou meu rosto.

— Srta. Farraday...

— Já viu seus e-mails hoje? — Olhei para o relógio, ele marcava 8h30. Eu havia encontrado o professor Lewis enquanto ele abria a sala, dez minutos antes. Sabia que provavelmente não havia visto os e-mails.

Ele franziu a testa.

— Por que isso importaria?

— Por favor. — Engoli em seco o nervosismo que começava a sentir. — Deve ter uma mensagem do reitor.

O professor Lewis continuou com a expressão confusa no rosto ao ligar o computador e ler o e-mail do reitor. Eu sabia que ele havia recebido a mensagem, pois vi sua expressão ficar séria, demonstrando empatia – era por isso que eu não contava a ninguém.

Ele abriu a boca para falar. Eu fui mais rápida.

— Trabalhar com Cromwell me causa mais estresse do que sou capaz de suportar. — Sorri para ele. — Adoro sua aula, professor. É minha preferida. — Ele também sorriu ao ouvir aquilo. Mas eu detestava a nova maneira como me olhava. Como se eu estivesse danificada. Como se eu fosse uma boneca frágil que poderia se quebrar a qualquer momento.

Olhei para a sala, para as fotos na parede. Para a pintura de espirais em cores vibrantes pendurada sobre sua mesa. Ela me lembrava uma das obras de Easton. Continuei olhando fixamente para o quadro, mas disse:

— Quero criar música. — Soltei uma risada abafada. — Para ser bem sincera, não sou muito boa nisso.

— Você é letrista — o professor Lewis disse. Ele apontou para minha ficha. — Eu li aqui.

— Sou. — Respirei fundo, sentindo meu rosto ficar quente. Era mais uma coisa que eu não costumava compartilhar. Meu amor pelas palavras. Palavras que se uniam à música até que seu significado só fosse ouvido por meio da canção.

— Estou determinada, professor. A terminar sua aula. — Sentei com as costas retas na cadeira, esperando que aquilo me desse a confiança que me faltava no momento. — Pretendo entregar minha composição no fim do ano, como todo mundo.

— Tenho certeza de que vai entregar — ele disse em tom encorajador. Aquilo ajudou a reacender a faísca que sempre existiu dentro de mim e a me encher de esperança.

— Mas não posso fazer isso com Cromwell Dean. — Balancei a cabeça. — Sinto muito. Sei que confiou em mim para ajudá-lo. Para pressioná-lo a trabalhar na composição... mas...

— Não precisa explicar nada, srta. Farraday. Estou ciente do comportamento de Cromwell. — Ele rabiscou algo em minha ficha e recostou na cadeira. — Muito bem. Tudo resolvido. — Ele passou a mão sobre o queixo com pouca barba. — Não se importa de trabalhar sozinha?

— Funciono melhor assim. — Dei de ombros. — Tenho anos de prática.

— Então, srta. Farraday, estou ansioso para ver os progressos de sua composição.

Um peso que eu nem sabia que carregava saiu de meus ombros quando Lewis me deu permissão para que eu me separasse de Cromwell. Ele foi rapidamente preenchido por um enorme medo. Medo de nunca ser capaz de produzir nada parecido com o que Cromwell havia tocado para mim na noite anterior. Mas não importava. A principal vitória era estar livre dele.

Ignorei a leve dor subjacente que fervilhava sob uma sensação crescente de alívio. Eu me levantei, vendo que a aula estava prestes a começar.

— Desejo-lhe sorte, srta. Farraday. Com tudo.

Dei um sorriso discreto para Lewis.

— Obrigada.

Saí da sala dele e fui até a sala de aula. Bryce já estava sentado no lugar de sempre. Ele abriu um sorriso amplo quando subi os dois degraus e me juntei a ele. Senti uma agitação no estômago, mas não de nervoso nem de empolgação. Eu sabia que era por ter, finalmente, concordado em sair com ele. Não devia ter feito isso. Estava reagindo aos acontecimentos daquela noite. A Cromwell e Kacey. Mas ver Cromwell viver de acordo com seus próprios critérios me deixou determinada a começar a fazer, enquanto ainda podia, coisas que nunca havia tentado.

Simplesmente não podia me permitir ter muitas expectativas. Nem Bryce.

— Você está linda — Bryce disse timidamente quando me sentei ao lado dele.

— Estou com cara de cansada — disse, e ri. Minhas olheiras estavam ficando cada vez piores. Não havia tempo de sono que pudesse ajudar com isso. Mas ele não precisava saber.

A atenção de Bryce se voltou para a frente da sala. O sorriso desapareceu, e o rosto ficou vermelho. Soube quem havia entrado só de observar a reação dele. Mantive os olhos no bloco de anotações. Estava rabiscando espirais sem sentido nas margens. Quando Cromwell passou por mim, senti o aroma de especiarias de seu perfume, ou o que quer que o fizesse ter aquele cheiro. Meu coração foi parar na garganta quando me dei conta de que ele havia parado. Minha respiração ficou acelerada, e minha mão passou a fazer mais rápido aqueles desenhos sem sentido.

Eu não queria levantar os olhos. Não podia, mas aí...

— Bonnie.

Fechei os olhos quando a voz de Cromwell chegou aos meus ouvidos. Sua voz estava novamente envolvida em tristeza, como tantas outras vezes em que ele havia deixado eu me aproximar um pouco. Quando parte de sua armadura se rachava.

Mas, naquele momento, eu não podia deixar sua voz rouca entrar. Vê-lo com Kacey havia me magoado. Então, mantive os olhos abaixados. Aquilo, e o cansaço que estava drenando minha energia, era demasiado.

Meus ombros estavam tensos, arrepios frios corriam por minhas costas. Finalmente, Cromwell percorreu os últimos passos até seu lugar.

— Cretino — murmurou Bryce. Fingi não ouvir.

Lewis entrou na sala.

— Abram na página cento e dez. Hoje vamos aprender sobre formação de concerto.

Segui as instruções e consegui bloquear Cromwell completamente. Isso até Lewis chamar o nome dele no final da aula.

— Cromwell, preciso falar com você amanhã no fim do dia.

Juntei minhas coisas e saí da sala o mais rápido possível. Sabia sobre o que seria aquela reunião.

— Bonnie! — Bryce me alcançou.

— Oi.

— Então... amanhã? — Bryce passou a mão no pescoço novamente. Percebi que era um tique nervoso.

— Amanhã — repeti.

— Que tal às oito no Café Jefferson?

— Perfeito. — Relaxei um pouco. Eu conhecia muito bem o lugar. Isso tornaria o encontro mais fácil. Eu estaria lá no sábado também, mas os frequentadores de sábado nunca eram estudantes. O pessoal da faculdade ia para o Celeiro aos sábados. Isso tornava mais suportável ir para a cafeteria duas noites seguidas. Ninguém me conhecia.

Ele apertou meu braço.

— Vejo você depois.

— Está bem. — Fiquei observando Bryce se afastar. Ele era legal. Gentil. E isso era exatamente o que eu precisava para riscar aquela experiência de minha lista. Alguém que não fizesse eu me sentir pior do que já me sentia e, pelo contrário, que me mostrasse como era um encontro de verdade.

Procurei chiclete na bolsa. Só quando levantei os olhos vi Cromwell encostado na parede do outro lado do corredor, em frente à sala do professor Lewis. Ele estava perto o bastante para ter escutado minha conversa com Bryce.

Olhava feio para mim, com uma expressão ranzinza, quase raivosa, no rosto. Não me importei. Porque tudo o que via quando olhava para ele era Kacey seminua em sua cama e seu estado desgrenhado ao abrir a porta.

Endireitando os ombros, passei por ele e saí no ar de outono. A brisa fria não era confortável para meus pulmões exaustos. Eu não sabia ao certo se havia remédio para o modo como meu corpo reagia a Cromwell. Distância era a única coisa que me ajudaria.

Então planejei me manter bem, bem distante. Ao olhar para trás, eu o vi fumando ao lado da porta, olhando fixamente para mim. Só que, sob aquela luz, eu via a tristeza reluzindo como um farol. Aquilo me fez perder o fôlego.

Então abaixei a cabeça e fui para a aula seguinte.

Não voltei a olhar para trás.

12
Cromwell

— O quê? — Não sabia se havia ouvido direito.

— Você vai trabalhar sozinho de agora em diante — Lewis disse. — Resolvi separar você da srta. Farraday. A dupla não estava dando certo. Vocês não estavam produzindo nada que pudesse ser aproveitado. — Ele deu de ombros.

— Algumas pessoas simplesmente não combinam no aspecto criativo. Tomei a decisão de permitir que você trabalhe sozinho em suas composições.

Fiquei olhando para Lewis, perplexo. Ela não queria mais trabalhar comigo. Senti um nó no estômago e fiquei inquieto na cadeira. A cara que ela havia feito na quarta-feira surgiu em minha mente. Quando parou na porta do meu quarto e me viu, e viu Kacey em minha cama. Movimentei-me novamente na cadeira, sentindo uma pontada no peito.

Bonnie tinha ficado magoada. Eu vi em seus olhos castanhos.

Eu a havia magoado.

Eu tinha mandado Kacey embora aquela noite. Nem tentei voltar ao que estávamos fazendo antes da batida na porta. Não consegui. Só que via o rosto de Bonnie. Mesmo totalmente bêbado, eu sabia que tinha feito merda.

Ali sentado, meu ombro queimava. Bem no local exato onde ela havia colocado a mão e eu tinha me perdido na música. Havia ficado tão envolvido a ponto de nem saber o que estava tocando. E estava tocando aquela composição. Aquela de que eu nunca mais quis me aproximar.

Bonnie havia escutado.

Nunca ninguém havia escutado, além de mim.

— Cromwell — Lewis disse, tirando-me de meus pensamentos.

— Tudo bem. Tanto faz. — Saí, nervoso, pelo corredor. Os poucos alunos de música que estavam ali já sabiam que deviam manter distância. Bonnie tinha saído da minha vida. Eu devia estar bem. Era o que eu queria. Eu a havia afastado mais do que ninguém.

Mas meu corpo estava uma pilha de nervos. E eu não conseguia deixar aquilo de lado. Eu trabalhava melhor sozinho. Sempre tinha sido assim. Mas a ideia de não a ter por perto...

Acendi um cigarro e caminhei na direção do dormitório. Mas, a cada passo, eu ficava mais e mais agitado. Sabia que, de alguma forma, aquilo tinha sido obra de Bonnie. Ela havia obrigado Lewis a separar a dupla. Entrei no quarto. Easton não estava lá. Ótimo.

Sentei diante da escrivaninha e liguei o laptop novo. Abri um pouco a janela para o alarme de incêndio não disparar quando acendi outro cigarro. Com os fones de ouvido bloqueando o som do mundo, deixei as cores conduzirem as batidas.

Fechei os olhos e as formas pulsantes de cores vivas foram surgindo. Segui os padrões, deixei que controlassem meus dedos enquanto eu batia nas teclas e no sintetizador, perseguindo a pintura no pano de fundo da tela preta.

Trabalhei até ficar sem cigarros e com os dedos doendo. Havia bebido as últimas latas de cerveja e acabado com uma garrafa de dois litros de Coca-Cola. Mas, quando tirei os fones de ouvido e percebi que já estava escuro do lado de fora, nada havia mudado dentro de mim. Não importava em nada eu ter mixado músicas que fariam todos se curvarem a mim nas casas noturnas como se eu fosse um deus.

Ainda estava irritado por ter feito merda. A raiva corria por minhas veias, pronta para queimar como petróleo. Inclinei a cabeça para trás e soltei um urro alto de frustração.

Ela não queria mais trabalhar comigo porque eu a havia magoado.

Eu havia ficado bêbado depois de tê-la deixado. Tão bêbado que simplesmente precisava dar uma volta, precisava me ocupar. Quando vi, estava no Celeiro. Virei várias doses de uísque para esquecer Bonnie. Para não correr até onde ela estava e contar tudo. Ela estava se aproximando demais. E alguma coisa acontecia comigo quando estava perto dela. Eu baixava a guarda.

Não podia baixar a guarda.

Kacey estava no Celeiro, grudada em mim como cola. Quando não consegui tirar Bonnie da cabeça, sabia que precisava ficar com outra garota. Mas, quando ela apareceu na minha porta, com mágoa em seus grandes olhos castanhos, eu soube que tinha feito merda.

Nunca teria funcionado. Bonnie Farraday estava enraizada em meu cérebro.

Que tal às oito no Café Jefferson? As palavras daquele imbecil corriam por minha cabeça a um milhão de quilômetros por hora. Olhei no relógio. Ela devia estar com ele naquele momento. Já eram nove horas. O buraco negro que havia começado a se formar em meu estômago só de pensar nela com Bryce McCarthy foi aumentando até que, quando vi, tinha saído e pisava firme no asfalto até chegar à Main Street.

Os olhos castanhos de Bonnie preencheram meus pensamentos, fazendo-me prosseguir. Seu sorriso e meu nome saindo de seus lábios. A impressão de sua mão ainda marcava minha pele, e eu ainda sentia seu toque em meu rosto. O perfume de pêssego e baunilha de seu pescoço ainda estava em meu nariz.

Eu sentia a doçura dela na língua.

Parei de repente em frente à cafeteria. Mantive a cabeça erguida, dizendo a mim mesmo para ir logo embora e não fazer aquilo. Mas meus pés não me ouviram. O buraco em meu estômago não desapareceu. Bonnie estava lá dentro com Bryce.

E eu detestava aquilo.

Apertei os dentes, inclinei a cabeça e olhei pela janela. Algo parecido com uma pedra afundou em meu peito quando vi Bonnie na mesa de sempre com Bryce. Seus cabelos estavam soltos e cacheados, descendo até metade das costas. Eu nunca a havia visto de cabelos soltos.

E ela estava... eu não conseguia desviar os olhos.

Estava usando o vestido roxo que usara em Brighton. Alguém saiu com um café para viagem e segurou a porta para mim.

— Vai entrar?

Nem parei para pensar, simplesmente entrei, sentindo o perfume do café torrado. Quando vi Bryce se aproximando de Bonnie e ela sorrindo, algo pareceu estalar dentro de mim.

Atravessei a cafeteria e puxei a cadeira de uma mesa ao lado da deles. Recostei no assento. Bonnie arregalou os olhos castanhos e os fixou em mim. Seus lábios se entreabriram. Lentamente, seu rosto foi ficando vermelho. Era como ver o som de uma nota sol sustenido tatuada em sua pele pálida.

Sam, o barista que havia nos atendido da outra vez, aproximou-se. Olhei para ele com desinteresse. Ele franziu a testa e alternou o olhar entre mim e Bonnie.

— Café puro — pedi, e voltei a olhar para Bonnie.

Ela havia abaixado a cabeça. Mas eu tinha toda a atenção de Bryce. Ele estava espumando. Ótimo.

Ele chegou mais perto de Bonnie e sorriu para ela. Apertei os punhos cerrados quando ela retribuiu o sorriso. Meu café chegou, e eu virei a cabeça para o outro lado. Precisava respirar. Manter a calma. Porque ver os dois juntos estava me deixando louco.

Fiquei ouvindo a conversa deles, bloqueando todo o resto. Eles falaram sobre a faculdade. Sobre música. Quando Bryce falou sobre o que estava compondo para a aula de Lewis, quis dar um soco nele. Mas, quando Bonnie contou a ele que havia começado sua composição, paralisei.

Ela já tinha começado sem mim.

Uns cinco minutos depois, Bryce se levantou e foi na direção do banheiro. Bonnie virou a cabeça para mim, com os olhos cansados.

— Cromwell, o que está fazendo aqui?

Não gostei do tom triste de sua voz. Era azul-marinho.

— Eu estava com sede.

Os ombros dela afundaram, e ela ficou mexendo na asa da xícara.

Bonnie jogou os cabelos para trás, revelando uma grande argola prateada na orelha. Ela usava mais maquiagem do que de costume. Fiquei agitado quando me dei conta de que achava que ela estava linda.

Ela deve ter visto que eu estava olhando. Inclinou-se para a frente e suplicou em voz baixa:

— Cromwell, por favor. Pare com isso, seja o que for. — Ela abaixou os olhos. — Essas idas e voltas o tempo todo... Não posso mais fazer isso. Você tem a sua vida, eu tenho a minha. E tudo bem.

— Você pediu para não fazer mais o trabalho comigo — eu disse, e ela piscou os olhos, chocada.

Ela olhou para o banheiro. Quando viu que não havia sinal de Bryce, disse:

— Lewis achou que não estava funcionando. Eu concordei. Ele deixou fazermos trabalhos individuais. — Ela respirou fundo. — É melhor assim.

Você ouviu, eu quis dizer a ela. *Ninguém nunca havia ouvido, mas você ouviu. E se afastou. Você me deixou te afastar...*

— Você recebeu um dom, Cromwell. Um lindo dom. E, quando não se esconde atrás de um muro, ele é puro e belo... — O rosto dela se encheu de empatia. — Mas você luta demais. Luta para não deixar ninguém se aproximar. — Ela balançou a cabeça. — Você foge, Cromwell. Foge da música. E fugiu de mim porque eu a ouvi. — Ela tomou um gole de água.

Bryce saiu do banheiro masculino, e ela olhou para mim de canto de olho.

— Por favor, vá embora, Cromwell. — Ela segurou a xícara. — Quero aproveitar a noite.

Bonnie virou as costas para mim, ofegante. Fiquei olhando para ela, com dor no peito depois de ouvir o que ela havia dito.

Bryce se sentou. Ele estreitou os olhos ao olhar para nós.

— Está tudo bem, Bonnie?

— Sim. — Deu para ouvir o sorriso falso em sua voz. — Cromwell já estava de saída.

Fui tomado pela raiva em um instante. Eu a vi com Bryce e deixei o fogo me consumir. Minha vida já era um inferno havia três anos, e vê-la com ele naquele momento, Bonnie escolhendo Bryce em vez de mim, alimentou as chamas de tal forma que eu não consegui impedi-las.

— Não, eu acho que não vou embora — eu disse, recostando na cadeira. Bonnie olhou para mim, totalmente confusa.

Sam se aproximou e encheu minha xícara de café. Bryce e Bonnie voltaram a conversar em voz baixa. Estiquei o braço e peguei o açucareiro da mesa deles. Minha ação interrompeu a conversa. Bonnie estava extremamente irritada, dava para notar.

— Eu precisava do açúcar — disse.

Bryce cruzou os braços sobre a mesa. Fiquei atento à conversa. Minhas mãos brincavam distraidamente com a asa da xícara.

— É baseado na jornada de um irlandês que imigra para os Estados Unidos — Bryce estava dizendo. — Começamos com um solo de violino irlandês, depois entra uma flauta, aí mais cordas. — Abafei uma gargalhada. Aposto que a composição devia estar ótima.

Bryce olhou feio para mim. Então, colocou a mão sobre a de Bonnie e voltou novamente a atenção para ela. Bonnie tentou tirar a mão, mas Bryce entrelaçou os dedos nos dela e segurou. Bonnie olhou para os dedos entrelaçados e franziu a testa.

O imbecil não viu. Duas coisas conflitantes aconteceram dentro de mim. Senti um alívio imenso e estúpido ao notar que ela não gostava dele daquela maneira. Mas meu sangue se transformou em lava por ele estar tocando nela.

Virei a xícara de café na esperança de que o pico de cafeína e açúcar ajudasse. Eu me contorci. Detestava café com açúcar. Quando coloquei a xícara vazia sobre a mesa, nada havia mudado.

— Você vai ficar feliz agora que está trabalhando sozinha, não é?

Ele não imaginava que merda estava fazendo. Disso, eu sabia. Porque se soubesse como eu estava perto de acertar um soco em sua boca, ele a manteria fechada.

— É — respondeu Bonnie. Ela teve o bom-senso de não dizer mais nada.

— Algumas pessoas simplesmente não são feitas para música clássica, sabe? — Raspei os dentes sobre o lábio inferior. Mas o cretino não parou. — Algumas pessoas são capazes de juntar umas batidas em um computador e chamar de música. Elas vão passando, fazendo todo mundo acreditar que têm algo de especial. Enquanto isso, os verdadeiros artistas que existem entre nós são negligenciados.

Eu ri.

— Artista? Você? — falei. Ele apertou os lábios. Balancei a cabeça. — Ainda está irritado porque eu vim para Jefferson e acabei com a sua graça?

— O que você quer dizer com isso?

Cruzei os braços e recostei na cadeira.

— O Celeiro. O fato de eu ser melhor do que você sem escutar e de olhos fechados. Você está puto porque recebi passe livre no curso e você não. — Fui para cima dele. — Está com inveja porque meu mijo batendo no vaso sanitário tem um som melhor do que qualquer coisa que você seja capaz de compor. — Franzi os lábios. — Você fede a mediocridade, amargura e inveja.

Voltei a me sentar e fiz sinal para o atendente trazer mais café. Tudo ficou em silêncio, até que ouvi uma cadeira sendo arrastada. Olhei para trás e vi Bryce em pé.

— Desculpa, Bonn. Podemos marcar outro dia?

— Você vai embora? — ela sussurrou. Não gostei da reviravolta que senti no estômago quando ouvi o tremor constrangido em sua voz. Não gostei do cinza-claro que vi quando suas palavras chegaram aos meus ouvidos. Meu coração ainda estava disparado. Mas, quando a névoa vermelha se dissipou de meus olhos e eu me virei e vi o rosto pálido de Bonnie, algo parecido com arrependimento surgiu diante de mim.

— Sim. Eu... te ligo depois, certo?

Ouvi a porta da cafeteria se fechar. Bonnie estava com um olhar magoado.

— Por quê? — ela disse bem baixinho. — Por que você teve que vir até aqui justo hoje? — Ela colocou a mão na bolsa e jogou um punhado de notas e moedas sobre a mesa. — Só para se vingar por não sermos mais parceiros? — Ela riu sem achar graça. — Muito bem, Cromwell. Você estragou minha noite.

Ela se levantou tão rápido que pareceu se desequilibrar. Sam correu até ela e segurou em seu braço para impedir que ela caísse, ao mesmo tempo que pulei da cadeira.

— Você está bem? — ele perguntou.

Ela colocou a mão na cabeça.

— Estou bem. Levantei rápido demais. — Bonnie recuou e correu para a porta.

Olhei feio para Sam, que fazia uma careta para mim. Joguei uma nota de vinte sobre a mesa e me levantei. Ele agarrou meu braço quando passei.

— Deixe-a em paz.

Parei de repente ao ouvir aquela ordem. Olhei para a mão dele em volta de meu bíceps.

— Acho melhor você tirar a mão daí.

Sam recuou com os olhos arregalados, e eu passei por ele e saí. Passei os olhos pela Main Street, mas não consegui vê-la em lugar nenhum. Quando atravessei a rua, eu a vi ao longe, encostada na parede de uma loja de antiguidades, sob um poste. Ela usava uma jaqueta jeans sobre o vestido e botas de cano curto marrom.

Bonnie levantou a cabeça quando me aproximei. Ela parecia exausta.

— Ele foi embora. — Ela voltou sua atenção para a rua escura. Quando voltou a olhar para mim, estava com lágrimas nos olhos. — Eu só queria que esta noite... — ela sussurrou. — Depois de tudo o que aconteceu... eu só queria que esta noite desse certo.

O som de tristeza em sua voz provocou algo em meu peito. Causou uma espécie de rachadura. Ela secou uma lágrima que escorreu pelo rosto. — Nunca me permiti fazer nada assim. Nunca consegui. — Ela respirava com dificuldade. Endireitou os ombros e olhou nos meus olhos. — Mas queria saber como era. Queria não ter que pensar em tudo por uma única noite...

Fiquei olhando fixamente para ela, sem nada para dizer. Do que estava falando? Do que ela queria esquecer?

Passei a mão nos cabelos. As lágrimas começaram a aumentar, até que ela se afastou da parede e virou para mim. As lágrimas estavam lá, mas também havia algo que eu reconhecia muito bem – raiva.

— Você foi cruel hoje, Cromwell Dean. Foi frio, cruel e hostil.

Ela chegou mais perto. Seu rosto estava quase encostando no meu.

— Só me deixe sozinha. — Ela abaixou os olhos. — Por favor. — Bonnie virou as costas e começou a caminhar na direção do carro.

Mas ouvir sua voz triste, vê-la indo embora, despertou algo dentro de mim. Meu sangue começou a correr tão rápido nas veias que senti tontura. Não pensei direito, apenas agi instintivamente. Estendi a mão e segurei no braço dela. Quando ela virou, puxei-a de volta até suas costas baterem na parede.

— Cromwell, o quê...? — ela começou a dizer. Mas, antes que pudesse completar a frase, meus lábios se chocaram com os dela. No instante em que senti seu sabor, meu coração acelerou dentro do peito. Um som de surpresa escapou de sua boca, e eu o engoli. Pressionei o peito contra o dela e senti o calor de seu corpo junto ao meu.

Então ela passou a retribuir o beijo. Seus lábios se abriram e avancei com a língua. Bonnie afundou em mim depois que dominei sua boca. Depois que a traguei. Ela agarrou meus braços, fincando as unhas em minha pele.

Estávamos em chamas contra o muro. Eu não conseguia parar. A boca de Bonnie também não. Seus lábios ficavam mais rápidos e mais fortes quanto mais nos beijávamos. Até que me afastei, impressionado. Bonnie abriu os olhos e olhou para mim.

Ela ficou olhando fixamente para mim pelo que pareceu uma eternidade, e então seus olhos se encheram de lágrimas, partindo completamente meu coração. Ela não disse nada. Seu rosto estava corado, a respiração, ofegante. Daí foi embora, correu para o carro. Ligou o motor em segundos e saiu. Vi as lanternas traseiras desaparecerem ao longe.

Fiquei no acostamento da estrada, respirando fundo, até que um barulho atrás de mim me tirou da confusão mental em que eu me encontrava. O vento soprou em meu rosto e me despertou de imediato.

Forcei meus pés a se moverem, um na frente do outro, até começar a voltar para o dormitório. Mas a cada passo eu me lembrava. Sentia o perfume de pêssego dela na língua. Olhei para baixo e vi as marcas de unha por ela ter me apertado com força. Meu peito ainda estava quente na parte onde o corpo dela havia ficado junto ao meu.

— Merda — murmurei enquanto passava a língua sobre os lábios, pegando fogo devido ao contato com ela. Não notei ninguém à minha volta enquanto caminhava. Nem percebi que já havia chegado quando parei na porta do dormitório.

Assim que entrei no quarto, vi Easton em seu banquinho de pintura, com tinta respingada nas roupas e uma tela coberta em tons escuros. Fiquei olhando para a tela. Estava acostumado a ver seus tons gritantes, não tons de cinza, marrom e vermelho escuros.

Easton olhou para trás.

— Cromwell.

Cumprimentei-o com um aceno de cabeça. Mas seria só isso. Minha mente estava cheia. Cheia de sua irmã gêmea e do sabor que ela havia deixado em minha boca. Deitei na cama e fiquei olhando para o teto. Fechando os olhos, eu a vi no pensamento. Seus longos cabelos castanhos. O vestido roxo e as botas marrons. Coloquei as mãos sobre os olhos, tentando me livrar daquela imagem.

Você foi cruel hoje, Cromwell Dean. Foi frio, cruel e hostil...

As palavras afundaram profundamente, apunhalando meu peito. Mas os ferimentos foram suavizados quando lembrei de seus olhos após o beijo. Os lábios inchados e o rosto corado.

Abri os olhos. Easton ainda estava sentado no mesmo lugar, olhando para a pintura.

— East? — Minha voz pareceu tirá-lo de seus pensamentos. Ele andava estranho ultimamente. Estava mais reservado em vez de ficar se metendo na minha vida, sendo ou não convidado.

Easton se virou:

— O quê?

— Eu estava te chamando. — Easton largou os pincéis e a paleta de tinta. Passou a mão pelo rosto. Olhei para a pintura dele. — Profunda.

Ele olhou feio para a tela e depois abriu um sorriso enorme. Dando de ombros, levantou do banco e sentou na ponta da minha cama.

— Se sujar meus lençóis de tinta, vai ter que lavar.

As sobrancelhas dele começaram a dançar.

— Depois que Kacey esteve aqui, você precisa lavar de qualquer jeito.

Kacey... A lembrança deixou um gosto amargo em minha boca. Queria manter a lembrança de Bonnie lá o maior tempo possível. Não sabia se seria capaz de desapegar.

— Eu não transei com ela.

— Não foi isso que Bonnie disse.

— Ela está errada. — Notei que a pintura estava chamando minha atenção novamente. — O que aconteceu com todo aquele neon?

Easton soltou um suspiro.

— Não estou nesse clima no momento. — Havia algo diferente em seu tom de voz. Eu não sabia exatamente o quê. Mas era verde-escuro. — Onde você estava? — ele perguntou, mudando de assunto.

Eu me mexi na cama e puxei o laptop que estava na mesa de cabeceira. Eu havia feito o *upload* de mais mixagens. Queria conferir a quantidade de *downloads* – milhares.

— Saí para tomar um café.

— Você viu a Bonnie? Ela está sempre na cafeteria aos fins de semanas. O Celeiro não é a praia dela.

Balancei a cabeça, evitando fazer contato visual com ele.

— Não. Nem vi.

— Ela deve ter ido para casa. A noite do microfone aberto é amanhã. — Ele fez aquele comentário de forma tão casual que quase deixei passar.

— Microfone aberto?

Easton tirou a camisa e deitou em sua cama. Pegou o *tablet* e carregou o episódio seguinte da série a que estava assistindo.

— Ela vai lá assistir? — perguntei, aumentando minha música.

— Ela toca lá. — Easton levantou os fones de ouvido. — Eu vou deitar. — Acenei com a cabeça enquanto ele colocava os fones de ouvido e se desligava do mundo. Franzi a testa, imaginando o que Bonnie fazia naquelas noites de microfone aberto. O negócio dela não era composição clássica? Tentei terminar as mixagens, mas minha cabeça não estava ali. Não conseguia parar de pensar em Bonnie. O beijo. Seus olhos. Como perdi completamente a cabeça quando ela me disse para deixá-la sozinha com Bryce. E como ela ficou depois do beijo. O modo como seus olhos castanhos olhavam fixamente nos meus.

Fechei o programa de mixagem e abri o site da cafeteria. Noite com microfone aberto. Começava às oito da noite do dia seguinte.

Desliguei o laptop e fechei os olhos. Só via o rosto lindo de Bonnie, e aquela visão afrouxava a amarra que existia dentro de mim.

— Cromwell? — A voz de Easton me acordou de meu quase sono.

Abri um olho só.

— O quê?

— Vai rolar festa no Celeiro amanhã. Você pode assumir as *pickups*?

Abri a boca para dizer *sim*, mas fiz uma pausa e respondi:
— Não posso. Estou ocupado.
— Vai sair com alguma gata?
Soltei um suspiro.
— Tenho um compromisso.
— Ótimo. Vamos ter que apelar para o Bryce de novo. — Easton voltou para o *tablet*.
Fiquei acordado até o sol nascer.
Culpei o sabor de pêssego que permanecia em meus lábios.

♪♪ 13
Cromwell

O lugar estava lotado.

Pessoas saíam para fumar ou ir aos bares do outro lado da rua. Olhei pela janela, mas não consegui ver nada. Abaixei a cabeça e entrei. Não havia sinal de Bonnie. As luzes estavam baixas, à exceção do refletor que iluminava o palco.

Enquanto me espremia entre a massa de pessoas tentando chegar à lateral do salão, uma mesa ficou livre na penumbra. Sentei, antes que alguém pegasse o lugar. Demorou dez minutos até alguém me atender. Quando Sam me viu, seu rosto congelou.

Ele olhou para trás e depois me encarou novamente, parecendo estar em pânico.

— Não acredito que você...

Levantei a mão.

— Só vim aqui tomar um café.

A expressão de Sam dizia que ele duvidava daquilo, mas ele perguntou:

— O de sempre?

Confirmei, e ele desapareceu. Eu não sabia ao certo se ele diria a Bonnie que eu estava ali. Então, fiquei sentado e ouvi três cantores. Um deles era bom. Fiquei olhando para o tampo da mesa o tempo todo, vendo cores enquanto eles tocavam e cantavam. Passei a mão na cabeça. Minhas têmporas latejavam, dando a sensação de que eu estava no meio de uma enxaqueca. Minha cabeça doía, e meu pescoço estava rígido. Era porque eu estava lutando contra eles – as cores, as emoções, os sabores. Estava lutando contra todos eles, enquanto tudo o que meu corpo queria era aceitá-los.

Você não pode detê-los, a voz do meu pai ecoava em minha cabeça. *Faz parte de quem você é, filho. Aceite-os.* Ele sorriu. *Eu queria vê-los e senti-los também. É um dom...*

Fechei bem os olhos e já estava prestes a sair quando o gerente da cafeteria foi até o microfone.

— E agora, uma querida amiga do Café Jefferson, nossa conterrânea, Bonnie Farraday.

Eu tinha uma boa visão do palco de onde estava sentado. Então, vi o instante em que Bonnie subiu no palco com a ajuda de Sam. Ele passou um violão acústico para ela. Parecia bem surrado. Mas ela o segurou como se fosse uma extensão de seu braço.

Bonnie não olhou para a plateia. Nenhuma vez. Manteve os olhos no violão, sentada em um banquinho. Vestia jeans justos e uma malha branca que caía em um dos ombros, mostrando sua pele clara. Os cabelos estavam trançados de uma maneira elaborada, sem cair no rosto. Ela usava brincos de pérola e uma espécie de pulseira com pingentes.

— Oi, pessoal. Essa música se chama "Asas".

Bonnie fechou os olhos, e sua mão encontrou o braço do violão. Fiquei sem fôlego quando ela começou a tocar. Tons de verde-oliva dançavam em minha mente com o lento dedilhar das cordas. E aí ela abriu a boca e o violeta mais vibrante que eu já havia visto piscou como fogos de artifício em minha cabeça, quase me deixando sem ar. Quando ouvi a letra, meu peito se rasgou ao registrar as palavras que cortaram meu coração.

Para alguns a vida não é longa o bastante.
Um piscar de olhos, canto dissonante.
Almas mais puras ardem, tão instáveis,
Perdendo a luta, corpos frágeis.
Corações perdem o ritmo, batem devagar,
os anjos chegam para me buscar.
Ao paraíso, aos céus, para melhor sorte,
repletos de paz, onde não há morte.
A esperança permanece com os abandonados,
asas de pombos não mais engaiolados.
Asas, brancas como neve, brotam no coração.
Asas, bem abertas, a hora da decisão.
Lágrimas nos olhos, a última despedida.
Vivi, amei e dancei a doce dança da vida...

Fiquei paralisado. Meu corpo travou em tons de rosa e lilás. O violeta mantinha um círculo cintilante a cada novo compasso. Os triângulos do andamento se modificavam e ficavam em diferentes tamanhos e ângulos.

Um nó se formou em minha garganta enquanto sua voz flutuava pela cafeteria. Meu estômago e peito ficaram tão apertados que começaram a doer.

O rosto de meu pai surgiu em minha cabeça – seus sorrisos, seu aplauso... e o momento em que me afastei...

Uma salva de palmas interrompeu meus pensamentos. A pintura que se formava em minha cabeça desapareceu, deixando apenas sombras das cores que se dissipavam na escuridão. Suspirei, sentindo-me exausto, como se tivesse corrido quilômetros. Tomei um gole grande de café.

O gerente anunciou um pequeno intervalo. Assim que as luzes se acenderam, Bonnie virou a cabeça. Foi como se tivesse sentido minha presença ali. Observando.

O rosto dela congelou quando olhou nos meus olhos. Ela saiu do palco cambaleando. Sam a segurou, e ela conseguiu agarrar o violão antes que ele caísse. Bonnie disse algo para Sam, depois saiu do palco às pressas e foi para os fundos.

Eu me levantei em segundos, abrindo caminho pela multidão. Sam ficou na minha frente.

— É proibido entrar lá atrás.

Rangi os dentes, preparado para derrubar o cara se ele não saísse do caminho. Então, olhei pela janela e vi Bonnie atravessando a rua com o violão no estojo. Nem pensei muito. Simplesmente atravessei a multidão enquanto as luzes diminuíam e o gerente subia no palco para anunciar a apresentação seguinte.

Bonnie desapareceu no parque. Corri até a estrada e segui os passos dela. Ela estava parada sob um poste de luz pouco antes de um pavilhão, no meio do gramado.

Pisei em um galho caído, e Bonnie levantou a cabeça, com os olhos castanhos arregalados. Os ombros desabaram. Ela levou o violão ao peito, como se ele pudesse protegê-la. Protegê-la de mim.

— Cromwell... — A voz dela estava cansada e tensa. Era por minha culpa, por causa da noite anterior. O que eu fiz. O que fiz muitas vezes. Eu não gostava do quanto a deixava triste. — Por que veio aqui hoje à noite?

Fiquei olhando para ela, sem dizer nada. Não conseguia. Agora que estava ali, não conseguia dizer nada. Só ficava vendo a impressão de suas cores em minha mente. Ouvia aquela letra tocando sem parar, apunhalando-me no peito.

Como eu a faria entender? Fiquei paralisado ao pensar naquilo. Porque queria que ela entendesse.

Bonnie soltou um suspiro alto. Virou as costas para mim e começou a se afastar. Meu pulso disparou. Ela estava indo embora.

Minha mente acelerou, os lábios se abriram, e eu gritei:

— Seu refrão foi fraco.

Bonnie parou de imediato e se virou de frente para mim. Cheguei mais perto. Apenas alguns metros.

— Meu refrão foi fraco? — A voz dela estava rouca e exausta... exasperada.

— Sim. — Coloquei as mãos no bolso.

— Por quê, Cromwell? Por que foi fraco? — Dava para ver que ela estava esperando que eu me fechasse. Não me explicasse. Fugisse.

— Porque o refrão foi azul-marinho. — Meu rosto pegou fogo.

— O quê? — Bonnie perguntou. Olhei ao meu redor. Não conseguia acreditar que havia dito aquelas palavras. — Cromwell, o quê...?

— O refrão foi azul-marinho. Azul-marinho me diz que é fraco. — Ela era uma estátua na minha frente. A expressão em seu rosto era de confusão. Lutei contra o aperto no peito e pigarreei. — O resto foi verde-oliva e cor-de-rosa... menos o refrão. — Balancei a cabeça para tirar dela a imagem do azul-marinho. Bati na lateral. — Foi azul-marinho. Não encaixava. Azul-marinho não entra em boas composições.

Bonnie ficou boquiaberta, e a empolgação que eu havia visto na noite em que toquei piano com ela ao meu lado fez seus olhos brilharem.

— Sinestesia — ela sussurrou. Deu para sentir a admiração em sua voz. — Você é sinestésico. — Ela não fez uma pergunta. Chegou mais perto, e eu tive vontade de fugir novamente. Porque dessa vez a responsabilidade era toda minha. Mas lutei contra e me recusei a fugir dela novamente.

Suspirei. *Eu* havia contado a ela. Ela não tinha me forçado a dizer nada. Havia apenas tocado, de alguma forma atravessado meus muros, e a verdade tinha se revelado.

— Cromwell... — Ela olhou para mim de um modo que nunca havia olhado antes. Naquele momento, percebi que ela sempre tinha se aproximado de mim com cautela. Ela nunca havia demonstrado muita emoção perto de mim.

Mas agora era diferente.

Era *bem* diferente.

— De que tipo? — Ela parou, e seus pés tocaram nos meus. Estava tão perto. Seu perfume de pêssego e baunilha chegou ao meu nariz e senti o gosto doce na língua. Tudo era *mais* quando eu estava perto dela. Meus sentidos estavam tão exacerbados que eu mal conseguia respirar. Via cores e fogos de artifício. Sentia um sabor doce, o cheiro de seu perfume, e respirava quem ela era. Eram linhas e formas, tons e cores metálicas e foscas. Tudo vinha para cima de mim como uma enxurrada. E eu deixava entrar. Como o rompimento de uma represa, eu a deixava entrar.

Perdi o fôlego diante da força das emoções.

— Cromwell? — Bonnie pegou em meu braço. Eu paralisei ao olhar para sua mão sobre mim. Ela tentou tirá-la. Mas cobri seus dedos com os meus.

Bonnie ficou parada. Seus olhos desceram do meu rosto para nossas mãos. Esperei que se afastasse, mas ela não se afastou. Ouvi sua respiração pesada. Vi seu peito subindo e descendo. Ela piscou, seus longos cílios escondiam o que eu sabia que seriam enormes olhos castanhos em choque.

Finalmente, eu a havia deixado entrar.

— Cromestesia — respondi. — Bonnie levantou os olhos e franziu as sobrancelhas, confusa. Respirei pelo nariz e me resignei, admitindo: — O tipo de sinestesia que eu tenho. É principalmente cromestesia.

— Você vê o som? — Um pequeno sorriso se formou em seus lábios. — Você vê cores quando ouve música? — Confirmei. Um rápido suspiro saiu de sua boca. — O que mais?

— Hã?

— Você disse que era principalmente cromestesia. O que mais acontece? Eu não sabia que era possível ter mais de um tipo.

— Não sei muito sobre isso — admiti. — Eu tenho. Só sei o que o meu pa... — Engoli em seco e me obriguei a continuar. — Só sei o que o meu pai me disse quando pesquisou. — Dei de ombros. — É normal para mim. É a vida cotidiana.

Bonnie estava me encarando como se nunca tivesse me visto antes.

— Li muito sobre isso — ela disse. — Mas nunca conheci ninguém que tivesse. — Ela apertou os dedos sobre os meus. Eu tinha esquecido que estava segurando a mão dela. Olhei para os dedos entrelaçados. Algo se acalmou dentro de mim. Isso sempre acontecia quando eu estava perto dela. A raiva constante que eu sentia se dissipava até quase desaparecer. Isso só acontecia quando estava com Bonnie. — Seus sentidos se misturam, audição, visão e paladar. — Ela balançou a cabeça. — É incrível.

— É.

— E meu refrão foi azul-marinho?

Confirmei com um aceno de cabeça.

— Por quê? — ela perguntou, parecendo quase sem fôlego de tão rápido que estava tentando falar. — Como?

— Venha comigo. — Puxei Bonnie pela mão e entramos no parque. Ela me acompanhou. Eu não sabia ao certo se me acompanharia. Se havia me perdoado por magoá-la na semana anterior.

— Aonde estamos indo?

— Você vai ver.

Quando ela começou a se demorar, diminuí o passo. Ela não se apressou. Sua respiração estava ofegante. Olhei para seu rosto corado e a testa suada. Estiquei o braço e peguei o violão de sua mão.

Ela ficou totalmente vermelha.

— Você está bem? — perguntei. Eu não sabia por que ela estava tão sem fôlego.

Bonnie tirou uma mecha de cabelo do rosto.

— Só estou fora de forma. — Ela riu, mas aquilo me pareceu meio estranho. Não era cor-de-rosa. Preciso começar a fazer exercícios aeróbicos.

Continuei andando devagar, com Bonnie vindo atrás. Fiquei esperando ela soltar minha mão, mas ela não soltou. Eu gostava de segurar na mão dela.

Estava de mãos dadas com uma garota.

Continuei segurando.

Quando chegamos ao departamento de música, deu para sentir o ar ficando mais denso à nossa volta. Parei na porta.

— O que foi? — ela perguntou.

Segurei o violão com mais força, depois finalmente soltei da mão dela para poder pegar meu cartão de acesso para abrir a porta. Eu estava trincando os dentes quando me afastei. Bonnie me olhava com os olhos arregalados, e eu soube o motivo de ter hesitado.

Não queria soltar da mão dela.

Parecia que havia algumas pessoas no prédio. Linhas vermelho-carmim flutuavam diante de meus olhos enquanto alguém tocava um oboé em uma das salas. Bonnie olhou para mim e entreabriu os lábios, prestes a dizer algo.

— Linhas vermelho-carmim.

Bonnie parou na hora.

— Como sabia que eu ia perguntar isso?

Fiquei olhando para o rosto dela. Ela tinha sardas no nariz e nas bochechas. Eu não tinha notado antes. Seu nariz era pequeno, mas os olhos e os lábios eram grandes. Os cílios eram os mais longos que eu já havia visto.

— Cromwell? — A voz de Bonnie era áspera. Percebi que a estava encarando. Meu pulso estava um pouco mais acelerado e dava para sentir meus batimentos cardíacos dentro do peito. Os batimentos me traziam vislumbres pulsantes do laranja do pôr do sol.

— Você tem sardas.

Bonnie ficou olhando fixamente para mim, sem se mexer nem emitir nenhum som. Mas logo seu rosto ficou vermelho. Abri a porta da sala de ensaio e entrei. Acendi a luz e coloquei o violão dela no chão.

Bonnie fechou a porta. A sala ficou em silêncio. Coloquei as mãos nos bolsos. Não sabia o que devia fazer naquele momento.

Bonnie se aproximou. Eu não conseguia tirar os olhos do ombro que sua malha branca deixava à mostra. De sua pele pálida.

— Por que estamos aqui, Cromwell? — A voz dela estava trêmula. Quando realmente olhei para ela, vi que estava nervosa. Eu a deixava nervosa quando estava perto de mim. E me odiava por isso.

Tirei o violão de Bonnie do estojo. Entreguei a ela e apontei para a banqueta. Ela hesitou, mas pegou o violão e se sentou. Suas mãos percorreram o braço do instrumento, simplesmente o sentindo.

— Cante — eu disse, passando a mão sobre os jeans quando me sentei de frente para ela.

Bonnie fez que não com a cabeça.

— Acho que não consigo. — Ela apertou o braço do violão e passou a língua sobre os lábios. Estava nervosa demais para cantar.

— Cante. Toque — repeti. Movimentei o corpo no assento, sentindo-me um cretino. Mas, pela primeira vez em anos, estava realmente querendo ajudar alguém. Do único jeito que eu conhecia.

Bonnie respirou fundo e dedilhou as primeiras notas. Fechei os olhos. Conseguia ver melhor a cor com os olhos fechados. Como antes, vi verde-oliva. Vi as formas, linhas e tons. Só que com ela tão perto, elas eram... mais.

Eram mais claras. Eram mais vivas.

Meu corpo se contorceu ao tentar bater nas paredes para bloqueá-las. Era o que eu vinha fazendo havia três anos. Era o costume. Meu corpo tentando bloquear as cores. Nunca chegou a funcionar de verdade. Nem uma única vez, em três anos, eu consegui bloqueá-las totalmente. Elas apenas ficavam um pouco mais apagadas.

Mas não naquele momento. Naquele momento, elas eram tão vivas que quase eram demais para mim. Mas, quando Bonnie começou a cantar, o violeta tomou conta de tudo. A linha ressaltada em primeiro plano, a cor que se recusava a ser apagada.

Meu coração acelerou quando deixei meu cérebro fazer o que havia nascido para fazer. Levar cor ao som e acender como fogos de artifício em minha cabeça. Meus músculos relaxaram, e a música permeou suas fibras, dando vida a cada uma delas. A cada barreira que eu deixava cair, meu corpo relaxava. A tensão que eu carregava havia tanto tempo ia desaparecendo conforme eu ouvia a voz de Bonnie.

Eu balançava a cabeça no tempo das batidas, até que ela mudou de tom e uma linha irregular azul-marinho, na forma de um raio bifurcado, cortou o violeta, os verdes e os tons de rosa.

— Aí — Abri os olhos.

Bonnie parou de tocar. Sua mão ficou paralisada sobre o braço do violão. Eu me inclinei para a frente, vendo uma fotografia das cores na mente. Capturando o momento em que a tela havia sido arruinada.

Bonnie estava me observando, quase sem respirar. As mãos estavam tensas no violão, como se não ousassem se mexer. Cheguei mais perto, levando minha banqueta comigo, até ficar na frente dela. Não consegui chegar perto o suficiente do violão. Então me aproximei ainda mais, deixando as pernas de Bonnie entre as minhas. Ela olhou para mim. Dava para sentir o cheiro de hortelã de seu hálito, do chiclete que ela sempre mascava.

— Volte um pouco. — Não tirava os olhos dos dela. Bonnie posicionou os dedos e tocou. Fiquei paralisado conforme as cores me encharcavam como chuva. Meu peito ficou tão aquecido.

Quando o azul-marinho cortou meu cérebro, interrompi a mão dela. De olhos fechados, movimentei sua mão no braço do violão. Sabia onde queria que seus dedos ficassem e quais notas ela precisava tocar.

— Toque — ordenei. — Bonnie obedeceu. Movi sua mão novamente. — De novo. — Passei para outro acorde. — De novo. — Repeti o processo várias vezes, seguindo o padrão de cores em minha cabeça. Pintando as cores de antemão e as seguindo. Pintei mentalmente as notas até elas se mesclarem àquelas que Bonnie havia criado.

Tirei as mãos do violão, e Bonnie continuou tocando. Senti sua respiração perto do meu ouvido, enquanto ela cantava a letra da música com suavidade. Cheguei mais perto, sentindo necessidade de ver o violeta dançando diante de meus olhos. Ouvi até a última nota soar e finalizei a tela de minha mente com ela.

A respiração de Bonnie era curta. Era trêmula. Abri os olhos devagar. Ao fazer isso, percebi como estávamos próximos. Meu rosto estava ao lado do rosto dela, as pontas de barba rala tocavam sua pele. Minha orelha estava perto de sua boca.

Eu tinha me aproximado para ouvi-la cantar.

Para ouvir aquele violeta perfeito.

A respiração de Bonnie era irregular. Continuei perto, não queria me afastar. Lentamente, joguei a cabeça para trás até encará-la. Seu nariz estava a apenas um centímetro do meu. Seus olhos eram enormes, repletos de algo que eu nunca tinha visto nela antes. E queria saber o que era.

— O quê... — Engoli em seco. Meu joelho bateu na coxa dela. — O que você achou?

— Cromwell — ela sussurrou com um leve tremor de vibrato na voz. — Eu não... eu não poderia ter escrito nada parecido com isso. — Seu rosto ficou corado. — Não sem sua ajuda.

Meu coração se chocou contra a caixa torácica.

— Eu só segui as cores. — Apontei com o queixo na direção dela. — Cores que você criou.

Bonnie analisou meus olhos como se pudesse ver através deles. Como se estivesse tentando ver dentro de mim.

— Foi por isso que ele trouxe você para cá. Ele sabia que isso ainda vivia dentro de você. Lewis. Foi o que ele viu em você. — Ela estava com as sobrancelhas castanhas franzidas e uma expressão de empatia no belo rosto. — Cromwell, por quê? Por que você luta contra isso?

As palavras dela foram como um balde de gelo sobre minha cabeça. Eu me afastei um pouco, meu mecanismo de defesa que me dizia para fugir, para derrubá-la verbalmente, estava se manifestando. Mas Bonnie tirou a mão do violão e a colocou em meu rosto. Paralisei. O toque dela me manteve enraizado.

Combati a necessidade de fugir. O nó que fechava minha garganta subia pelo peito. Mas, quando olhei nos olhos dela, não me movi. Em vez disso, meus lábios se abriram, e eu disse:

— Porque não quero mais isso.

A mão dela aquecia meu rosto. Os dedos eram suaves.

— Por quê?

Lágrimas preencheram seus olhos quando não respondi. Fiquei me perguntando se ela havia visto algo em meu rosto. Se tinha ouvido algo em minha voz.

Mas eu não podia responder.

Bonnie soltou minha mão, e senti que voltava a mergulhar no meio de um inverno britânico. Tudo ficou frio e opaco de repente, desprovido de calor. Bonnie sorriu. Voltou a segurar o violão. Linhas enrugaram sua testa.

— Não consigo me lembrar dos novos acordes.

Levantei do banco e fiquei atrás dela.

— Vá um pouco mais para a frente. — Bonnie olhou para trás. Suas pupilas se dilataram, mas ela fez o que eu pedi. Sentei atrás dela. Ela não estava perto o suficiente, então, passei os braços em volta de sua cintura e a puxei para trás. Bonnie soltou um suspiro surpreso quando suas costas se chocaram com meu peito.

Eu a envolvi com os braços, acompanhando-a. As tatuagens em meus braços se destacavam como luzes no escuro junto às mangas brancas dela. Meu queixo ficou logo acima de seu ombro. Senti quando ela respirou fundo. Foi uma onda de marrom-avermelhado em minha mente.

— Mãos posicionadas — eu disse. Olhei para o ombro descoberto dela sob minha boca. Sua pele ficou arrepiada, as orelhas ficaram vermelhas, e vi seus lábios se entreabrirem. Senti o canto de minha boca formando um sorriso.

— Toque. Quando chegarmos ao refrão, vou ajudar. — E ela tocou. As palavras de Bonnie tomaram conta de mim.

Mas a letra, novamente, era como uma adaga no coração. Havia tristeza quando ela cantava. A linha violeta de sua voz me percorria como um monitor cardíaco repleto de sua emoção. Das palavras que mais a tocavam.

Quando chegou o refrão, coloquei as mãos sobre as dela. Senti que ela estremeceu. Mas continuei, deixando-a desafinar enquanto posicionava suas mãos nos acordes que estavam em sintonia com o restante da música. Tocamos três vezes até suas mãos se afastarem das cordas.

— Aprendeu? — perguntei. Minha voz pareceu áspera até mesmo aos meus ouvidos. Era por estar tão perto dela. Seu pequeno corpo encaixado no meu como uma peça de quebra-cabeça.

— Sim. Acho que sim.

Mas nenhum de nós dois se mexeu. Eu não sabia por quê. Mas fiquei ali sentado com Bonnie Farraday encostada em mim. Até que...

— Cromwell? — A voz de Bonnie cortou o silêncio confortável. — Você consegue tocar qualquer coisa, não consegue? Sem aulas ou ensaios. Pode simplesmente ver a música e tem habilidade para tocar o que quiser. — Ela virou a cabeça, seus lábios quase roçaram nos meus. Ela me estudou com os olhos. — As cores mostram o caminho.

Lembrei da primeira vez em que havia pegado um instrumento. Foi tão natural para mim quanto respirar. As cores que dançavam diante de meus olhos eram como um caminho. Eu só precisava segui-las e conseguia tocar. Confirmei com a cabeça. Bonnie suspirou. — Você pode... você poderia tocar minha música?

— Sim.

Sem tirar os olhos de mim, Bonnie encontrou minhas mãos que estavam sobre o violão e as posicionou. Voltou a se encostar em meu peito.

— Por favor, toque para mim.

Ela parecia cansada, estava apoiada em mim, em silêncio. Flexionei os dedos. O violão não era um instrumento que eu costumava escolher. Mas não importava. Ela tinha razão. Eu simplesmente conseguia tocar.

Minhas mãos simplesmente compreendiam sua linguagem.

Fechando os olhos, comecei a tocar os acordes. Nenhuma palavra acompanhou a composição desta vez. Bonnie permaneceu em silêncio enquanto ouvia. Ela não mexeu um músculo enquanto a música que havia criado transbordava de meus dedos. Por meio do instrumento que ela nitidamente amava.

Quando a música terminou, a sala ficou em silêncio. Senti Bonnie junto a mim. Senti seu perfume de pêssego e vi sua pele descoberta. Nem havia me dado conta de que meus dedos tinham começado a se mover novamente até que as cores me mostraram o caminho. E eu permiti. Não lutei contra elas desta vez. Não escondi de Bonnie. Apenas pensei nela, em nós e no momento, e usei o violão que ela amava tanto para lhe dizer, sem palavras, o que eu estava sentindo.

Como memória muscular, meu corpo reagia a ser capaz de criar. Com instrumentos reais e puros nas mãos. Sem teclas de computador e batidas sintéticas, mas madeira, cordas e as cores que me guiavam. Pêssego e baunilha, pele cor de leite e cabelos castanhos me incentivavam, inspirando notas.

Não sei ao certo quanto tempo toquei. Pode ter sido por dois minutos ou duas horas. Deixei os dedos soltos, livrei-os das amarras que havia imposto três anos antes. E, a cada nota tocada, uma parte da raiva que eu alimentava todos os dias com minha recusa a tocar, a compor, desaparecia até não sobrar nada além de vapor, indo embora pelos ares junto com toda a minha relutância em finalmente sentir tudo aquilo.

A sensação viciante e sublime que só a música podia dar. Meu corpo reagiu como se respirasse bem fundo depois de anos com os pulmões obstruídos. Respirei. Meu coração bateu. O sangue correu pelas veias. E eu compus música. Era parte de mim, não algo que eu fazia. Parte do que me constituía.

E, depois disso, eu não sabia ao certo se algum dia seria capaz de voltar atrás.

Minhas mãos pararam. Os dedos ficaram dormentes de tocar. Mas era um tipo bom de dormência. Viciante. Pisquei, limpando os olhos, e vi o piano olhando para mim do outro lado da sala. O violino. O violoncelo. A bateria. A adrenalina tomou conta de mim, encorajando-me a tocar todos eles. Agora que havia experimentado, era como um viciado. Precisava de mais e mais.

— Cromwell... — A voz de Bonnie cortou meus pensamentos. Ela levou a mão ao meu rosto e virou a cabeça. Havia marcas de lágrimas em sua face. Os cílios estavam grudados devido à umidade, e os lábios, avermelhados. Bonnie sempre teve lábios de uma cor muito peculiar. Um vermelho tão intenso que nem parecia natural.

A mão dela era como uma fornalha sobre minha pele. Virei para a palma da mão dela e um pequeno suspiro escapou da boca de Bonnie.

— Foi lindo — ela disse, afastando a mão e a passando sobre meus dedos que estavam no braço do violão. — Essas mãos — ela disse. Só dava para ver o movimento de suas bochechas daquele ângulo, mas eu sabia que ela estava sorrindo. — A música que elas são capazes de criar. — Ela suspirou. — Nunca vi nada parecido.

Meu peito se expandiu, algo ficou preenchido dentro dele ao ouvir aquelas palavras. Ela passou o dedo várias vezes sobre minha mão até finalmente se afastar. Bocejou, e pude ver que seus olhos estavam se fechando de tanto cansaço.

— Estou exausta, Cromwell. Preciso ir embora.

Eu não estava. Pela primeira vez nem sabia em quanto tempo, eu não queria me mover. Queria ficar na sala de música. Porque não tinha certeza do que aconteceria se nós saíssemos de lá. Não tinha certeza se a raiva retornaria. A necessidade de fugir de tudo aquilo.

Eu não sabia se Bonnie se afastaria. Depois do modo como a havia tratado, achei que era possível.

— Cromwell? — insistiu Bonnie. Não pude mais prolongar o momento. Tirei as mãos do violão. Precisava levantar do banco. Movimentei as pernas, mas, antes de levantar, levei a boca ao ouvido dela:

— Gostei da sua música, Farraday — sussurrei, e notei seu rápido suspiro.

Fechei os olhos e respirei pêssego e baunilha. Bonnie se arqueou junto ao meu peito. Abaixei a cabeça, passando o nariz pelo pescoço dela, até minha boca chegar a seu ombro descoberto. Rocei os lábios sobre a pele pálida e macia, depois a beijei uma vez e levantei do banco.

Peguei o estojo do violão do chão e tirei o instrumento das mãos de Bonnie. Ela não tinha saído do banco. Quando o violão estava guardado, finalmente olhei para ela. Ela havia passado o tempo todo me observando. Dava para ver pela expressão de constrangimento em seu rosto.

— Vou te acompanhar — eu disse.

Bonnie se levantou. Seus pés falharam. Ela esticou o braço. Eu a segurei, puxando-a para o meu lado para mantê-la em pé. Ela estava sem fôlego e parecia quente demais.

— Você está bem?

— Estou — ela respondeu com nervosismo. Ela tentou se afastar de mim.

Mantive o braço em volta dela.

— É melhor você ficar perto de mim para não cair.

Bonnie sorriu um pouco e voltou para o meu lado. Eu a acompanhei até o dormitório. A noite estava silenciosa. Eu não sabia que horas eram. Mas deviam ser três ou quatro da manhã.

Bonnie não disse nada. Não até parar de repente e olhar para mim.

— Eu queria saber — ela disse com a voz estremecida. Ela precisava chegar em casa. Precisava dormir.

— Saber o quê?

— Como é para você ver tudo isso. — Ela ficou olhando para o nada, perdida em pensamentos. — Ouvir cores.

— Eu... não sei como explicar — falei. — É normal para mim. Não sei como seria *não* ver. — Dei de ombros. — Seria estranho.

— Seria desinteressante. — Bonnie voltou a andar atrás de mim. — Acredite, Cromwell. Seria um sonho entrar em seu mundo apenas por um breve instante. Ver o que você ouve... um sonho.

Chegamos ao dormitório de Bonnie.

— Você tem um quarto só para você?

Bonnie abaixou a cabeça, porém confirmou.

— Tenho.

— Que sorte.

Ela sorriu.

— Você não gosta do meu irmão gêmeo?

Franzi os lábios.

— Até que ele é legal.

Bonnie pegou o violão da minha mão. Ela ficou na porta, de cabeça baixa, nervosa.

— Obrigada — ela disse, levantando os olhos e me olhando por entre seus longos cílios. — Obrigada por esta noite... — Acenei com a cabeça. Tentei me mover. Meus pés tinham outros planos. — Acho que vejo você segunda-feira na aula. — Ela se virou para entrar no quarto, mas, antes disso, me inclinei e beijei seu rosto. Bonnie suspirou, surpresa.

— Boa noite, Farraday.

Eu havia andado apenas alguns metros, e ela disse:

— Cromwell? — Eu me virei. — Qual é sua preferida? A cor que você mais gosta de ver?

Nem precisei parar para pensar e respondi:

— Violeta.

Ela sorriu e entrou no quarto. Fiquei olhando, embasbacado com o que havia acabado de dizer.

Violeta.

Não fui para o meu dormitório. Continuei andando. Andei até chegar ao lugar perto do lago que Easton havia me mostrado. Sentei na grama e vi o sol começar a nascer.

Pássaros cantavam e levavam centelhas laranja vivo à minha cabeça. Carros passavam, levando púrpura. O mesmo canoísta que eu sempre via remava ao longe, e respirei fundo. Senti o frescor do ar e o verde da grama. Estava evitando que os muros se reerguessem. Abaixei a cabeça e passei os dedos nos cabelos. Não gostava de me sentir tão abalado. Muitas emoções percorriam meu corpo, misturando as cores até que não conseguisse mais distingui-las...

— *Não quero mais isso* — *gritei para o meu pai, que estava ao lado do palco. Puxei a gravata-borboleta e passei correndo por ele.* — *Perdi o jogo de futebol com meus amigos hoje.* — *Comecei a andar de um lado para outro.* — *Porque tinha que estar aqui.* — *Apontei para a sala, lotada de gente. Todas aquelas pessoas eram pelo menos vinte anos mais velhas que eu.*

— *Cromwell, sei que está irritado. Mas, filho, pense na chance que ela está te dando. A música... Você é tão talentoso. Não me canso de dizer.*

— *Sei que não se cansa! Você só sabe falar nisso. Eu só faço isso!* — *Cerrei os punhos.* — *Estou começando a detestar música.*

— Bati com a mão na cabeça. — Eu odeio essas cores. Queria nunca ter visto nada disso!

Meu pai levantou as mãos.

— Eu entendo, filho. Mas só estou pensando no seu futuro. Acho que você não enxerga seu próprio potencial...

— E Tyler Lewis? Por que ele está aqui? Por que ele está tentando trabalhar comigo?

— Porque ele pode te ajudar, filho. Sou membro do Exército britânico. Não faço ideia de como estimular seu talento. Como ajudá-lo a desenvolver seu potencial. — Ele balançou a cabeça. — Não vejo as cores como você. Nem sei tocar o Bife no piano. Está muito acima da minha capacidade. — Ele suspirou. — Lewis pode ajudar você a ser o melhor possível. Eu prometo... Eu te amo, filho. Tudo o que eu faço sempre é por você...

Pisquei para dissipar a lembrança e senti um nó no estômago. Fiquei duas horas ali sentado, só observando o lago. Na volta, comprei um burrito para o café da manhã e depois parei no prédio de música. Minhas emoções estavam em guerra dentro de mim. Eu queria tanto aceitar aquilo novamente – a música, o amor por tocar, a paixão por compor. Mas a escuridão em que havia estado durante três anos espreitava, pronta para resgatar a raiva e roubar todo o resto. Mas então pensei no rosto de Bonnie e uma sensação de calma tomou conta de mim. Eu me permiti entrar e vi a luz acesa na sala de Lewis.

Apertei os dentes e levantei a mão para bater na porta. Parei por um instante e respirei fundo. *O que você está fazendo, Dean?*, perguntei a mim mesmo. Então pensei no sorriso de Farraday e meus dedos bateram na madeira.

— Entre?

A permissão para entrar era um misto de pergunta e ordem. Abri a porta. Lewis estava sentado, com partituras espalhadas sobre a mesa. Ele estava de óculos. Eu nunca o havia visto de óculos antes.

— Cromwell? — ele disse, surpreso. Suas coisas estavam espalhadas por todo o lado. Parecia que ele não tinha dormido nada.

Bem-vindo ao clube.

— Lewis. — Eu me sentei à sua frente. Ele me observou atentamente. Sentou, recolhendo suas partituras.

Dei uma olhada nelas. Ele parou e se virou para mim.

— O que você acha? — Pelo tom de voz dele, dava para perceber que ele não achou que eu fosse responder. Mas, quando vi suas anotações rabiscadas sobre o papel manuscrito, não consegui desviar os olhos. Ele tinha elementos para uma orquestra quase inteira. Passei os olhos sobre as notas e o padrão colorido da música tocou em minha cabeça. Olhei para tudo aquilo, harmonizando e formando a sinfonia que estava sendo escrita.

— É bom. — Eu estava sendo moderado. Era mais do que bom. E, pelo olhar no rosto de Lewis, ele sabia disso.

— Ainda estou desenvolvendo. Mas, até agora, estou feliz com o resultado.

Olhei para a foto dele no Royal Albert Hall. Sempre reparava nela quando entrava ali. Aquela imagem me suscitava tantas lembranças.

— Para o que é? — Apontei para as partituras que Lewis estava empilhando.

— A Filarmônica Nacional vai tocar em um concerto de gala gigante em Charleston em alguns meses, executando músicas novas. Eles me pediram para reger. E eu concordei.

Franzi a testa.

— Achei que você não regesse mais sua música.

— É verdade. — ele riu e balançou a cabeça. — Mas estou em uma situação melhor nos últimos anos... — Ele não finalizou a frase, mas eu sabia que estava se referindo a seus problemas com drogas e álcool. — Achei que poderia fazer uma tentativa. — Ele se inclinou para a frente e colocou os braços cruzados sobre a mesa. — É domingo de manhã, Cromwell. E parece que você passou a noite toda em claro. Como posso ajudá-lo?

Fiquei olhando para minhas mãos sobre as pernas. O sangue corria tão rápido pelas veias que eu conseguia ouvir. Lewis esperou que eu falasse. Eu não sabia como explicar. Quase me levantei e fui embora, mas o rosto de Bonnie apareceu em minha cabeça e me fez grudar na cadeira.

Fiquei girando o piercing na minha língua e então revelei:

— Eu tenho sinestesia. — Lewis levantou as sobrancelhas. Ele acenou com a cabeça. E, pela falta de choque em seu rosto, eu soube. — Meu pai... — Balancei a cabeça. Até soltei uma risada. — Ele contou para você, não é?

Lewis estava com uma expressão que eu não reconhecia. Pena, talvez? Empatia?

— É, eu sabia — ele respondeu. — Seu pai... — Ele me observou atentamente. Eu não o culpava. Quase voei no pescoço dele da última vez em que mencionou meu pai. Quando viu que eu estava calmo, ele acrescentou: — Ele entrou em contato comigo quando eu estava fazendo uma de minhas turnês pela Inglaterra.

— No Albert Hall. — Apontei para a fotografia na parede. — Ele me levou para conhecer você. Fomos todos. Eu, minha mãe e meu pai. Ele estava de licença do Exército.

Lewis deu um sorriso contido.

— É. Convidei vocês para essa apresentação. Mas não estava... — Ele suspirou. — Eu não estava bem naquela época. Já usava drogas havia anos. — Ele olhou para a fotografia. — Quase morri naquela noite. Usei tanta heroína que meu agente me encontrou no chão do hotel. — Ele ficou pálido. — Eu estava a poucos minutos da morte. — Ele olhou para mim novamente. — Foi um momento decisivo para mim.

— E o que isso tem a ver comigo?

— Eu me lembrei de você. Não tenho memória nenhuma daquela noite, mas me lembrei de ter conhecido você. O garoto com sinestesia que tinha a habilidade de tocar qualquer instrumento que pegasse. — Ele apontou para mim com as mãos unidas. — O garoto que, aos dez anos, era capaz de compor obras-primas.

Uma frieza correu por meu corpo.

— Eu decepcionei o seu pai, Cromwell. Demorei anos até estar em condições de ajudar. Entrei em contato com ele. Até fui para a Inglaterra, mas você já estava se apaixonando pela composição. — Ele olhou nos meus olhos. — Quando fiquei sabendo da morte dele... Quis honrar o acordo que tínhamos feito anos antes. De ajudar você. De ajudar você com seu talento.

Meu peito ficou apertado. Sempre ficava quando pensava em meu pai.

— Eu mantive contato com sua mãe. Conversamos, e eu contei a ela que daria aulas aqui em Jefferson. Foi quando lhe ofereci a vaga. — Lewis passou novamente a mão nos cabelos. — Sabia que você tinha sinestesia. — Ele levantou uma das sobrancelhas. — E sabia que agora estava lutando contra a música clássica. Fiquei imaginando quando finalmente você cederia. — Ele abriu um sorriso de aceitação. — Não dá para lutar contra as cores que nasceu para ver.

Eu ainda não estava pronto para conversar sobre tudo aquilo. Estava ali por outro motivo.

— Quero conseguir explicar isso para alguém. O que eu vejo quando ouço música. Quero explicar. Mas não sei como.

Lewis estreitou os olhos. Por um instante, achei que ele ia me perguntar para quem eu queria explicar. Mas o cara sabia que não devia se meter nos meus assuntos.

— É difícil quando a pessoa não tem. Já é difícil quando tem. Como se explica a ausência de algo com que você sempre viveu?

Revirei os olhos.

— É por isso que estou aqui. Queria saber se você tem alguma sugestão. É professor de música, afinal de contas. Com certeza já ouviu falar disso antes. Sem dúvida já estudou isso ou alguma merda do tipo.

Ele riu.

— Ou alguma merda do tipo.

Lewis levantou e pegou um panfleto em uma prateleira na parede. Colocou-o na minha frente. Era de um museu perto da cidade.

— Você está com sorte, sr. Dean. — Passei os olhos pelo panfleto. Era a propaganda de uma exposição sobre sinestesia.

— Você só pode estar brincando. Tem uma exposição sobre isso?

— Ainda não. Mas está quase pronta. — Ele voltou a se sentar. — É uma experiência completamente sensorial criada por um artista amigo meu. É bem interessante.

— Mas ainda não está aberta. — Soltei um suspiro de frustração.

— Posso conseguir uma visita antecipada, se você quiser. — Lewis deu de ombros. — Ele talvez goste de saber a opinião de outro sinestésico. Pode beneficiar a todos.

— Quando? — perguntei. Minha pulsação começou a acelerar.

— Acho que dá para ser no próximo fim de semana. Vou perguntar para ele.

Peguei o panfleto e o guardei no bolso. Levantei.

— Tem certeza de que é boa? Essa exposição vai explicar o que eu vejo e ouço?

— Talvez seja diferente. Sinestésicos costumam ver as coisas um pouco diferente uns dos outros. Afinal, não existem regras. A exposição pode não mostrar as cores exatas que você vê para certas notas.

— Então como sabe que vai ser boa?

Ele sorriu.

— Porque é baseada em mim.

Meus pés pareciam cimentados no chão enquanto o que ele havia dito penetrava em meu cérebro desprovido de sono. Arregalei os olhos e os levei ao quadro que ficava acima de sua mesa, um cheio de cores.

— Você também?

Lewis confirmou.

— Por isso eu quis conhecer você anos atrás. Já tinha conhecido outros sinestésicos, mas não um que tivesse um tipo de sinestesia similar à minha.

Fiquei olhando para Lewis. Não sabia se era por compartilharmos a sinestesia, mas de repente passei a vê-lo de uma outra forma. Não como o professor que não parava de se intrometer na minha vida ou o compositor infame que desistiu de tudo por causa das drogas. Mas como um colega musicista. Alguém que seguia as cores como eu. Fiquei olhando para a composição sobre sua mesa e imaginando qual paleta de cores ele via.

— Hum... obrigado. — Virei para a porta. Pouco antes de sair, perguntei. — Que cor é o ré?

Lewis sorriu.

— Azul-celeste.

Soltei uma risada.

— Vermelho-rubi.

Lewis acenou com a cabeça. Fechei a porta e voltei para o dormitório. Uma exposição sobre sinestesia. Perfeito. Agora eu só precisava encontrar um jeito de fazer Bonnie ir comigo.

Ela queria saber o que eu via quando ouvia música.

A ideia de deixar alguém se aproximar tanto começou a me perturbar, e os muros começaram a se reerguer. Mas então me lembrei da música dela e de seu rosto ao descobrir a verdade sobre mim. E derrubei os muros. Mantendo o rosto dela na cabeça.

E peguei no sono sentindo perfume de pêssego e baunilha e o gosto doce do açúcar na boca.

14
Bonnie

Eu não sabia por que me olhava no espelho. Não sabia por que estava preocupada com minha aparência. Estava completamente ciente de que o que havia acontecido no sábado à noite não passara de um acaso. De que Cromwell Dean voltaria a ser como sempre foi.

Ainda assim, lá estava eu, verificando meu penteado no espelho. Meus cabelos estavam soltos, arrumados de lado. Eu usava jeans e um suéter cor-de-rosa. Estava com minhas argolas prateadas nas orelhas. Revirei os olhos ao notar como estava sendo ridícula. Então, senti um nó no estômago. *Você não devia estar fazendo isso nem com você nem com ele.*

Fechei os olhos e contei até dez. Depois, saí do quarto. O céu estava claro, o sol brilhava e não havia nuvens. Estudantes passavam pelo pátio.

— Bonn! — Easton chegou por trás de mim e colocou o braço no meu ombro.

— Por onde você andou? — perguntei. — Não vi você no refeitório hoje de manhã. — Parei e olhei para o meu irmão, usando sua aparência como desculpa para fazer uma pausa. Na verdade, eu estava sem fôlego mesmo tendo dado apenas alguns passos.

Easton deu de ombros.

— Não passei a noite no meu quarto, Bonn. Vou te poupar dos detalhes.

— Obrigada — eu disse com sarcasmo. Ele sorriu. — Tenho a impressão de que nunca mais o vejo. — Olhei com atenção para o meu irmão. Ele estava com olheiras escuras. Coloquei a mão em seu braço. — Você está bem?

Ele deu uma piscadinha.

— Sempre estou, Bonn. — Ele começou a andar, conduzindo-me com o braço em meus ombros. — Vou acompanhar você até a aula.

Minha respiração ficou ofegante novamente após alguns metros. Contive o ataque repentino de lágrimas que ameaçava encher meus olhos. Era cedo demais. Tudo estava acontecendo rápido demais.

Eu não esperava que as coisas progredissem de maneira tão acelerada.

Inclinei a cabeça para trás e olhei para a copa das árvores. Para os pássaros voando entre elas e para o farfalhar das folhas secas. Como o verão que virava outono, eu também estava perdendo meu sol. Uma folha condenada, destinada a cair.

Easton me levou ao prédio de música.

— Nós nos vemos depois no refeitório, certo?

Sorri e dei um beijo no rosto dele.

— Sim. — Era nosso compromisso fixo. Uma chance de nos vermos todo dia. Colocar o assunto em dia. Se eu passasse um dia sem Easton, a vida não parecia certa. Easton bagunçou os cabelos que eu havia penteado com cuidado. — East! — Eu o repreendi e revirei os olhos enquanto ele saía correndo, rindo. Estudantes passaram por mim e entraram no prédio de música. Mas eu fiquei olhando meu irmão se afastar. Correr até uma garota que eu não conhecia, abrir aquele grande sorriso de sempre e passar cantadas terríveis.

Meu coração pareceu rachar bem no meio. Eu não fazia ideia de como contar a ele. Nunca conseguiria encontrar as palavras certas. Porque sabia que ele ficaria arrasado também. Eu adiava havia meses. Dizia a mim mesma todos os dias que aquele seria o dia. Que reuniria forças. Mas o dia nunca chegava.

E eu sabia que não demoraria muito para não haver mais escolha.

Ele logo saberia.

A escuridão se agigantou sobre mim quando pensei em Easton. Ele era ousado e extrovertido por fora, mas eu conhecia o outro lado dele. Conhecia a fragilidade que residia em seu interior. Conhecia seus demônios. A escuridão que ameaçava consumi-lo.

Descobrir o que estava acontecendo comigo... Isso o destruiria.

A risada alta de Easton navegou pelo vento até chegar aos meus ouvidos. Os pelos de minha nuca se arrepiaram com o som, mas não consegui deixar de sorrir. Sua energia, quando estava boa, era capaz de iluminar o céu.

O pátio estava quase vazio quando finalmente entrei. Sentei no lugar de sempre na aula de Lewis. No instante em que me sentei, comecei a sentir um frio na barriga enquanto olhava para o lugar onde Cromwell normalmente sentava. Ele ainda não estava na aula.

Fiquei brincando com a beirada do bloco de notas enquanto esperava. Meu coração pulava no peito, com uma batida irregular. Esfreguei a mão sobre o esterno. Respirei bem fundo, concentrando-me em respirar de um modo que eu sabia que me ajudava. Na quarta vez em que soltei o ar, meus olhos foram parar na porta. Foi como se eu sentisse que ele estava lá.

Cromwell Dean entrou na sala, vestindo jeans rasgados e uma camiseta branca justa. As tatuagens emolduravam os braços musculosos e os piercings brilhavam junto à pele morena e os cabelos escuros desgrenhados.

Ele segurava um bloco de anotações e trazia uma caneta atrás da orelha. Tentei tirar os olhos dele, que atravessava a sala na direção dos degraus que levavam ao seu lugar. Mas não consegui. Imagens da noite de sábado eram memórias vivas. A sala de música. Ele, sentado atrás de mim, com o peito definido perto das minhas costas. Seus lábios em meu ombro, beijando minha pele descoberta. Se eu me concentrasse com afinco, ainda era capaz de sentir a maciez de seus lábios.

Meus lábios se entreabriram quando me lembrei disso. Sabia que meu rosto estava corado. Cromwell Dean havia feito aquilo comigo. Era ao mesmo tempo dádiva e temor.

Como se ouvisse meus pensamentos, Cromwell levantou a cabeça. Seus olhos se fixaram em mim. Cada parte de meu corpo ficou tensa, apreensiva com o que ele faria. Então, quando o canto de seus lábios se levantou, com um esboço de sorriso em minha direção, meu coração acelerou e disparou de forma errática.

Contagiada por seu sorriso, retribuí com a sombra de um outro, ignorando a forma como as garotas que estavam na sala olhavam para ele, como se ele fosse a fonte de calor em um dia frio. Porque sua atenção estava voltada para mim. O garoto britânico sempre de cabeça quente estava olhando para *mim*.

Preparei meus nervos quando ele começou a subir os degraus. Suas pernas longas percorreram o caminho até mim em pouquíssimo tempo. Esperava que ele fosse passar por mim, deixando-me para trás, sem fôlego. Não esperava que ele sentasse ao meu lado, jogando-se no lugar que normalmente era ocupado por Bryce.

Fiquei olhando para ele. Ele recostou na cadeira como se não tivesse nenhuma preocupação no mundo.

— Farraday — ele disse de maneira preguiçosa, com um sotaque que parecia manteiga derretida sobre meu sobrenome.

— Dean — sussurrei em resposta. Percebi que outros alunos olhavam em nossa direção. Movimentei-me com nervosismo na cadeira diante da atenção deles. Virei e vi que ele me observava. Havia uma luz em seus olhos que eu não tinha visto antes. Um ar de paz revelado em seus ombros relaxados.

As batidas de sua mão sobre a mesa atraíram meus olhos. As tatuagens de caveiras e números dançavam com o movimento. Eu não conseguia tirar os olhos daqueles dedos, porque sabia do que eram capazes. Eu os havia visto tocando piano. E tocando meu violão.

Levantei os olhos na direção de alguém que pigarreava. Bryce estava em pé ao nosso lado. Ele parecia muito irritado, não tirava os olhos de Cromwell em seu lugar.

— Eu sento aí — Bryce disse. Eu não tinha falado com ele depois de sexta à noite. Estava com vergonha de dizer que Cromwell havia ocupado toda a minha cabeça.

— Ah, é? Bom, mas eu estou aqui agora — Cromwell respondeu, desconsiderando-o completamente. Fechei os olhos, pois detestava conflitos.

— Por que você é tão imbecil? — Bryce soltou.

Cromwell continuou olhando para a frente, ignorando-o.

Bryce deu uma risada sem graça e passou por nós.

— Bryce — eu disse, mas ele me ignorou ou não me ouviu. Eu não sabia ao certo. — Cromwell — continuei. Sua expressão de teimosia já dizia tudo. Ele não ia sair dali.

Lewis entrou na sala. A perna de Cromwell encostou na minha. Ele não a afastou. Lewis passou os olhos pela sala e ergueu levemente as sobrancelhas quando viu Cromwell ao meu lado. Cromwell se mexeu na cadeira. Mas Lewis logo se dirigiu aos alunos e a aula começou.

* * *

Bryce saiu da sala no instante em que Lewis dispensou a turma. Suspirei ao vê-lo ir embora. Ele e Cromwell realmente não se bicavam.

Levantei.

— Tchau, Cromwell.

Ele levantou e me seguiu até o pátio. Achei que estaria tenso e de cara feia. Mas ele parecia relaxado. Nunca havia visto Cromwell assim antes e fiquei mais confusa do que nunca. Ele acenou com a cabeça quando me dirigi para a aula seguinte. Balancei a cabeça quando o vi indo embora, perguntando-me do que se tratava tudo aquilo. Ele não tinha falado comigo, apenas me cumprimentado quando se sentou. Mas havia encostado a perna na minha, causando arrepios em toda a minha pele. E havia se aproximado, ocasionalmente encostando o braço no meu. Minhas emoções estavam desordenadas. Eu não fazia ideia do que estava acontecendo conosco. Com ele. O fato de não estar me olhando de cara feia era estranho. O fato de estar praticamente sendo agradável e gentil... Eu não conseguia acreditar.

Mas não podia negar que receber seu pequeno sorriso fazia meu coração cantar.

Depois das aulas do período da manhã, fui até o refeitório. Easton estava em nossa mesa de sempre. Peguei uma salada e fui até lá. Easton, como sempre, estava comendo o suficiente para alimentar um pequeno exército.

— Tem bastante comida aí, East? — brinquei.

Ele franziu o nariz.

— Que nada. Estava pensando em pegar mais. — Easton olhou atrás de mim. — O que é isso? — ele disse, com um sorriso nos lábios. Segui seu olhar e fiquei boquiaberta com o que vi.

Cromwell estava parado na porta, passando os olhos pelo salão. Quando recaíram sobre nós, ele foi diretamente em nossa direção. Pela primeira vez, meus batimentos cardíacos ficaram ritmados – exatamente sincronizados com os passos de Cromwell.

Ele sentou ao nosso lado. Pegou uns chocolates desconhecidos no bolso, abriu uma das barras e começou a comer. Easton olhou para mim, depois para Cromwell.

— Está perdido, Dean?

Cromwell terminou de comer o chocolate e abriu mais um. Olhou para Easton e deu uma olhada de soslaio para mim.

— Não.

Easton continuou comendo, olhando para Cromwell como se ele fosse um experimento de ciências.

— Você sabe que está no refeitório, não sabe? — Cromwell levantou uma sobrancelha. Easton riu e apontou para os chocolates. — E sabe que eles servem comida aqui?

Cromwell recostou na cadeira. Ele olhou para o refeitório.

— Estou bem assim. — Ele abriu a última barra de chocolate.

Mexi a salada no prato.

— Então... — Easton disse. — Como está indo o projeto de vocês?

O silêncio foi a resposta.

— Não está — finalmente respondi. — Não somos mais parceiros.

Eu não era uma pessoa extremamente tímida. Não me sentia intimidada com facilidade. Mas as imagens da noite de sábado obstruíram minha mente e me fizeram perder a capacidade de falar perto de Cromwell.

Por que ele estava aqui no refeitório? Por que sentou ao meu lado na aula, mas não disse nenhuma palavra além do meu nome?

Easton olhou feio para Cromwell.

— O que você fez?

Cromwell ficou olhando para o meu irmão. Easton sempre brincava com as pessoas. Estava sempre feliz. Mas havia um lado dele que as pessoas não conheciam. Principalmente quando tinha a ver comigo.

Cromwell ficou tenso. Coloquei a mão sobre a de Easton.

— Não aconteceu nada, East. Lewis viu que nosso trabalho em conjunto não era tão bom quanto o individual e nos deixou trabalhar sozinhos. Só isso.

Easton estreitou os olhos. Primeiro olhou para mim, depois para Cromwell.

— Tem certeza?

— Tenho — respondi.

Ele abriu um grande sorriso.

— Então, tudo bem. — Ele apontou com o queixo para mim. — Não estava curtindo a música eletrônica, irmãzinha?

Eu ri.

— Não muito.

— Ela simplesmente não entende.

Virei para Cromwell. Ele finalmente olhou para mim.

— Simplesmente não considero um gênero musical.

— Pois deveria — ele argumentou, mas sua voz estava calma. — Você só precisa conhecer os méritos.

A voz dele podia estar calma, mas seus olhos azuis dançavam com a luz.

— Já ouvi sua música — provoquei.

Vi seus lábios se erguerem nos cantos. Um calor tomou conta do meu peito.

— Não do jeito certo. — Franzi a testa diante daquela resposta enigmática.

— Preciso comer bolo. — Easton levantou. Ele olhou para nós dois de um jeito estranho, como se estivesse por fora de alguma piada que só nós estávamos entendendo. — Não se matem na minha ausência, certo, crianças?

— Vamos tentar — respondi.

O silêncio se estendeu. Cromwell ficou olhando pela janela. Olhei para as embalagens vazias de chocolate.

— O pacote da sua mãe chegou, né?

Cromwell confirmou, depois me ofereceu um quadrado do chocolate que estava devorando.

— Eu... eu não como comidas gordurosas. — Senti o rosto em chamas. Sabia que aquela desculpa parecia idiota.

Cromwell comeu o chocolate.

— Você devia aprender a aproveitar um pouco a vida, Farraday.

Abri um sorriso fraco.

— Estou tentando.

Não dava para saber o que ele estava lendo em meu rosto. Queria perguntar. Queria que ele falasse comigo. Que pelo menos mencionasse a noite de sábado. Mas, quando Easton voltou a se sentar, com um bolo de chocolate no prato, Cromwell levantou.

— Estou indo.

Eu o acompanhei com os olhos até passar pela porta, quando parou perto da janela e pegou um cigarro. Várias garotas que entravam para almoçar olhavam para ele. Eu mesma mal conseguia desviar os olhos.

Easton pigarreou, obrigando-me a voltar a me concentrar em meu irmão gêmeo. Ele ainda estava me olhando de um jeito estranho.

— Tem algo que eu deva saber? — Sua voz estava cheia de preocupação.

— Não.

Ele claramente não acreditou em mim.

— Cromwell transou com umas dez garotas desde que chegou aqui, Bonn.

Senti uma dor no peito ao ouvir aquele informação.

— E daí?

Easton deu de ombros.

— Achei que você deveria saber. Só isso. Cromwell é do tipo que leva para a cama e depois larga.

Joguei os cabelos sobre o ombro.

— Eu não dou a mínima para isso, East. — Easton comeu o bolo. — E achei que você gostasse dele.

— Eu gosto — East respondeu com a boca cheia de bolo. Engoliu, depois olhou nos meus olhos. — Só não quero ele perto de você. — Ele pegou na minha mão e abaixou a voz. — Você já passou por muita coisa, Bonn. Um cara desses ia te mastigar e depois cuspir. E depois de tudo o que você passou... — Ele balançou a cabeça. — Você merece coisa melhor.

Quase chorei. Lágrimas se formavam e faziam meus olhos arder, não apenas por causa das palavras do meu irmão ou de sua natureza protetora. Mas porque se ele soubesse... se ele soubesse o que estava acontecendo comigo...

— Você é minha melhor amiga, Bonn. Não sei o que faria sem você. — Easton abriu um sorriso hesitante. — Você é a única que sempre me compreendeu. — Ele soltou um suspiro longo. — Que me entende.

Apertei a mão dele e não queria soltar nunca mais. Tristeza e pânico me tiraram o fôlego, oprimindo-me.

— Eu te amo, East — sussurrei.

Ele sorriu.

— Eu também, Bonn.

Estava quase contando a ele. Mas, quando olhei para seus olhos azuis, para a dor que vi à espreita, não arrisquei. Easton soltou minha mão. Ele abriu o sorriso de sempre.

— Preciso ir para a aula. — Ele se levantou. Algumas pessoas se aproximaram dele, e ele riu e brincou com elas como de costume.

Nunca me preocupei tanto com uma pessoa como me preocupava com ele.

Nem mesmo comigo.

Peguei a bandeja e dei mais uma olhada pela janela.

Cromwell não estava mais lá. Então, fui para a aula, me perguntando como tudo tinha ficado tão confuso.

* * *

— ... e deixe a escuridão desaparecer...

Terminei minha música mais recente, larguei o violão e escrevi a nova letra e as cifras em um papel pautado. Fechei os olhos, repassando-a na cabeça para garantir que estava perfeita, quando ouvi uma batida na porta. Olhei para o relógio. Eram nove horas da noite.

Olhei para mim. Estava vestindo legging preta, uma blusa preta e um cardigã branco. Os cabelos estavam presos em um coque bagunçado. Basicamente, não estava arrumada para ter companhia a uma hora daquelas de uma sexta-feira à noite.

Minhas pernas doeram ao caminhar até a porta. Meus tornozelos estavam pesados de tanto andar. Dei uma olhada no quarto. As caixas estavam guardadas no armário. Se fosse Easton, não queria que ele visse. Depois de dar alguns tapinhas no rosto para levar mais vida à pele, girei a maçaneta. Abri apenas uma fresta da porta e olhei para o corredor.

Cromwell Dean estava encostado na parede oposta, com as mãos nos bolsos dos jeans pretos. Usava um suéter de tricô preto com as mangas arregaçadas até os cotovelos.

— Farraday — ele cumprimentou casualmente.

— Cromwell?

Ele desencostou da parede e ficou na minha frente. Sorriu.

— Está vestida? — Apontou para a porta parcialmente aberta.

Fiquei corada e então abri o restante da porta. Fechei o cardigã em volta do corpo.

— Estou. — Olhei para os dois lados do corredor. Estava vazio. — O que está fazendo aqui, Cromwell?

Ele estava com um cigarro atrás da orelha e tinha uma corrente pendurada no cós da calça.

— Vim pegar você.

— O quê?

— Vou te levar a um lugar.

Depois de horas de preguiça, meu coração cansado ganhou vida.

— Vai o quê?

— Calce os sapatos, Farraday. Você vem comigo.

Minha pele me entregou por meio dos arrepios de empolgação que tomaram conta de meu corpo.

— E para onde vai me levar?

Se vi bem, Cromwell ficou corado.

— Farraday, apenas calce os sapatos e vamos logo.

— Não estou vestida para sair. — Passei a mão sobre o coque. — Meu cabelo está despenteado. Estou sem maquiagem.

— Você está ótima — ele disse, e eu parei de respirar. Ele deve ter notado. Mas não tirou os olhos dos meus. — Estamos perdendo tempo, Farraday. Vamos logo.

Eu devia ter ficado. Não foi esperto da minha parte deixá-lo fazer aquilo. Mas, apesar do que eu sabia que era certo, que era justo, não pude evitar.

Tive que ir.

Sentei e calcei as botas. Cromwell se encostou no batente da porta, com os braços estendidos sobre a cabeça. O suéter preto aderiu aos músculos dos braços, e a barra levantou, expondo alguns centímetros de sua barriga tatuada. Minhas bochechas pegaram fogo. Desviei os olhos e me concentrei em amarrar os cadarços das botas. Mas, quando levantei e vi o esboço de um sorriso em seus lábios, soube que ele havia me visto olhando.

— Vamos. — Ele saiu no corredor. Deixei-o guiar o caminho até uma caminhonete preta, uma Ford *vintage*.

— Esse carro é seu? — Passei a mão sobre a pintura. — É lindo.

— Sim.

— Você acabou de comprar? — Ele confirmou com a cabeça. — Deve ter custado uma fortuna — eu disse enquanto saíamos da faculdade.

Notei uma covinha que eu desconhecia do lado esquerdo do rosto dele. Eu quase havia conseguido um sorriso. Quase.

— Eu ganho bem — ele disse de maneira enigmática.

— Com sua música?

— Não toco de graça, Farraday. — Eu sabia que ele era o DJ em maior evidência na Europa, e era bem possível que nos Estados Unidos também. Eu não tinha parado muito para pensar nele dessa forma. Tinha esquecido que ele era Cromwell Dean, astro em ascensão da música eletrônica. Parecia loucura.

Principalmente quando eu sabia o que ele era capaz de criar na área clássica.

Cromwell havia se sentado comigo e com Easton todos os dias na hora do almoço durante aquela semana. Ficado ao meu lado em todas as aulas que fazíamos juntos. Mal tinha falado, mas estava lá. Eu não sabia o que pensar.

Com certeza não sabia o que pensar sobre o que estava acontecendo naquele exato momento.

— Vai dar alguma dica sobre para onde estamos indo?

Cromwell fez que não com a cabeça.

— Você vai ter que esperar para ver.

Não consegui me conter, soltei uma gargalhada.

— Não está no bar hoje, nem no Celeiro? Todos os fãs que o idolatram – e com fãs, quero dizer garotas – não vão sentir sua falta?

— Tenho certeza de que vão sobreviver — ele disse com indiferença. Aquilo me fez sorrir ainda mais.

Cromwell pegou a estrada. Franzi a testa, imaginando para onde estaríamos indo.

— Posso ligar o rádio? — perguntei.

Ele disse que sim. Quando liguei, não fiquei surpresa ao ouvir andamentos rápidos e batidas fortes. Música eletrônica.

— Acho que já era de esperar, né? Se estou em seu carro...

— O que você tem contra música eletrônica? — ele perguntou. Alternava o olhar entre mim e a estrada.

— Na verdade, nada. Só não sei como você pode escolher esse gênero em detrimento dos outros.

— Você gosta de *folk*.

— Gosto de *folk* acústico. Eu escrevo a música e a letra.

— Eu crio as batidas, os ritmos e os andamentos. — Ele aumentou o volume da música que estava tocando. — Essa é minha mais recente. — Ele olhou para mim. — Feche os olhos. — Levantei a sobrancelha. — Feche de uma vez, Farraday. — Fiz o que ele pediu. — Ouça o *breakdown*. Ouça *com atenção*. Ouça a batida e como ela carrega a base da música. Ouça as camadas. Como o andamento muda a cada som, o teclado, como elas se sobrepõem até eu ter cinco ou seis camadas que funcionam de maneira orgânica. — Eu ouvi. Usei todos os meus sentidos para absorver tudo aquilo, separando cada camada, uma a uma, até escutar a composição inteira. Meus ombros se moviam conforme a batida, o andamento controlava meus movimentos. E eu senti que estava sorrindo. Reconstruí as camadas na cabeça, até virarem uma fusão de sons, ritmos e batidas.

— Eu estou ouvindo — disse tão baixo que não sabia se ele tinha ouvido minha voz sobre a música. Quando abri os olhos, Cromwell abaixou o volume. Suspirei, derrotada. — Eu ouvi — repeti.

Cromwell olhou para mim de canto de olho.

— Acho que você tem preconceito musical, Farraday.

— O quê?

Ele confirmou.

— Clássica, *folk*, qualquer outro gênero. Menos música eletrônica. Sons criados por computador. — Ele balançou a cabeça. — Você é preconceituosa. — Eu não sabia o porquê, mas ser chamada de preconceituosa em sotaque britânico parecia muito pior.

— Eu não sou nem um pouco. Eu... eu...

— Eu o quê? — ele perguntou. Deu para sentir o sorriso em sua voz.

— Realmente tem horas em que eu não gosto de você — afirmei, sabendo muito bem que estava parecendo uma criança de dois anos de idade.

— Sei que não — ele disse, mas não havia convicção em seu tom de voz. Porque, por mais que antes eu não gostasse de Cromwell Dean, agora estava começando a gostar. Mentira. Já estava gostando.

E isso me apavorava.

Cromwell pegou a estrada que levava ao Museu de Jefferson. Fiquei confusa quando ele parou no estacionamento quase deserto.

— Acho que está fechado — eu disse quando Cromwell saiu do carro. Ele abriu a porta do meu lado e estendeu a mão.

— Vamos.

Dei a mão para ele, tentando não tremer. Achei que ele fosse soltar minha mão no caminho para a entrada. Mas não soltou. Continuou segurando firme. Tentei acompanhar seu ritmo, mas não consegui. Cromwell parou.

— Você está bem? Está mancando.

— Torci o tornozelo — respondi, sentindo o gostinho da mentira.

— Consegue andar? — A verdade era que se tornava cada vez mais difícil. Mas eu não desistiria.

Estava determinada a lutar.

— Consigo, se formos devagar.

Cromwell caminhou lentamente ao meu lado.

— Já posso ter alguma dica sobre o que estamos fazendo aqui no museu depois do horário de funcionamento? — Puxei o braço dele. — Você não vai invadir o museu, vai?

A covinha de Cromwell apareceu novamente. Uma única covinha do lado esquerdo do rosto. Ver aquilo acelerou meu coração.

— São as tatuagens, não são? — ele perguntou.

Tentei não rir.

— Os piercings, na verdade. — Por coincidência, Cromwell enrolou a língua e a joia apareceu entre os dentes. Meu rosto pegou fogo quando lembrei como ele havia ficado tão perto de mim. Ainda não o havia beijado o suficiente para sentir todos os efeitos.

E não podia deixar aquilo acontecer de jeito nenhum.

— Não se preocupe, Dona Certinha, eu tenho permissão para estar aqui.

O segurança devia saber de nossa visita, pois nos deixou entrar direto.

— Segundo andar — ele disse.

— Já vim aqui esta semana. — Cromwell me conduziu na direção das escadas. Olhou rapidamente para mim e resolveu pegar o elevador. Fiquei um pouco derretida.

Quando as portas do elevador se fecharam, Cromwell ficou bem ao meu lado.

— Já pode me dar alguma dica? — perguntei, quando a proximidade e o silêncio tenso aumentaram.

— Paciência, Farraday.

Saímos do elevador e paramos em frente a uma porta fechada. Cromwell passou a mão pelos cabelos.

— Você disse que queria saber como era. — Ele abriu a porta e me levou para uma sala escura. Puxou-me pela mão até o centro, depois foi para a lateral. Apertei os olhos, tentando ver o que ele estava fazendo, mas mal dava para enxergar o que havia à minha frente.

Então, o "Réquiem em ré menor", de Mozart, inundou a sala pelos alto-falantes escondidos nas paredes. Sorri quando a música preencheu tudo.

E aí me surpreendi. Linhas de cores começaram a dançar pelas paredes pretas. Tons de vermelho, cor-de-rosa, azul, verde. Fiquei ali parada, hipnotizada, enquanto, a cada nota, cores explodiam nas paredes. Formas surgiam em uma das paredes, triângulos, círculos, quadrados. E deixei que tomassem conta de mim. Enquanto a música entrava por meus ouvidos, cores reluziam em meus olhos.

Absorvi tudo aquilo. Era sinestesia. Tinha que ser. Cromwell havia me levado até lá para me mostrar o que ele via. Quando a música terminou e as paredes ficaram pretas, Cromwell se aproximou. Eu me virei para ele, com os olhos arregalados e repletos de tanta admiração que era surpreendente.

— Cromwell — falei, e uma linha amarela se espalhou pela parede. Coloquei a mão sobre a boca, rindo quando aconteceu novamente.

Cromwell pegou dois pufes na lateral da sala. Colocou-os lado a lado e disse:

— Sente.

Um lampejo azul-claro percorreu as paredes quando ele falou. Fiz o que ele disse, grata pela repetição. Olhei para o teto. Também estava pintado de preto. Virei para Cromwell e ele já estava observando meu rosto. Estava muito perto de mim. Nossos braços estavam se tocando.

— É isso que você vê, não é?

Ele olhou para as linhas de cor que piscavam em sincronia com nossas palavras.

— É parecido com isso. — Ele observou o azul que apareceu quando ele falou. — Esta exposição é baseada em outra pessoa. Minhas cores são diferentes. — Ele bateu no ouvido. — Ouço *Réquiem* de outra forma. Minhas cores não têm a ver com essas.

Inclinei a cabeça de lado.

— Então cada um ouve as cores de um jeito?

— Ahã.

Cromwell recostou no pufe. Eles haviam sido colocados ali, eu imaginei, para esse fim. Para que as pessoas pudessem deitar e ver as cores colidindo com a música. Uma experiência sensorial completa. Observei Cromwell. Vi quando ele captou o restinho das linhas coloridas. Era assim que ele vivia. Aquilo era o seu normal.

— Você disse que não via apenas cores quando tocava música... — Deixei a frase em aberto.

Cromwell colocou os braços atrás da cabeça. Virou a cabeça para mim.

— Não. — Ele se perdeu em pensamentos. — Consigo sentir sabores também. Não é forte. Alguns sons ou cheiros deixam gosto em minha boca. Não é muito específico. Doce ou azedo. Amargo. Metálico. — Ele colocou a mão sobre o peito. — A música... me faz sentir coisas. Certos tipos de música exacerbam minhas emoções. — Sua voz falhou quando ele disse a última parte e, mesmo sem perguntar, eu soube que havia algo mais por trás de tudo aquilo.

Então, me perguntei se não seria a música clássica que exacerbava suas emoções. Talvez um pouco demais, a ponto de ser difícil de lidar. Ou se, de algum modo, fazia com que ele se lembrasse de algo doloroso. Fiquei imaginando se não seria por isso que ele fugia dela.

Cromwell virou o corpo e ficou de frente para mim. Perdi o fôlego enquanto ele me olhava. Tinha acabado de abrir a boca para perguntar o que ele estava pensando, quando ele disse:

— Cante.

— O quê? — Meu coração começou com suas batidas descoordenadas.

— Cante. — Ele apontou para o teto, para as paredes pretas, para os pequenos microfones instalados nas fendas do teto. — A música que você cantou na cafeteria.

Senti meu rosto pegar fogo. Porque, da última vez que cantamos, Cromwell estava atrás de mim, com o peito colado em minhas costas.

— Cante — ele repetiu.

— Não trouxe o violão.

— Você não precisa dele.

Olhei nos olhos de Cromwell e vi súplica. Não fazia ideia de por que ele queria que eu cantasse. Nos últimos dias, havia cantado o máximo possível. Estava ficando cada vez mais difícil. Minha respiração estava roubando minha maior alegria. Minha voz tinha perdido força, mas eu não havia perdido a paixão.

— Cante — ele disse mais uma vez. Havia desespero em seu rosto. Aquilo me fez derreter. Naquele momento, suplicando para que eu cantasse, ele estava lindo.

Mesmo assustada, insisti. Era assim que eu vivia. Sempre tentava encarar meus medos. Fechando os olhos por necessidade de fugir do olhar fixo de Cromwell, abri a boca e libertei a música. Ouvi minha voz, enfraquecida e tensa, percorrer toda a sala. Ouvi a respiração de Cromwell ao meu lado. E senti quando ele chegou mais perto de mim.

— Abra os olhos — ele sussurrou em meu ouvido. — Veja sua música.

Cedi e simplesmente permiti que Cromwell me guiasse. Abri os olhos e perdi o ritmo quando me vi dentro de um casulo de tons cor-de-rosa e roxo. Cromwell passou os dedos sobre os meus.

— Continue.

Com os olhos fixos no teto, cantei. Lágrimas surgiram em meus olhos conforme minhas palavras geravam cores tão belas que eu era capaz de senti-las na alma. Quando minha voz cantou a última palavra, pisquei para dissipar as lágrimas. Vi a última linha cor-de-rosa se transformar em branco e depois desaparecer.

O silêncio que se seguiu era pesado. Minha respiração estava ofegante. Principalmente quando senti o olhar direto dos olhos azuis de Cromwell sobre mim. Respirei fundo três vezes e me virei para ele.

Não tive tempo de olhar nos olhos dele. Não tive tempo de ver a covinha do lado esquerdo de seu rosto. Não tive tempo de perguntar se ele via o cor-de-rosa e o roxo de minha voz porque, no instante em que me virei, ele segurou meu rosto e pressionou os lábios nos meus. Um grito de choque escapuliu quando o senti junto à minha boca. Suas mãos eram quentes em meu rosto. O peito estava totalmente colado no meu. Mas, quando seus lábios começaram a se movimentar, derreti junto dele. O sabor de hortelã, chocolate e tabaco de Cromwell foi parar em minha boca. Estendi os braços e agarrei seu suéter. Seu perfume almiscarado preencheu meu nariz, e deixei seus lábios macios fazerem seu trabalho.

Cromwell me beijou. Ele me deu vários beijos suaves e lentos, até que sua língua encontrou a fenda e escorregou para dentro da minha boca. Ele gemeu quando sua língua encontrou a minha. Tomou conta de tudo. Eu o sentia em todos os lugares. Meu corpo e meus sentidos haviam sido tomados pelo furacão que era Cromwell Dean.

Movimentei a boca junto à dele. Depois, senti o metal frio do piercing e o beijei ainda mais. Cromwell Dean beijava como tocava música – com toda sua alma.

Ele me beijou e me beijou até eu não ter mais fôlego. Afastei-me, ofegante. Mas Cromwell não tinha terminado. Enquanto eu procurava um pouco de ar, alguma forma de preencher meus pulmões e acalmar meu coração acelerado, ele passou para o meu pescoço. Meus olhos, agitados, fecharam-se, e eu me agarrei no suéter dele como se minha vida dependesse daquilo, como se algo pudesse me afastar de tudo o que era Cromwell. Seu hálito quente desceu por meu pescoço e causou arrepios em todo o meu corpo.

Levantei os olhos e vi verdes e lilases dançando à nossa volta – a cor de nossos beijos.

Mas era intenso. Meu peito ficou apertado devido ao esforço, devido à densidade daquele beijo. Mexi a cabeça para dizer a ele, para me afastar, mas em um segundo os lábios de Cromwell estavam de volta aos meus. Assim que os senti, já era dele. Afundei novamente no pufe macio que estava sob mim e o deixei tomar minha boca. A língua de Cromwell encontrou a minha e ele moveu o corpo até ficar por cima de mim. Minhas mãos foram para suas costas. Seu suéter havia subido quando ele movimentou o corpo. As palmas de minhas mãos encontraram sua pele quente, e a sensação intensificou todas as sensações.

— Cromwell — sussurrei. A cor laranja piscou no teto.
— Cromwell — repeti, sorrindo quando a mesma cor reapareceu. Mas o sorriso desapareceu quando percebi o que estávamos fazendo. Quando me dei conta de que não devia estar ali. Não devia tê-lo deixado me beijar. Eu devia ter ido embora quando ainda tinha chance.

Fechei bem os olhos e o abracei como se não pudesse soltá-lo nunca mais. Intensifiquei o beijo. Beijei-o para nunca esquecer. Beijei-o até ele ficar gravado em minha alma.

Depois, afastei-me, subindo as mãos pelo corpo de Cromwell até imitar as dele e segurar seu rosto. Seus lábios estavam inchados devido ao beijo, e o rosto, com a barba por fazer, estava quente.

— Não posso. — Meu coração se partiu diante daquela confissão. — Não podemos fazer isso.

Cromwell olhou em meu rosto.

— Por quê?

— Preciso ir para casa.

Cromwell franziu as sobrancelhas, confuso.

— Bonn...

— Por favor.

— Tudo bem.

Ele se levantou do pufe e se movimentou em silêncio pela sala até acender as luzes. Encolhi-me com a claridade invasiva. Com a luz acesa, as paredes eram apenas pretas. A mágica tinha acabado.

Vi Cromwell andar pela sala, verificando se tudo estava desligado. Ele veio na minha direção e ficou olhando para mim. Eu não acreditava que alguém podia ser tão lindo. Quando ele parou, com os pés perto dos meus, deu um único e longo beijo em minha testa.

A sala brilhou e senti uma lágrima escapar de meu olho. Ele tentou se afastar, mas agarrei seus pulsos, saboreando-o um pouco mais. Cromwell olhou para baixo com uma expressão séria no rosto. Não desviei os olhos. Não tirei os olhos dele enquanto me aproximava e ficava na ponta dos pés. Nem me permiti pensar desta vez, simplesmente segui meu coração e juntei os lábios aos dele. Era a primeira vez que eu iniciava um beijo na vida. Nunca imaginaria que seria com Cromwell Dean. Mas estávamos ali, daquele jeito, suspensos no mais perfeito dos momentos, e eu soube que nunca poderia ter sido com outra pessoa.

Quando me afastei, deixei a testa encostar na dele. Absorvi-o todo, gravando cada segundo na memória. Levantei a cabeça e olhei nos olhos dele. Uma pergunta não me saía da cabeça.

— Como foi para você? — perguntei. — Minha música. As cores.

Cromwell respirou fundo. Depois, com os olhos iluminados, respondeu:

— Ela iluminou a sala.

Encostei o corpo no dele, apoiando a cabeça em seu peito e envolvendo sua cintura com os braços. *Ela iluminou a sala...*

Saímos do museu e entramos na caminhonete. Não ouvimos música durante o percurso, como havíamos feito na ida. Também não conversamos. Mas era um silêncio confortável. Eu não conseguia falar. Tinha um milhão de perguntas a fazer. Mas não as fiz. Tinha que deixar esta noite exatamente no tempo ao qual ela pertencia. No passado. Como uma memória que eu guardaria para me ajudar na jornada que eu teria pela frente.

Ela iluminou a sala.....

Cromwell estacionou em frente ao meu dormitório. Olhei para a entrada com uma sensação de terror. Quando passasse por aquela porta, aquilo terminaria. Independentemente do que fosse. Eu ainda não tinha certeza.

Ele estava no banco do motorista, olhando para mim. Dava para sentir. E eu não queria olhar para ele. Porque sabia que, quando olhasse, teria que terminar tudo.

— Cromwell — sussurrei com as mãos sobre as pernas.

— Farraday. — Queria que ele não tivesse dito aquilo. Gostava que ele me chamasse daquele jeito. Só que daquela vez foi de tirar o fôlego. Exatamente como sua música.

— Eu não posso. — Minha voz parecia alta demais na cabine da caminhonete antiga. Cromwell não perguntou o que eu não podia fazer. Sabia o que eu queria dizer. Quando finalmente olhei em sua direção, ele estava olhando pela janela, rangendo os dentes. Naquele momento, ele era o Cromwell que eu conheci nos primeiros dias de aula.

Fechei bem os olhos, odiando vê-lo daquele jeito. Não queria magoá-lo. Não tinha ideia do que ele pensava de mim, mas, pela forma como estava agindo na última semana, o que havia feito por mim depois da apresentação na cafeteria e o que havia me mostrado aquela noite... sabia que tinha que ser algo real. E aquele beijo...

— Eu... eu não posso explicar...

— Eu gosto de você — ele disse e, quando aquele sotaque doce chegou aos meus ouvidos, eu quis sair de meu assento e abraçá-lo. Não conhecia Cromwell muito bem, mas sabia que ele não dizia aquelas palavras com facilidade. Vivia atrás de muros altos, mas comigo eles estavam começando a baixar.

Eu não queria que seus muros se reerguessem por minha causa. Do fundo do coração, queria ser responsável por destruí-los e deixá-lo livre. Mas não podia. Simplesmente não era justo.

Uma onda repentina de raiva tomou conta de mim. Raiva daquela injustiça. Por eu não poder estar ali naquele instante, desfrutando o momento, caindo em seus braços.

— Bonnie? — Quis chorar quando meu nome deixou os lábios dele. Ele nunca tinha me chamado de Bonnie antes.

— Eu também gosto de você. — Olhei em seus olhos azuis. Devia aquilo a ele. — Mas é mais complicado que isso. Eu não devia ter deixado chegar tão longe. Não é justo. Sinto muito...

A sensação de suas mãos pegando nas minhas me silenciou.

— Venha comigo para Charleston amanhã à noite.

— O quê?

— Vou tocar em uma casa noturna. — Ele apertou minha mão com mais força. — Quero que você venha.

— Por quê?

— Para ver... — Ele suspirou. — Para me ver tocar as mixagens novas. Ficar ao meu lado e ver como é. Para eu te fazer entender. Fica só a uma hora daqui.

— Cromwell, eu...

— O East vai. — A decepção escorria dele em ondas. — Não precisa significar nada que você não queira.

Eu também não sabia se conseguiria ficar perto de East. No domingo, teria que contar a ele. E Cromwell sem dúvida também ficaria sabendo.

Pensei que seria uma noite. Uma última noite em que eu poderia ser livre. Cercada por música e Cromwell. Meu irmão e nós, compartilhando risadas.

— Está bem — respondi. — Eu vou. Mas depois tenho que voltar para cá.

Cromwell franziu os lábios, esboçando um pequeno sorriso.

— Ótimo — ele disse. — Vamos colocar você para dormir, Farraday.

Cromwell saiu do carro e abriu a porta para mim como antes. E, como antes, estendeu a mão. Segurou na minha até me deixar na porta do dormitório. Meu coração deu cambalhotas no peito quando ele me encarou. Colocou a mão em meu rosto e deu um único beijo suave em meus lábios.

— Boa noite.

Ele se virou e foi embora. Eu não sabia se seria capaz de me mexer. Então, pouco antes de ele entrar no carro, perguntei:

— Cromwell? — Ele levantou os olhos. Pude sentir meu rosto pegando fogo mesmo antes de falar. — De que cor é minha voz?

Cromwell ficou olhando para mim com os olhos repletos de uma luz que eu não conseguia decifrar. Aquele sorriso pequeno e lindo se formou em seus lábios novamente, e ele respondeu.

— Violeta.

Tentei respirar. Tentei de verdade. Tentei me mover. *Violeta.* Cromwell entrou na caminhonete e foi embora. Uma lembrança da semana anterior me veio à mente.

— *Cromwell?* — *perguntei, e ele se virou.* — *Qual é sua preferida? A cor que você mais gosta de ver?*

— *Violeta* — *ele respondeu em um instante.*

Violeta. A cor que ele mais gostava de ver... e também o som de minha voz.

Se meu coração fraco ainda não o havia deixado entrar antes, agora estava deixando.

🎵 15
Cromwell

— Vai bombar pra cacete! — Easton disse, empolgado, no banco da caminhonete. Olhei em sua direção e me perguntei o que tinha dado nele aquela noite.

— Easton. — Bonnie colocou a mão sobre o braço do irmão. — Se acalme.

— Me acalmar? Meu parça vai tocar no Chandelier e você está dizendo para eu me acalmar? De jeito nenhum, Bonn. O Celeiro é uma coisa, mas ver Cromwell tocar hoje em uma casa noturna de verdade vai ser irado. Sabe quantas pessoas vão estar lá para vê-lo? Alguns milhares, no mínimo!

Dirigi na direção de Charleston, ouvindo Easton enlouquecer de expectativa. Ele não pareceu preocupado por sua irmã estar indo junto. Achei que fosse reclamar comigo. Havia passado a semana anterior perguntando sobre mim e Bonnie. Achei que estivesse suspeitando de algo, mas, desde que acordamos naquela manhã, ele estava eufórico, totalmente chapado. O maluco até havia me acordado às quatro da manhã, pedindo para eu buscar comida. Eu tinha ido deitar meia hora antes. Havia criado uma mixagem especialmente para esta noite.

Mal podia esperar para tocá-la.

Levamos pouco menos de uma hora para chegar ao local. O segurança do Chandelier me disse para estacionar nos fundos. Alguns caras tentaram tirar meu laptop novo de mim. Sem chance. Ninguém tocava no meu laptop. Easton estava de um lado. Bonnie, do outro. Eu havia perdido a cabeça, só podia ser isso, porque queria esticar o braço e pegar na mão dela.

E não conseguia parar de pensar na noite anterior. Não conseguia tirar o sabor dela de meus lábios. Mas, mais do que isso, não conseguia processar o fato de ela ter dito que nada poderia acontecer entre nós.

Eu não era de namorar. Nunca havia sido. Era do tipo que usava as mulheres e partia para outra. Mas, desde o primeiro dia, Bonnie Farraday havia me afetado. E, para o meu azar, a única garota com quem eu queria mais do que apenas uma transa não estava a fim.

Eu não fazia ideia do motivo. Nós dois estávamos a fim na noite anterior. Eu havia sentido o corpo dela junto ao meu. Ela não tinha tirado as mãos de mim. Mesmo depois, ela segurou minha mão como se nunca mais fosse soltar.

Mas eu estava aprendendo que Bonnie Farraday era uma garota complexa.

Mesmo depois de ela ter me afastado, eu não podia desistir. Quis que ela estivesse presente esta noite. Não sabia por quê, mas precisava dela. Queria que ela me visse em um ambiente real. Queria que ouvisse minhas novas mixagens.

Havia feito uma especialmente para ela.

O gerente ficou no meu pé no instante em que entrei no local. Aparentemente, todos os ingressos haviam sido vendidos. Eu tocaria à meia-noite. Não faltava muito.

— Vou pegar umas bebidas — Easton disse, mostrando sua identidade falsa para Bonnie e para mim antes de nos deixar sozinhos no camarim gigantesco. Sofás, uma TV – havia até uma cama no canto. Era uma casa noturna famosa. Eu não estava nervoso por tocar. Nunca ficava. Mas estava nervoso por ter Bonnie ao meu lado na plataforma.

Nervoso com o que ela acharia da música nova que eu tinha mixado para ela.

Bonnie se sentou no sofá e esfregou as mãos no rosto. Estava pálida, mas bonita. Vestia calças floridas de cintura alta e uma blusa branca de mangas compridas que mostrava bem suas curvas. Os cabelos estavam presos em um rabo de cavalo e eu só queria agarrá-lo e puxá-la para perto da minha boca.

Estava verificando se estava com tudo organizado no laptop. O som dos DJs de abertura vinha de fora. Cores, como sempre, dançavam diante de meus olhos. Mas eu as bloqueei e me concentrei em meu próprio trabalho.

— Está preparado? — perguntou Bonnie, depois de um tempo. Não havíamos ficado sozinhos desde que entramos no carro.

— Sempre. — Olhei para ela. Suas mãos estavam inquietas sobre as pernas. Ela estava linda. — Farraday. — Ela olhou para mim. — Venha até aqui.

Parecia que Bonnie ia recusar, mas se levantou do sofá e foi até onde eu estava sentado. Abri espaço para ela se sentar também. Ela hesitou. Resmunguei e a puxei pelo braço.

— Pelo amor de Deus, Farraday, enfiei a língua na sua garganta vinte e quatro horas atrás. Acho que você pode se sentar ao meu lado. Até parece que não tem espaço. Você é peso-pena.

— Como? — ela perguntou, franzindo as sobrancelhas castanhas. — Peso o quê?

Passei o braço em volta da cintura dela, fazendo-a soltar um gritinho.

— Significa que você não pesa nada. Agora. — Puxei-a para perto o bastante para ficar encostada em mim e minha mão ainda conseguir alcançar o laptop.

— Cromwell. — Ela suspirou. — Isso não é prudente.

— Ninguém nunca disse que eu era. — Apontei para o laptop. — Minha lista de músicas — falei. — O amor de Bonnie pela música superou qualquer reclamação que ela tivesse sobre estar sentada perto de mim. Ela olhou para o programa.

— Então essas são suas faixas? — Confirmei. — E como você faz as mixagens?

Dei de ombros.

— Eu avalio o público. Quando estou lá em cima, decido o que vou tocar em seguida. Vejo até onde posso ir. — Tentei imaginar a multidão. — Simplesmente faço o que me parece certo.

— Você segue a emoção — ela comentou, compreendendo. — O que me disse ontem à noite.

— É. — Fechei o laptop e olhei para Bonnie. Ela já estava olhando em meus olhos. Depois passou a olhar para os meus lábios. — Farraday. — Eu me aproximei e encostei a testa na dela. — Se não quiser que eu te beije agora mesmo, é melhor parar de me olhar desse jeito.

— Que jeito? — ela sussurrou, corando.

— Como se quisesse sentir o piercing da minha língua na sua boca de novo.

Ela riu, e o som fez o círculo violeta que eu via normalmente aumentar e pulsar com rosa-claro.

— Você é romântico como Romeu — ela disse, brincando. — Sentir o piercing da sua língua de novo?

Senti meu peito expandir e o canto de meu lábio se erguer. Puxei-a para mais perto e encostei o nariz em seu rosto. A respiração dela era curta e ofegante. Meus lábios beliscaram o lóbulo de sua orelha.

— Nunca disse que era — falei no ouvido dela. Afastei-me um pouco. Passei os lábios por seu rosto e cheguei à boca. Eu estava de olhos abertos, bem abertos, quando ela olhou dentro deles. Ela respirava com dificuldade.

Cheguei mais perto, esquecendo que ela havia dito que nada podia acontecer entre nós. Quando pressionei os lábios nos dela, alguém bateu na porta.

— Cromwell — uma voz disse. — Cinco minutos.

Suspirei, encostando a cabeça no ombro dela. Bonnie passou a mão em meus cabelos.

— É melhor a gente ir.

Endireitei o corpo e, antes que ela pudesse argumentar, levei a boca à dela. Ela suspirou em meus lábios, mas eu me afastei rapidamente, pegando o laptop. Estendi a mão para ela e, desta vez, com ou sem Easton, ficaríamos de mãos dadas.

Bonnie não resistiu.

Atravessamos o corredor até o palco principal. Alguns funcionários me cumprimentaram. Acenei com a cabeça para eles. Mas, a cada passo, ia entrando cada vez mais no clima. Quando chegamos perto da plataforma, pude ouvir a multidão. Pude ouvir os gritos e vibrações. Bonnie apertou minha mão. Seus olhos estavam arregalados. Beijei o dorso de sua mão e me aproximei.

— Sente ao lado do palco. Pedi para colocarem uma cadeira lá para você.

Ela ficou derretida ao ouvir aquilo. Eu não sabia por quê. Soltei sua mão e coloquei os fones do ouvido em volta do pescoço. O diretor de palco fez sinal para eu entrar. Dei uma última olhada para Bonnie e fui para a plataforma. Fui recebido por uma onda de gritos e berros.

Coloquei o laptop sobre o equipamento. Como sempre, arrisquei um olhar para a multidão e absorvi o momento. Era como câmera lenta. O público me esperando começar. Passei os olhos sobre os milhares de rostos. Todos olhando para mim como se eu fosse um jovem deus. Depois olhei para a lateral. Bonnie ainda não estava no palco.

Apontei para o banquinho que esperava por ela. Bonnie engoliu em seco com os olhos arregalados. Ela estava tão linda quando deu o primeiro passo na direção da plataforma. Estendi a mão quando ela pareceu insegura.

Ela se sentou e olhou para a multidão. Se seus olhos já estavam arregalados antes, agora ocupavam seu rosto. Entreguei fones de ouvido para ela, fazendo sinal para que os colocasse. Queria que ela ouvisse todas as batidas que eu tocasse. Queria que ela absorvesse os andamentos, bebesse o ritmo e sentisse o baixo.

Quando ela olhou para mim, sem fôlego, preparei a primeira faixa, fiquei com a mão no ar... e, com o toque de um dedo, botei a casa abaixo.

Eu tinha o público nas mãos. Todos amaram a mixagem. Fui para as *pickups* e para o sintetizador e deixei as cores me guiarem. Isso foi minutos antes de olhar para Bonnie.

Ela me observava tão atentamente, observava minhas mãos criarem cada batida, cada faixa. Eu não precisava olhar para o laptop, para as *pickups*. Em vez disso, olhava nos olhos dela. Quando toda sua atenção estava sobre mim, comecei a vocalizar as cores. *Pêssego. Turquesa. Preto. Cinza. Âmbar. Púrpura.* Uma música após a outra, eu dizia a ela o que via. E ela estava comigo. Nunca tirava os olhos de mim, com um sorriso no rosto enquanto eu a deixava ver minhas cores.

Eu a deixava me ver.

Então, *violeta*, eu disse. Bonnie arregalou os olhos. Olhei para o laptop e preparei a faixa que queria que ela ouvisse. Aquela que eu não conseguia tirar da cabeça na noite anterior. Aquela que tocava tão alto em minha mente que tive que tocá-la.

As palavras que ela não sabia que eu havia gravado.

Para alguns, a vida não é longa o bastante. Encadeei o primeiro verso sobre as batidas. O volume estava baixo, um crescendo se formava no segundo verso. *Um piscar de olhos, canto dissonante.* Bateria, violinos suaves ao fundo. Depois, a batida da bateria mais rápida, sua voz ganhando volume, até que mandei ver, levando a música à sua batida máxima, a voz calma de Bonnie colocada no volume mais alto, suas palavras cobrindo cada centímetro do espaço...

Para alguns a vida não é longa o bastante.
Um piscar de olhos, canto dissonante.
Almas mais puras ardem, tão instáveis,
perdendo a luta, corpos frágeis.
Corações perdem o ritmo, batem devagar,
os anjos chegam para me buscar.
Ao paraíso, aos céus, para melhor sorte,
repletos de paz, onde não há morte.
A esperança permanece com os abandonados,
asas de pombos não mais engaiolados.

Asas, brancas como neve, brotam no coração.
Asas, bem abertas, a hora da decisão.
Lágrimas nos olhos, a última despedida.
Vivi, amei e dancei a doce dança da vida...

Sobrepus acordes de violão acústico que tinha guardado havia anos, mas nunca havia usado. E a voz de Bonnie cantava em alto e bom som. Toquei a mixagem três vezes, até a faixa seguinte aparecer ao fundo, substituindo o violeta por verde-limão.

Quando a música seguinte começou a tocar, olhei para Bonnie. Ela estava com a mão sobre a boca e lágrimas escorriam por seu rosto. Senti um frio na barriga. Até que ela olhou em meus olhos e tirou as mãos do rosto. Em seus lábios havia um sorriso tão grande que quase batia no teto. Ela levantou do banco e foi até mim. Empurrei-a para trás, longe dos olhos da multidão, e a deixei me beijar em um fundo dourado, cor de magnólia e marrom-chocolate. Senti o gosto das lágrimas em seus lábios e a hortelã em sua língua.

Ela encostou o peito no meu enquanto minhas músicas controlavam o público, fazendo todos se balançarem, pularem e dançarem. Quando Bonnie se afastou, eu não estava pronto. Segurei seu rosto e tomei sua boca novamente. Agora que ela havia me entregado seus lábios, eu não queria devolvê-los. As cores mudaram para azul, a caminho do azul-marinho. Afastei-me e voltei à plataforma. A multidão enlouqueceu. Olhei para baixo e vi Easton bem na frente, de olhos fechados, com uma garota pendurada no braço. Ele estava com duas garrafas de cerveja nas mãos, apenas sentindo a batida.

Diminuí o ritmo. O técnico de luz entendeu a deixa e trocou os raios luminosos por um brilho branco suave, reduzindo a claridade. A fumaça presente durante a noite toda estava no ar, encobrindo os feixes brancos inertes. Levantei a mão, e a multidão ficou esperando meu chamado.

As batidas lentas acalmavam seus corações acelerados; as longas notas graves normalizavam sua pulsação. Ouvi minha respiração ecoar em meus ouvidos. Senti o calor dos corpos bater no meu, senti que estavam prontos para voltar para a euforia que só eu podia lhes dar.

Meus dedos aguardavam. O técnico esperava a deixa. Olhei para Bonnie e a vi no canto do assento, também esperando por mim. Sorri para mim mesmo, sentindo-me tão cheio de música. Então, quando eles estavam prontos, quando já haviam suportado o máximo possível de pausa, abaixei a mão e fiz chover.

As luzes caíram e os raios estroboscópicos os banharam de verde. As batidas os entorpeciam, eram como escravos em minha mão. Ouvi uma gargalhada ao meu lado, virei e vi Bonnie olhando para a multidão que pulava, corpos movendo-se como se fossem um só ao som das batidas pesadas que eu fornecia como uma droga.

Sorri e dei mais a eles. Dei mais a ela, que levantou as mãos no ar e fechou os olhos. Parei e fiquei olhando para Bonnie.

Algo se estabeleceu em meu peito, algo que eu não sentia havia anos. Algo que nunca mais pensei que voltaria a encontrar. Prateado. Perdi o fôlego quando vi.

Felicidade.

Minha mão escorregou do laptop, acordando-me. Voltei a me concentrar nas músicas, mas aquele prateado não foi embora. Estava gravado em meu cérebro. Sua cor era viva, como se tivesse sido chapeada, como uma insígnia, em minha mente.

O tempo todo que toquei, Bonnie permaneceu com um sorriso no rosto, observando-me. E o tempo todo, violeta e prateado brigavam por dominância em minha mente. Tirei a mão do laptop e a última batida brilhou em forma de esfera até desaparecer no fundo da sala.

O DJ da casa assumiu. Peguei meu laptop, acenando para a multidão que gritava. Minha testa estava suada, mas a adrenalina corria por minhas veias. Virei para Bonnie. Seu rosto estava corado e, apesar do horário, seus olhos brilhavam. Tirei seus fones de ouvido, coloquei o laptop debaixo do braço e levantei Bonnie do banquinho. Suas mãos foram parar em meus bíceps quando a puxei junto ao meu peito até seus pés encostarem no chão. Peguei sua mão e saímos da plataforma para o corredor. Não me importava se havia alguém por perto. Estava pouco ligando se alguém visse. Levei Bonnie até a parede. Assim que suas costas estavam contra os tijolos, choquei a boca na dela. Bonnie estava tão ávida quanto eu. Suas mãos se enroscaram em meus cabelos, agarrando os fios para me puxar para mais perto. Meu sangue cantava com a música que eu havia derramado de meu corpo nas três horas anteriores.

Bonnie ofegou junto à minha boca, mas eu precisava sentir a doçura que sempre explodia em minha boca quando eu a beijava. Passei a língua por seu pescoço.

— Cromwell — ela sussurrou. O som de meu nome em sua boca apenas me estimulou.

Bonnie segurou minha cabeça e me levou de volta à sua boca. Eu não sabia ao certo quanto tempo ficamos nos beijando, mas ela se afastou novamente, esforçando-se para respirar. Espalmei a mão contra a parede. As dela estavam em meu peito. Ela respirou várias vezes, e eu a deixei recuperar o fôlego. Quando se acalmou, disse apenas duas palavras:

— Minha música.

— Sua música. — Eu nunca tinha usado letra em minhas mixagens. Nunca senti a necessidade... até ela aparecer.

O som da porta se abrindo foi como um trovão no corredor. Afastei-me de Bonnie no instante em que Easton entrou, cambaleando.

— Porra, Cromwell Dean! — Uma garota entrou logo atrás dele. Easton me abraçou. — Aquela sequência! — Ele olhou para Bonnie. — Bonn... sua música.

Ela sorriu para o irmão.

— Foi incrível.

Dei um tapinha nas costas de Easton.

— Vamos.

Easton fez que não com a cabeça e jogou o braço em volta da garota que estava parada entre nós.

— Vou embora com a Emma. Ela faz faculdade aqui.

— Como você vai voltar? — Bonnie perguntou.

— Bonn, estamos a uma hora de casa. Posso pegar o ônibus amanhã. — Ele olhou para a loira em seus braços. — Ou talvez na segunda-feira. — Ele deu de ombros. — Vamos ver o que acontece.

Easton saiu por onde havia entrado e voltou para a casa noturna. Bonnie ficou observando, preocupada.

— Ele vai ficar bem — eu disse, e peguei na mão dela.

Bonnie abriu um pequeno sorriso, mas deixou que eu a levasse de volta para o camarim. Pegamos nossas coisas e fomos para a caminhonete. Assim que entramos, o ar ficou pesado dentro da cabine.

— E aí? — Virei para Bonnie. Ela já estava olhando para mim com uma expressão indecifrável no rosto. — O quê?

— Agora entendo. — Ela envolveu o corpo com os braços.

— Está com frio?

— Um pouco. — Peguei meu suéter preto e entreguei a ela. Ela sorriu e o vestiu. A blusa engoliu sua figura pequena. Ela fechou os olhos e cheirou a gola. — Tem o seu perfume. — Ela abriu os olhos. Fiquei esperando o que ela diria em seguida. Liguei o motor e deixei o aquecedor esquentar o automóvel.

— Como? — A voz de Bonnie interrompeu o ruído branco quando peguei a estrada. Olhei para ela, erguendo a sobrancelha. — Como você conseguiu a minha música?

— No museu — respondi. — Quando você cantou, eu gravei no celular.

Ela franziu a testa.

— Ontem à noite? — Confirmei. — Mas como você transformou em uma faixa?

— Fiquei acordado a noite toda para isso.

Ela suspirou.

— Você complicou as coisas para mim, Cromwell Dean. Não era para você complicar as coisas.

Soltei uma única gargalhada.

— Eu *sou* complicado. Já me disseram isso muitas vezes.

Bonnie não riu. Em vez disso, ajeitou-se no banco e deitou a cabeça em meu ombro. Eu não sabia se ela estava dormindo, mas, quando olhei para ela pelo espelho retrovisor, estava olhando diretamente para a frente. Estreitei os olhos, imaginando o que poderia haver de errado. Mas depois ela enrolou o braço no meu e segurou firme.

Eu queria que ela falasse. Queria que ela dissesse alguma coisa, mas não disse. Pensei no que ela havia comentado. Em como compliquei as coisas. Eu sabia que era problemático. Sabia que tinha um humor instável, que era inconstante. Mas tinha a impressão de que não era a isso que ela estava se referindo.

Uma hora depois, chegamos à faculdade, e eu peguei o caminho do dormitório dela. Mal tinha percorrido alguns metros quando ela sussurrou:

— Não.

— O quê?

Bonnie fez uma pausa.

— Vá para o seu dormitório.

Confuso, olhei para ela pelo retrovisor. Seus olhos castanhos já estavam olhando nos meus.

— Vá para o seu dormitório, Cromwell. — Sua voz estava trêmula. Seu rosto estava queimando, e ela apertou mais meu braço.

— Se... se você quiser.

Levei um segundo para entender.

— Bonnie — eu disse, e senti que ela ficou apreensiva. Analisei seu rosto e vi o medo em seus olhos. Mas não medo do que estava pedindo. Medo que eu dissesse não.

Aquilo nunca aconteceria.

— Tem certeza? — perguntei.

— Eu quero — ela sussurrou. — Eu quero *você*.

Minhas mãos ficaram firmes no volante até chegar à minha vaga, em frente ao dormitório. Quando desliguei o motor, Bonnie não se mexeu. Coloquei a mão sob o queixo dela e a obriguei a olhar para mim. Segurei seu rosto.

— Você não precisa fazer isso — afirmei. Um pequeno e tímido sorriso se formou em seus lábios. Lágrimas preencheram seus olhos.

— Eu quero, Cromwell. Eu quero isso. — Ela riu. — Não queria que esta noite acabasse nunca. — Ela abaixou os olhos. — Por favor, não me faça implorar.

— Você não precisa implorar. — Balancei a cabeça. — Eu também quero. E muito.

Saí do carro. Dei a volta até o lado do passageiro para abrir a porta para Bonnie. Estendi a mão, e, como sempre fazia, ela segurou com firmeza enquanto eu a ajudava a sair. Caminhamos devagar até o dormitório. Bonnie andava mais devagar do que de costume.

— Você está bem? — perguntei, verificando se ela estava confortável, se ainda queria fazer aquilo.

Ela sorriu para mim, apertando minha mão.

— Mais do que bem.

O dormitório estava em silêncio quando entramos. Quando fechei a porta do meu quarto, o ar pareceu denso. Bonnie ficou parada na minha frente, com meu suéter que ia praticamente até seus joelhos. Cheguei mais perto e segurei seu rosto. Seus olhos castanhos estavam enormes quando ela olhou para mim.

Abaixei a boca até a dela e a beijei. Bonnie suspirou junto à minha boca, e seu corpo tenso relaxou. Eu a beijei várias vezes e depois me afastei.

— Bonnie...

— Eu quero isso — ela repetiu. Bonnie foi até o interruptor e apagou a luz. O quarto mergulhou em escuridão, à exceção da luz do meu computador de mesa. O rosto dela estava sombreado, mas, quando ela se virou para mim, pude ver seus olhos à luz azulada.

Deixei que ela tomasse a iniciativa. Ela pegou minha mão e me levou até minha cama. Sentou na beirada e foi subindo até deitar em meu travesseiro. Parei e fiquei olhando. Ver Bonnie tão pequena e nervosa em minha cama me atingiu como uma tonelada de tijolos. Seus lábios estravam entreabertos, o rabo de cavalo estava espalhado sobre meu travesseiro.

Bonnie lentamente estendeu a mão. Seus dedos estavam tremendo. Peguei na mão dela e engatinhei até onde ela estava. Tirei os cabelos de seu rosto. No escuro, era difícil enxergá-la. Mas seus olhos eram visíveis. Era tudo de que eu precisava.

Desci a cabeça e a beijei. A mão de Bonnie ainda estava na minha. Ela não soltou. Simplesmente ficou segurando. Beijei seus lábios. Beijei-a até que precisasse respirar. Depois beijei seu pescoço. Beijei seu ombro, onde meu suéter havia escorregado por seu braço.

Quando não encontrei mais pele, levantei a cabeça e olhei nos olhos de Bonnie.

— Eu... Eu nunca fiz isso antes — ela confessou.

Engoli em seco.

— Nunca?

Ela fez que não com a cabeça.

— Eu nunca... — Ela levantou o queixo. — Nunca fiz nada... além de beijar.

Respirei fundo e fiquei olhando para ela. Seus olhos me observavam, aguardando minha reação.

— Bonnie, não tenho certeza se eu sou...

— Você é. — Sua mão trêmula tocou meu rosto. — Você é o único que *poderia* fazer isso. — Seus olhos ficaram molhados e as lágrimas escorreram por seu rosto. — Tentei lutar contra, mas você nunca foi embora. E meu coração não me deixou te dar as costas. — Seus dedos percorreram meu peito e pararam sobre meu coração. Ela fechou os olhos rapidamente, como se estivesse contando as batidas. Quando os abriu, ela se sentou e eu fiquei de joelhos. Ela tirou meu suéter e o deixou cair no chão. Depois suas mãos foram para minha camisa. Ela levantou a barra e começou a puxá-la para cima.

Puxei o que restava, jogando-a no chão junto com o suéter. Bonnie engoliu em seco quando levantou as mãos e as passou sobre cada uma de minhas tatuagens. Sobre as espirais de cores que ocupavam meu peito. E sobre as duas espadas, leão e coroa que formavam o brasão do Exército britânico. Ela inclinou a cabeça para trás e olhou em meus olhos.

Puxei o elástico que prendia seus cabelos. As longas madeixas caíram sobre suas costas. Passei as mãos pelas mechas e, ao mesmo tempo, ela se aproximou, beijando minha pele. Rangi os dentes ao sentir sua boca hesitante sobre minha barriga. Ela me beijou de novo, desta vez sobre o tributo ao meu pai que eu havia tatuado. Ver Bonnie beijar o brasão que havia significado tanto para o homem que foi meu melhor amigo causou uma reação em mim.

Entrelacei as mãos nos cabelos de Bonnie. Puxei-a para os meus lábios. E a beijei. Tinha quase certeza de que seria capaz de beijá-la o dia todo, sem nunca enjoar.

— Cromwell — sussurrou junto aos meus lábios. Eu me afastei apenas o suficiente para que ela falasse. — Preciso de você — ela disse, retalhando meu coração. — Preciso tanto de você.

— O que você quer? — perguntei, passando os lábios pelo rosto dela. Eu não conseguia me afastar dela. Precisava tocá-la.

— Faça amor comigo — ela disse, e eu fechei os olhos. — Me mostre como poderia ser.

Meu coração acelerou com aquele pedido. Deitei-a novamente e voltei a beijá-la. Mas, enquanto a beijava, desci a mão até suas calças e abri a cintura. Interrompendo o beijo, puxei a calça pelas pernas. Sentei e olhei para ela. Seu corpo estava quase totalmente oculto pela escuridão. Mas dava para ver o bastante para distinguir sua silhueta. Ela era perfeita. Cada parte dela era perfeita. E eu me dei conta do quanto desejava aquilo. Do quanto a desejava. Passei as mãos em suas pernas lentamente. A cada centímetro, Bonnie suspirava, suas costas começavam a arquear.

O som chegou aos meus ouvidos, e quadrados de um vermelho intenso agitaram-se diante de meus olhos. Toquei a pele dela sob a blusa. Era tão quente, tão pálida. Eu não queria afastar a mão. Levantei o tecido, havia uma regata por baixo. A respiração de Bonnie era como música em meus ouvidos, cordas que direcionavam meus movimentos. Para tocá-la, sentir seu corpo, seu sabor. Tirei a blusa por cima da cabeça dela, vendo sua pele ficar rosada e os olhos melancólicos. Fiquei me perguntando em que ela estaria pensando. Mas, quando ela olhou nos meus olhos, não precisei de palavras. Seu lindo rosto me dizia quanto ela também desejava aquilo. Em seguida, minha mão passou à regata. Empurrei o tecido para cima, expondo sua barriga. Fiz uma pausa e simplesmente fiquei olhando para minha pele morena e tatuada em contraste com sua brancura.

Nunca tinha visto nada tão perfeito.

— Por favor, não tire. — A voz de Bonnie me fez levantar os olhos. Ela puxou a regata para baixo. Abaixando a cabeça, beijei seus lábios para expulsar o vislumbre momentâneo de preocupação em seus olhos. Eu não sabia a que se devia aquela preocupação. Mas não precisava que ficasse nua. Ela era bela o bastante como estava.

Eu a beijei, passando a língua por seus lábios. Seu hálito era quente em meu rosto, e dava para sentir o cheiro de baunilha de seu xampu. Percorri seus braços macios com os dedos. Seu corpo se encostou no meu, mostrando quanto ela estava gostando. Meu peito se expandiu. Nunca havia me acontecido aquilo na cama antes. Eu nunca havia gostado tanto de uma garota.

Todas as anteriores não significaram nada para mim. Os rostos eram um borrão. Até mesmo minha primeira vez havia sido insignificante e confusa, e eu estava bêbado. Mas aquilo era diferente. Estar com Bonnie, daquele jeito, era diferente. Mais importante, de alguma forma. Bonnie olhou nos meus olhos e ficamos nos encarando por alguns segundos. Pareceu uma eternidade, até que ela levou a mão ao zíper de minha calça. Sua expressão era de nervosismo, seus olhos castanhos estavam arregalados. Coloquei a mão sobre a dela e assumi o controle. Inclinando-me, beijei seu rosto, sua testa e finalmente seus lábios, enquanto tirava meus jeans.

Puxei as cobertas sobre nós. Achei que assim ela poderia se sentir melhor. Bonnie sorriu quando fiz aquilo, e me posicionei sobre ela, cobrindo seu corpo com o meu. Olhei em seus olhos e passei a mão em sua face.

— Você é linda. — Porque ela era mesmo. Era linda demais.

Uma lágrima escapou do canto de seu olho.

— Você também — ela disse, e sorriu. Beijei seus lábios. Ao mesmo tempo, passei a mão em sua cintura, sua barriga e suas pernas. — Toque em mim — ela sussurrou, e eu fechei os olhos, respirando por um segundo.

Linhas violeta piscavam em minha mente cada vez que ela falava, trazendo-me uma espécie de paz que eu não sabia descrever. O fundo era prateado, aquela cor nunca desaparecia, ainda estava viva desde seu surgimento, na casa noturna.

As costas de Bonnie arqueavam conforme minha mão avançava. Ela gemia e se esforçava para respirar. Observei seu rosto sob a luz azul, tentando absorver cada ruído e cada movimento. Beijei seu ombro, o mesmo que havia beijado na sala de música. Senti uma explosão de doçura na língua quando seu perfume de pêssego e baunilha chegou ao meu nariz.

— Cromwell — ela sussurrou. Abri a gaveta e peguei uma camisinha. Quando eu estava pronto, Bonnie, agora usando apenas a camiseta regata, estendeu os braços.

Posicionei-me sobre ela, tirando seus cabelos do rosto.

— Tem certeza?

— Absoluta.

Não tirei os olhos do rosto dela. As mãos de Bonnie estavam em minhas costas, segurando com força. Fui o mais gentil possível. Não queria machucá-la. Minha respiração ecoou em meus ouvidos. Bonnie olhou fixamente em meus olhos. Não desviou o olhar em momento algum. Mesmo quando intensifiquei o ritmo e sua respiração ficou curta e ofegante, ela não desviou os olhos.

E o modo como olhava para mim...

Ela passou as mãos por meus cabelos, lenta e suavemente. Abaixei a cabeça e a beijei. Beijei seus lábios e sua face. Beijei todas as partes de seu rosto. Quando levantei a cabeça, lágrimas corriam pelo rosto dela. Fiquei preocupado, achando que ela pudesse estar sentindo dor, mas, quando parei, Bonnie colocou a mão em meu rosto.

— Por favor, não pare — sussurrou com a garganta apertada.

Então, continuei, rangendo os dentes diante daquela sensação tão boa. Como era bom sentir o corpo dela sob o meu. Mas não porque eu estava dentro dela. Mas porque *era* ela, olhando para mim daquele jeito. Olhos castanhos marejados e lábios trêmulos.

Desejando-me.

Precisando de mim.

Ela era meu prateado.

— Cromwell — ela murmurou e segurou com mais força em meus braços. Aumentei a velocidade, sentindo seu corpo quente e os lábios entreabertos. Não consegui desviar o olhar quando ela jogou a cabeça para trás e seus olhos, trêmulos, fecharam-se.

Suas mãos me agarravam com tanta força. Quando ela recuperou o fôlego perdido, virou a cabeça e beijou meu antebraço. Fiquei imóvel, continuando com ela enquanto uma explosão multicolorida de luz brilhava no fundo dos meus olhos. Iluminada como o crescendo de uma sinfonia, minha alma ficou em paz com o sussurro calmo da felicidade. Apoiando a cabeça no vão sobre seu ombro, respirei até diminuir a velocidade e parar.

Inspirei seu perfume de pêssego e baunilha e simplesmente fiquei ali deitado, na escuridão. Meu peito não parecia tão apertado como de costume. A raiva que borbulhava como um vulcão inativo em meu estômago havia se acalmado, tanto que eu mal podia senti-la.

Respirava com mais facilidade.

As mãos de Bonnie traçavam linhas para cima e para baixo em minhas costas descobertas. Seu corpo estava quente sob mim. Ouvi sua respiração. Ela ainda estava ofegante.

Finalmente, levantei a cabeça e olhei para ela. Os olhos de Bonnie brilhavam, as lágrimas ainda caíam por seu rosto. Eu as afastei com o polegar e beijei a pele úmida. Ela passou os dedos pelo meu rosto. O lábio inferior tremia quando ela sussurrou:

— Obrigada.

Beijei-a em resposta. Lentamente. Suavemente.

Envolvi-a com os braços e a puxei para perto de mim. Bonnie também me abraçou. Senti suas lágrimas em meu ombro. Mas não perguntei por que ela estava chorando. Ela não estava triste.

Estava *emocionada*.

Girei nossos corpos de lado, e ela ficou de frente para mim sobre o travesseiro.

— Você tem olhos lindíssimos — ela disse, passando o dedo em volta de meu olho direito. Ela sorriu e quase fez meu coração explodir. — Você é lindo, Cromwell Dean. Tão lindo.

Peguei a mão dela e beijei cada um dos dedos. Bonnie ficou observando. Dava para ver nela uma tristeza que eu não conseguia explicar. Quando outra lágrima caiu, perguntei:

— Você está bem?

Ela sorriu para mim. Era um sorriso verdadeiro.

— Mais do que bem. — Bonnie pegou minha mão e ficou brincando com meus dedos. — Nunca pensei que vivenciaria esse momento. — Ela abriu um sorriso triste. — E com alguém que compreende.

— Compreende o quê?

— Como é ter nascido com uma música no coração. — Engoli em seco, meu estômago revirou ao ouvir aquelas palavras. Ela apertou minha mão com mais força, e uma expressão de nervosismo surgiu em seu rosto.

— O que foi?

Bonnie olhou para mim, depois disse tão baixo que mal pude ouvi-la:

— Eu vi você. Quando você era mais novo.

Franzi a testa.

— Não entendi.

Bonnie beijou meu dedo.

— Meu professor de música me mostrou um vídeo seu em um concerto. Regendo músicas que compôs. O BBC Proms Jovem Compositor do Ano. — Engoli em seco, e um buraco se abriu em meu peito devido ao choque. — Nunca esqueci seu nome depois daquele dia. Ficava prestando atenção para ver se você aparecia. — Ela se apoiou no cotovelo e passou a mão em meus cabelos. — Você sumiu. E eu sempre me perguntei o que havia acontecido. Até que ouvi seu nome de novo. Só que dessa vez não estava mais relacionado a sinfonias clássicas, e sim a música eletrônica.

Eu quis falar, mas não conseguia tirar da cabeça o fato de que ela tinha me visto quando criança. Em uma apresentação.

— Foi por isso que você foi me ver quando estava na Inglaterra.

Ela confirmou.

— Eu queria ver você ao vivo.

Algo me apunhalou no estômago.

— Por isso você disse que minha música não tinha alma.

O sorriso de Bonnie desapareceu.

— Acredito que a música deve contar uma história. Acredito que deva haver algum tipo de significado nas notas e melodias. A música deve nos levar em uma viagem, idealizada pelo coração do criador. — Ela beijou meus lábios. — Sua música aquela noite... Para mim, não havia história. Não havia significado. — Senti um nó no estômago, mas ele logo se desfez quando ela disse: — Não penso mais assim. Eu te vi tocar. Ouvi a música que você é capaz de criar. Ela é *toda* alma, Cromwell. As coisas que ouvi você tocar no piano eram repletas de significado. Tanto que fizeram meu coração chorar. — Os olhos dela brilhavam. — Nunca duvide de seu talento, Cromwell. Agora, eu o enxergo claramente.

— É você — admiti. Bonnie ficou imóvel. — Você tinha razão. Eu havia me perdido. Minha música... ela não tinha propósito. Não havia história. Eram apenas cores que faziam eu me sentir pequeno. — Queria contar o motivo a ela. Mas, mesmo àquela altura, não consegui. Segurei uma mecha de cabelo dela entre os dedos. — Desde que você apareceu... tem sido diferente. A música. É você, Farraday. Você fez ficar diferente. — Ri comigo mesmo. O que eu estava prestes a dizer era muito meloso. Mas era verdade. — Estou inspirado. — Ela respirou fundo. — Você me inspirou.

— Cromwell. — Ela balançou a cabeça. — Eu não posso inspirar você.

— Mas inspirou, e inspira. — Coloquei a mão dela sobre meu peito. — Desde que a conheci, a música que eu havia mantido afastada vem preenchendo minha cabeça. Eu toquei, depois de passar anos sem colocar a mão em nenhum instrumento, apenas no laptop.

Bonnie deitou a cabeça em meu peito e eu a abracei. Não falamos depois daquilo. Ouvi a respiração ritmada de Bonnie e percebi que havia adormecido.

Fiquei acordado até o sol começar a nascer. Acariciei seus cabelos e a abracei junto a mim. Havia um nó em meu estômago novamente. E minhas mãos estavam ansiosas para criar. Era sempre assim quando acontecia algo importante em minha vida.

E tê-la comigo daquele jeito, naquele momento, era importante. Bonnie Farraday havia invadido minha vida como um furacão.

Era a primeira vez em muito tempo que eu adormecia com um sorriso no rosto.

* * *

Acordei com o som de pessoas no corredor do dormitório. Pisquei, afastando o sono dos olhos. Estava com frio. Quando olhei para a direita, esperava ver Bonnie. Mas ela não estava lá.

— Bonnie? — chamei. Nada de resposta.

Sentei. Suas roupas tinham sumido. Uma angústia se formou dentro de mim. Joguei o edredom de lado e peguei o jeans e o suéter no chão. A peça de roupa estava com o cheiro dela.

Para onde será que havia ido?

Calcei os sapatos em segundos e saí. A brisa fria batia em meu rosto enquanto eu seguia o caminho que levava aos outros dormitórios. Não fazia ideia de que horas eram, mas devia ser fim da manhã ou início da tarde. Estudantes perambulavam por todos os lados, alguns comendo no pátio, outros apenas relaxando.

Quando cheguei ao dormitório de Bonnie, havia um estudante saindo. Segurei a porta e atravessei o corredor até chegar ao quarto dela. Quando fui bater na porta, notei que estava levemente entreaberta. Empurrei-a e vi o quarto dela.

Havia caixas espalhadas pelo chão. Tudo estava empacotado. A cama estava sem lençóis e as paredes, desocupadas. Entrei no quarto e vi Bonnie sentada na cadeira perto da escrivaninha, com o olhar perdido ao encarar a caixa ao seu lado. Ela vestia legging e um suéter comprido, todo preto, e tinha os cabelos presos em um coque. Estava segurando um bloco de notas.

Levantou os olhos e seu rosto empalideceu. Ela não disse nada ao olhar para mim.

Eu estava com as sobrancelhas franzidas, confuso.

— Estou me mudando — ela disse, nitidamente lendo meus pensamentos. Eu estava feito uma estátua, colado no lugar. Bonnie tentou sorrir, mas seus lábios tremeram, e os olhos se encheram de lágrimas. — Não era para eu me apaixonar por você — ela disse em voz baixa e falha. Ela riu, mas sem achar graça. — Não concordávamos em nada. E era para ter continuado desse jeito. — Ela colocou uma mecha solta de cabelo atrás da orelha. Meu coração acelerou dentro do peito, batendo a um milhão de quilômetros por hora. — Mas aí ouvi você tocar na sala de música aquela noite. Vi como pareceu te machucar, causar um impacto. — Ela balançou a cabeça. — E aquilo causou algo em mim... algo que não consegui superar.

Uma lágrima escorreu pelo rosto dela. Eu a vi descer pela pele até cair sobre uma caixa aos seus pés.

— Tentei contar para você, Cromwell. Tentei dizer que não podíamos ficar juntos. Não é justo. Nada nessa situação é justo.

— O que você está falando não faz sentido — falei, com uma sensação de terror que me devorava por inteiro.

Ela ficou olhando fixamente para mim durante alguns segundos.

— Meu coração está quebrado.

Continuei confuso. Então fui rapidamente tomado pela raiva. Ela gostava de outra pessoa? Ela havia me beijado. Dormido comigo, e o tempo todo estava gostando de outra pessoa.

— Você... Bryce? — perguntei com palavras curtas e tom áspero.

Bonnie negou com tristeza. Deu um passo à frente até ficar de frente para mim. Pegou minha mão e levou ao seu peito, bem em cima de onde ficava o coração.

— Cromwell, meu coração está *literalmente* quebrado. — Seus cílios úmidos deixaram marcas em sua face quando ela fechou os olhos. — Tenho insuficiência cardíaca, Cromwell. — Ela abriu um sorriso triste. Inconsolável. — Meu coração está morrendo.

Foi como se um vento forte batesse dentro do quarto. Eu não conseguia respirar. Meu peito ficou apertado, tão apertado que senti meus músculos se rasgando.

Meu coração está morrendo...

— Não — eu disse com a voz rouca e áspera. — Não... — Agarrei a mão de Bonnie e a puxei para perto de mim.

— Já tentei de tudo, Cromwell. Já fiz cirurgias. Substituição de válvulas. — Ela suspirou, soltando a respiração de forma lenta e controlada. Fiquei me perguntando se era para impedir que ela desmoronasse. — Fui até me consultar com o melhor médico do mundo, para ver se havia algo que ele poderia fazer. Em Londres, no verão. — O motivo de sua visita ao Reino Unido de repente ficou claro.

— Bonnie...

— Mas não tem o que fazer. Meu coração é fraco demais para continuar batendo. — Ela fungou e secou o rosto com a mão que estava livre. — Não planejei ficar com você. — Sua mão trêmula foi parar em meu rosto. Estava fria. — Eu sabia que jamais poderia me aproximar de alguém. Não seria justo. Para nenhum dos dois. — Ela sorriu para mim, um sorriso insípido e desolado. — Mas sua música me fez te enxergar, Cromwell. Ela me levou a *você*. O garoto que ouve cores.

Ela apoiou a cabeça em meu peito.

— Eu sinto muito. Devia ter tido forças para me afastar. Mas com você... simplesmente não consegui.

As pernas de Bonnie pareceram perder a força. Eu a segurei e a ajudei a voltar para a cadeira.

— Você está bem? — perguntei. Depois me senti um idiota. É claro que não estava.

O coração dela estava morrendo.

— Está piorando. — Ela olhou para as caixas ao seu redor. Sua vida universitária toda embalada em papelão. — Estou enfraquecendo rápido. Sabíamos que era uma possibilidade. Mas não pensei que seria tão rápido. Minha respiração está piorando. Minhas mãos e meus membros estão ficando fracos. — Quando ela olhou para mim, vi que seus olhos estavam assombrados. — Logo não vou mais conseguir tocar nem cantar. — Seu rosto se contorceu, e eu caí de joelhos e a puxei para perto do meu peito. — Música, Cromwell. Eu não vou mais poder cantar. — Ela se afastou e disse. — Tenho que voltar para casa. As coisas se tornaram difíceis demais para eu ficar aqui sozinha. — Ela respirou fundo. — E depois vou ficar no hospital.

— Não. — Balancei a cabeça. — Deve ter algo que possamos fazer.

Bonnie passou a mão por meus cabelos. Aquele gesto estava se tornando o meu preferido.

— Estou na lista de transplante, Cromwell. É tudo o que restou. No momento, não estou nem perto do início da lista. — Uma determinação firme surgiu em seus olhos castanhos. — Mas estou decidida a conseguir esse coração. Estou lutando há anos. E não vou desistir agora. — Ela pegou na minha mão e apertou com força. Seu lábio inferior começou a tremer. — Não quero morrer, Cromwell. Tenho muitos motivos para viver.

Perdi o fôlego quando aquelas palavras saíram de sua boca. Senti meus olhos se encherem e os fechei, tentando afastar as lágrimas. Bonnie apertou com mais força. Quando abri os olhos, ela estava me observando.

— Eu poderia viver a vida toda tentando obter um décimo do talento que você tem, Cromwell. Por isso fui tão dura com você. Por causa do dom que você tem. — Ela abaixou os olhos. — E acho que teria passado a vida toda esperando que um garoto me tratasse como você me tratou nos últimos dias. — Ela engoliu em seco. — A noite passada... foi tudo o que eu poderia desejar.

— Bonnie — sussurrei.

— Mas você não vai poder estar comigo nessa próxima parte, Cromwell.

Balancei a cabeça.

— Shhh — Bonnie disse. — Eu não devia ter deixado chegar tão longe. Mas, mesmo falhando, perdendo força, meu coração se uniu ao seu, e eu precisava saber como era estar com você. — Ela fungou e uma lágrima caiu. — Você fez com que eu me sentisse muito amada.

Eu precisava levantar. Levar Bonnie comigo e fugir de toda aquela merda. Mas não podíamos fugir quando a coisa da qual estávamos tentando escapar, a coisa que estava morrendo, era o que ainda a mantinha viva.

— Sinto muito. — Bonnie colocou as mãos em meu rosto e me beijou. — Sinto muito mesmo, Cromwell.

— Não — retruquei, balançando a cabeça. — Não sinta.

— Sinto muito — ela repetiu. — Mas não posso fazer isso com você. — Ela levantou, apoiando-se na cadeira para se equilibrar. Minha mente começou a girar quando pensei nela nos últimos dias. Em como estava andando devagar. Nas vezes em que teve que parar para recuperar o fôlego, disfarçando o motivo. As olheiras em seu rosto. A necessidade de dormir mais. A camiseta regata que ela não quis tirar na noite anterior. Se ela já tinha feito cirurgias... a camiseta cobria as cicatrizes.

— Não quero ir a lugar nenhum — afirmei.

— Por favor, Cromwell. Por favor, só deixe as coisas como estão. — Ela estava segurando com força na cadeira. — Tenho que lutar. Mas se eu perder... se a luta estiver perdida antes mesmo de eu ter a chance de tentar... — Ela balançou a cabeça. — Não posso fazer isso com você. Não posso magoá-lo dessa forma.

— Bonnie...

O som de passos entrando no quarto me interrompeu. Uma mulher de cabelos castanhos e os olhos parecidos com os de Bonnie entrou. Ela arregalou os olhos quando me viu.

— Ah, desculpe. Não sabia que você estava acompanhada.

— Ele já estava indo embora, mãe — Bonnie disse. Sua voz ainda estava embargada pelas lágrimas.

— Bonnie...

Ela se aproximou e beijou meu rosto.

— Obrigada — disse, e voltou a se sentar.

Minha mente estava girando.

— Não — argumentei.

— Por favor — ela disse, começando a chorar. Cheguei mais perto, mas alguém colocou a mãos nas minhas costas e me impediu. Virei e vi a mãe dela.

— Por favor, querido — ela disse com um sotaque tão carregado quanto o de sua filha. Eu não queria deixar Bonnie. Não queria ir embora. Mas não queria ver Bonnie chorar. Saí no corredor com a mãe dela. Passei as mãos pelos cabelos, frustrado. Minha cabeça estava confusa. Bonnie... morrendo... insuficiência cardíaca... transplante... Eu não aceitaria aquela ideia... Não aceitaria...

Sua mãe estava me observando atentamente. Seus olhos estavam marejados também.

— Deixe-a se acomodar em casa. Deixe-a se acostumar. Tudo isso está sendo muito difícil para ela.

Fiquei olhando fixamente para ela, perguntando-me como podia estar tão calma. Mas então vi seus lábios tremerem e percebi que não estava. Só havia ficado boa em esconder.

— Por favor, querido — ela disse. — Só queremos tornar isso o menos estressante possível para Bonnie — Sua fachada oscilou. — Temos que fazer tudo o que pudermos para ajudá-la a continuar lutando.

Olhei para a porta do quarto de Bonnie. Depois me afastei dela, indo para fora. Minha cabeça latejava, minha mente tentava absorver tudo. Aquilo não podia estar acontecendo.

Não agora que eu a tinha.

Não depois que me abri para ela.

Passei pela porta e saí no ar frio. Meus pés pararam de repente, e meus olhos se fecharam. Não conseguia acreditar no que tinha acabado de acontecer.

Abri os olhos e olhei para o pátio. Para os estudantes rindo e se divertindo, sem nenhuma preocupação.

Tive vontade de gritar.

Olhei para o dormitório e pensei em Bonnie lá dentro. Tinha que fazer alguma coisa. Passei as mãos nos cabelos. E, como sempre acontecia quando eu pensava nela, uma música tocou em minha cabeça. Notas dançavam, só de pensar no rosto lindo de Bonnie.

Saí correndo

Não sabia o que fazer.

Ela queria que eu fosse embora...

... mas eu não sabia ao certo se seria capaz.

16
Bonnie

— Bonnie? — Minha mãe abriu a porta do meu quarto. Assim que a vi, eu me encolhi. Lágrimas corriam pelo meu rosto. Meus ombros tremeram quando me lembrei do olhar no rosto de Cromwell quando contei tudo a ele. Era desolação pura e simples.

E quando ele se recusou a ir embora... quando quis ficar ao meu lado...

Envolvendo meu corpo com os braços, afundei o rosto em minha mãe e chorei como nunca havia chorado antes. Ela acariciou minhas costas, deixando-me vivenciar aquele momento. Deixando-me exorcizar a dor. Chorei até ficar sem lágrimas. Minha garganta e meu peito doíam. Minha mãe levantou meu queixo, e eu olhei nos olhos dela. Ela estava chorando comigo.

— Querida — ela sussurrou, passando a mão em meu rosto. — Não sabia que você gostava dele.

Confirmei que sim e olhei pela janela. Para os estudantes que continuavam com sua vida cotidiana, sem nenhuma preocupação. Sem vivenciar a dor de ter magoado alguém de quem haviam passado a gostar muito. Sentia um vazio em meu quarto desde a saída de Cromwell.

— Não é justo. — Suspirei e senti uma palpitação. Aquela sensação já não me surpreendia mais. Era parte de minha vida. — Por que Deus o colocou em meu caminho logo agora? Quando já era tarde demais? Quando é capaz que eu não sobreviva? — Olhei para minha mãe. — Por que Ele seria tão cruel?

Minha mãe se sentou na ponta da cama.

— Talvez ele tenha sido trazido para sua vida para torná-la melhor. Já parou para pensar nisso? Talvez ele tenha sido trazido exatamente na hora certa. Quando você mais vai precisar das pessoas que ama à sua volta.

Se meu coração pudesse acelerar, teria acelerado naquele exato momento. Mas balancei a cabeça.

— Mãe... — Um buraco se formou em meu estômago. — E se eu não conseguir um coração? — Eu a vi se encolher só de pensar naquilo. Ver as pessoas que eu amava em frangalhos por causa da minha doença era o pior de tudo. Vê-las sofrendo era o tipo mais cruel de tortura. E eu havia deixado Cromwell fazer parte daquilo. — E se eu me abrir completamente para ele e não sobreviver? Como posso fazer isso com ele? Como posso magoá-lo dessa forma?

Minha mãe segurou minha mão.

— Não acha que essa escolha deve ser dele, querida? Você já carrega tanto peso na alma. Não acrescente à lista tomar decisões por ele.

Imaginei como seria deixá-lo entrar. Pensei nas semanas e meses que viriam, sem lutar sozinha, mas com ele ao meu lado.

A escuridão sufocante causada pelo medo foi abafada pela luz.

— Logo seu pai vai chegar, querida. Vamos pegar suas coisas e ir para casa.

Fiquei descansando na cama enquanto minha mãe e meu pai levavam minhas coisas. Minha mãe esperou no carro enquanto eu fechava o quarto e saía. Meu pai levaria o meu carro.

— Liguei para o Easton — minha mãe disse. Respirei fundo. Ela apertou minha mão. — Temos que contar a ele, Bonnie. Não dá mais para adiar.

Passei a mão sobre o esterno.

— Acho que não consigo... Ele vai ficar de coração partido.

Minha mãe não disse nada, porque ela também sabia que aquilo aconteceria. Mas tinha que ser feito. Ela saiu com o carro da faculdade e dirigiu para casa.

Quando paramos na entrada, olhei para a casa branca com varanda ao redor. Minha mãe apertou minha mão.

— Você está bem, Bonnie?

— Estou. — Saí do carro e caminhei lentamente até a porta. Quando fui subir para o meu quarto, minha mãe colocou a mão em meu braço. — Arrumamos o quarto onde ficava o escritório para você, querida. — Balancei a cabeça. Depois lembrei. Escadas estavam me causando muitos problemas. E, quando as coisas piorassem, teríamos que receber alguns equipamentos em casa. Meu quarto precisava ser acessível.

Minha mãe me levou para onde costumava ser o escritório do meu pai. Sorri quando vi meu piano elétrico no canto. Notei distraidamente a cor lilás nas paredes e o tapete perto da cama. Mas já estava indo na direção do piano e sentando no banquinho antes de ter tempo de piscar.

Levantei a tampa e comecei a tocar. Senti toda a tensão se esvair conforme a música preenchia o cômodo. Eu nem sabia o que estava tocando, a princípio; simplesmente toquei o que estava em meu coração. Meus dedos estavam atrapalhados. A agilidade deles estava desaparecendo. Mas continuei tocando. Não pararia até que não tivesse mais escolha.

Quando a última nota se dissipou, sorri. Abri os olhos e notei que minha mãe estava parada na porta.

— Que música era essa? Achei linda.

Senti meu rosto queimar.

— Foi uma música que Cromwell escreveu. — Eu havia memorizado as poucas notas que ele tinha composto na cafeteria. Era minha mais nova preferida.

— Cromwell compôs aquilo?

— Ele é um gênio, mãe. E não estou falando por falar ou exagerando. Ele é capaz de tocar qualquer instrumento. É por isso que está em Jefferson. Lewis o convidou e ofereceu uma bolsa de estudos. Ele era uma espécie de criança-prodígio. Alguns dizem que é um Mozart dos dias de hoje.

— Agora eu entendi. — Ela sentou ao meu lado no banco

— O quê?

— Por que você se apaixonou por ele. — Ela entrelaçou o braço no meu. — Do jeito que você ama música. Estava claro que ia encontrar alguém que amasse música também.

Um sorriso se formou em meu rosto, mas logo se desfez.

— Ele é um pouco problemático, mãe. Tem todo esse talento, mas não gosta de tocar nem de compor. Alguma coisa o impede.

— Então talvez você devesse ajudá-lo a encontrar o amor que perdeu.

Soltei um suspiro.

— Não acredito que você está simpatizando com ele. — Pensei em suas tatuagens e piercings, na expressão permanentemente austera. — Ele não é exatamente o típico garoto de boa índole que as mães desejam para suas filhas.

— Não, ele não é. — Ela bateu com o ombro em meu braço. — Mas o modo como estava lutando por você, como não queria deixá-la, me diz tudo o que preciso saber. Os obstáculos da vida fazem com que as pessoas olhem para o mundo de modos que nunca haviam olhado antes.

— E o que isso lhe diz?

— Que ele está apaixonado por você.

Fiquei olhando para minha mãe e balancei a cabeça.

— Não sei se é verdade. Ele pode ser frio e grosseiro, até cruel às vezes... — Mas então lembrei de como ele me abraçou na noite anterior. De como foi gentil. De como quis ter certeza de que eu estava bem. E fiquei pensando...

— Mas, apesar de tudo isso, você se apaixonou por ele. — Minha mãe levantou e me deu um beijo na cabeça, deixando-me em silêncio no banco do piano. — Seu pai vai trazer suas coisas para dentro agora.

— Tudo bem — respondi no modo automático.

— Bonnie? — Minha mãe me chamou. Levantei os olhos. — Quer que eu conte para o Easton?

O medo de contar a ele me paralisava. Mas fiz que não com a cabeça, sabendo que ele precisava saber da minha boca.

— Eu conto — respondi e senti o peso do mundo recair sobre mim. Pensar na reação de Easton me assustava mais do que a insuficiência cardíaca por si só.

* * *

— Bonn? — Easton entrou no escritório que agora era meu quarto com uma expressão confusa no rosto. Viu meu piano e minha cama. As paredes, o tapete. Parou de imediato. Ainda estava usando as roupas da noite anterior. Deve ter vindo direto de Charleston. — O que está acontecendo?

Dava para ver pelo olhar de apreensão que ele já fazia alguma ideia.

— Venha, sente ao meu lado — eu disse, apontando para a cama.

— Não — ele respondeu com tensão na voz. Começou a respirar fundo. — Conte de uma vez, Bonn. Por favor... — O medo em sua voz quase me destruiu.

Fiquei olhando para ele. Para seus longos cabelos loiros e os olhos bem azuis.

— Não fui para a Inglaterra no verão para participar de um seminário sobre música, East. — Ele ficou quieto, ouvindo. — Fui para lá para consultar uma junta médica sobre meu coração. — Suas narinas se dilataram. Eu precisava contar logo. — Não há mais nada que possa ser feito, East. — Respirei fundo, obrigando-me a não desabar. — Meu coração está falhando.

Foi algo lento, mas, segundo após segundo de tensão, o rosto de Easton foi se contorcendo até se transformar em algo assolado pela dor.

— Não — Easton disse.

— Estou na lista de transplante. Mas tive que voltar para casa. Meu corpo está ficando fraco, East. Estou piorando rápido. Fez sentido voltar para casa porque aqui estou em segurança. Não acrescentei a lista de possíveis ameaças que caminhavam junto com a insuficiência cardíaca. Ele sabia tão bem quanto eu. Nós dois tínhamos muito medo de dizê-las em voz alta.

— Quanto tempo? — ele perguntou com a voz rouca, cheia de emoção.

— Não sei. Os médicos não deram um prazo específico, mas...

— Quanto tempo? — ele perguntou, entrando em pânico.

— Talvez três meses. Pelo menos dois. Quatro se eu tiver sorte. Mas pode ser antes. — Levantei da cama. Easton ficou onde estava, como se estivesse soldado ao chão. Parei diante de meu irmão gêmeo, meu melhor amigo, e coloquei as mãos em seus braços. — Mas pode aparecer um coração, East. Temos que rezar para que isso aconteça.

Easton ficou olhando para mim, mas seu olhar era vazio.

— East. — Tentei colocar a mão em seu rosto. Easton se afastou, depois se afastou ainda mais, até sair correndo do meu quarto. Tentei ir atrás dele, mas ele era rápido demais. Passou pela porta e entrou em sua caminhonete que estava parada na frente de casa.

— East — tentei gritar quando o vi sair cantando pneus pela estrada, mas o cansaço roubou minha voz. Minha mãe estava atrás de mim com uma expressão preocupada no rosto. Mas eu não disse nada. Estava cansada demais.

Independentemente do quanto eu estivesse dormindo ultimamente, não havia quantidade de sono que bastasse. E, depois da noite anterior, de ficar acordada com Cromwell e contar tanto a ele quanto a Easton sobre minha situação, eu estava exausta.

Entrei debaixo do edredom e deitei a cabeça no travesseiro. Fechei os olhos e bloqueei todo o resto, exceto a vontade de dormir.

Não foi surpresa a imagem do rosto de Cromwell ter aparecido em minha cabeça. *Não quero ir a lugar nenhum*, ouvi-o dizer.

Aquilo me fez sorrir. Por mais que eu rezasse para ter forças para a batalha que me esperava, ter Cromwell por perto tornava a tarefa muito menos assustadora.

Sentia que estava sonhando acordada quando ele segurava na minha mão. Quando seus lábios macios encostavam nos meus e eu o ouvia tocar piano perfeitamente ao meu lado. Em tão pouco tempo, as lembranças que ele havia me dado haviam se tornado as mais valiosas em meu coração fraco.

E seriam essas lembranças, e o fantasma de seus lábios junto aos meus, que me inspirariam a lutar ainda mais.

17
Cromwell

Bati na porta da sala de Lewis, inquieto devido à onda de adrenalina que corria por meu corpo. Não noite anterior eu não havia dormido nada. Quis mandar uma mensagem para Bonnie. Ligar para ela e ouvir sua voz. Mas resolvi deixá-la em paz. Eu a desejava. E sabia que ela me desejava. Mas tinha que encontrar um jeito de fazer com que ela percebesse que *precisava* de mim. Porque enquanto estava acordado na cama, olhando para o teto, soube que não desistiria dela.

Eu era um cretino egoísta. Sempre havia sido. Mas, daquela vez, não iria a lugar nenhum. E não era só por mim. Bonnie precisava de mim também. Eu sabia que precisava. Ouvi em sua voz e vi em seu rosto.

Bati com mais força.

— Lewis!

Eu estava sem dormir. Easton também não tinha aparecido no quarto na noite anterior. Ele não havia dito nada sobre Bonnie aquele tempo todo. Mas o alerta para eu não a magoar, semanas atrás, agora fazia sentido. Imaginei que ele tivesse ido para casa para ficar com ela. E aquilo me deixou com tanto ciúme que eu não conseguia enxergar as coisas nitidamente.

Eu devia estar lá com ela também.

Tinha que estar. As garras que se fincavam em meu coração me diziam.

Eu não a deixaria passar por isso sozinha. Porque ela teria que passar por isso. Não havia alternativa.

— LEWIS! — chutei a porta, com raiva.

— Isso não me faria chegar mais rápido, sr. Dean. — Eu me virei e vi Lewis se aproximando, carregando sua maleta.

— Preciso falar com você. — Saí da frente enquanto ele abria a porta da sala. Passei por ele e entrei. Lewis entrou em seguida, fechando a porta enquanto eu andava de um lado para o outro. O professor se sentou na beirada da mesa, colocando a maleta ao lado. — Você precisa me colocar para trabalhar de novo com a Bonnie.

Lewis levantou a sobrancelha.

— Não sei se vai dar certo, Cromwell.

— Não! — gritei. — Não me venha com essa conversinha de professor. — Parei na frente dele. A raiva pulsante e o desespero desapareceram. — Ela está doente. — Lewis não disse nada. Seu rosto foi tomado por empatia. Empatia *consciente*. — Você sabia — afirmei por entre dentes cerrados. Ele confirmou. — Há quanto tempo?

— Descobri algumas semanas atrás.

Afundei na cadeira.

— Foi por isso que ela parou de trabalhar comigo?

— Isso cabe a Bonnie contar a você, Cromwell.

O sangue deixou meu rosto.

— Porque eu a estava tratando mal. Não estava ajudando com a composição... Porque ela sabia que estava ficando sem tempo, e eu... eu... — Balancei a cabeça e cobri os olhos com as mãos. — Não — resmunguei.

Lewis foi até a máquina de café no canto da sala.

— Quer um? — ele ofereceu. Fiquei olhando para ele, quase recusando. Mas aí me dei conta de que não tinha para onde ir. Não tinha com quem conversar.

— Sim. Puro, sem açúcar.

Lewis se ocupou com o café e eu fiquei vendo todas as suas fotos e quadros. Olhei para uma sobre a mesa. As cores, como sinestesia.

— Ela adorou a exposição — eu disse.

Lewis se virou para mim e sorriu.

— Ah, é?

— Ficou fascinada com tudo. — Pensei em Bonnie sentada no banco comigo, cantando sua música enquanto tocava violão. — Ela simplesmente ama música, ponto-final. Quer ser tão boa que só pensa nisso.

— E você? — ele perguntou, colocando a xícara de café na minha frente. Pegou a sua e se sentou atrás da mesa.

Fiquei olhando para a foto que sempre chamava minha atenção. Lewis no Royal Albert Hall.

— Nunca me dei conta do quanto amava música também. — Balancei a cabeça. — Não, é mentira. — Mas eu não ia dizer mais nada a esse respeito. Ainda não estava preparado para pensar no motivo pelo qual havia parado de tocar. Além de tudo o que estava acontecendo com Bonnie, era muito intenso.

Lewis se inclinou para a frente, com os braços sobre a mesa.

— Desculpe a intromissão, mas parece que você e a srta. Farraday ficaram mais próximos recentemente.

Encarei a escuridão do café.

— Sim.

Lewis suspirou.

— Sinto muito, Cromwell. Deve ser difícil se aproximar de alguém e depois... *isso*...

— Não tão difícil quanto está sendo para ela.

— Não — Lewis concordou. — Você tem razão.

— Ela quer tanto ser aprovada nessa matéria. — Olhei para ele. — Quer tanto terminar a composição para o fim do ano.

Lewis acenou com a cabeça. A percepção da situação em que ela se encontrava me atingiu com tanta força que quase me sufocou.

— Ela não vai conseguir, vai? — Minha garganta se fechou até eu sentir que estava sendo asfixiado. Olhei para as mãos. — Eu fui pesquisar. Todo mundo diz para não olhar essas coisas na internet, mas não pude evitar. — Engoli o nó que se formava na garganta. — Ela vai lutar para andar até ficar de cama. Suas mãos e pés vão ficar doloridos, cheios de fluidos. — Esfreguei a mão sobre o peito. Minha voz foi ficando mais rouca conforme eu falava. — Ela vai ter dificuldade para respirar, seus pulmões vão ficar mais fracos. Os rins e o fígado vão começar a falhar. — Fechei bem os olhos. Minhas narinas se dilataram enquanto eu tentava me acalmar. Tentei imaginar Bonnie daquele jeito. Tentei imaginá-la no hospital, confinada a uma cama, com o espírito forte, mas o corpo enfraquecendo a cada dia, e não consegui me conformar.

— E você quer ajudá-la?

Olhei bem nos olhos de Lewis.

— Quero dar música a ela. *Preciso*. — Dei um tapinha na cabeça. — Já está se formando dentro de mim, como se meu coração soubesse o que tenho que fazer por ela. Tenho que dar a ela aquilo de que necessita para poder lutar... esperança. — Uma energia nervosa girava dentro de mim, tornando impossível ficar quieto. Comecei a andar de um lado para outro na frente da mesa dele. — Fico ouvindo melodias. Fico ouvindo as diferentes seções – cordas, madeiras, metais – tocando a mesma música, mostrando-me o padrão de cores. Mapeando o caminho em minha cabeça. Está gravado em meu cérebro. Preciso botar para fora.

Lewis estava me observando. Havia abandonado o café sobre a mesa.

— Sei como é.

— Sabe?

Ele apontou para a foto em que estava regendo.

— Aquela composição, minha mais famosa, nasceu depois que perdi alguém que amava. Não pude ter uma vida que deveria ser minha. — Ele foi até a foto e ficou olhando para si mesmo. — Perdi quem eu amava por culpa de minha própria estupidez. Só restou a música, que nunca se aquietava. Tive que escrevê-la. As notas e melodias me assombraram até que as botei no papel. — Ele soltou uma risada. — Então, depois de terminada e jogada no mundo, a sinfonia me assombrou pelo resto da vida. Ainda assombra. — Ele passou a mão pelos cabelos. — Não consigo tocar aquela música. Até hoje. Todos esses anos depois. Porque me lembra do que eu poderia ter tido, de quem poderia ter amado, da vida que poderia ter vivido se eu não fosse tão problemático. — Lewis chegou por trás de mim e, hesitante, colocou a mão em meu ombro. — Não a deixe ir embora se ela significa tanto para você, Cromwell. A Bonnie precisa de você mais do que nunca. — Ele ficou olhando para a parede, sem expressão. — Isso pode ser algo especial que só você pode dar a ela. Música, Cromwell. Pode ser tanto um remédio quanto um conforto. Se você gosta dela, como estou presumindo que gosta, tem o dom para tornar esse período realmente memorável para ela. E não posso dizer isso a respeito de ninguém, além de você. — Lewis olhou no relógio. — Temos aula agora, sr. Dean.

Levantei da cadeira e fui até a porta.

— Obrigado.

Lewis sorriu.

— Se precisar de mim, Cromwell, estou aqui.

Fui para a sala de aula e parei na entrada. Bonnie estava sentada em seu lugar, observando o bloco de notas. Olhei bem para ela, simplesmente absorvendo sua presença. Não me importava se alguém me visse. Ela estava usando jeans, como sempre, desta vez com um suéter cor-de-rosa. Os cabelos estavam presos em um coque despenteado. Naquele momento, achei que nunca havia visto nenhuma pessoa mais linda.

Alguém pigarreou e me levou de volta ao momento. Lewis estava atrás de mim. Respirei fundo e entrei na sala. Bonnie levantou a cabeça e seu rosto empalideceu. Seus olhos me observavam enquanto eu subia as escadas. Estavam brilhando. Ela estava preocupada com o que eu faria, dava para notar. Era possível ver a culpa em seu rosto, na tensão de seu pequeno corpo.

Parei em seu lugar. Sem dar a mínima para os outros alunos, eu me abaixei e pressionei os lábios nos dela. Bonnie nem tentou se afastar. Ela simplesmente se derreteu junto a mim como se soubesse que era onde devia estar.

Interrompi o beijo e sentei ao lado dela, pegando em sua mão e a puxando para o meu colo. Encarei Lewis na frente da sala. Um pequeno sorriso surgiu em seu rosto antes que ele se virasse para escrever algo no quadro. Voltei a olhar para Bonnie e para seu rosto corado. Os alunos sussurravam entre si, olhando em nossa direção.

Que se dane se olhassem.

Bonnie abaixou a cabeça e olhou para mim de canto de olho.

— Farraday — eu disse. Seus olhos se encheram de lágrimas. Ver aquilo foi como ter um pé de cabra enfiado no peito.

Então, ela os abriu completamente quando sussurrou:

— Dean.

Apertei sua mão com mais força enquanto Lewis olhava para a turma. Não soltei durante a aula inteira. Não fiz nenhuma anotação, mas não me importava. Segurar na mão de Bonnie era mais importante do que qualquer outra coisa naquele momento.

* * *

Quando a aula acabou, larguei a mão de Bonnie apenas por tempo o suficiente para ela pegar suas coisas. Pegando-a novamente, eu a acompanhei devagar pelas escadas, até sairmos no corredor. Ela me deixou conduzi-la pelos prédios, até as salas de ensaio.

Seus pés vacilaram, e eu a segurei com firmeza. Agora que estava ciente do que ela estava vivendo, passei a reparar em coisas que não havia reparado antes. Seus passos eram pesados; a batida do pé na madeira era como um tambor em meus ouvidos. Sua respiração ofegante era como um estouro de ritmo irregular que parecia fora de sintonia com o brilho que ela emitia.

Os sons eram cores escuras em minha cabeça. Cores que eu não queria ver. Principalmente em Bonnie.

Entramos em uma sala de ensaio, e a coloquei em uma cadeira, beijando seus lábios antes de arrastar o banco do piano e me sentar de frente para ela.

Seus enormes olhos castanhos estavam sobre mim. Ela estava nervosa. Dava para ver pelas mãos agitadas.

Eu não conseguia tirar os olhos de seu rosto. Era como se, desde que ficara sabendo sobre seu coração, eu não conseguisse deixar de notar quanto ela era linda. Devo tê-la encarado por mais tempo do que me dei conta, porque ela arrumou uma mecha solta de cabelo atrás da orelha e sussurrou:

— Cromwell.

Pisquei, escapando de meus pensamentos. Bonnie estava com uma expressão preocupada. Estendi o braço para pegar em sua mão. Ela se concentrou em nossos dedos.

— Vamos voltar a trabalhar juntos — eu disse, e ela levantou rapidamente a cabeça. — Na composição da aula do Lewis.

— Cromwell. — Ela balançou a cabeça com tristeza.

Passei a mão sobre a coxa.

— Quero tocar de novo. — Fechei os olhos e pude ver as cores voltando à vida, ficando mais vibrantes conforme me permitia aceitar aquela verdade. Bonnie apertou minha mão. Abri os olhos. — Quero tocar por sua causa.

— Minha?

Ajoelhei no chão e meus olhos ficaram na altura dos olhos de Bonnie. Segurei seu rosto e senti meus lábios se curvarem para cima.

— Porque você, com suas perguntas e teimosia, me obrigou a encarar umas merdas que eu não queria encarar. Você pressionou, pressionou e não deu mais para ignorar. Pressionou até que vim parar aqui, na sala de ensaio, pegando instrumentos em que não encostava havia anos. — Beijei a testa dela. — Lutei contra isso. Lutei contra você. Mas quando te vi naquela cafeteria, cantando, só você, sua voz e seu violão, finalmente enxerguei algo que não havia enxergado antes: afinidade. Você ama música tanto quanto eu. Mas, ao contrário de mim, não tem medo de mostrar ao mundo. — Meu estômago ficou apertado. — Agora que eu sei... de tudo... minha necessidade de tocar de novo é simplesmente... maior.

Bonnie balançou a cabeça, pronta para argumentar. Eu a interrompi antes que começasse.

— Você me faz querer criar música novamente, Farraday. Deixe-me fazer isso com você.

Ela abaixou os olhos.

— Cromwell — ela disse com suavidade. — As coisas vão piorar. — Prendi a respiração. — Vão ficar muito piores. Você tem sua vida. Tem a chance de criar algo grandioso sozinho. — Ela engoliu em seco e olhou diretamente em meus olhos. — Eu só vou atrasar você. Não precisa fazer isso por mim. — Ela abriu um sorriso autodepreciativo. — Não vou ser capaz de compor nada que seja digno do seu tempo. Eu seria um peso morto.

Eu sabia que Bonnie não estava falando apenas sobre música naquele momento. Estava falando sobre si mesma. Estava falando sobre mim. Sobre nós.

— Sorte sua eu ser um gênio musical e poder assumir o controle. — Meus lábios se curvaram, fazendo graça. O sorriso de Bonnie passou de triste a entretido. Beijei seu nariz, simplesmente porque eu podia, e porque ele estava ali. — Eu não vou a lugar nenhum. Se você ainda não aprendeu a esta altura, saiba que sou teimoso e praticamente só faço o que quero. — Fui até o piano, levando o banco. Apontei com a cabeça para o espaço que havia deixado no banco. — Sente essa bunda aqui, Farraday.

Dava para ver que Bonnie estava decidindo o que fazer. Não tirei os olhos dela. Ela respirou fundo e se levantou. Meu sangue correu mais rápido por meu corpo quando ela se sentou ao meu lado.

— Bem, é melhor você ser tão bom quanto disse. Você encheu sua bola, Dean — ela brincou, e eu ri alto. Bonnie ficou paralisada, e uma expressão de choque tomou conta de seu lindo rosto.

Fiquei preocupado.

— O que foi?

— Você riu. — Ela abriu um sorriso grande. — Cromwell O-Rabugento-Do-Século Dean riu de verdade. — Ela

fechou os olhos, derretendo meu coração. — E foi amarelo-
-vivo. — Ela abriu os olhos. — Como o sol.

— Você tem sinestesia agora?

— Não. Mas não preciso. Quando você riu... — Ela cutucou meu braço com o cotovelo. — Iluminou a sala.

Abri um sorriso irônico e coloquei as mãos sobre as teclas. Assim que senti o marfim sob a ponta dos dedos, foi como voltar para casa. Minhas mãos tocaram algumas escalas, aquecendo para a música que eu estava prestes a criar.

— Precisamos de um tema.

— Eu sei disso. Fiquei uma eternidade tentando fazer você concordar com algum.

Acenei com a cabeça, sentindo a culpa apertar no peito.

— Estou aqui agora.

Bonnie apoiou a cabeça em meu ombro.

— Você está aqui agora. — Ela ainda parecia hesitante. Como se não achasse que eu deveria estar lá. Mas já sabia que eu era teimoso.

A sala ficou em silêncio enquanto Bonnie pensava.

— Tem que ser algo pessoal. — Concordei. Esperei que ela finalizasse o raciocínio. — Que tal minha jornada? — Ela olhou para cima com nervosismo, por entre os cílios, e colocou a mão sobre o coração. — Com meu coração. — Ela abriu um sorriso fraco. — E o que pode acontecer a partir de agora. A luta. A incerteza. A alegria... ou... — Ela não terminou a frase. Não era preciso.

— É — respondi com a voz áspera. — É bom. — Minha cabeça já estava acelerada com ideias, notas se formando enquanto conversávamos. Violinos distantes tocavam ao fundo, trompetes e flautas seguindo a melodia.

— E do seu lado?

Olhei para ela.

— Como assim?

— O que podemos incluir na composição para você? Para que também seja representado.

Cerrei os punhos.

— Não tenho nada. — Aquele buraco que existia em meu estômago havia tanto tempo ameaçou explodir. A decepção de Bonnie ficou nítida em seu lindo rosto. Mas, ao contrário das outras vezes, ela não me pressionou. O silêncio deixava clara sua tristeza com minha resposta. Mas, como sempre, minhas cortinas se fecharam.

— Amei a música que você tocou aquela noite. Aquela que não terminou.

Fechei bem os olhos.

— Não. — Eu estava agindo como um cretino. Sabia disso. Mas simplesmente... não conseguia...

Bonnie apoiou a cabeça em meu braço novamente. Era engraçado. Ela não estava agindo diferente das outras vezes, mas agora eu podia ver como estava ficando cansada. Ou talvez ela simplesmente estivesse me deixando ver quem era de verdade. Não precisava mais fingir.

Diferente de mim.

Meus dedos começaram a se mover. Suas palavras rodavam em minha cabeça como abutres. *Amei a música que você tocou aquela noite. Aquela que não terminou...*

Encostei os lábios na cabeça dela, dando um beijo suave em seus cabelos. Mas minhas mãos seguiam a música que vinha de dentro. Uma única nota rítmica curta. Um batimento cardíaco. Depois outro. Pessoas. Muitas pessoas, todas com o coração batendo. Mais. Mais e mais corações batendo em uníssono... então...

— O meu — Bonnie disse, de olhos fechados, compreendendo a história musical que eu estava contando. Uma única nota delicada, fora de sintonia, sozinha. Bonnie sorriu quando a melodia veio em seguida, leve e viva.

Violeta em minha mente.

Bonnie ouviu, agarrando em meu braço enquanto eu tocava. Minha ideia rabiscada sobre as teclas.

— Ali — ela dizia. — Mantenha isso. — Eu tocava. — Acrescente cordas — ela adicionava. — Violinos e violas de arco assumindo as notas mais altas.

Eu tocava, e Bonnie anotava as partes que manteríamos em papel pautado. Horas se passaram. Olhei para baixo, para Bonnie descansando apoiada em meu braço, e percebi que ela estava dormindo. Tirei as mãos das teclas e fiquei olhando para seu rosto tranquilo.

Um golpe de dor atingiu meu estômago naquele momento. Uma onda de raiva pareceu queimar os ossos de meu corpo. Porque Bonnie Farraday era perfeita.

Perfeição com um coração imperfeito.

Olhei para o piano. Conforme as teclas olhavam de volta para mim, a dor familiar da perda tomou conta, fazendo-me perder o fôlego. As emoções que eu mantinha presas dentro de mim ameaçavam se libertar, mas eu não podia encarar as duas coisas. Elas *e* isso. Inalei o perfume de Bonnie e tentei não desabar.

Tinha que pensar em Bonnie. Em mais nada.

Havíamos conversado um pouco. Ela tinha contado o que os médicos disseram. Queria ficar na faculdade até quando fosse possível. Dava para ver em seus olhos que estava determinada. Mas também era possível perceber, por seu cansaço, pelo esforço que precisava fazer para completar tarefas simples, que não frequentaria as aulas por muito tempo.

Envolvi-a com o braço e a abracei bem apertado. Fiquei olhando para a parede em branco à minha frente e apenas a deixei dormir. Era estranho. Eu nunca tinha sido uma pessoa dada a intimidades e afeto, mas ter Bonnie Farraday em meus braços, dormindo e tentando recuperar a força que estava tentando escapar, parecia a coisa mais natural do mundo.

Eu havia exagerado hoje. Fiz uma anotação mental de não trabalharmos tanto dali para a frente. Demorou mais uma meia hora para que Bonnie acordasse. Quando piscou os olhos para se livrar do sono, olhou para mim e foi tomada pela confusão por um instante, até que suas bochechas coraram.

— Cromwell... Eu sinto muito.

Segurei seu queixo entre o indicador e o polegar.

— Olhe para mim, Bonn. — Ela olhou para todos os lados, menos para mim. Até que, depois de um tempo, levantou os olhos. — Você precisava dormir. Não tem problema.

— Desculpe. — Dava para ouvir o constrangimento em sua voz, ver o brilho em seus olhos.

Aquilo quase partiu meu coração. Inclinei-me para a frente e beijei os lábios dela. Ela retribuiu o beijo. Encostei a testa na dela e disse.

— Vamos fazer um acordo agora mesmo. Sempre que precisar descansar quando estiver na faculdade, pode me procurar. Se precisar de qualquer coisa, pode me procurar. E não precisa ficar constrangida. Combinado?

Bonnie hesitou, mas respondeu.

— Combinado.

— Vou levar você para casa. — Ajudei-a a se levantar e a levei para a caminhonete. Assim que sentei no banco do motorista, ela encostou a cabeça em mim e voltou a dormir. Enquanto saía da faculdade, senti muitas emoções de uma só vez. Fiquei surpreso por Bonnie se sentir confortável o bastante para dormir encostada em mim. Mas extremamente assustado com o nível de seu cansaço. Poucas horas na sala de música e algumas aulas haviam exaurido seu corpo.

Ouvi as notas de abertura da composição que havíamos começado, a massa de batimentos cardíacos com um único descompasso. E nada podia ser mais verdadeiro. Desde o segundo em que cheguei a Jefferson, todos eram iguais. Todos, exceto uma pessoa, uma garota chamada Bonnie Farraday.

A única exceção à regra.

Parei na frente da casa de Bonnie. Ela ainda estava dormindo. Eu me permiti olhar rapidamente para seu rosto antes de pegá-la nos braços e carregá-la para dentro. A porta se abriu antes que eu tivesse que bater. A mãe de Bonnie me mostrou o caminho para o quarto. Eu a coloquei na cama. Ela não acordou em nenhum momento.

Dei um beijo em sua cabeça e sussurrei em seu ouvido.

— A gente se vê logo mais, Farraday. — Levantei, querendo me mover, mas minhas pernas não me deixavam sair. Levei mais cinco minutos para conseguir virar e ir para a porta. A mãe de Bonnie estava observando.

Ela fechou a porta quando eu saí. Passei a mão nos cabelos.

— Ela pegou no sono na sala de música, quando estávamos ensaiando. Depois dormiu de novo na caminhonete.

Eu não sabia ao certo se já havia visto dor refletida no olhar de alguém antes. Mas, quando olhei para a sra. Farraday, eu a vi clara como o dia. Ela estava perdendo Bonnie. Estava perdendo sua filha. Sua bebê. E só podia ficar olhando aquilo acontecer, incapaz de fazer qualquer coisa para evitar.

Mal pude respirar ao pensar naquilo.

— Ela está ficando mais fraca — ela disse com uma força inesperada na voz. Olhei para a porta fechada como se pudesse ver Bonnie através dela. Meu estômago revirou ao ouvir as palavras da sra. Farraday. Ela colocou a mão em meu braço. — Ela quer frequentar a faculdade por mais um tempo, mas não sei se é viável. Diria que ela tem, no máximo, três semanas antes que comece a ficar muito fraca. O principal problema é a parte respiratória. Os pulmões.

— Tão rápido? — Minha voz estava áspera quando a pergunta deixou meus lábios.

— Ela não está bem, querido. — A voz dela falhou, a coragem vacilou por um segundo. Ela ajeitou o cabelo e depois sorriu. — Mas ela é forte, Cromwell. Está determinada a conseguir um coração. Estamos rezando todos os dias por esse milagre. Vai acontecer. Sei que vai.

— Eu quero estar aqui — falei, com o peito apertado. — Quando ela não puder mais ir para a faculdade, ainda quero poder vê-la.

— Conheço minha filha, Cromwell. E ela vai querer você aqui também. — Ela estendeu o braço e segurou minha mão. — Talvez você seja o anjo da guarda que veio para ajudá-la a passar por tudo isso.

Uma onda de emoção me atingiu com tanta força que roubou minha capacidade de falar.

— Vamos ficar fora uns dias. Vamos para Charleston consultar uns especialistas — ela disse. — Tenho certeza de que Bonnie vai avisar quando voltarmos.

Quase exigi que ela me deixasse ir junto. Quase insisti para que me levassem também. Mas olhei para os ombros caídos da mãe de Bonnie e não consegui. Acenei com a cabeça, tenso, e fui embora. Assim que saí, a sra. Farraday disse:

— Se encontrar Easton, pode pedir para ele vir para casa? — Ela abaixou a cabeça. — A irmã dele precisa do melhor amigo.

Fiz que sim e entrei na caminhonete. Easton já estava no quarto quando cheguei. Fechei a porta, prestes a encará-lo, quando ele voou para cima de mim, espalmando as mãos em meu peito e me empurrando contra a porta.

— O que você está fazendo com a minha irmã? — ele perguntou. Seu rosto estava muito vermelho. Eu o empurrei, mas Easton era uma muralha.

Tirei seus braços de cima de mim e o empurrei contra a parede. Mas ele não havia terminado.

— Ela não é uma dessas suas transas fáceis! — ele exclamou. Ele fechou a mão e me deu um soco na cara. Senti gosto de sangue no lábio. Segurei sua camisa com firmeza e o imobilizei. A raiva serviu de combustível para minhas palavras.

— Sei que não, seu cretino. — Easton tentou me acertar novamente. Pressionei o antebraço sobre o pescoço dele, impedindo que se movesse. — *Sei* que não! — Pressionei com mais força, impedindo-o de respirar. — Acha que não sei disso? Ela... — A verdade me obrigou a fazer uma pausa. Mas, quando olhei nos olhos de Easton, disse: — Ela é tudo, East. Tudo, porra!

Easton ficou imóvel. Eu o soltei e me afastei. Easton estava ofegante. Seu peito fazia movimentos para cima e para baixo. O rosto estava vermelho, mas o restante da pele estava pálido. Os olhos estavam pequenos e vermelhos. O sangue de meu lábio escorria pelo queixo.

Easton encostou na parede e eu olhei para ele. Olhei atentamente. Antes as cores ao seu redor eram vivas, um arco-íris de neon, mas agora só havia preto, cinza e azul-marinho.

— Ela vai morrer — ele disse em voz baixa, e seu rosto se contorceu de tristeza. Dava para sentir as ondas de medo pulsando em seu corpo. Seus olhos recaíram sobre mim, mas eu não sabia se ele estava realmente me vendo. — Ela lutou tanto por ele. Mas ele está finalmente desistindo. O coração. — Ele olhou em meus olhos. — Ela vai morrer.

— Pode ser que encontrem um coração para ela.

Easton riu sem achar graça nenhuma.

— Sabe como é raro um coração ficar disponível? Um que seja compatível? — Rangi os dentes quando me dei conta de que não sabia. A exceção de uma busca na internet, eu não sabia de nada. Easton encostou na parede e escorregou até o chão, completamente prostrado. — Quase nunca acontece. — Sentei no chão também, apoiado na cama. Passei a língua sobre o lábio e senti gosto de sangue. — Logo o corpo dela vai ceder — Easton sussurrou. Seus olhos estavam assombrados; era a única forma de descrevê-los. Ele apoiou a cabeça na parede. — Ela fez tantas cirurgias no decorrer dos anos. — Ele balançou a cabeça. — Achei que estivesse melhorando. Achei...

— A válvula começou a falhar — afirmei, contando algo que ele certamente já sabia.

— O que é o mundo sem Bonnie? — Senti tensão no estômago. Porque não queria nem pensar naquilo. Um mundo sem Farraday seria...

Balancei a cabeça.

— Ela é forte. — Easton concordou com a cabeça, mas dava para ver que não acreditava. — Ela é.

— Bonnie é forte, mas o coração dela não é. — Seus olhos perderam o foco. Aas cores à sua volta ficaram ainda mais escuras. Aquilo me lembrou de suas últimas telas. — Ela só pode ser forte se o coração deixar. — Ele suspirou e passou as mãos pelo rosto. — Eu sabia que havia algo errado. — Olhei para a pintura inacabada no cavalete. — Podia sentir que ela estava mentindo. Escondendo a verdade. — Ele deu um tapinha na cabeça. — Somos gêmeos.

— Ela queria ser o mais normal possível.

Easton me olhou com os olhos semicerrados.

— Vocês se odiavam.

— Não. Não é bem assim.

Ele balançou a cabeça.

— Ela é muito frágil. — A faísca de raiva que havia em meu estômago e estava sempre pronta para atacar se acendeu ao ouvir as palavras dele. Porque eu sabia que era um aviso para que eu ficasse longe dela. Mas era tarde demais.

Ele não me entendia e, com certeza, não entendia o que havia entre mim e Bonnie. O que nós tínhamos. — Ela não tem a força necessária para lidar com as suas merdas.

— Ela precisa de mim. Ela me quer. — Easton fechou os olhos e respirou fundo. — Ela precisa de você — eu continuei, e ele ficou tenso. Cada músculo de seu corpo se contraiu. — Precisa de você mais do que nunca.

— Eu sei — ele disse depois de vários segundos de tensão.

Encostei na cama. Parecia haver um peso enorme, esmagador, em meus ombros. Easton ficou tanto tempo em silêncio que achei que não fosse dizer mais nada. Até que ele sussurrou:

— Ela não pode morrer.

Olhei para Easton e vi lágrimas escorrendo de seu rosto. Fiquei angustiado e senti o mesmo nó que vinha combatendo desde o dia anterior bloquear minha garganta. Easton franziu o rosto. Era uma das primeiras vezes que eu o via sério. Naquele momento, ele estava seriíssimo.

— Ela é minha irmã. Minha irmã gêmea. — Ele balançou a cabeça. — Não posso, Crom. Não posso ficar sem ela.

Meus olhos ficaram embaçados, mas me levantei e sentei ao lado dele. A cabeça de Easton caiu para a frente e seu corpo estremeceu enquanto ele chorava. Rangi os dentes, sem saber o que fazer. Senti meu estômago se rasgando quando as palavras de Easton assentaram. *Ela não pode morrer...*

Pressionei a língua contra os dentes para não desabar também. Easton começou a chorar mais alto. Meu amigo foi perdendo a calma, encostado na parede. Levantei o braço e o deixei pairando sobre ele, até colocá-lo em seu ombro e puxar Easton para junto do meu peito. Easton desabou. Olhei para o outro lado do quarto, para sua pintura inacabada. Para as espirais pretas e as pinceladas turbulentas.

Era aquele momento. Era exatamente o que ele estava sentindo. Ele sabia. Sabia que havia algo errado com Bonnie, mas não teve coragem de perguntar. Enquanto eu olhava para o quadro, enquanto Easton chorava por sua irmã gêmea, eu não conseguia deixar de ver o rosto de Bonnie em minha cabeça. Seus olhos e cabelos escuros. Seu lindo rosto. Ela, sentada no palco, com o violão na mão e violeta saindo pela boca. Tentei respirar quando o puro medo roubou o ar de meus pulmões. Medo de perdê-la antes de ter a chance de conhecê-la de verdade. Minha cor preferida seria arrancada de minha vida. Bonnie seria levada antes de poder deixar sua impressão digital nas janelas do mundo.

Balancei a cabeça, ignorando a maldita lágrima que caía do canto do meu olho.

— Ela não vai morrer — eu disse, segurando Easton com força. — Ela não vai morrer.

O rosto do meu pai surgiu em minha mente, e com isso veio a lembrança do vazio que sua ausência havia trazido e que nunca havia sido preenchido.

Até Bonnie Farraday entrar em minha vida em uma praia em Brighton e me trazer algo de que eu nem sabia que precisava – prateado.

Felicidade.

Ela.

— Ela não vai morrer — repeti uma última vez, deixando a convicção daquelas palavras assentarem dentro de mim.

Easton levantou a cabeça dez minutos depois. Ele secou os olhos com o antebraço e ficou olhando para sua pintura.

— Preciso ir vê-la.

Acenei com a cabeça, e Easton se levantou.

Saí de perto da porta e sentei em minha cama. Easton estava agitado. Ele coçou a cabeça.

— Se você estiver dentro, tem que estar cem por cento dentro. — Ele respirou fundo. — Vai ser difícil, e ela vai precisar daqueles que a amam por perto. — Easton olhou bem dentro de meus olhos, claramente me desafiando. Então, seu rosto se suavizou. — Ela se faz de durona. Ela luta com vontade. Mas, no fundo, Bonn está morrendo de medo. — Ele engoliu em seco, e eu senti o nó crescer em minha garganta. — Ela não quer morrer, Crom. Há tanta vida dentro dela que, se ela for levada agora... — Quando ele olhou novamente para mim, havia apenas convicção em seu rosto. — Ela é a melhor de nós dois. Eu sempre soube disso. — Parecia que ele queria dizer mais alguma coisa, mas saiu do quarto sem dizer nada, deixando para trás seus tons de preto e azul-marinho. Acho que nada encheria aquele quarto de cores até Bonnie conseguir o coração de que necessitava.

Fiquei deitado, olhando para o teto, por uma hora. Depois levantei e fui tomar um banho. Enquanto a água caía sobre minha cabeça, descendo pelo meu corpo e batendo nos ladrilhos aos meus pés, a pergunta de Bonnie não saía de minha cabeça. Aquela sobre a composição inacabada que eu havia tocado por acidente aquela noite. Que eu não tocava havia três anos. Apoiei a testa na parede e fechei os olhos. Mas a água do chuveiro, como chuva na janela, como o som das lágrimas que caíram algumas noites antes, trouxe aquela música à minha mente.

As cores escuras de Easton dançavam em meus olhos conforme a música aumentava em volume. E eu não conseguia desligá-la. Como uma enchente, ela invadiu a barragem, demolindo as muralhas.

O banheiro estava em silêncio, não havia ninguém além de mim àquela hora da noite. E eu achei ótimo. Achei ótimo quando minhas mãos bateram nos ladrilhos, quando minhas pernas ficaram fracas, com aquela música tocando em minha cabeça, as notas de abertura esmagando meu coração. Só que desta vez, em vez de ver apenas o rosto de meu pai, o rosto de Bonnie surgiu em minha mente também. Balancei a cabeça, tentando fazer com que todos me deixassem em paz. Não conseguia lidar com as emoções que eles suscitavam. Emoções que me afetavam demais.

Cores irrompiam como fogos de artifício em minha cabeça. Meu estômago ficou apertado, o coração disparou e minhas pernas cederam. Caí no chão. A água quente ficou fria enquanto golpeava minha cabeça com batidas ritmadas. E então as lágrimas caíram. A água e as lágrimas eram um borrão ao colidirem e desabarem no chão. Mas nenhuma das duas coisas parecia me purificar.

Nada além do "dom" que eu havia recebido afastaria aqueles sentimentos de mim. Ajoelhei e sentei sobre os calcanhares, olhando para minhas mãos. Estavam tremendo. Elas se fecharam em punhos, e eu tive vontade de socar os ladrilhos. Mas não soquei. Porque a necessidade de criar governava minhas escolhas naquele momento. Minhas mãos eram minhas ferramentas. Eram a única coisa que podia afastar aquelas emoções.

Alguns viam a sinestesia como um dom dado por Deus. Em parte, era. Eu não podia negar. Mas aquela outra parte, a que tornava minhas emoções tão fortes que eu mal podia suportar, era uma maldição. Eu podia vê-las. Senti-las. Sentir seu sabor. E era demais. Quando pensei em Bonnie, quando lembrei de meu pai na última ocasião em que o vi... Dobrei o corpo para a frente, sem conseguir suportar a dor em meu estômago. Era como se alguém tivesse batido com um taco em minhas costelas. Meu coração carregava tanta tristeza que não estava dando conta.

Respirei fundo e levantei. Ainda molhado, vesti a roupa. E saí correndo. Atravessei o pátio e fui até o prédio da faculdade de música, entrando como um foguete e encontrando a sala de ensaio mais próxima. Nem me importei com a luz. Simplesmente sentei ao piano e levantei a tampa. A lua brilhava pela janela alta, banhando as teclas marfim e pretas com uma luminescência prateada.

Prateada.

Era como se meu pai estivesse cuidando de mim. Mostrando-me como voltar a ser feliz. Música, meu grande amor perdido, só reencontrado graças àquela garota de vestido roxo. *Ela* era meu presente de Deus. A garota que me trouxe de volta à vida.

Posicionei as mãos no piano. E, fechando os olhos, comecei a tocar. A composição que havia inspirado minha mudança para a música eletrônica fluiu para fora de mim como se um prisioneiro fechado em uma cela por muitos anos tivesse sido libertado. Eu me perdi nas notas. Me perdi enquanto repassava na mente minha mãe entrando em meu quarto e me dizendo que ele havia morrido. O oficial do Exército aparecendo em nossa porta com um conjunto de chapas de identificação nas mãos. E a noite em que soube que ele tinha desaparecido, em que meu coração se despedaçou de arrependimento e dor. A música preencheu todo o espaço, não deixando nada além daquela melodia para eu absorver. Minhas mãos doíam enquanto eu tocava e tocava novamente. As novas notas transbordavam de mim como sempre haviam feito. Minhas mãos jamais hesitavam, embora meu coração tropeçasse. Lembranças eram jogadas aos meus pés como granadas. Mas meus dedos estavam preparados e desviavam do campo minado.

Então, quando a composição terminou, o som de tiros em minha cabeça, um adeus a um soldado caído, um herói de guerra... *meu* herói... minhas mãos ficaram imóveis. Meus olhos se abriram, inchados e cansados... mas consegui respirar.

O padrão colorido estava gravado em minha mente. Um tributo ao meu pai. Peter Dean.

— Pai — sussurrei, e a palavra ecoou na sala. Apoiei a cabeça no piano e soube, sem sombra de dúvida, que aquela era a melhor coisa que eu havia composto. Metade do peso havia sido tirado de mim. E, quando levantei a cabeça, secando as lágrimas silenciosas do rosto, soube que havia alguém que precisava ouvir aquilo.

Eu precisava tocar mais uma vez.

Quando ela voltasse, ouviria.

Eu precisava que ela ouvisse.

Simplesmente precisava dela, ponto-final.

18
Bonnie

Estava em minha cama, ouvindo música, quando Easton entrou. Sentei, engolindo a tristeza que tomava conta de mim quando olhava para o rosto dele.

Tirei os fones de ouvido e estendi a mão.

— East — sussurrei com a voz áspera. Tentei respirar fundo, mas meus pulmões já não me permitiam. Movimentei o corpo sem sair de onde estava sentada, rangendo os dentes diante do esforço necessário.

Mas, quando Easton me deu a mão, encontrei força em seu toque. Ele se sentou na beirada da cama. Seus olhos estavam vermelhos e o rosto, pálido.

— Estou bem — eu disse, e tentei apertar sua mão com mais força.

Easton abriu um sorriso fraco.

— Você nunca mentiu para mim, Bonn. Não comece agora.

Desta vez fui eu que abri um sorriso fraco.

— Estou determinada a ficar bem — afirmei.

— Eu sei. — Ele se sentou ao meu lado, e ambos encostamos na cabeceira da cama. Não soltei da mão dele. Desde que éramos crianças, segurar na mão dele me dava força.

— Já se passaram dez anos — ele disse com a voz áspera. Assenti. Dez anos desde que os problemas em meu coração haviam sido descobertos. Os olhos de Easton brilhavam de... orgulho? — Você lutou com todas as forças, Bonn.

Não consegui impedir que meus olhos se enchessem de lágrimas.

— Você também.

Easton riu, zombando de mim. Mas eu estava falando sério.

— Não como você — ele afirmou. Easton suspirou e apontou para a cabeça. — Estou convencido de que os problemas que tenho aqui estão diretamente ligados ao seu coração. — Senti um buraco no estômago. — Acho que, quando fomos gerados, eu estava ligado a você de alguma forma. Quando seu coração começou a falhar, aconteceu o mesmo com meu cérebro.

Virei o corpo até ficar de frente para ele. Coloquei a mão em sua face.

— Eles não estão ligados, East. Você está bem. — Coloquei a mão sobre a pulseira de couro que ele sempre usava. Empurrei-a pelo braço até sua cicatriz ficar visível. Easton rangeu os dentes quando passei os dedos sobre a pele saliente. Uma onda de dor explodiu em meu peito. — Você tem que me prometer, East. — Olhei em seus olhos azuis. — Prometa que vai ser forte. Aconteça o que acontecer. Não ceda aos demônios que ameaçam te dominar. — Puxei sua mão quando ele desviou os olhos. — Prometa que vai falar com seu terapeuta. Com a mamãe, o papai, Cromwell. Qualquer um.

— Cromwell não sabe nada sobre isso. Só vocês sabem.

— Então, fale com a gente. — Fiquei olhando para o meu irmão e a preocupação apunhalou meu cérebro.

— Como você está?

— Triste — ele disse, acabando com o que restava de meu coração inútil. — Por sua causa. *Por você*. Não por causa da minha cabeça.

O alívio era um bálsamo para a dor no peito que nunca cessava.

— Jura?

Easton sorriu, aquecendo minha pele, e esticou o dedo mindinho. Enganchei meu mindinho no dele.

— Juro.

Sorri e voltei a encostar na cabeceira da cama. Senti as pálpebras pesadas.

— Vai ser como da última vez. — Virei de lado no travesseiro e fiquei de frente para Easton. Ele levantou a sobrancelha. — Essa próxima cirurgia. — Não mencionei que a cirurgia poderia nunca acontecer. Ou que um coração poderia nunca ser encontrado. Nunca me permitia dizer aquelas palavras em voz alta. Eu não as deixaria soltas no universo desse jeito.

Vi a dor daquela esperança distante tomar conta do rosto de Easton. Mas sorri e falei:

— Vou acordar, e você vai estar ao meu lado. Você, a mamãe, o papai e...

— E Cromwell — Easton completou.

Fiquei olhando nos olhos de meu irmão e, reunindo uma coragem que eu nem sabia que tinha, completei:

— E Cromwell.

Algo mudou na expressão dele.

— Acho que ele ama você — Easton disse, deixando-me completamente sem ar. Meu coração saltou no peito como uma bola de basquete que esvaziava lentamente. Ouvi seu som abafado e as batidas sem ritmo. Perdi a voz. Easton mostrou a mão com os ossinhos vermelhos. — Bati nele hoje à noite.

— Não — sussurrei. Não tive forças para dizer mais nada.

— Vi vocês em Charleston. Vi quando ele te beijou. — Meu rosto ficou vermelho. — E vejo como você olha para ele. — Ele suspirou, derrotado. — E como ele olha para você.

— Como?

— Como se você fosse o ar que ele respira. Como se fosse água para seja qual for o fogo infernal em que ele vive.

— East — eu disse em voz baixa. Meu corpo ficou aquecido pela felicidade de ouvir aquelas palavras.

— Eu tinha que ter certeza de que ele não ia magoar você. — Easton puxou a pulseira e voltou a esconder a cicatriz. — Tinha que ter certeza de que ele não estava só brincando com você. — Ele fez uma pausa, depois acrescentou com tristeza: — Principalmente agora.

Sorri, embora meus lábios estivessem trêmulos.

— Você sempre está cuidando de mim.

— Sempre, Bonn. Eu sempre vou cuidar de você. — Ele sorriu, e foi como ver o sol surgir em meio a nuvens cinzentas. — Sou seu irmão mais velho, lembra?

Revirei os olhos.

— Quatro minutos mais velho.

Seu sorriso desapareceu.

— Não importa. Sou seu irmão mais velho. Tinha que ter certeza de que ele não ia magoar você.

— Não vai. — Respondi sem pensar. Mas uma paz recaiu sobre mim junto com a resposta. Porque eu sabia que era verdade. Sabia que Cromwell não me magoaria. Pensei em seus olhos azuis, profundos como a noite. Pensei em seus cabelos pretos despenteados e em sua pele morena. Nas tatuagens que cobriam sua pele. Nos piercings que brilhavam quando refletiam a luz. E meu coração preguiçoso voltou a bater no ritmo.

Cromwell Dean inspirava meu coração a continuar tentando.

— Você também gosta muito dele, não é? — Easton perguntou. Quando olhei nos olhos dele, meu rosto pegou fogo. Ele tinha ficado me observando enquanto eu pensava em Cromwell.

— Ele não é como as pessoas pensam. — Passei o dedo sobre a estampa de rosa da colcha que estava na cama. — Ele é mal-humorado e grosseiro. Foi terrível comigo quando nos conhecemos. — Mas então ouvi o eco de sua música na cabeça e meu corpo pareceu leve e cheio de luz. — Mas agora ele não é mais assim comigo.

— Não?

Balancei a cabeça.

— Ele... Ele demonstra que gosta de mim de vários modos. Segura minha mão e se recusa a soltar. Quer estar ao meu lado, mesmo que fiquemos o tempo todo em silêncio. E, melhor ainda, ele demonstra que se importa comigo do único jeito que sabe. — Olhei para o piano e pude vê-lo sentado ali, com os dedos à vontade sobre as teclas. — Ele traz música para meu mundo silencioso, East. — Sorri, sentindo meu peito reluzir. — A música que ele toca para mim emociona mais o meu coração do que qualquer palavra.

Procurei os melhores termos para explicar o que eu queria dizer. Não sabia se algum dia seria capaz de transmitir completamente o que estar com Cromwell havia significado para mim.

— Cromwell não fala muito usando a voz, mas grita o que sente com melodias e notas e mudanças de tom. — Respirei fundo. Mal consegui inflar meus pulmões lentos, mas consegui ar suficiente para dizer: — Sei que estou sendo egoísta, mas não consigo fazer ele me deixar, East. — Olhei nos olhos do meu irmão. Estavam cheios de lágrimas. — Sei o que vem pela frente. E sei como vai ser difícil. — Reuni minhas forças e disse: — E me sinto mais forte quando ele está ao meu lado. — Imaginei-me sentada ao lado dele no banco do piano, com a cabeça apoiada em seu bíceps musculoso enquanto ele tocava. Enquanto ele contava nossa história com oitavas e quintas justas. — Pode parecer loucura. Pode parecer apressado e impossível... mas ele conversa com minha alma. Cromwell é perturbado e taciturno. Sei disso. E ele ainda precisa se abrir para mim. Mas, desde o instante em que nos conhecemos, sua música tornou impossível que ficássemos afastados. — Balancei a cabeça, descrente. — Ele diz que eu o inspiro a tocar. Que eu fiz algo voltar à vida dentro dele.

— Bem, então é melhor eu não bater nele de novo — East afirmou, deitando ao meu lado.

Não consegui conter o riso. Easton sorriu, mostrando-me um pouquinho do irmão alegre que eu amava.

— Ele é um cara legal. Acabou se tornando um bom amigo. — Easton abaixou os olhos. — Eu meio que perdi a cabeça ontem, Bonn. Preocupado com você.

— East... — eu disse em voz baixa. A tristeza roubou quaisquer outras palavras que eu pudesse oferecer para consolá-lo.

— Mas ele estava lá para me dar apoio. Sentou ao meu lado e me deixou colocar tudo para fora. Não saiu de lá, ficou perto de mim e me disse como você era forte e que tudo vai dar certo.

— Verdade?

Easton confirmou.

— E ele estava falando sério, Bonn. Vi no rosto dele. — Ele ficou me encarando e não consegui decifrar sua expressão. — Ele ama você. — Era a segunda vez que ele dizia aquilo, e meu coração ainda reagia da mesma forma. Por milagre, ele se acelerava. — Sempre me preocupei com você, irmãzinha. Você nunca teve vida social. Nunca teve namorado. Nossa, achava que você nunca nem tinha sido beijada. Estava muito ocupada lutando para ficar viva. — Corei. — Mas fico feliz por ter encontrado alguém agora. — Ele segurou minha mão e apertou com força. — Agora que as coisas estão mais difíceis. Ele vai ajudar você a passar por isso.

— Todos você vão — afirmei. — Você, a mamãe, o papai e o Cromwell. — Tirei os cabelos do rosto. — Sinto que consigo fazer isso. Posso aguentar até um coração novo me salvar. — Não me permiti mencionar as chances de uma rejeição ao órgão transplantado ou um milhão de outras coisas que poderiam dar errado mesmo que eu recebesse um coração. Não podia pensar naquilo, senão era possível que não conseguisse seguir na luta.

O cansaço tomou conta de mim como uma onda tranquila.

— Você vai ao hospital comigo amanhã?

— É claro que sim — Easton respondeu. Meus olhos começaram a se fechar. Mas eu ainda sentia meu irmão ao meu lado. Ele não sairia dali. Quando o sono chegou, a esperança pairava no ar. Tinha o som de um violoncelo e de um violino. Fiquei me perguntando o que Cromwell estaria vendo.

Esperava que fosse eu. Torci para que Cromwell pensasse em esperança e visse meu rosto.

Porque eu pensava nele. Cromwell Dean trazia esperança consigo. E, naquele momento, era a coisa mais importante em meu mundo.

* * *

— Insuficiência aguda... — A voz do médico entrava e saía de meus ouvidos enquanto colocava as imagens da tomografia do dia anterior em um painel luminoso para que meus pais vissem.

Fiquei olhando pela janela, vendo os pássaros no céu. Fiquei me perguntando para onde estariam voando. Como seria voar. Pairar no céu, com o ar sob as asas.

— Bonnie? — A voz do dr. Brennan interrompeu minha divagação. Virei a cabeça no travesseiro para ficar de frente para ele. Vi a tristeza no rosto dos meus pais. Easton estava em pé, encostado na parede, de braços cruzados, olhos perdidos encarando o chão. — Bonnie? — dr. Brennan disse. — Tem alguma pergunta?

— Em quanto tempo não vou mais conseguir tocar?

Ouvi o choro baixo de minha mãe, mas fiquei olhando nos olhos do médico. Ele tinha as respostas.

— Não vai demorar muito, Bonnie. As funções de seus membros já estão comprometidas. — Olhei para os meus dedos e vi o inchaço que havia começado a aparecer semanas atrás, mas agora estava atrapalhando minha capacidade de tocar. Respirei. Minha respiração era curta.

Mais ou menos um mês, ouvi o dr. Brennan dizer. *No máximo seis semanas.*

Era estranho ver alguém colocar prazo em sua vida. Não a contar mais em anos, mas em semanas, dias e até mesmo horas.

— Querida? — Minha mãe passou a mão em minha cabeça. Olhei para ela. — Eles vão levar algumas coisas para você usar em casa. Coisas que vão te ajudar a respirar e ficar mais confortável.

— Podemos ir embora agora? — perguntei, sem nem prestar atenção no que ela havia dito. Não queria pensar naquilo.

— Podemos. — Minha mãe foi até o armário pegar minhas roupas. Eu me vesti, sentei na cadeira de rodas, e eles me empurraram até sairmos do hospital. Fechei os olhos quando o sol bateu em meu rosto, sentindo os raios na pele.

Em pouco tempo, já estávamos no carro, a caminho de casa. Todos ficaram em silêncio quando deixamos Charleston e pegamos a estrada para Jefferson. Olhei para o meu pai, que segurava o volante com firmeza. Olhei para minha mãe, sentada na minha frente. Ela estava olhando pela janela.

Easton estava ao meu lado. Ele estava com o olhar baixo e todos os músculos contraídos. Suspirei, fechando os olhos. Odiava o fato de aquilo afetar todas as pessoas que eu amava.

Insuficiência aguda...

As palavras giravam em minha cabeça como balas de revólver, mas eu estava anestesiada e não sentia os tiros. Coloquei a mão sobre o peito e senti meu coração. Como sempre, ele batia em seu próprio ritmo, um ritmo de cansaço e exaustão. Que tentava aguentar firme enquanto eu só queria desistir.

Mas não podia desistir...

Quando chegamos em casa, meu pai me ajudou a sair do carro, e eu caminhei lentamente até a entrada. Olhei para o caminho pavimentado, para o caminho que percorri desde criança, e ele de repente pareceu interminável. Respirei fundo, pronta para caminhar, quando vi Easton ao meu lado.

Olhei para o meu irmão e vi que ele estava muito afetado.

— Easton — chamei em voz baixa.

— Preciso voltar para o dormitório. — Ele beijou meu rosto e foi para sua caminhonete, que estava estacionada na entrada de casa.

— East? — Ele se virou no meio do caminho. Engoli em seco. — Você está bem, né?

Ele abriu um sorriso que eu não sabia ao certo se era totalmente real.

— Estou, Bonn. Eu juro. Só preciso ir para a faculdade. Eu preciso...

— Eu entendo. — Ele precisava de espaço. Easton sorriu e entrou no carro. Observei-o partir. Ele tinha jurado para mim que estava tomando os remédios. Fiz com que ele me prometesse que diria se aquilo tudo – eu, minha doença – fosse demais.

— Acha que ele está bem? — perguntei ao meu pai enquanto caminhávamos lentamente até a porta de casa.

— Eu falo com ele várias vezes por dia, Bonn. Ele está se esforçando. O terapeuta dele está contente com os progressos. — A voz de meu pai ficou rouca quando ele disse: — É só você, sabe? Ele quer consertar você. E não pode. — Meu pai me puxou para mais perto. — É difícil para o seu irmão, e para o papai, lidar com isso. O fato de não podermos protegê-la. Curá-la.

— Pai... — sussurrei. Minha garganta parecia fechar de tanta tristeza.

— Vamos levar você para a cama, querida. O dia foi longo. — Meu pai foi me acompanhando. Cada passo era como uma maratona para minhas pernas cansadas. Eu sabia que ele não podia falar comigo naquele momento. E eu não sabia o que responder.

Dormi por horas. Quando acordei, já estava escuro do lado de fora. A chuva batia nas janelas. Era quase meia-noite. Ao perceber que não tinha avisado Cromwell que estava de volta, mandei uma mensagem rápida dizendo que o veria no dia seguinte e voltei a dormir.

Senti que mal havia fechado os olhos quando ouvi uma batida na janela. Tentei enxergar no escuro para me situar. Quando escutei a batida novamente, levantei da cama, me apoiando em sua estrutura. O relógio na mesa de cabeceira registrava que eram duas e meia da manhã.

Abri as cortinas. Na janela, com as roupas pretas ensopadas e coladas no corpo, estava Cromwell. Só de vê-lo, meu coração pareceu tentar pular do peito, como se pudesse se libertar e ir morar perto do coração dele. Estendi o braço e soltei a tranca. Antes mesmo que eu conseguisse levantar a janela, Cromwell já a estava abrindo e entrando.

Afastei-me quando sua figura alta entrou em meu quarto. Fiquei sem fôlego quando ele levantou os olhos. Seus olhos azuis intensos estavam sobre mim, e os cabelos pretos estavam despenteados, colando no rosto. Tentei falar, mas antes disso Cromwell deu um passo à frente e me segurou em seus braços.

Sua boca envolveu a minha. Um suspiro escapou de meus lábios. Ele estava molhado, ensopado, mas eu não me importei. Seus lábios se movimentavam junto aos meus, suaves, mas ao mesmo tempo exigentes. Brusco, mas ao mesmo tempo carinhoso, ele quase me fez chorar. Ele sabia que eu estava com dificuldades para respirar ultimamente, então, se afastou, deixando as mãos emoldurando meu rosto.

— Senti sua falta.

Suas palavras eram como fogo para aquecer um frio que eu nem sabia que sentia. Seus olhos não deixaram os meus nem por um segundo. Seu olhar era intenso.

— Também senti sua falta — sussurrei e vi seus ombros tensos relaxarem. Ele passou os olhos pelo meu pijama.

— Está cansada?

Soltei uma risada fraca.

— Estou sempre cansada.

Cromwell engoliu em seco e depois me abraçou. Os braços de seu suéter preto – o suéter que eu havia usado – estavam molhados, mas não me importei. Enfrentaria o frio se fosse para ficar nos braços dele daquele jeito.

Cromwell me colocou na cama e sentou na beirada. Tirou meus cabelos do rosto com a mão tatuada e depois acariciou meu rosto com suavidade. Peguei na mão dele antes que se afastasse. Pressionei-a em meu rosto e fechei os olhos. Dava para sentir o cheiro da chuva. Dava para sentir o cheiro *dele*.

Mas, quando abri os olhos, olhei de verdade para seu rosto.

— Cromwell? — perguntei, preocupada. — O que aconteceu?

Os olhos dele pareciam assombrados. Sua pele morena estava pálida. Ele estava com olheiras escuras. Parecia... triste.

Mas, antes que pudesse dizer qualquer coisa, Cromwell levantou e foi até o piano. Por alguns instantes, não ousei me mexer. Fiquei vendo-o puxar o banco e sentar devagar. Suas costas estavam retas como uma vareta, a cabeça, abaixada.

Eu podia ouvir minha respiração curta ecoando nos ouvidos, captando de leve o som da tampa do piano sendo aberta e o volume sendo colocado no mínimo. Sentei, perguntando-me o que Cromwell estava fazendo. Abracei o travesseiro, protegendo-me do frio de meu pijama agora molhado, e Cromwell começou a tocar.

Eu fiquei paralisada, todas as partes de meu corpo entraram em choque quando a composição que um dia ele havia tocado apenas parcialmente preencheu o quarto. O dia em que o toque de minha mão em seu ombro o ajudou a tocar. Meus olhos se arregalaram, e o lábio inferior começou a tremer quando a composição mais linda que eu já havia tido o prazer de ouvir agraciou meus ouvidos. As notas permearam meus ossos e se espalharam pelo corpo todo. Completaram todas as partes de mim, até preencherem meu coração, introduzindo vida.

Fiquei hipnotizada quando Cromwell passou do ponto em que, da outra vez, havia parado e me presentou com mais. Notas que eu nunca havia ouvido tão bela e perfeitamente posicionadas transbordavam dele. Seu corpo se movimentava no mesmo ritmo, como se ele fizesse parte da música. Cromwell era a música que criava. Eu tinha certeza de que estava vendo além dos muros que ele mantinha tão altos. Estava vendo a escuridão que ele mantinha escondida finalmente escapando de sua prisão.

Levei a mão trêmula à boca. Esqueci de respirar. O poder da música era como um peso em meu peito. Porque falava de tristeza e perda. Falava de raiva e arrependimento. Falava de amor.

Reconheci cada sentimento porque havia sentido também. Estava sentindo naquele instante. As mãos de Cromwell dançavam sobre as teclas, perfeitamente, graciosamente, com tanta beleza que eu tinha certeza que, se meu coração desistisse naquele momento, estaria em paz depois de ouvir aquilo.

Uma música tão divina que quase nem parecia real.

Eu sabia que estava chorando. Podia sentir as lágrimas encharcando meu rosto. Mas não havia lamúria. Nem respirações trêmulas. Apenas a serenidade que vinha com a felicidade pura. Por ser tocada tão profundamente a ponto de algo mudar por dentro. Algo capaz de fazer entender como era realmente a perfeição.

Quando Cromwell encerrou a música, saí da cama. Nem sabia por quê. Apenas deixei meu coração defeituoso tomar a dianteira. E, é claro, ele me levou até Cromwell. Parecia que eu havia sido levada até ele desde o verão, em Brighton.

Ele estava imóvel, com as mãos sobre as teclas, nos acordes finais. Quando cheguei ao seu lado, ele levantou os olhos. O rosto estava molhado, e eu soube, sem precisar perguntar, que algo havia se rompido dentro dele.

E ele havia me deixado ver.

Aberto.

Vulnerável.

Ele.

Fiquei olhando para o rosto lindo de Cromwell, para o gênio tão torturado que afastava a todos, que havia tentado me afastar... mas sua música tinha tocado minha alma. Minha voz foi como um chamado para ele.

Cromwell fechou bem os olhos, e sua cabeça caiu junto ao meu corpo. Abracei-o e mantive perto. Não sabia sobre o que era aquela música. E não sabia que dor ele guardava, mas sabia que podia ficar ao seu lado e lhe dar apoio.

Pensei na jornada que eu tinha pela frente e em como, em questão de dias, semanas, se tivesse sorte, minha capacidade de me movimentar e respirar seria tirada de mim. E soube, soube, com a mesma certeza que sabia que Cromwell era o músico mais perfeito que eu já tinha ouvido, que eu o desejava.

Enquanto podia.

Por nós dois.

Inclinei a cabeça dele para trás e coloquei as mãos em seu rosto. Cromwell olhou para mim. Tirei um momento para apreciá-lo. Para deixar na alma uma fotografia do momento em que seus muros caíram e ele me deixou, segurando em minha mão, com os dedos entrelaçados, entrar em seu coração. De onde eu nunca sairia.

Onde queria ficar para sempre.

Inclinando o corpo, pressionei os lábios nos dele. Senti o salgado de suas lágrimas e o frio deixado pela chuva. Pegando em sua mão, eu o fiz levantar do banco e o conduzi para minha cama.

Nenhuma palavra foi necessária. Eu não mancharia a melodia perfeita que ainda pairava no ar. Naquele momento, havia apenas eu, ele e o silêncio. Naquele momento, não havia nada além de cura e *aquilo*.

Minhas mãos tremiam quando me aproximei dele e levantei seu suéter. Puxei a barra sobre sua barriga, revelando uma bela tela pintada. Levantei até passar do peito e fiquei grata pela ajuda de Cromwell, que puxou o restante e o descartou no chão. Seu peito estava ofegante quando coloquei as mãos sobre sua pele fria e bronzeada. A expressão em seus olhos deixou minhas pernas fracas.

Adoração.

Cheguei mais perto e beijei sua pele, ouvindo sua respiração acelerar. Ele me deixou conduzir. Meu garoto britânico que tinha acabado de revelar seu coração impenetrável.

Levei as mãos à blusa do meu pijama. Comecei a desabotoá-la, mas meus dedos já estavam muito fracos. Cromwell chegou mais perto e gentilmente pegou em minhas mãos. Levou-as aos lábios e beijou cada um dos dedos. Meu lábio inferior começou a tremer ao ver aquilo. Aquele gesto. Depois ele colocou minhas mãos em sua cintura e me beijou com suavidade. Tanta suavidade que parecia que nossos lábios mal estavam se tocando. E eu senti suas mãos abrindo os botões.

Segurei em sua cintura, sentindo a pele passar de fria a quente sob meu toque. Passei os dedos sobre as voltas de semínimas dançando sobre uma pauta curvada. Pelo brasão que tinha lugar de honra em seu torso, com a inscrição "Pai" em uma faixa vermelha na parte inferior.

Meu coração ficou apertado ao ver aquilo. Então, quando a camisa do pijama caiu até meus cotovelos, minha respiração ficou ofegante, sabendo o que ele estaria vendo. Não havia nada sob a blusa, nada além de minha pele, minha cicatriz e meu verdadeiro *eu*.

Fiquei apreensiva quando Cromwell viu o resultado de anos de luta. Fiquei preocupada que aquilo lhe causasse repulsa. Que fosse feio demais. Que...

Um soluço silencioso escapou de minha garganta quando ele se inclinou e pressionou os lábios sobre a pele saliente. Ele beijou a cicatriz de cima a baixo. Cada centímetro que contava ao mundo que eu tinha um coração quebrado. Meu corpo todo tremeu.

Cromwell segurou meu rosto entre as mãos. Minha blusa caiu no chão, deixando nós dois expostos.

— Você é linda — ele sussurrou. Aquelas palavras, e sua voz, eram como sinfonia para meus ouvidos.

Sorri. Era a única resposta que podia dar. As palavras estavam ausentes, levadas pelo toque gentil de seu beijo suave. Cromwell me beijou quando o restante de nossas roupas foi caindo. Ele me beijou quando fomos para a cama e se posicionou sobre mim.

Cromwell me beijou repetidas vezes, fazendo com que eu me sentisse tão adorada que não queria que aquela noite acabasse. E enquanto fazíamos amor, ele sem tirar os olhos dos meus e com os beijos mais doces, senti que ele era um presente dos céus. Enviado para minha vida exatamente quando eu mais precisava dele. Quando a verdadeira luta começaria, quando eu precisaria de um aliado comigo.

Tirei os cabelos escuros do rosto dele. Nossa respiração era ofegante. Passei as mãos por seu rosto, e ele beijou meus dedos novamente. Como se estivesse me idolatrando. Como se estivesse me agradecendo. Pelo quê? Eu não sabia. Mas queria que ele se sentisse amado também.

Não estávamos juntos havia muito tempo, mas, quando seu tempo é finito, o amor é sentido com mais força, mais rapidez, mais profundidade. Arregalei os olhos quando tive aquele pensamento. Porque...

— Estou me apaixonando por você — sussurrei, deixando minha alma assumir o controle e dizer sua verdade sem barreiras. Cromwell ficou imóvel e seus olhos azuis se fixaram sobre mim. Minha mão estava em seu rosto. Engoli em seco. — Estou me apaixonando por você, Cromwell Dean. Estou me apaixonando profundamente.

Cromwell me beijou. Fechei os olhos enquanto ele me dizia, sem falar, quanto precisava ouvir aquelas palavras. Sorri junto aos seus lábios quando senti seu coração batendo perto do meu. Era uma batida forte, que meu coração tentava desesperadamente acompanhar.

Ele encostou a testa na minha.

— Também estou me apaixonando por você — ele afirmou com a voz grave e áspera. Defeituoso ou não, meu coração absorveu aquelas palavras como uma flor absorve os raios do sol. Ele se expandiu em meu peito e bateu com naturalidade.

— Cromwell... — Eu o beijei novamente. Beijei várias vezes enquanto fomos aumentando a velocidade e depois nos desintegramos em milhões de pedacinhos.

Cromwell deitou ao meu lado e me puxou para perto. Fiquei observando-o, deitada no travesseiro, e me perguntando como ele havia caído tão perfeitamente em minha vida. Como eu havia tido sorte. Como Deus havia ouvido minhas preces.

Cromwell pegou minha mão. Mas, quando a apertou e fechou os olhos, soube que ele ia falar.

— Tudo o que ele queria era que eu tocasse música. Ele sabia que era o que eu amava. Que precisava daquilo... mas eu o decepcionei. — Cromwell franziu o rosto. — E eu parti o coração dele. — Cheguei mais perto, abraçando-o com força. Cromwell olhou para mim. — E depois ele nunca mais voltou para casa.

19
Cromwell

Minha voz ficou suspensa no ar, a confissão grudou como cola. Eu me agarrei a Bonnie como se ela fosse minha boia de salvação, impedindo que eu me despedaçasse.

Engoli em seco.

— Meu... pai. — Apenas mencionar aquela palavra fez um arrepio descer por minha espinha e meu estômago revirar.

Bonnie não disse nada. Apenas deixou o silêncio me acalmar. Olhei para o piano atrás dela, do outro lado do quarto. Aquilo me fez lembrar do velho piano de madeira que ele havia me dado de presente no meu aniversário de doze anos.

— *Continue com os olhos fechados, Crom* — *ele disse enquanto me guiava pelo corredor de casa.*

— *O que é isso?* — *A empolgação fluiu por meu corpo como a energia das torres elétricas do lado de fora de casa.*

Meu pai tapou meus olhos. Quando paramos, ele se afastou de mim e abaixou as mãos.

— *Muito bem, filho. Pode olhar.*

Fiquei sem ar quando bati os olhos no piano de madeira atrás da mesa, na sala de jantar. Corri e parei na frente dele. Engoli em seco e passei a mão pela madeira. Estava lascada e manchada, mas não me importei.

— *Não é muito, Cromwell. Sei disso.* — *Olhei para meu pai e vi o rosto dele enrubescer. Minha mãe estava parada na porta, com lágrimas nos olhos. Virei para o piano.* — *É velho e de segunda mão, mas está funcionando. Mandei verificarem.*

Não sabia do que ele estava falando, porque, para mim, era a coisa mais linda que já tinha visto. Olhei de novo para o meu pai. Ele confirmou com a cabeça, vendo a pergunta silenciosa nos meus olhos.

— *Toque, filho. Sinta como ele é.*

Meu coração bateu em um ritmo esquisito, disparando e sacudindo enquanto eu sentava ao banco velho e rangente. Olhei para as teclas e conseguia lê-las, como se fossem um livro. Cores se afixavam às notas que as teclas produziriam, e eu só tinha que seguir as indicações.

Coloquei os dedos no teclado e comecei a tocar. Cores, tão vivas que quase queimavam meus olhos, dançaram à minha frente. Arco-íris e espectros tomaram minha mente. Vermelhos, azuis e verdes, todos correndo para que os perseguisse.

Sorri enquanto a música preenchia a sala. Enquanto acontecia algo em meu peito. Algo que eu não era capaz de explicar.

Quando o caminho pelo qual as cores me guiavam acabou, afastei as mãos do teclado. Levantei a cabeça e vi meu pai e minha mãe me observando. Minha mãe estava com a mão sobre a boca, tinha lágrimas correndo pelo rosto. Mas meu pai tinha uma expressão diferente. De orgulho.

Senti um aperto no estômago. Ele estava... orgulhoso de mim.

— Como se sentiu, filho? — meu pai perguntou.

Olhei para as teclas e fiquei me perguntando como expressar o que havia pensado com palavras. Foi engraçado. Eu podia simplesmente olhar para a música e tocar o que sentia. As cores mostravam o caminho. As emoções que me dominavam diziam o que devia tocar. Eu conseguia falar por meio de minha música.

Eu não era muito bom com palavras.

Tentei pensar em algo semelhante. Quando vi a parede com fotos que minha mãe deixava penduradas fazia anos, soube. Olhei para meu pai.

— Foi como quando você volta para casa.

Meu pai pareceu ter parado de respirar. Acompanhou meu olhar até sua foto pendurada na parede. Aquela em que usava o uniforme do Exército.

— Cromwell — ele disse, com a voz rouca, e pôs a mão em meu ombro.

— Foi como quando você volta para casa...

Minha voz saiu trêmula quando olhei para Bonnie e disse:

— Ele me levou para todos os lados depois daquele dia. Tentava fazer com que as pessoas certas me vissem. Pessoas que, como eu, sabiam tocar. — Gargalhei. — Ele tentou tocar uma vez. Tentei ensiná-lo.

— Como diabos consegue fazer isso? — Ele balançou a cabeça. — Meu garoto, o gênio musical. E seu pai, o bobo sem ouvido.

— Eu toquei e toquei. Compositores de Brighton me acolheram. Quando ele viajava a trabalho, eu praticava e praticava até ele voltar para casa. Sinfonias e peças brotavam

de mim, mês a mês. E sempre que voltava para casa, ele tentava com mais afinco. Tentava me ajudar a realizar meu sonho... — Fechei os olhos.

— O que foi, Cromwell? — Bonnie se inclinou para beijar meu rosto.

Respirando fundo, continuei:

— Eu era novo. Quando olho para trás agora, vejo que não tive muita infância. Viajei pelo país, compondo e regendo músicas que tinha criado. Ao doze, quinze e, por fim, aos dezesseis. — Olhei para o vazio, enquanto minha mente me levava de volta àquele dia. — Estava de saco cheio. — Balancei a cabeça. — Tinha dezesseis anos, e havia passado a maior parte da minha vida criando música em vez de sair com os amigos. Tocando todos os instrumentos conhecidos pela humanidade em vez de sair com garotas. Um dia, cansei. — Um nó travou minha garganta. — Uma noite antes do meu pai viajar de novo para o Afeganistão. O Exército britânico estava sendo retirado, só umas poucas companhias restaram para ficar de olho nas coisas.

Parei de falar, sem ter certeza se podia dizer mais alguma coisa. Mas, ao olhar nos olhos de Bonnie, os grandes olhos castanhos que começavam a perder o brilho, soube que tinha que continuar. Ela tinha que saber aquilo a meu respeito. E eu tinha que contar. Era como um câncer dentro de mim, que me corroía por dentro até que não sobrasse mais nada.

Não queria mais ser sombrio e vazio por dentro.

Não queria mais a raiva.

Queria viver.

— Eu estava em um concerto — falei, imediatamente revivendo o passado. — Eu simplesmente saí do palco... e surtei...

— *Filho! Isso foi incrível!* — *Meu pai veio dos bastidores. A plateia ainda aplaudia no teatro, mas eu só sentia raiva. Uma raiva bem vermelha rasgava minhas veias. Arranquei a gravata-borboleta e joguei no chão. Meu celular vibrou dentro do bolso.*

NICK: Não acredito que você deu pra trás de novo. Perdeu uma baita noite.

— Filho? — meu pai disse. Fechei os olhos e contei até dez.
— Para mim, chega — eu disse quando a raiva não passou.
— O quê?
Tirei-o do meu caminho e fui para o camarim. Abri a porta com força e procurei minha mochila. Precisava tirar aquele smoking antes que ele me estrangulasse.
— Cromwell. — Meu pai fechou a porta, mantendo o mundo do lado de fora. Porque era o que sempre fazia, ele me mantinha trancado, criando música. Sem infância, quase sem amigos, sem uma porra de vida.
— Para mim, chega. — Joguei o paletó no chão. Vesti uma camiseta e jeans. Meu pai me observava, com um olhar confuso no rosto.
— Eu... eu não entendo. — A voz dele estava trêmula. Aquilo quase me fez parar, mas não consegui. Sabia que Lewis tinha estado lá aquela noite. O compositor que ele tinha tentado convencer a me aceitar como pupilo. Mas eu já estava cansado. Estava cansado pra caralho.
Abri os braços.
— Eu não tenho vida, pai! — gritei. — Não tenho amigos próximos, nenhum hobby além da música, e nada para fazer que não seja escrever sinfonias. Tocar música. Música clássica. — Eu balancei a cabeça e soube que agora que tinha começado não conseguiria mais parar. — Você me leiloou para o máximo de casas de espetáculo que conseguiu. Você me inscreveu em mais orquestras do que consigo contar e me prostituiu para qualquer compositor que achou que pudesse me ensinar alguma coisa. Mas nenhum deles pôde. — Eu ri, quase titubeando quando o rosto do meu pai empalideceu. — Isso é tão fácil para mim, pai. A música que eu crio simplesmente

flui de mim. E houve um tempo em que eu amava isso. Vivia por isso. Mas agora? — Passei a mão nos cabelos. — *Agora eu odeio.* — Apontei para o rosto dele. — *Você me fez odiar. Pressionando. Sempre me pressionando.* — Gargalhei. — *Não sou um maldito soldado, pai. Não sou um dos seus recrutas, para quem pode latir ordens esperando que eu entre na linha.* — Balancei a cabeça. — *Você tirou de mim a única coisa que eu amava ao tirar minha diversão. Minha paixão. Arruinou tudo para mim. Você me arruinou!*

A sala estava pesada com aquela tensão enquanto eu tentava me acalmar. Em determinado momento, levantei a cabeça e vi meu pai olhando para mim. Ele estava arrasado. Com lágrimas nos olhos. Meu coração se partiu ao ver meu pai, meu herói, tão magoado com minhas palavras. Mas não podia mais voltar atrás. Estava nas mãos da raiva.

— *Eu... Eu só tentei ajudar, Cromwell* — ele disse, com a voz hesitante. Olhou para o smoking largado no chão. — *Pude ver seu potencial, e só quis ajudar.* — Ele balançou a cabeça e afrouxou a gravata. Meu pai sempre se vestia com perfeição. Nada fora do lugar. — *Eu não tenho talento, filho. Eu... Eu não sou capaz de entender o que vive dentro de você. As cores. A música.* — E engoliu em seco. — *Apenas tentei ajudar.*

— *Bom, mas não ajudou.* — Joguei a mochila no ombro. — *Você estragou. Estragou tudo.* — Passei por ele e abri a porta com força.

Tinha acabado de pisar no corredor quando ele disse:

— *Eu te amo, Cromwell. Me desculpa.* — Mas continuei andando, sem responder. Não fui para casa aquela noite, pelo menos uma vez fiquei bêbado e saí com meus amigos...

— Ele já tinha ido embora no dia seguinte, quando cheguei em casa. Partido para a próxima missão, que duraria nove meses. — Uma adaga perfurou meu estômago.

— Cromwell. Você não precisa...

— Apenas quatro dias depois, o pegaram — falei sem pensar. Agora que estava falando, não conseguia parar.

— Pegaram meu pai e seus soldados. — Eu lembrei da minha mãe indo me contar. Lembrei do coração batendo, tão alto que dava para sentir nos ouvidos. Lembrei das minhas pernas tremendo tanto que achei que não conseguiria andar. E lembrei dos meus pulmões ficando tão pesados que não conseguia respirar. E só conseguia pensar no rosto do meu pai no camarim. Quando o atingi no coração com minhas palavras. — Demorou meses para serem encontrados. — Bonnie chegou mais perto e colocou minha cabeça junto de seu peito. Coloquei meus braços em volta da cintura dela. Esperei um pouco, percebendo, distante, o som singular de seu coração batendo debaixo do meu ouvido. — Um dia, bateram à porta. Quando minha mãe atendeu, era um homem do Exército. Minha mãe me mandou para o quarto. Mas, no instante em que passou pela porta, eu soube. Soube no momento em que vi as chapas de identificação do meu pai na mão dela.

— Cromwell — Bonnie disse. Notei a tristeza em sua voz.

— Mataram. Mataram todos eles. E os deixaram lá para apodrecer. Meu pai... — Engasguei com a minha voz. — Meu herói... foi morto como um animal e largado para apodrecer. — Balancei a cabeça, agarrando-me com mais força ao calor de Bonnie. — E ele morreu pensando que eu o odiava. Que o odiava por fazer tudo o que pôde para realizar meus sonhos.

— Ele sabia que você o amava — Bonnie disse, e desabei nos braços dela. — Ele sabia — ela sussurrou com os lábios em meus cabelos, depois beijou minha cabeça. Eu desabei. E Bonnie ficou comigo o tempo todo.

Quando consegui respirar de novo, disse, suavemente:

— Eu toquei aquela noite, quando nos contaram. Toquei aquela música... a que você acabou de escutar. — A dor daquela noite ainda era tão presente quanto há três anos, as cores ainda eram vívidas. — Então, nunca mais toquei. Música clássica, quero dizer.

Bonnie passou os dedos por meus cabelos.

— E a música eletrônica?

Suspirei, sentindo a crueza do meu peito com aquela confissão.

— Eu precisava tocar. — Ri, sem graça. — Não tinha escolha. Meu pai estava certo, eu precisava de música como precisava de ar. Mas depois que meu pai... Não consegui mais pegar nenhum instrumento. Não conseguia nem ouvir música clássica, muito menos tocar. Compor. Então, me voltei à música eletrônica.

Levantei a cabeça e vi os olhos de Bonnie úmidos. Ela passou o dedo pela minha bochecha.

— Gosto de música eletrônica porque as cores são muito brilhantes. — Tentei fazê-la entender. — Ela me deu a abertura de que eu precisava, uma oportunidade de tocar. Mas as emoções não são tão fortes. — Peguei a mão de Bonnie e coloquei sobre meu coração. — A outra música, a clássica, deixa minhas emoções muito fortes. Ela me consome. Mas também me alimenta. Depois do que aconteceu com meu pai, fiquei amortecido. Tanto que nunca quis voltar a sentir nada. Com a música eletrônica, o processo era menos... tudo. Eu adoro. É música, no fim das contas. Gosto porque não me faz sentir nada. — Dei um sorrisinho. — Até este verão, quando, com um insulto, você acabou com aquele amortecimento. *Sua música não tem alma.*

Bonnie se retraiu.

— Desculpe. Nunca teria dito aquilo se soubesse.

Balancei a cabeça.

— Não, era o empurrão de que eu precisava. Não percebi na época, mas foi o começo.

— O começo de quê?

— Da música voltando para mim. — Lembrei da minha mãe. — Minha mãe casou de novo no começo do ano, e isso me destruiu. Eu me perdi nas casas noturnas, com as garotas e a bebida. — Percebi que Bonnie ficou tensa. Mas era a verdade. — Mas aí Lewis aceitou o emprego aqui e entrou em contato comigo de novo.

— Seu pai falou com Lewis sobre você anos atrás? — Confirmei com a cabeça.

— Ele te amava. — Bonnie sorriu e beijou minha mão. — Ele te amava muito.

Minha visão embaçou com as lágrimas.

— É.

Bonnie chegou ainda mais perto até deitar comigo no mesmo travesseiro.

— Você honra a memória dele estando aqui, Cromwell. Terminando aquela peça. Tocando cada um dos instrumentos de que tinha desistido três anos atrás.

— Mas o jeito como deixei as coisas... — Enfiei o rosto no pescoço de Bonnie.

— Ele está vendo você agora. — Gelei. Bonnie tinha tanta convicção no rosto. — Acredito nisso, Cromwell. Acredito com todas as minhas forças.

Eu a beijei de novo. Os lábios de Bonnie começavam a mudar de cor. Um matiz de roxo acima do vermelho anterior. Mas não estavam menos bonitos.

— O que aconteceu no hospital? — perguntei. Ela ficou com uma expressão triste. Fez meu estômago revirar junto. — Bonnie?

— Minha insuficiência está aguda. — As palavras dela atingiram meu peito como balas de revólver. Abri a boca para pedir que explicasse, mas ela foi mais rápida. — Significa que tenho só mais um pouco de tempo até meu coração não aguentar mais. — Fiquei paralisado, incapaz de me mover enquanto fitava os olhos dela. Os olhos que tinham mais força do que eu já tinha visto em qualquer outra pessoa.

— Não vou mais poder ir para a faculdade. Daqui a pouco, estarei fraca demais para sair deste quarto. — Eu conseguia ouvir o que ela dizia, mas minha pulsação disparava no pescoço, o sangue corria rápido pelo meu corpo.

— Você me devolveu a música — eu disse. Bonnie piscou diante da mudança repentina de assunto. Depois sua expressão se suavizou. Respirei fundo. — Foi você, Farraday. Você me devolveu o que eu havia perdido. — Passei o polegar sobre seu lábio inferior e seus olhos brilharam. — Foi você que trouxe a música de volta ao meu coração. — Fiz uma pausa, tentando encontrar as palavras certas para expressar o que gostaria de dizer. Tive que me contentar com: — Você ajudou minha música a redescobrir sua alma.

— Cromwell — ela murmurou e beijou meus lábios. Dava para sentir seus lábios tremendo. Então ela fechou os olhos e confessou: — Estou com medo. — Senti um buraco no estômago e meu peito se partiu em dois. — Estou com medo, Cromwell. Achei que tivesse mais tempo. — Suas lágrimas caíram dos olhos e escorreram pelo rosto.

Coloquei a mão sobre o peito dela. Senti seus batimentos erráticos e lentos demais sob a palma de minha mão. A sensação e o som eram um círculo pulsante castanho-avermelhado em minha mente. Ela ficou imóvel quando a toquei. Depois cobriu minha mão.

— Como é possível, Cromwell? — Sua respiração era curta, com chiado. — Como um coração pode ser tão danificado e ainda assim se sentir extremamente cheio? Como um coração pode estar falhando quando está tão cheio de vida?

— Não sei — sussurrei, sentindo a desolação tomar conta de mim, até se tornar tudo o que eu era capaz de sentir.

— E como posso viver com a tristeza de saber que não vou conseguir compor com você? Que não vou terminar o que começamos?

— Nós vamos terminar. — Eu a apertei com força. — Não me importa se você estiver amarrada na cama. Mas vamos terminar.

Ela fechou os olhos.

— Promete?

— Eu juro — respondi com firmeza. — E, quando você conseguir seu coração novo, vamos ouvir nossa composição executada pela orquestra da faculdade no fim do ano.

— Não vou poder tocar nada enquanto estivermos compondo — ela afirmou, sentindo-se humilhada.

— Então, eu toco.

— Não vou poder escrever.

— Então, eu escrevo por nós dois.

— Nós dois. — Bonnie sorriu. Desta vez não havia tristeza em seus olhos. — Nós dois — ela repetiu. — Gosto do som dessas palavras. — Ela fechou os olhos. — Parece uma música.

— Você é a letrista.

Ela acenou com a cabeça.

— É o meu sonho. Colocar palavras em músicas. Dar vida a elas. Não sou muito boa tocando. — Quis contestar aquele fato. A noite em que a havia visto na cafeteria tinha sido a noite em que tudo mudou. — Mas meu sonho seria escrever para outras pessoas. — Ela olhou para mim. — E o seu?

— Só fazer música. — Suspirei. — Música que tenha algum significado.

Não seria ótimo se nossos sonhos se encontrassem? — Sorri, porque visualizei aquilo na cabeça. Vi Bonnie ao meu lado, escrevendo letras enquanto eu compunha a música. Ela ao meu lado, levando vida às minhas notas.

— Seria ótimo — repeti. Bonnie bocejou. Quando seus olhos começaram a se fechar, ouvi sua música, "Asas", que eu havia mixado. E sorri.

Nós dois.

— Cromwell? — Bonnie se sentou, vestindo o pijama. Eu a observei. Achava que não conseguiria mais tirar os olhos dela. Ela deitou, fechando os olhos. — Vista suas roupas, Cromwell. Antes que meu pai entre aqui de manhã e dê um tiro em você.

Apesar de sentir um aperto no peito, e apesar do peso das dez toneladas de medo que eu sentia sabendo que Bonnie não tinha muito tempo até seu coração não aguentar mais, eu ri. Bonnie sorriu, ainda de olhos fechados, e eu me vesti. Mas voltei a deitar na cama, sem me importar nem um pouco com as roupas molhadas, ou com o fato de que os pais dela poderiam nos encontrar daquele jeito pela manhã. Puxei-a para perto de mim enquanto ela permanecia sob o edredom, jurando que nunca mais a largaria.

— Crom? — Bonnie disse com a voz sonolenta. Sorri ao ouvir o apelido que tinha acabado de escapar de seus lábios.

— Hum?

— Eu te amo — ela sussurrou e destruiu o que restava de meu coração.

— Eu também te amo.

A música preencheu minha cabeça quando pensei na luta dela. Quando ouvi o chiado em sua respiração e vi seus lábios ficando com a cor mais intensa devido à falta de sangue bombeado pelo coração. Era uma melodia apenas para ela. Para mantê-la forte. Para inspirá-la a lutar.

Sabia que a gravaria assim que chegasse em casa.

Porque ela tinha que sobreviver.

Eu não suportaria outra perda. Mas a perda do que poderia ser era o que mais me assustava. Porque eu tinha certeza de que poderíamos ser algo especial

Ela só tinha que sobreviver.

20
Cromwell

Duas semanas depois...

Voltei andando para o dormitório no escuro. Abri as cortinas. Easton estava de novo na cama. Ele puxou o edredom e cobriu a cabeça.

— Que merda é essa, Crom?

Fiquei parado do lado da cama dele e arranquei as cobertas. Easton se virou para o outro lado. Fedia a álcool. Eu tinha chegado da casa da Bonnie depois de dormir lá, mas percebi que ele tinha acabado de entrar.

— Levante. Preciso de sua ajuda — eu disse, cruzando os braços. Olhei para a pintura no cavalete. Outra obra sombria e perturbada. Eu entendia. Deus sabia que eu entendia. Dava para ver a dor que ele sentia todos os dias andando por aí, perdido.

Ele via Bonnie e, quando isso acontecia, era só sorrisos. Mesmo quando ela começou a desaparecer. Quando os dias dela na faculdade se tornaram cada vez menos frequentes. Quando as pernas ficaram fracas e ela foi forçada a andar de cadeira de rodas, e quando a respiração ficou tão ruim que precisava de oxigênio todos os dias. Um pedaço de mim morria cada vez que eu via seu corpo se rendendo. E queria gritar quando via a luta em seus olhos. Quando ela segurava minha mão, apertando com o máximo de força que podia... o que antes era forte agora era suave como uma pena.

Easton estava piorando. Mas Bonnie precisava dele. Droga, eu precisava dele. Ele era a única outra pessoa que entendia tudo isso.

Mas, quando ele voltava para o quarto, espancava telas com tinta preta ou saía para encher a cara.

— Preciso que me ajude a carregar minha caminhonete. — Easton abriu o olho. Esfreguei a nuca, senti um aperto no peito. A cada momento, sentia que estava a apenas um passo de desmoronar. — Vou levar os instrumentos para lá.

A expressão de Easton ficou triste, e eu o ouvi respirando fundo. Ele sabia o significado daquilo. Bonnie não conseguia mais ir até a faculdade. Não conseguia mais fazer quase nada.

— Por favor, East. — Achei que ele ouviria a rouquidão reveladora na minha voz. Easton se vestiu e me acompanhou até o prédio do curso de música. Lewis tinha dado permissão para que eu trabalhasse com Bonnie em casa. Havíamos chegado longe. Mas agora Bonnie só podia ficar deitada na cama e escutar. Se ela tentava pegar o violino, seus braços fraquejavam. Se tentava tocar nas teclas do piano, seus dedos ficavam dormentes demais para se mexer. E, a pior parte, se ela pegava o violão de que gostava tanto, suas mãos não tinham força para tocar.

E sua voz. O violeta. Sua paixão. Suas palavras... diminuíam a um sussurro, sua respiração fraca a impossibilitava de cantar. Isso era o pior de tudo. Todos os dias ela cantava. Eu deitava com ela na cama, e ela cantava. E todos os dias o violeta ficava cada vez mais fraco, reduzindo-se até se tornar um tipo de lilás diluído. Até não restar mais nenhum pigmento.

Com a caminhonete carregada, fomos para a casa de Bonnie. Easton não falou mais nada. Dificilmente sorria. Dei uma espiada nele. Ele olhava pela janela. Não tinha nada para dizer a ele. O que *eu* diria? Todos esperávamos, todos os dias, pela ligação. A ligação que avisaria que teriam encontrado um coração.

Paliativos, a mãe de Bonnie havia me explicado recentemente. Bonnie agora estava sob cuidados paliativos. Uma enfermeira a visitava todos os dias. E dava para ver a humilhação nos olhos de Bonnie enquanto cuidavam dela. O anseio de levantar da cama e andar. Cantar e tocar.

De apenas ficar bem.

Estacionamos na frente da casa dos Farraday. Easton não tirou os olhos da janela.

— Tudo bem com você? — perguntei.

Easton se virou para mim, com um olhar vazio.

— Vamos levar os instrumentos para a minha irmã. — Ele desceu e começou a descarregar. Eu o segui, carregando um violino, uma flauta e um clarinete. Logo que entrei na casa, o cheiro de antisséptico chamou minha atenção. A casa inteira agora tinha cheiro de hospital.

Quando entrei no quarto de Bonnie, não importou para mim que ela estivesse deitada na cama, com um tubo de plástico no nariz bombeando oxigênio para seu corpo, ela ainda era a coisa mais perfeita que já havia visto. A sra. Farraday estava sentada ao seu lado. Easton largou o tambor que carregava e foi até a cama dar um beijo na testa de Bonnie.

Bonnie sorriu, e aquela visão partiu meu coração. Um gotejador pendia de seu braço. Eram fluidos para mantê-la forte, agora que não conseguia mais comer nem beber direito. Ela havia perdido peso. Sempre tinha sido magra, mas agora desaparecia diante dos meus olhos.

De repente, não consegui respirar, e lágrimas faziam meus olhos arderem. Virei as costas e voltei para o carro para pegar mais instrumentos. No instante em que o ar gelado me atingiu, parei e apenas respirei. Easton chegou ao meu lado e parou também. Nenhum de nós dois disse nada. Mas quando ele soltou o ar, com a respiração trêmula, era como se tivesse gritado do telhado.

Bonnie estava morrendo, e não havia porra nenhuma que pudéssemos fazer.

Quando consegui voltar a me mover, levei o violoncelo e o saxofone até o quarto. Desta vez, Bonnie esperava por mim, com o olhar fixo na porta. Quando a olhei nos olhos, um sorriso imenso, capaz de iluminar o céu, abriu-se nas bochechas pálidas.

— Crom... well... — balbuciou ela, com uma voz que mal saía. Eu tinha ido embora dali havia apenas algumas horas, mas, quando o tempo é limitado, cada minuto que passamos separados é uma eternidade.

— Farraday — eu disse, e fui para o lado dela. A mãe tinha saído, e eu tinha visto a enfermeira, Clara, na cozinha quando passei. Corri os dedos pelos cabelos dela. Quando seus olhos examinaram o quarto, encheram-se de lágrimas. Seus lábios roxos se abriram, e o ar escapou de sua boca ofegante.

— Você... me... trouxe... — Ela respirava rápido. Seus olhos se fecharam enquanto ela lutava simplesmente para respirar. — Música — ela falou, com o peito subindo e descendo no dobro da velocidade normal, enquanto tentava forçar a sair a última palavra.

— Nós vamos terminar. — Eu me abaixei para beijar seus lábios. — Fiz uma promessa a você.

Easton apareceu do outro lado da cama. Ele se sentou e pegou na mão dela. Dava para ver o tormento nos olhos dele. E vi a sombra escura que pairava ao seu redor como se fosse um manto. A evidência azul-marinho e grafite de que ver a irmã naquela cama era a versão dele do inferno.

— Vou deixar vocês com a música. — Ele olhou para mim. — Cromwell está cuidando de você agora, certo? — E beijou a mão dela. — A gente se vê, Bonn. — Easton se calou. O nó em minha garganta ficava maior a cada dia, atrapalhando minha capacidade de engolir. E agora, vendo Bonnie derramar uma lágrima, observando-a rolar por seu rosto pálido, ele aumentou tanto que não consegui respirar.

Bonnie tentou se agarrar a ele. Mas dava para ver que ela se esforçava para mover os dedos. Easton se levantou e beijou a testa dela. Então olhou para mim.

— Cromwell.

— A gente se vê, East — eu disse, e ele saiu do quarto.

Bonnie soluçou, e em dois segundos cravados eu estava com ela na cama, segurando-a entre os braços. Senti as lágrimas no meu pescoço. Ela não pesava nada em meus braços.

— Não quero... — ela sussurrou. Fiquei parado até ela terminar a frase. — Deixar você triste.

Fechei os olhos bem apertados e rangi os dentes. Segurei-a mais apertado. O piano que eu havia tocado na maioria dos dias olhava para mim. Levei a boca ao ouvido dela.

— Escrevi uma coisa para você.

Deitei Bonnie de volta na cama, enxugando suas lágrimas com o polegar.

— Escreveu? — ela disse.

Confirmei com a cabeça e lhe dei um beijo rápido. Todos os nossos beijos eram daquele jeito agora. Mas eu não me importava. Não eram menos especiais. Passei a mão em seus cabelos.

— Você é a pessoa mais valente que já conheci. — Bonnie piscou, seus olhos se fecharam uma fração de segundo a mais enquanto assimilava minhas palavras. — Você vai vencer, Bonnie. Nunca vou deixar de ter esperança. Quis criar alguma coisa que te lembrasse disso, da luta que me disse que encararia. Escrevi uma coisa para você ouvir quando perder as esperanças.

A empolgação explodiu no olhar dela. Sempre acontecia quando eu tocava. Ela lembrava meu pai naqueles momentos. Outra pessoa que amei e que acreditava muito em mim. Cuja maior alegria na vida era me ouvir tocar. A perda que sentia nesses momentos era extrema. Porque se meu pai tivesse conhecido Bonnie... ele a teria adorado.

E ela teria adorado ele.

— Está pronta? — eu disse, rouco, com aqueles pensamentos roubando minha voz.

Bonnie fez que sim com a cabeça. Ela não soltou minha mão até eu descer da cama para atravessar o quarto. Sentei ao piano e fechei os olhos.

Minhas mãos começaram a tocar as cores que eu tinha confiado à memória. O padrão que transbordava de minha alma e cuja música preenchia o quarto. Um pequeno sorriso se formou em meus lábios quando deixei as imagens que haviam inspirado aquela composição virem à mente. Bonnie andando à minha frente, segurando minha mão. Seu sorriso e seus lábios rosados. A pele pálida se enchendo de cor sob o sol pesado da Carolina do Sul. Ela, sentada na grama comigo, contemplando o lago. Canoístas e remadores se movendo lentamente pela água, sem urgência ou pressa. A brisa soprava os cabelos dela, e eu reparava nas sardas que o sol havia revelado em seu nariz e bochechas.

Ela se aproximava de mim para me beijar. Eu segurava em sua cintura, sentindo o tecido do vestido. Ela respirava com facilidade quando eu encostasse em sua boca. Seu corpo seria forte. E, quando eu colocava a palma da mão em seu coração, ele batia em um ritmo normal, estável.

Os pulmões dela respirariam o ar fresco.

E ela gargalharia e correria como qualquer pessoa.

Então, sentávamos juntos, na sala de música. Ela, ao meu lado no piano. Eu tocava, e a voz dela preenchia a sala com o violeta mais vívido que eu já havia visto.

Eu a abraçaria na cama à noite, e ela adormeceria com a cabeça em meu braço... feliz.

Meus dedos se afastaram do piano. Respirei fundo três vezes antes de me virar. Bonnie me observava, com um olhar de surpresa no rosto.

— Perfeito — ela sussurrou, estilhaçando meu coração. Sentei na beirada da cama. Peguei o celular dela e transferi a música para ele.

— Quando se sentir sozinha, quando estiver triste. Quando tiver perdido a esperança. Ouça isso, e recupere aquela força que me mostrou desde quando nos conhecemos em Brighton.

Bonnie concordou. Apertou o play, com o dedo desajeitado. A música que eu tinha acabado de tocar pairava entre nós. Bonnie fechou os olhos e sorriu.

— É como... — Ela tratou de respirar. — Estar no lago.

— Você gosta de estar no lago?

Os olhos dela se abriram. Ela sorriu, acabando comigo.

— Sim... principalmente no verão. — Acenei com a cabeça. — Em um... barco.

Segurei a mão dela.

— Quando melhorar, vamos fazer isso.

O sorriso dela se abriu.

— Sim.

Bonnie fechou os olhos, e com minha música tocando sem parar ela caiu no sono. Fiquei ao lado dela até anoitecer. Como Bonnie ainda não tinha acordado, beijei seu rosto.

— Volto logo. — Desci da cama e fui para a porta.

A mãe de Bonnie estava perto da entrada. Ela sorriu para mim.

— Que coisa linda, Cromwell. A música que tocou para ela.

Passei a mão na nuca.

— Obrigado. — Eu não queria perguntar. Não aguentaria se a resposta fosse ruim, mas perguntei assim mesmo. — Quanto tempo ainda temos?

A sra. Farraday olhou fixamente para a filha na cama, ouvindo a música que eu havia composto para ela.

— Acabei de falar com a Clara. Ela acha que são apenas algumas semanas, talvez um mês, até que ela tenha que ir para o hospital. — Os olhos da sra. Farraday se encheram de lágrimas. — Depois disso... — Ela não terminou a frase. Não era preciso. Porque, depois disso, o tempo que tínhamos era apenas o tanto que o coração de Bonnie conseguisse aguentar.

— Ela vai conseguir um coração — eu disse, e a sra. Farraday concordou com a cabeça.

— Ela vai conseguir um coração.

Dirigi para casa, mas percebi que estava indo na direção da clareira onde Easton tinha me levado. Ia ali quase todos os dias. Às vezes, Easton também ia. Parei a caminhonete e sentei na grama para contemplar o lago. O mesmo canoísta que eu sempre via estava lá. Aquele que eu achava que também não dormia à noite. Precisava de exercício físico para exorcizar seus demônios. E no píer à direita estava atracado um barquinho. É como estar no lago...

Olhei para a lua e seu reflexo na água. E me peguei fazendo algo que nunca havia feito antes. Eu rezei. Rezei para um Deus com quem nunca havia falado. Mas que eu acreditava ter trazido Bonnie para minha vida por alguma razão. E eu tinha que acreditar que não era para me ajudar a lidar com aquilo, com minha rejeição à música, só para perdê-la no final, sabendo que ela controlava meu coração como a doença controlava o dela. De forma completa e irreversível.

Fiquei sentado, observando o canoísta a distância, até ele remar para longe do meu campo de visão, para além da escuridão. Levantei e voltei para o dormitório. O lugar estava em silêncio quando fui até a porta do quarto. Estava escuro ali. Acendi a luz e parei ao ser atingido pelo cheiro de tinta.

Tintas preta e cinza tinham manchado todas as paredes. Os cartazes de Easton haviam sido arrancados, e seus restos estavam na cama. Andei mais pelo quarto. Que merda tinha acontecido?

Então, vi pés saindo do lado do guarda-roupa. Cheguei mais perto, e meu coração começou a esmurrar meu peito.

Depois, vi sangue.

Dei a volta correndo. O ar foi arrancado do meu peito e o sangue, drenado do meu rosto, quando vi Easton sentado no chão, desmaiado contra a parede, com sangue jorrando dos cortes em seus pulsos.

— Merda! — Desabei no chão e cobri os pulsos dele com as mãos. O sangue quente cobriu minhas palmas. Olhei ao redor do quarto, sem saber o que fazer. Corri até minha cama e tirei o lençol. Eu o rasguei, fazendo faixas, e as enrolei nos cortes de Easton.

Cambaleei até meu celular e liguei para a emergência.

— Uma ambulância — pedi, com as palavras apressadas e repletas de pânico. — Meu amigo cortou os pulsos.

— Ele está respirando? — Vi que ainda não estava inconsciente. Seu peito subia e descia. Seus olhos se moviam.

Pus a mão no pescoço dele.

— Está com a pulsação fraca. — Passei o endereço para eles e larguei o telefone. Segurei Easton nos braços, elevando seus pulsos. — Easton, que porra é essa? — Sussurrei em seu ouvido. Minha voz estava rouca de desolação. Ele perdeu a consciência assim que ouvi a sirene da ambulância do lado de fora.

Os paramédicos invadiram o quarto e o tomaram de mim. Eu fiquei e assisti, sentindo como se estivesse vendo aquela cena de fora do corpo enquanto eles colocavam Easton na maca e saíam com ele às pressas. Não pensei, apenas corri com eles. Subi na traseira da ambulância enquanto eles o atendiam. E, quando entraram no pronto-socorro e passaram por uma porta que eu não poderia atravessar, fiquei na sala de espera, com dúzias de olhares sobre mim.

Minhas mãos tremiam. Olhei para baixo; tinha sangue nas mãos e na camiseta. Saí em busca do ar noturno.

Minhas mãos ainda tremiam quando peguei o celular no bolso, e tremeram ainda mais quando selecionei o nome da sra. Farraday e apertei "ligar".

— Cromwell? — Fui atendido por sua voz surpresa e cansada. Devia estar na cama. Estava tarde.

— É o Easton — eu disse, com a voz rasgada. A sra. Farraday ficou em silêncio do outro lado. — Ele está no hospital. — Fechei os olhos. — Não sei se ele vai ficar bem. Tinha muito sangue... — Não sabia mais que merda dizer. Ele tinha ficado branco na ambulância. Não acordava de jeito nenhum.

— Estamos a caminho. — E a voz da sra. Farraday abaixou, com o medo e o pânico envolvendo cada palavra. Então, meu telefone ficou mudo.

Voltei para a sala de espera. Não lembro de mais nada até a sra. Farraday entrar correndo pela porta. Ela disparou até a recepção e aí bateu os olhos em mim. Eu me levantei. Naquele momento, não sentia nada. Mas sabia o que viria a seguir. As emoções viriam e me sufocariam, tornando impossível respirar.

A sra. Farraday agarrou meus braços. Os olhos dela estavam enormes e avermelhados.

— Cromwell, onde ele está?

Engoli em seco e olhei na direção das portas fechadas.

— Levaram ele para lá. — Acompanhei o olhar dela até que parasse no sangue em minhas mãos. — Ele cortou os pulsos — eu disse, minha voz saindo, independentemente da minha vontade. — Encontrei-o no nosso quarto. Ele se cortou com uma faca.

Um som abafado veio de trás da sra. Farraday. Quando levantei a cabeça, o sr. Farraday estava lá... e em uma cadeira de rodas à frente dele, com máscara de oxigênio no rosto e cateter no braço, Bonnie. Meu coração bateu forte no peito, e o amortecimento foi embora quando olhei para o rosto dela. Lágrimas escorriam em profusão por suas bochechas, e seus olhos castanhos estavam arregalados, parecendo quase grandes demais para seu rosto. Suas frágeis mãos tremiam, apoiadas no colo.

— Bonnie. — Fui para perto dela. A cada passo, mais lágrimas caíam dos olhos dela. Parei e olhei para mim. Para o sangue. O sangue do irmão gêmeo dela. — Bonnie — sussurrei. Ela abriu a boca, mas nada saiu.

— Os pais de Easton Farraday estão aqui? — Uma voz vinda de trás de nós perguntou.

Os Farraday correram para o médico. Ele os levou para além das portas que eu não pude atravessar. Observei as portas se fechando e mantendo-me de fora. E então ouvi. O som das portas se fechando, trazendo o laranja à minha mente. Os sons dos lápis raspando no papel. Os tinidos dos alto-falantes. As fungadas dos amigos e familiares chorosos na sala de espera.

Comecei a caminhar, tentando expulsá-los da minha cabeça. E o amortecimento que tinha começado a se dispersar quando vi Bonnie atingiu o chão em faixas escarlate. Sentei, com as mãos na cabeça, enquanto a onda de emoções que sabia que sentiria me atropelavam como uma locomotiva.

A visão de Easton no chão, coberto de sangue, surgiu em minha mente. Dava para sentir o cheiro do sangue, o aroma metálico explodindo em minha língua. A dor estilhaçou meu peito, seus fragmentos pontiagudos cobriram minha pele de bolhas. Os olhos de Easton. A poça de sangue no chão. A tinta preta. Os olhos de Easton. A voz da sra. Farraday... então...

— Bonnie — sussurrei. A lembrança do rosto dela quando olhou para mim, quando se assustou comigo, foi uma martelada em minhas costelas.

Fiquei inquieto no assento, sem saber para onde ir ou o que fazer. Não sabia quanto tempo havia se passado quando alguém sentou ao meu lado. Dei uma olhada, mexendo no cabelo. O sr. Farraday estava perto de mim.

Gelei, esperando o que ele iria dizer. Então colocou a mão em meu ombro.

— Você salvou a vida do meu filho. — Um alívio diferente de tudo o que já havia sentido tomou meu corpo. Mas ele apenas intensificou as emoções que já estavam elevadas. Precisava sair. Eu precisava... precisava... precisava de música. Precisava pôr aquelas emoções para fora da única maneira que sabia. — Você o salvou, filho — o sr. Farraday repetiu.

Engasguei com o nó na garganta. Concordei com a cabeça e olhei para o sr. Farraday. Ele parecia destruído. Tinha dois filhos. Uma estava morrendo de insuficiência cardíaca. O outro havia acabado de tentar tirar a própria vida.

Não conseguia suportar ficar ali. Meu coração parecia tentar abrir caminho entre minhas costelas. Minha pele coçava. Eu precisava sair, mas...

— Bonnie ainda vai demorar um pouco. — Por trás da dor, havia um olhar de compreensão nos olhos do sr. Farraday.

— Não posso deixá-la — eu disse, gentilmente. Porque, mesmo estando à flor da pele, queria vê-la. Ter certeza de que ela, de alguma forma, não me culpava. Queria segurar a mão dela. Estava sempre fria agora. Só esquentava quando eu a segurava.

— Vá trocar de roupa. Tome um banho. Logo vocês vão se ver.

Queria passar com tudo pelas portas que me levariam a ela. Queria não ligar para o que os outros diriam e correr para Bonnie. Ter certeza de que estava bem depois de seu irmão ter tentado se matar, enquanto ela sempre lutava para se manter viva. Como ela podia entender uma coisa dessas?

— Por favor, Cromwell — disse o sr. Farraday. Olhei para ele. Estava arrasado. O rosto do meu pai apareceu em minha mente. Como ele estava na última noite em que o vi. Quando o ataquei com minhas palavras e destruí seu espírito.

Pulei da cadeira e corri pela porta. Fui até a loja de bebidas mais próxima e comprei meu velho amigo Jack Daniel's. Não bebia havia semanas.

Não dei a mínima para o jeito que o caixa me olhou quando bati no balcão minha identidade falsa coberta de sangue.

Percorri a Main Street, lutando contra as emoções que ameaçavam me consumir. Meu coração martelava o peito, e uma pressão se acumulava atrás dos meus olhos. Coloquei uma música que batia no ritmo do meu coração. Altas notas graves chacoalharam a cabine da caminhonete. Elas normalmente me ajudavam a bloquear tudo do lado de fora. Todos os pensamentos fodidos sobre Easton que corriam pela minha cabeça. Mas não deu certo. Não afogaram as emoções, os sentimentos que cresciam em mim com tanta força que precisava esmagá-los com álcool.

Parei de qualquer jeito no estacionamento. Ignorei os olhares e cochichos dos alunos ao passar voando pelo caminho até a sala de música, com o Jack na mão. Arranquei a tampa e tomei um bom gole, esperando a queimação levar as emoções embora. Amortecê-las até que eu conseguisse respirar.

Abri a porta do prédio com o ombro e cambaleei pelo corredor até chegar à sala que costumava usar. Fiquei parado enquanto os instrumentos olhavam para mim. Tirando com a minha cara. Gritando para que os usasse. Mas a raiva tomou as rédeas. Raiva e frustração. Estava muito de saco cheio de tudo. Tomei mais um gole de Jack e corri para a bateria, derrubando todo o equipamento com um chute furioso.

Mas aquilo não ajudou. Um prato se estatelou no chão, mas as emoções ainda estavam ali, brilhantes e vívidas em minha cabeça. As cores de neon que quase cegavam, o gosto metálico da dor, do sofrimento, da impotência, deixando o sabor ácido em minha língua.

Disparei para fora e me peguei na sala de Lewis. Não pensei. Tudo dentro de mim me consumia demais para que pensasse. Esmurrei a porta, com lágrimas quentes escorrendo dos cantos dos olhos, escaldando minha pele. Soquei a madeira robusta com o punho, e as porradas aumentavam de volume e de ritmo. Amarelos pulsantes preenchiam minha cabeça. Minha respiração ecoava nos ouvidos – verde-oliva. O coração espancava meu peito – castanho.

Bati mais forte na porta, e cada som, cada emoção, cada sabor era uma agressão aos sentidos. Não, não uma agressão; quase um maldito bombardeio, obliterando tudo em seu caminho.

A porta se abriu e caí dentro da sala. De repente, Lewis estava na minha frente, com os olhos arregalados, me encarando, horrorizado.

— Meu Deus, Cromwell! O que aconteceu? — Eu o tirei da minha frente e comecei a andar de um lado para o outro na sala. Virei mais um pouco de Jack, metade da garrafa já tinha ido. Mas desta vez as emoções eram fortes demais para que eu as evitasse.

Joguei a garrafa na parede, ouvindo o vidro quebrar e se estilhaçar. Pontos dourados opacos navegaram por minha mente. Agarrei meus cabelos, puxando os fios. Bati na cabeça até Lewis afastar meus punhos. Ele os segurou com força e fez com que eu o olhasse nos olhos.

— Cromwell. — A voz dele era ríspida e severa. — Acalme-se.

A luta escoou de mim, deixando apenas uma forte impressão de tudo o que eu combatia em minha mente. Minha língua rolou pela boca, tentando se livrar do amargor.

— Cromwell! — Lewis me chacoalhou, e meus ombros desabaram.

— Não consigo aguentar — eu disse, com a voz falhando. Lewis ficou com um olhar triste. Olhei para o sangue ainda em minhas mãos. Ainda não tinha nem lavado o sangue de Easton de mim. — Ele tentou se matar. — Minha voz estava trêmula. Fechei os olhos bem apertados. — Ela está morrendo.

Tampei os olhos, tentando remover o pigmento azul-marinho que encobria qualquer outra cor em minha mente. Uma tela azul-marinho, borrando todo o resto.

Eu odiava azul-marinho pra caralho.

— Ela está esperando por um coração. Mas não acho que vai conseguir. — Lewis afrouxou as mãos que me seguravam, mas não me soltou. Olhei para a pintura com espirais em cores vivas na parede. — Ela fica mais fraca a cada dia. — Balancei a cabeça, vendo Bonnie no hospital, vindo na minha direção, com olhos fundos e enormes. Ela parecia tão fraca.

Parecia que estava perdendo a batalha.

— Ela vai morrer — sussurrei de novo. Uma dor muito forte e um azul muito escuro penetraram em cada uma das minhas células, arrancando o ar dos meus pulmões. — Ela me fez querer voltar a tocar. — Bati com o punho no peito... sobre o coração que ainda funcionava. — Ela me fez voltar a ouvir a música dentro de mim. Ela me fez tocar. Ela me inspirou... fez com que me tornasse *eu* de novo. — Engoli o nó que estava cansado de sentir na garganta. — Ela não pode morrer. — Toda a luta escoou do meu corpo. — Eu amo a Bonnie. Ela é o meu prateado.

As emoções voltaram a crescer, como um tsunami pronto para destruir uma praia desavisada. Então, vi que Lewis estava me levando para algum lugar, com a mão em meu braço. Nem reparei para onde íamos até que pisquei e estávamos em um estúdio. Só que era melhor do que qualquer outro que eu já havia visto desde que tinha chegado ali. Olhei ao redor da sala elegante, vi os instrumentos arrumados com perfeição e prontos para serem tocados. Eram todos novos e de ótima qualidade. Então meus olhos vagaram até o piano de cauda no canto. O acabamento preto brilhante era como ímã para mim. Meus pés se moviam pelo chão de madeira clara. Eu me sentia deslizando ao chegar ao piano no qual tinha tocado diversas vezes em concertos quando era criança. Quando teatros lotados me escutavam... e meu pai ficava nos bastidores e assistia ao filho sinestésico compartilhando as cores de sua alma.

— Você tem que tocar — Lewis disse. Ele estava parado no centro da sala, observando. Naquele momento, parecia o compositor a que eu havia assistido tocar tantos anos antes no Albert Hall.

Tyler Lewis.

Recuei quando as emoções tomaram o controle. Minha cabeça parecia estar em um tornilho, prensada, pulsando.

— Coloque tudo para fora — ele disse. Deixei que sua voz atingisse meus ouvidos.

A voz dele era bordô.

Eu gostava de bordô.

Minhas mãos se espalharam pelo teclado. No instante em que senti o frio do marfim sob meus dedos, tudo se acalmou. Mantive os olhos fechados enquanto tudo o que havia acontecido aquela noite se transformava de imagens em cores. Em formas que dançavam e tremeluziam, espetavam e se arqueavam.

E eu as segui, como meu coração me orientou a fazer. A cada tecla, a cada acorde tocado, as emoções diminuíam. Toquei e toquei, até não pensar mais. Deixei a música me guiar, com os olhos fechados, para a escuridão. Respirei, e meu peito relaxou. Meus músculos e o piano se tornaram uma coisa só, a tensão fluiu das fibras para a melodia. Com a sonata que se materializava naquele estúdio, as emoções eram apaziguadas. Minha cabeça parou de doer à medida que as notas dançavam e se espalhavam pelo ar, tirando o fardo do meu corpo.

Toquei e toquei, até a música escolher acabar, e eu ficar repleto.

Respirei. Inspirei e expirei, dentro e fora, até minhas mãos resolverem cair ao lado do corpo. Abri os olhos e fitei as teclas brancas e pretas. Apesar daquela noite, apesar da dor e da tristeza que eu sabia que só piorariam, sorri.

Bonnie teria amado aquele sorriso.

Quando levantei a cabeça, Lewis continuava parado no mesmo lugar em que estava quando comecei a tocar. Só que sua expressão era completamente diferente. E seus olhos estavam úmidos.

— Isso, Cromwell — ele disse, com a voz rouca —, é a razão de eu querer você aqui, nesta faculdade. — Ele deu um passo à frente. — Nunca ouvi nada assim, filho. Nem em todos os meus anos compondo e regendo eu ouvi algo tão vivo, tão *real*, como o que acabei de testemunhar.

Ele foi até o piano e se apoiou nele. Estava quieto. Olhei para o piano e corri os dedos sobre o preto brilhante.

— Quero isso — sussurrei, e senti a última corda que prendia com firmeza minha paixão por acordes e melodias, rapsódias e sinfonias, libertar-se. O nó que travava minha garganta tinha desaparecido. Respirei e senti meus pulmões expirarem de verdade pela primeira vez em anos – talvez desde antes de perder meu pai –, porque aquela era minha escolha.

A música tinha gritado para que eu compusesse desde o instante em que nasci... e agora eu estava preparado para escutá-la.

— Quero isso — falei mais alto, com uma convicção que nunca havia tido antes. Olhei para Lewis. — Preciso fazer isso. — Eu precisava criar. Compor.

Então pensei naquela noite e na história que aquele piano Steinway havia acabado de contar. Senti a tristeza brotar dentro de mim, cavando um caminho até a superfície. Meu dedo caiu sobre uma única tecla, e apertei o mi. Sempre gostei do mi. Era verde-claro.

— Ele cortou os pulsos. — Pulei para o sol. — O irmão da Bonnie, Easton. Ele tentou se matar hoje. — Comecei uma escala ao passar o dedo pelas teclas. — Eu o encontrei. — Minha voz era cortante como uma lâmina.

— Ele está...?

— Estável. Foi o que o pai dele disse. — Uma escala após a outra se seguiam ao longo das teclas do piano. Coloquei a outra mão no peito. — As emoções... — Balancei a cabeça, sem saber como explicar.

— Consumiram você — Lewis disse. — Elas o destruíram.

Minha mão paralisou nas teclas. Olhei-o nos olhos.

— É. — Fiquei totalmente confuso. Ele tinha entendido.

Lewis puxou um banco de orquestra para o meu lado. Os dedos dele também encontraram o rumo das teclas. Observei suas mãos se movendo como se tivessem vida própria. Vi as cores na mente. Então, comecei a tocar cores semelhantes que combinavam. Toquei uma harmonia. Lewis deu um sorrisinho. Segui as deixas dele. Espectros refratavam em minha mente. E os persegui até que Lewis afastou as mãos e as deixou cair no colo.

Ele suspirou.

— Foi assim que comecei a beber. Usar drogas. — Ele deu um tapinha na cabeça e outro no peito. — As emoções. As cores que eu sentia quando as coisas davam errado. — Ele balançou a cabeça. — Não conseguia lidar com aquilo. Usei o álcool para amortecer a dor. E minha vida saiu do controle a partir daí.

— Suas emoções também ficam mais intensas? — Olhei fixamente para ele, atordoado.

Lewis confirmou.

— Sinto o gosto delas também. E vejo cores.

— Nunca achei que sinestésicos tivessem sintomas tão semelhantes.

Lewis concordou com a cabeça. Senti uma leveza no peito que não conseguia descrever. Porque mais alguém sabia. Ele entendia. Tudo. Tudo aquilo que às vezes me soterrava sob tantas sensações que eu até desligava. Construía muros altos para conter os sentimentos. Quem eu realmente era.

Lewis fechou os olhos, respirou, e aí pegou alguma coisa no bolso interno de sua jaqueta. Colocou um frasco prateado de bebida sobre o piano.

— É uísque — ele disse, olhando para o frasco. — Estou sóbrio há três anos.

Apenas escutei.

— Quando fui convidado para compor para o concerto de gala daqui a alguns meses, pensei que seria capaz. Achei que havia dominado meus demônios. — Ele apontou com o queixo na direção da bebida. — Pensei que tinha controle das emoções que surgiam dentro de mim quando tocava. Quando as cores vinham. — Ele riu, sem achar graça. — Quando abria minha alma.

Ele baixou os olhos para as teclas do piano. Tocou uma única nota fá, o som e um hexágono cor-de-rosa brilhante vibraram no ar.

— Mas tenho muitos arrependimentos, Cromwell. Muitos fantasmas no passado dos quais nunca vou conseguir fugir. Eles sempre vêm e me encontram, onde quer que eu componha. Porque eles são o que vive dentro de mim. Minha música não seria sincera se eu não deixasse tudo nas partituras. — Ele correu os dedos pelas filigranas no frasco. — Mas não consigo dar conta das emoções que surgem por causa da minha sinestesia. Fui estúpido ao pensar que elas não voltariam à tona.

— Você bebeu alguma coisa?

— Ainda não. — Ele riu de novo, porém mais pareceu que estava engasgando. — Só carrego a bebida comigo.

Para provar a mim mesmo que sou capaz de resistir. — Antes que eu pudesse dizer qualquer coisa, ele continuou: — Não vou compor para o concerto da Filarmônica Nacional.

Franzi as sobrancelhas. Então Lewis se virou para mim.

— Disse a eles que havia outra pessoa que poderia estrear em meu lugar. — Tão exausto mentalmente como estava, demorei alguns segundos para perceber aonde ele queria chegar. Um calor latente que estava em meu sangue ganhou vida quando assimilei aquelas palavras. Senti arrepios na pele, e meu pulso disparou. — Do jeito que você acabou de tocar... — Ele balançou a cabeça. — Você decide, Cromwell. Mas, se quiser, o lugar é seu. O diretor de programação se lembrou de você, de quando era pequeno. Agora querem mais você do que eu. O gênio musical que um dia simplesmente parou de tocar fazendo seu grande retorno.

Meu coração espancou meu peito.

— Não há tempo suficiente. Está muito perto. E eu teria que compor uma sinfonia inteira. Eu...

— Ajudo você.

Olhei para ele com curiosidade.

— Por que quer tanto me ajudar? Não pode ser só para retribuir ao meu pai.

Lewis desviou o olhar e depois, encarando-me de novo, disse:

— Vamos dizer que tenho um monte de erros para reparar. É um dos meus doze passos. — Ele ficou quieto, e imaginei o que estava pensando. — Mas também é porque quero, Cromwell. Quero ajudá-lo a compor.

A adrenalina fluiu pelo meu corpo quando pensei em voltar para o palco, com uma orquestra me cercando, dando vida às minhas criações. Mas aí um gelo esfriou aquela empolgação.

— Bonnie... eu não sei o que vai acontecer. Eu não... — Rangi os dentes quando me lembrei dela na cama. Depois na cadeira de rodas, e o rosto dela quando viu o sangue de Easton em mim. — Não sei se consigo.

Lewis colocou a mão em meu ombro.

— Não precisa tomar a decisão agora. — Ele balançou a cabeça e tirou a mão. — Não deveria ter te convidado bem agora. Foi insensível.

— Não — discordei. — Não foi... eu só...

— Pense com calma. Eles vão manter a vaga aberta para você por mais um tempo. — Fiz que sim com a cabeça. Então olhei para mim mesmo. Estava coberto de sangue. Minhas mãos...

— As teclas — eu disse, sem saber mais o que falar. Tinha manchado de sangue as teclas. De um Steinway. Peguei minha camiseta e comecei a esfregá-las para limpar. Mas o sangue na roupa só piorou as coisas. Lewis pôs a mão em meu braço e me fez parar.

Eu tinha voltado a tremer. Fechei os olhos e respirei fundo, para me recompor.

— Deixe que conserto isso, Cromwell. Vá para casa e tome um banho.

Abri os olhos e andei até a porta. Quando estava prestes a sair, eu me virei para Lewis, que olhava para o frasco.

— Foi bom — eu disse, de forma brusca. — Conversar com alguém que entende.

Ele sorriu.

— Ou com qualquer pessoa. — Concordei enquanto Lewis voltava a olhar para o frasco. — Sua mãe sempre foi essa pessoa para mim.

Franzi as sobrancelhas.

— Minha mãe?

— Sim. Ela nunca disse para você que me conhecia? — O rosto dele ficou um pouco pálido. Como se tivesse contado alguma coisa que não devia. Balancei a cabeça. Não fazia ideia do que ele estava dizendo. — Fizemos faculdade juntos. Foi assim que ela me conheceu. Foi assim que seu pai soube como entrar em contato comigo.

— Ela nunca disse. — Fiquei me perguntando por que ela não tinha me contado isso. Mas, também, nunca perguntei. Só supus que tivesse ouvido falar dele por causa do mundo em que eu estava envolvido. Mas não havia espaço em minha cabeça para pensar naquilo nesta noite.

— Boa noite, professor. — Deixei-o na sala com seus demônios e sua tentação. Voltei andando para o dormitório, sentindo os pés pesados. Quando voltei para o quarto, ele já havia sido limpo, presumi que pela equipe de limpeza da faculdade. Só sobraram algumas manchas fracas no piso de madeira, onde o sangue de Easton havia formado uma poça. Os destroços que ele tinha jogado pelo quarto haviam sido varridos. Tomei um banho, sentei na beirada da cama e olhei para a tinta preta jogada na parede. Para os olhos espiralados que tinha desenhado a cada poucos centímetros. Olhos que observavam cada movimento que se fazia.

A exaustão me envolveu, e deitei na cama. Peguei o celular, selecionei o nome de Bonnie e mandei uma mensagem simples para ela:

Te amo.

Simples. Mas que, para mim, significava tudo.

* * *

Acordei com o som de batidas na porta. Esfreguei os olhos e afastei o cobertor. A luz do sol invadia o quarto pelas frestas da cortina grossa. Pássaros cantavam.

Abri a porta e fiquei paralisado. Era Bonnie em sua cadeira, olhando para mim. Engoli em seco.

— Farraday — falei, rouco. No final do corredor, o sr. Farraday estava indo embora. Ele deu um pequeno sorriso para mim.

A mão dela segurou a minha. Bonnie olhava para mim com os olhos cansados, os lábios trêmulos.

— Bonnie — sussurrei, e apertei a mão dela. Só larguei para poder ir até a parte de trás da cadeira de rodas e empurrá-la para dentro do quarto. Quando fechei a porta, ouvi um pequeno suspiro escapando da boca de Bonnie.

Meu estômago revirou. Ela levou a mão à boca enquanto olhava para a parede manchada de preto. Tentei mudá-la de lugar para evitar que olhasse à sua direita. Mas não deu tempo. Lágrimas silenciosas correram pelo rosto de Bonnie quando ela viu o piso manchado de sangue.

Peguei o cobertor em minha cama e cobri o chão. Eu me abaixei até Bonnie e levantei seu queixo com o dedo. O olhar dela finalmente saiu daquele canto.

— Você não precisa ver aquilo.

Bonnie concordou. Mas, quando se abaixou e encostou a cabeça em meu pescoço, descarregou tudo. O choro, a dor... tudo.

Abracei-a bem apertado, sentindo as emoções crescentes que eu nunca conseguia combater. Ela chorou tanto que de repente começou a ter dificuldade para respirar. Coloquei as mãos em seu rosto e a afastei de mim. Suas bochechas estavam sarapintadas e a pele ficava branca por causa da falta de ar.

— Respire, querida — eu disse. O pânico se acumulava dentro de mim, mas o mantive sob controle quando Bonnie começou a respirar fundo.

Ela levou minutos para se acalmar o suficiente e sua respiração voltar ao que agora passaria por normal.

— Tudo bem? — perguntei. Bonnie confirmou. Seus olhos estavam embotados pela exaustão. — Venha para a cama. — Eu me certifiquei de que a cadeira ficasse perto o bastante da cama para que o cateter e o oxigênio não dessem problema e então a levantei. Seus braços se enrolaram com fraqueza em meu pescoço. Fiz uma pausa, apenas para apreciar o rosto dela. Como ela era linda. Bonnie virou o rosto para mim e abriu um pequeno sorriso. Ali, ela me matou. Ela me matou com um simples sorriso.

Inclinando o corpo, eu a beijei, demorando o máximo que pude até que ela precisasse respirar. Quando me afastei, vi seus lábios tremendo.

— Eu cuido de você — disse, esperando que ela soubesse que isso significava mais do que apenas naquele momento.

Deitei Bonnie na cama e me arrastei para o lado dela. Ela estava de legging e suéter, e tinha uma trança no cabelo. Não poderia ficar mais linda nem que tentasse.

Eu queria dizer alguma coisa enquanto seus olhos castanhos olhavam para mim. Mas não sabia o quê. Meu coração batia a um milhão de quilômetros por hora. Então ela sussurrou:

— Obrigada.

Bonnie levou o braço cansado até meu peito e se aproximou mais de mim.

— Você... salvou Easton. — Meus olhos se fecharam. — Não — ela disse, com a voz mais firme que ouvia dela em algum tempo. Abri os olhos. Ela pôs a mão no meu rosto. — Amo ver seus olhos.

— Bonnie. — Balancei a cabeça. — Ele está bem?

A expressão de Bonnie mudou. Ela pareceu preocupada.

— East é bipolar. — Parei de respirar, ficando totalmente paralisado. Abri a boca, e Bonnie continuou. — Ele sempre achou a vida... difícil. Mas... vinha melhorando ultimamente.

— Bipolar. — Lembrei-me de sua pintura cheia de vida quando cheguei aqui. Os gritos no microfone no Celeiro. As noites acordado até tarde. A bebedeira. O comportamento maluco... e, aí, a escuridão. A forma como as cores ao redor dele mudavam de tons de roxo e verde para preto e cinza. Suas pinturas. Sua incapacidade de sair da cama.

— Ele é bom em fingir que está bem. — Encarei Bonnie de novo e me lembrei dos enormes sorrisos que ele abria perto dela, mas de seu mau humor quando estava aqui. Bonnie baixou os olhos. Entrelacei os dedos nos dela. Ela olhou para nossas mãos dadas. — Ele já tentou antes.

Congelei. Bonnie se manteve calma, mostrando a força que tinha dentro dela, mesmo que seus olhos revelassem a dor.

— As pulseiras de couro... — Tive uma epifania. — Ele já cortou os pulsos antes?

Bonnie confirmou.

— Ele tem momentos de altos extremos e baixos terríveis. Quando está triste, é o pior. Seu humor oscila há anos. Mas ele tem ficado muito melhor ultimamente. — Sua fraca inspiração exigiu esforço. — Admitiu ter parado de tomar os remédios. Disse que achava que reprimiam sua criatividade. Mas voltou a tomá-los agora. Precisa deles para estabilizar o humor.

Ficamos em silêncio por cinco minutos enquanto ela descansava. Enquanto lutava mais para respirar. Fiquei abraçado a ela o tempo todo, apenas gravando o momento na memória. Como era senti-la ao meu lado. Naquele momento, naquele instante.

Tudo o que ela era.

— Ele está estável. — Relaxei quando ela disse aquelas palavras. Então Bonnie ficou olhando em meus olhos. Os lábios tremiam e os olhos reluziam. — Você foi enviado para mim. — Ela sorriu, com os lábios roxos bem abertos. — Para me ajudar a passar por isso. — Minha visão embaçou com as palavras dela. — Ou para me mostrar... como é isso... — Fiquei paralisado. — O amor... antes que fosse tarde demais.

— Não. — Eu a puxei para perto. Queria puxá-la perto o bastante para que a força do meu coração pudesse soprar vida ao dela. — Você vai conseguir um coração, Bonnie. Eu me recuso a pensar de outra forma.

O sorriso triste de Bonnie dilacerou meu coração.

— Está... ficando mais difícil. — Ela fechou os olhos e respirou. Seu peito chiava, e seus movimentos eram erráticos. Quando seus olhos se abriram de novo, ela disse: — Estou lutando, vou continuar lutando... Mas se tiver que ir, posso ir... sabendo como foi sentir isso. — Ela passou a mão em meu rosto, o dedo em meus lábios. — Como foi amar você. Conhecer você... ouvir sua alma por meio da música.

Balancei a cabeça. Eu não queria mais ouvir aquilo.

— Não vou te perder — eu disse, e beijei a testa dela. Respirei seu perfume de pêssego e baunilha. Saboreei aquela doçura viciante em minha língua. — Não posso viver sem você.

— Cromwell... — Olhei Bonnie nos olhos. Ela engoliu em seco. — Mesmo que eu consiga um coração... nem sempre isso resolve tudo.

— O que quer dizer?

— Meu corpo pode rejeitá-lo. — Balancei a cabeça, recusando-me a acreditar. — E é preciso ver quanto tempo consigo viver depois da cirurgia. Algumas pessoas vivem só um ano... algumas vivem entre cinco e dez. — Ela levantou o queixo. — E... algumas vivem por vinte e cinco anos ou mais. — Ela abaixou os olhos. — Não vamos saber até chegar a hora.

— Então, você vai viver mais de vinte e cinco anos. Você vai conseguir, Bonnie. Vai voltar a cantar. Vai respirar e correr e tocar seu violão.

Bonnie enfiou a cabeça em meu corpo e ouvi um leve choro. Então, abracei-a com mais força. Depois de algum tempo o zumbido da máquina de oxigênio e a respiração ofegante dela se tornaram nossa trilha sonora. Até sua respiração acalmar e ela adormecer em meus braços.

Mas eu não dormi.

Uma sonata de abertura começou a tocar em minha cabeça, mantendo-me acordado. Fechei os olhos e ouvi a música que me contava a história de nós dois. Observei as cores dançando como fogos de artifício. Com o perfume de Bonnie no nariz e seu sabor na boca, deixei a sinfonia me purificar. Deixei que me mantivesse aquecido.

Ficamos daquele jeito por horas, até o sono chamar por mim também.

Quando acordei, estava com Bonnie em meus braços... exatamente onde sempre será o lugar dela.

21
Bonnie

Duas semanas depois...

— Gosto disso... — eu disse, enquanto Cromwell tocava violino ao pé da cama. Observei o arco trabalhando, fascinada por alguém ser capaz de tocar tão bem uma variedade tão grande de instrumentos.

Meu abdome ficou tenso quando tentei respirar com o peito apertado. Mas isso não ajudou. Cromwell fechou os olhos e tocou de novo o trecho que tínhamos acabado de compor. Eu disse "nós", mas na verdade foi ele. Não podia enganar a mim mesma quando se tratava de compor com alguém como Cromwell. Ele tomava a frente. Como não seria assim, já que apenas precisava seguir seu coração?

E eu estava cansada. Muito cansada. Nos últimos dez dias, não tinha saído da cama uma vez sequer. Olhei para minhas pernas. Estavam finas. Eu não conseguia me mexer. E, mesmo assim, Cromwell vinha todos os dias. Ele me beijava o máximo que podia, abraçava-me quando eu estava com frio.

Às vezes eu me perguntava se meu coração sentia aquilo também. Se sentia o que minha alma sentia quando ele sussurrava em meu ouvido quanto me amava. Quanto me adorava. E que eu sairia daquela situação.

Queria acreditar naquilo. Eu acreditava. Mas eu nunca podia ter imaginado que ficaria cansada daquele jeito. Nunca teria imaginado que sentiria tanta dor. Mas quando olhava nos olhos de Cromwell, da minha mãe e do meu pai, e quando pensava em Easton, sabia que tinha que aguentar firme.

Não podia perdê-los.

De fora veio o som de uma porta de carro se abrindo. Cromwell parou de rabiscar notas em nossa partitura. Meus dedos formigaram, antecipando quem seria. Easton voltava para casa hoje. Havia ficado um tempo em um centro de reabilitação perto de Charleston, recomendado por seu terapeuta. Um lugar que o ajudaria a retomar a segurança. Um lugar que o equiparia com as ferramentas necessárias para combater seus pensamentos mais sombrios. E eu sentia a falta dele. Ainda não o havia visto, a não ser naquela primeira noite no hospital.

Cromwell se levantou quando a porta da frente se abriu. Meu coração parecia bater forte no peito, mas deve ter sido um batimento fantasma. Eu sabia que não tinha aquele tipo de força.

Cromwell se sentou ao meu lado na cama, segurando minha mão, quando a porta do quarto se abriu. Easton estava com a cabeça abaixada e os pulsos envoltos por curativos. Mas era meu irmão. E parecia o mesmo de sempre.

Lágrimas rolaram pelo meu rosto enquanto ele estava ali parado, de forma desajeitada, na porta. Ele não levantou a cabeça. Cromwell soltou minha mão e atravessou o quarto. Easton olhou rapidamente para ele, e Cromwell o puxou para dar um abraço. Aí, não consegui evitar. Vendo os dois ali, a vítima e seu salvador, desabei. As costas de Easton tremiam enquanto Cromwell o abraçava apertado.

Eles ficaram daquele jeito por alguns minutos, até que Easton levantou a cabeça e olhou em meus olhos.

— Bonn — ele sussurrou, e seu rosto se contorceu ao me ver na cama. É como se ele não conseguisse se mover. Então, levantei a mão e a estendi para que ele a pegasse. Easton hesitou, até que Cromwell pôs a mão em seu ombro.

— Ela sentiu sua falta, East — Cromwell disse. Eu amava tanto aquele garoto. Tanto que chegava a parecer impossível.

Easton se aproximou devagar, mas, quando se sentou na beirada da cama e segurou minha mão, eu o puxei para perto. Easton me abraçou, e eu tive forças, só por tê-lo de volta nos meus braços. No meu mundo.

— Eu te amo, East.

— Te amo, Bonn.

Eu o agarrei pelo máximo de tempo que pude. Aí, houve um apito, e Clara voltou para o quarto. Ela sorriu para Easton e trocou com rapidez a bolsa de soro. Eu tinha que receber fluidos. Mas, além de tudo isso, agora também tinha um cateter no braço. Não podia mais comer, então, precisava receber nutrição intravenosa. Easton observou, com os olhos ainda tristes. Quando Clara saiu, Easton sentou na cadeira ao lado da cama. E como fazia todos os dias, cara de pau que era, Cromwell deitou-se na cama para ficar ao meu lado e segurou minha mão.

— Como você está? — perguntei com um nó na garganta.

Os olhos de Easton brilharam. Ele baixou a cabeça.

— Sinto muito. — Ele olhou para Cromwell. — Sinto muito, Crom. — Eu ia falar, mas Easton continuou: — Eu só não estava mais conseguindo. — Ele respirou fundo. Eu faria o mesmo se pudesse. — Parei de tomar os medicamentos. E não consegui me controlar...

Estendi a outra mão, que ele segurou.

— Eu... eu preciso de você — sussurrei.

Easton olhou nos meus olhos e, por fim, concordou com a cabeça.

— Sei que precisa, Bonn. — Ele deu um sorriso suave. — Estarei por aqui. Prometo.

Soltei o ar e tentei decifrar o rosto dele. Ele parecia cansado, arredio. Mas estava aqui. Easton se inclinou para a frente.

— Como você está? — Os olhos dele examinaram os aparelhos que tinham sido trazidos para o meu quarto.

— Aguentando firme — respondi, e a expressão dele ficou triste. Cromwell beijou meu ombro, apertando mais minha mão.

Voltei meu olhar para a janela.

— Como está... lá fora? — Nunca achei que uma pessoa poderia sentir tanta falta do sol, do vento e até mesmo da chuva.

— Legal — Easton disse. Sorri sozinha com a resposta curta do meu irmão. Eu nunca teria descrito daquele jeito. Queria saber qual era a cor das folhas nas árvores. Se estava mais frio do que dez dias atrás. Como o lago ficava ao anoitecer, agora que as noites estavam mais escuras.

— Legal — eu disse, e Easton deu um sorrisinho.

— E então? — perguntou Easton, com uma pontinha da versão feliz do meu irmão brilhando em sua voz. — O que vocês têm composto? — Não acho que se importava de verdade, mas eu o amava por tentar.

Cromwell enfiou a mão no bolso e pegou o gravador. Ele sempre gravava o que tocávamos e transferia para o meu celular para que eu pudesse ouvir depois. Ele tocou as partes que criamos e até uma mixagem bruta de como todas as seções de instrumentos fluiriam juntas.

Easton ficou boquiaberto.

— Era você tocando todos aqueles instrumentos? — perguntou ele a Cromwell.

O rosto de Cromwell ficou totalmente vermelho.

— Sim — respondi por ele.

Easton franziu as sobrancelhas.

— Quem escreveu a música?

— Nós...

— Cromwell — interrompi. Cromwell olhou para mim, apertando os olhos. Não consegui evitar um sorriso. — É verdade... — Aquilo era trabalho dele. Era tudo dele.

Easton recostou na cadeira e balançou a cabeça.

— Então, o astro da música eletrônica *gosta* de música clássica.

Cromwell franziu a boca.

— Dá para ouvir.

Easton gargalhou, levando os lábios tortos de Cromwell a formarem um sorriso completo. O som e a visão da felicidade animaram meu mundo.

Não demorou muito para que eu dormisse. Quando acordei, foi para ver Clara conferindo meus batimentos com o estetoscópio.

— Ainda batendo? — perguntei, deixando escapar nossa piada de costume.

Clara sorriu.

— Ainda aguentando firme.

Cromwell e Easton estavam sentados do outro lado do quarto. Falavam em voz baixa, com as cabeças próximas. Cromwell se virou, como se tivesse sentido que eu havia acordado.

Ele chegou perto e me beijou. Clara riu e saiu do quarto. Ele se sentou na beirada da cama.

— Como se sente, querida?

Querida. Ele tinha começado a me chamar assim. Eu amava aquilo da mesma forma que o amava.

— Bem. — Esfreguei a mão na testa.

Cromwell pegou o estetoscópio na mesa de canto.

— Posso ouvir?

Confirmei com a cabeça. Cromwell colocou o estetoscópio gelado em meu peito e fechou os olhos. Observei-os se mexendo por baixo das pálpebras. Imaginei o que ele estaria vendo. Que cores e formas. Então, ele enfiou a mão no bolso e colocou o pequeno microfone preso ao gravador debaixo da ponta do estetoscópio. Ficou daquele jeito por alguns minutos, depois abriu os olhos e levantou a cabeça. Sem que eu precisasse pedir, ele tocou a gravação. Respirei pelo nariz, enchendo o pulmão de oxigênio, enquanto o som vacilante e extenuante de meu coração defeituoso ecoava pelo quarto.

Ele praticamente cantava que estava desistindo.

— Faça com o Easton — eu disse. Cromwell pareceu confuso, mas fez o que pedi. O batimento era forte. Sabia que seria.

— Agora, o seu. Quero ouvir o seu.

Cromwell pôs o estetoscópio sobre o peito do meu irmão, mas dessa vez me deu a outra ponta. O som do batimento do coração reverberou por meus ouvidos. E sorri.

Era a música do coração dele.

— Lindo — eu disse.

Podia ficar ouvindo aquilo o dia inteiro.

* * *

Três dias depois...

— Aonde estamos indo? — perguntei, enquanto Cromwell me ajudava a subir na cadeira de rodas. Clara tinha ido ao quarto uma hora antes e tirado a bolsa de soro ligada ao cateter. Ela tinha afixado um pequeno cilindro de oxigênio ao meu tubo e me ajudado a me vestir.

Cromwell me levou até a porta. Meu pulso pareceu acelerar quando passei por minha mãe e meu pai.

— Não demorem muito, está bem? — Minha mãe falou para Cromwell.

— Está certo. Não vou exagerar.

— O que está acontecendo?

Cromwell se abaixou na minha frente e colocou a palma da mão delicadamente em meu rosto.

— Você vai tomar um pouco de ar fresco.

Um sorriso despontou em meus lábios quando a porta se abriu, revelando um dia ensolarado. Eu estava enrolada no grosso suéter preto de Cromwell, e ainda havia um casaco e cobertores. Mas não me importava se parecia ridícula. Eu estava saindo. Não importa para onde.

Eu estava *saindo*.

Cromwell me empurrou pelo caminho. Fez uma pausa. Eu me perguntei se ele sabia que eu só queria sentir a brisa leve no rosto. Que eu queria ouvir os pássaros cantando nas árvores.

Ele aproximou a boca de meu ouvido.

— Está pronta?

— Hum.

Cromwell me levou até sua caminhonete e me colocou no banco do passageiro. Quando seu rosto se cruzou com o meu, ele parou e deu um beijo suave em meus lábios.

Eles ficaram formigando enquanto ele fechava a porta e ia para o banco do motorista. Entrelaçou os dedos nos meus. E não soltou enquanto dirigia lentamente pela minha rua em direção à rodovia.

Olhei pela janela e vi o mundo passando por nós. Eu amava esse mundo. Amava minha vida. Não sei se muita gente pensava assim no dia a dia. Mas em geral era meu pensamento mais recorrente.

Eu queria viver. Queria as possibilidades que estavam adiante. Queria ver os países que apenas tinha sonhado em visitar. Cromwell apertou minha mão. Fechei os olhos e respirei fundo. Queria ouvir a música que Cromwell criaria. Queria ficar ao lado dele, vendo seu trabalho criar vida.

Cromwell entrou à direita na rodovia. O lago ficava por ali. Enquanto a caminhonete entrava no estacionamento, vi um pequeno barco de madeira, com dois remos posicionados ao lado, esperando na ponta de um píer de madeira.

Meu sangue esquentou com o sentimento. Virei para Cromwell.

— Um barco...

Cromwell confirmou com a cabeça e colocou sua jaqueta de couro com capuz por cima do suéter preto. Ele ficava tão lindo daquele jeito.

— Você disse que gosta de ficar no lago.

Metade de mim derreteu com a doçura daquele gesto. Mas a outra ficou paralisada.

Cromwell tinha dito que faríamos isso depois que meu coração viesse. Quando eu estivesse melhor.

Eu não era boba. Nem ele.

Os dias continuavam passando. E, a cada minuto que deixava para trás, eu ficava mais e mais fraca.

Talvez o coração nunca chegasse. O que significava que aquele passeio nunca chegaria. Meu lábio tremeu enquanto ele olhava para mim, e uma onda repentina de medo me tomou.

Cromwell logo se abaixou e encostou a testa na minha.

— Ainda acredito que vai conseguir o coração, querida. Só queria te dar isso agora. Tirar você de casa. Não estou desistindo.

— Tudo bem — sussurrei em reposta. Cromwell me deu mais um beijo, e saímos do carro. Tinha certeza de que nunca enjoaria dos beijos dele. Quando abriu a porta do lado do passageiro e a brisa gelada entrou, fechei os olhos e apenas respirei. Dava para sentir o cheiro das folhas. O frescor do lago.

E, claro, dava para sentir o cheiro de Cromwell. De sua jaqueta de couro. Do almíscar do perfume que ele usava, e um cheiro fraco de fumaça de cigarro.

— Está pronta?

Sorri e fiz que sim com a cabeça. Cromwell me tirou do carro e pegou o cilindro de oxigênio. Enquanto andávamos vagarosamente pelo píer, deixei de olhar para o lago apenas por alguns minutos. Em vez disso, olhei para Cromwell. Para sua pele bronzeada. A barba por fazer. Os olhos azuis e os longos cílios pretos que emolduravam aquela cor sem igual.

Apesar da fraqueza, naquele instante meu coração pareceu forte. E tinha certeza de que, se olhasse nas profundezas dele, veria Cromwell. Ele deve ter sentido que eu olhava para ele, já que deu uma espiada em mim. Nem fiquei constrangida com aquilo.

— Você é tão bonito... — eu disse, e minha voz foi soprada para longe pela brisa.

Cromwell parou do nada. Seus olhos se fecharam por um momento. Então, ele se abaixou e me beijou de novo. Meu coração palpitou. Quando ele se afastou, escorreguei a mão do pescoço até o rosto dele. Dizendo, sem palavras, o que sentia.

Afinal de contas, o amor estava além das palavras.

Cromwell subiu no barco, que balançou de leve enquanto ele me colocava no assento. Eu me recostei e respirei fundo. Cromwell me enrolou com um cobertor e pegou os remos.

— Você... Você sabe o que está fazendo? — perguntei.

Seu sorriso aberto levou embora o pequeno resto de ar que eu tinha nos pulmões.

— Pensei em improvisar. — Desatracamos e fomos para o lago, e Cromwell logo pegou o jeito de usar os remos. Sorri ao deslizarmos pelas águas calmas, com os remos formando ondulações ao nosso redor. Cromwell me olhou nos olhos e deu uma piscadela. Não consegui segurar a gargalhada. O som saiu parecendo um chiado, mas nem aquilo pôde evitar que eu apreciasse o momento.

Decidi que gostava mais daquele lado de Cromwell. O lado em que ele era livre. Em que era engraçado, sem muros protegendo seu coração. Ele olhou para a margem do lago, onde havia mais árvores, como se elas nos isolassem em um mundo privado só nosso. E fiquei comovida. Comovida com o fato de aquele garoto da Inglaterra, o príncipe da música eletrônica, estar comigo naquele momento. O garoto que havia nascido com uma melodia no coração e uma sinfonia na alma estava ali, no meu lago favorito, remando pelas águas como se fosse a coisa mais natural do mundo.

Nunca quis ninguém mais na minha vida por medo do que aconteceria se eu perdesse aquela luta. Mas quando estava ali, com Cromwell tornando-se *meu* remo, ajudando-me a velejar pelo lago, soube que não poderia mais ser de outro jeito.

Navegamos em silêncio, apenas com o canto dos pássaros e o farfalhar das folhas como trilha sonora. Quando um pássaro cantou, levantei a cabeça e depois olhei para Cromwell.

— Amarelo-mostarda — ele disse, e depois olhou para as folhas de um galho dependurado, que farfalhavam, quase encostando na água. — Bronze.

Puxei o cobertor quando comecei a sentir frio nos dedos dos pés. Fechei os olhos e escutei as notas amarelo-mostarda e bronze.

Abri os olhos quando ouvi a "Quarta sinfonia", de Mozart. Cromwell tinha parado de remar e colocado o celular perto de si.

Fui transportada de volta ao nosso primeiro encontro. Quando eu tinha saído da casa noturna e ido andar na praia em Brighton. Sempre amei a água, e havia algo muito majestoso nas ondas que quebravam no mar da Grã-Bretanha. Mesmo no verão, ele era turbulento e gelado.

O calmo "Concerto para clarinete em lá maior", de Mozart, tocava ao meu lado, em total contraste com o que observava. Aí, tão turbulento quanto as ondas, Cromwell Dean chegou cambaleando na praia, com o Jack Daniel's na mão. Seus olhos perturbados grudaram nos meus na hora em que escutou a música que vinha do meu celular.

E então:

— Mozart? — perguntei, e sorri. Ele deve ter se lembrado daquele encontro também.

— Amadeus e eu chegamos a um entendimento.

— É mesmo?

Ele confirmou.

— Voltamos a ser amigos.

— Ótimo — respondi. Mas havia mais naquela palavra. Porque Cromwell estava apaixonado pela música clássica de novo. Estava tocando de novo. Virei a cabeça para o lado quando ele voltou para o assento. Esperei até a sinfonia diminuir a intensidade para falar:

— O que quer fazer da vida, Crom?

Cromwell se inclinou para a frente e pegou minha mão. Era como se ela lhe desse forças. Um homem em uma canoa antiga passou por nós. Cromwell o observou.

— Sempre o vejo aqui — ele disse, distraído. E deu de ombros. — Eu quero tudo. — Ele apertou minha mão.

— Quero compor. É só o que sempre quis fazer. — Ele deu um sorrisinho. — Não tenho nenhum talento além desse.

Queria ter a habilidade de falar um pouco mais do que algumas palavras sem fôlego. Porque teria dito a ele que não precisava de outro talento. Porque seu jeito de compor, sua habilidade, era diferente de tudo o que eu já havia visto ou escutado. Era mais que puro talento. Era divino. E era exatamente o que ele tinha nascido para fazer.

— Gosto de música eletrônica, mas preciso compor clássica também. — Ele esfregou os lábios um no outro. — Só quero tocar. Criar. Para quem quer que seja, onde quer que seja, contanto que eu tenha a música na minha vida. Amo música eletrônica, mas nada me faz sentir a mesma coisa que a música clássica. — E apontou com a cabeça na minha direção. — Você estava certa. Na música clássica, você conta uma história sem palavras. Mexe com as pessoas. Inspira. — Ele suspirou como se tivesse encontrado um vislumbre de paz em sua alma torturada. — Quando toco música clássica, quando componho... significa alguma coisa. Dá sentido à minha vida. — Ele olhou para mim e fez uma pausa, como se evitasse dizer alguma coisa.

— O que foi? — Cutuquei a mão dele.

Ele olhou bem nos meus olhos e disse:

— Lewis me ofereceu o lugar dele no espetáculo que chega em Charleston em breve. Para compor e mostrar meu trabalho. — Meus olhos se arregalaram. Se meu coração pudesse bater rápido, teria disparado. Cromwell desviou o rosto, como se estivesse constrangido. — Uma sinfonia. — Ele respirou, e vi o peso do que ele tinha carregado por três anos, com o pai, brilhar em seus olhos. — Não teria muito tempo. Para compor. Mas... — Ele era capaz de fazer. Tinha certeza de que já tinha uma sinfonia em seu coração apenas esperando para sair.

— Você precisa fazer isso. — Lembrei-me do vídeo que tinha visto de Cromwell tocando quando criança. A música que naquela época chegava a ele de maneira tão natural quanto respirar. E que agora era uma necessidade ainda mais forte. — Tem que fazer. — Usei o pouco de energia que tinha para me inclinar e colocar a mão em seu rosto.

Cromwell olhou para mim.

— Não quero deixar você. — *No caso de esse ser todo o tempo que nos resta.* Vi as palavras na cabeça dele, tão vívidas quanto as cores que ele contemplava quando ouvia um barulho simples. Pensei no concerto – para mim, tão distante. E soube que, se um coração não aparecesse, eu não estaria lá para ver.

Era engraçado. Meu coração estava morrendo, e mesmo assim eu nunca tinha sentido nenhuma dor que viesse só dele. Mas, naquele momento, tinha certeza de que ele chorava com o fato de que eu poderia não ver Cromwell Dean em seu lugar, no palco em que havia nascido para estar.

— Você... tem que fazer isso. — Porque, se eu não sobrevivesse, estaria olhando lá do céu, ao lado do pai dele, assistindo ao garoto que amávamos cativando o coração e a mente de todos na sala.

Cromwell olhou para o canoísta. O homem cumprimentou com a cabeça e passou por nós em silêncio. Cromwell o observou indo embora.

— E você? — perguntou ele. — O que quer fazer da vida?

Cromwell tirou o cabelo do meu rosto. Achei que era apenas uma desculpa para me tocar, e isso trouxe calor aos meus ossos friorentos.

— Escrever é minha paixão... sempre pensei que talvez devesse fazer algo com isso. — Soltei o ar com dificuldade. — Ouvir minhas palavras cantadas de volta para mim. — Não era um sonho complexo demais. E já havia se tornado realidade. Apertei as mãos dele. — Você já me deu isso.

Mas eu tinha um sonho maior em mente, e foi só então que entendi quanto ele era inatingível. Algumas pessoas podem achar simples ou nada de grande importância, mas para mim era o mundo.

— Bonnie?

— Casar... — eu disse. — Ter filhos. — Meu lábio inferior tremeu. Porque, mesmo que um coração aparecesse, poderia ser difícil ter uma família. Engravidar depois da cirurgia trazia ainda mais riscos, mas eu sabia que tentaria. Senti meus cílios ficarem úmidos. — Amar para sempre... e ser amada para sempre. — Soltei um sorriso choroso. — Agora, esse é o meu sonho. — Com a ameaça da morte pairando sobre você, percebe-se que seus verdadeiros sonhos não eram tão grandiosos. E que todos se resumiam a uma só coisa – amor. Posses materiais e objetivos idealistas desapareciam como uma estrela moribunda. Amor era o que permanecia. O propósito da vida era amar.

Cromwell me colocou em seu colo. Derreti sobre o peito dele, e navegamos daquele jeito por um tempo.

— Crom.

— Sim?

— Você tem que tocar no concerto.

Cromwell ficou tenso. Depois de alguns segundos, ele disse:

— Vou tocar, se você me prometer algo em troca. — Olhei-o nos olhos. Cromwell esperava por mim. — Se prometer que vai estar lá, assistindo. — Não queria prometer aquilo, porque a probabilidade de ser possível era mínima. E eu ficava horrorizada só de pensar. Mas quando me lembrei de Cromwell largado sobre o piano tantas semanas antes, torturado por causa do pai, precisando tocar a música que estava em seu coração, mas afastando tudo para não se magoar, soube que precisava fazer aquilo por ele.

— Prometo — respondi com a voz trêmula. Cromwell soltou um ar que nem percebi que ele prendia. — Prometo.

— Ele pegou meus dedos e os beijou um a um. Levou os

lábios à minha boca, depois às minhas bochechas, à minha testa, à ponta do meu nariz. Ele se agarrou a mim, como se eu fosse escorrer por suas mãos e ser levada pela correnteza se não o fizesse.

— Cromwell? — perguntei depois que um pássaro cantou de novo. — Quem tem sinestesia? Sua mãe ou seu pai?

Cromwell levantou as sobrancelhas escuras.

— O que quer dizer?

— É genético... não é?

Surpresa tomou conta da expressão de Cromwell. Ele balançou a cabeça.

— Não pode ser. — Ele desviou o olhar para a água. — Minha mãe não tem, e certamente meu pai não tinha.

Franzi as sobrancelhas e de repente me senti mal.

— Devo ter entendido errado. — Tinha certeza que não, mas não sabia como dizer isso a Cromwell.

Ele não disse muita coisa depois daquilo. Parecia pensativo. Fiquei em seus braços, ouvindo Mozart e o imaginando no palco. Esfreguei o peito quando uma dor começou a surgir ali. Cromwell me colocou de volta no assento e começou a remar para o píer. Mas a cada batida dos remos, eu me sentia pior.

O pânico tomou conta de mim quando meu braço esquerdo começou a formigar.

— Bonnie? — Cromwell disse quando chegamos ao píer. Ele jogou a corda no poste do píer bem quando a dor, tão grande que me fazia retorcer o corpo, passou a controlar meu lado esquerdo. Tentei segurar meu braço quando a capacidade de respirar foi arrancada de mim.

— Bonnie! — A voz de Cromwell era filtrada por meus ouvidos, como se o mundo tivesse tombado de lado. Meus olhos viraram para cima, e vi o sol despontando pelos vãos entre as árvores. O som das folhas farfalhando ficou mais alto, e os pássaros cantando pareciam uma ópera. Então, Cromwell estava em cima de mim, com os olhos azuis arregalados e desesperado. — Bonnie! Querida!

— Cromwell... — tentei dizer. Mas a energia foi drenada do meu corpo, o mundo desbotava para tons brandos de cinza. Então o pior, tudo ficou quieto; a música da voz de Cromwell e o mundo ativo mergulharam no silêncio. Eu queria falar, queria dizer a ele que o amava. Mas meu mundo caiu na escuridão antes que conseguisse.

E então um silêncio pesado me cercou em sua prisão.

♫ 22
Cromwell

— Bonnie! Bonnie! — gritei, enquanto ela desabava no assento. Sua mão direita agarrava o braço esquerdo, e os olhos começaram a se fechar. O pânico correu por minhas veias como um rio.

Bonnie olhou em meus olhos, e só vi o medo olhando para mim. Então os olhos dela se fecharam.

— Não! NÃO! — berrei, e fui para perto dela. Minha mão procurou por sua pulsação. Não havia nenhuma. Não pensei. Deixei o instinto ditar minhas ações. Peguei Bonnie nos braços e a carreguei para o píer o mais rápido que pude. Eu a deitei e comecei com a ressuscitação, algo que meu pai tinha me obrigado a aprender anos antes.

— Vamos lá, Bonnie — sussurrei, e meu sangue congelou quando a pulsação dela não voltou.

Continuei fazendo respiração boca a boca, massagem cardíaca, quando de repente alguém apareceu ao meu lado. Levantei a cabeça e vi um canoísta.

— Ligue para a emergência! — gritei, sem ousar tirar as mãos de Bonnie. Porque ela precisava viver. Não podia morrer. — Diga que ela tem insuficiência cardíaca. E para virem depressa!

Foi tudo muito confuso. Continuei, até que alguém me puxou para o lado. Lutei contra ele para voltar para Bonnie. Mas quando braços me seguraram, impedindo que eu prosseguisse, levantei a cabeça. O resgate havia chegado.

— Ela tem insuficiência cardíaca — afirmei, observando enquanto tiravam Bonnie do píer e a colocavam em uma maca. Corri atrás deles, subi na traseira da ambulância e, congelado, encostei-me na lateral enquanto os paramédicos atendiam Bonnie.

A mão dela caiu da maca. E foi só o que pude ver. Sua mão sem vida, aquela que há apenas alguns instantes segurava a minha. As portas da ambulância começaram a se fechar. Quando levantei os olhos, o homem da canoa já tinha ido embora.

A ambulância saiu, e o tempo todo olhei para a mão de Bonnie. Liguei para os pais dela. Nem me lembro da conversa. Segui a maca pelo hospital, enquanto médicos se aglomeravam em volta dela como um enxame de abelhas. Ouvi os bipes e os zumbidos das máquinas que a mantinham viva. E ouvi meu coração batendo. As cores voavam para cima de mim como estilhaços e me atingiam a cada investida. Emoções me esmagaram até eu sentir que não conseguia respirar. Fiquei encostado na parede, observando a mão de Bonnie, ainda pendurada para fora da maca. Queria segurá-la. Queria que ela soubesse que eu estava ali, esperando que acordasse.

— Não! — A voz da mãe de Bonnie surgiu pelas minhas costas. Eu me virei e vi o pai e o irmão dela vindo atrás. A mãe de Bonnie tentou correr até a cama, mas o sr. Farraday a segurou. Easton ficou parado na porta, com o olhar fixo na irmã e uma expressão assustadoramente calma no rosto.

Como se ele nem estivesse ali. Como se não estivesse vendo a irmã lutando pela vida.

Bonnie estava com tubos e máquinas por toda a parte, soterrando seus cabelos escuros e seu corpo magro. E todo o tempo eu me afundava mais e mais em cores e ruídos e formas e sentimentos. Sentimentos que eu não queria.

Fiquei ali parado, vendo a garota que tinha devolvido meu coração lutar para salvar o dela. Fiquei parado até ser tirado dali. A sra. Farraday me conduziu até uma sala. Pisquei quando os ruídos cessaram e fomos mergulhados no silêncio.

Um médico entrou na sala. Levantei os olhos. Easton estava ao meu lado. Mas o olhar dele era vazio. Seu rosto, pálido.

Tudo parecia se mover em câmera lenta quando o médico começou a falar. Apenas certas palavras chegaram ao meu cérebro. *Ataque cardíaco... terminal... no máximo duas semanas... não pode ir para casa... topo da lista... assistência médica... aparelhos...*

O médico saiu da sala. A mãe de Bonnie colocou a mão no peito do marido. Um vermelho carmesim preencheu minha cabeça enquanto o choro dela preencheu a sala. O sr. Farraday estendeu o braço para Easton. Puxou Easton para os braços deles, mas ele não reagiu ao abraço. Apenas ficou ali, os olhos vazios, o corpo sinistramente imóvel.

Bonnie estava morrendo.

Bonnie estava *morrendo*.

Cambaleei até a parede, e finalmente meus pés cederam. Atingi o chão e senti a proteção do entorpecimento deixar meu corpo... apenas para abaixar tanto minhas defesas que fui atacado pelas emoções, que me bombardearam com imagens de Bonnie desabando no barco, segurando seu braço, dizendo meu nome...

Abaixei a cabeça, e as lágrimas que tinha reprimido começaram a sair. Fiquei destruído pra caralho ali no chão, até que um par de braços me envolveu. Sabia que era a sra. Farraday, mas não consegui parar. Era a mãe dela. Recebendo a notícia de que sua filha teria no máximo duas semanas de vida... mas não consegui evitar.

Bonnie era tudo para mim. A única pessoa que me entendia.

Eu a amava.

E ia perdê-la.

—Ela vai ficar bem — a sra. Farraday não parava de sussurrar em meu ouvido. Mas as palavras dela eram azul-marinho.

Azul-marinho. Azul-marinho, porra.

Ela vai ficar bem.

Azul-marinho.

* * *

Meus pés estavam pesados como chumbo quando entrei no quarto. A batida rítmica do aparelho de suporte à vida era ensurdecedora. A sra. Farraday apertou meu ombro quando passou por mim, fechou a porta e nos deixou a sós. O quarto tinha cheiro de produtos químicos.

Fechei os olhos, respirei fundo e os abri de novo. Meus pés ficaram bem próximos da cama, e quase caí de novo ao ver Bonnie ali. Tubos e aparelhos a cercavam, seus olhos estavam fechados, privando-me de sua luz. Havia uma cadeira perto dela, mas a empurrei para o lado e me sentei com cuidado na beirada da cama. Peguei na mão de Bonnie.

Estava fria.

Tirei o cabelo do rosto dela. Sabia que gostava quando eu fazia aquilo.

— Oi, Farraday — eu disse, e minha voz soou como um berro no quarto silencioso. Apertei a mão dela e me inclinei, tomando cuidado com os tubos, e então beijei sua testa. Sua pele estava gelada. Meus olhos ficaram úmidos. Levando a boca ao seu ouvido, eu disse: — Você me fez uma promessa, Farraday, e não vou deixar que se livre dela. — Fechei bem os olhos. — Eu te amo. — Minha voz falhou na última palavra. — Eu te amo e me recuso a deixar que me abandone aqui, sem você. — Engoli em seco. — Só lute, querida. Sei que seu coração está cansado. Sei que também está cansada, mas tem que continuar lutando. — Fiz uma pausa e me recompus. — O médico disse que você está no topo da lista agora. Vai conseguir um coração. — É claro que eu sabia que não era nada garantido, mas tinha que dizer. Mais por mim do que por ela.

Olhei para o peito de Bonnie. O aparelho fazia com que subisse e descesse. Era um ritmo perfeito. Beijei a bochecha dela e me sentei na cadeira a seu lado. Continuei segurando firme sua mão. Até mesmo quando fechei os olhos, eu não a soltei.

* * *

— Filho? — Acordei com um toque de mão no meu ombro. Pisquei, luzes fracas brilhavam acima de mim. A confusão nublou minha percepção, até que as nuvens se dispersaram. Vi Bonnie na cama, os olhos fechados e os aparelhos barulhentos. Então olhei para os meus dedos ainda entrelaçados aos dela.

— Está tarde, Cromwell. — O sr. Farraday cutucou a cabeça. — Ela está em coma induzido, filho. Não deve acordar por um tempo. Pelo menos por alguns dias. O corpo dela precisa de tempo para ficar mais forte. — Olhei para o rosto lindo dela, pálido e coberto por tubos. Queria tirar todos, mas sabia que eram eles que a mantinham aqui.

— Vá para casa, filho. Durma um pouco. Coma alguma coisa. Está aqui há horas.

— Eu não... — Limpei com um pigarro minha garganta, que raspava. — Não quero ir.

— Sei que não. Mas não há nada que possamos fazer agora. Está tudo nas mãos de Deus. — Ele acenou para que o acompanhasse. Eu me levantei e beijei o rosto de Bonnie.

— Eu te amo — sussurrei no ouvido dela. — Volto logo. — Segui o sr. Farraday até o corredor. — Volto pela manhã. — Desta vez não estava pedindo permissão. Não me manteriam longe dela.

O sr. Farraday fez que sim com a cabeça.

— Cromwell, você manteve minha menina viva até os paramédicos chegarem. Não vou forçá-lo a ir a lugar nenhum.

— Meu pai serviu no Exército. Ele me ensinou. — Não entendi por que disse aquilo. Apenas saiu.

Vi a compaixão nos olhos do sr. Farraday. E notei que ele sabia sobre meu pai.

— Então, ele foi um bom homem. — Ele apertou meu ombro de novo. — Vá. Durma. E volte amanhã.

Virei as costas e fui para a entrada principal. Não estava pensando, apenas deixando meus pés me guiarem pelo caminho. Ao sair para a noite fria, vi alguém sentado em um banco em um pequeno jardim do outro lado da rua. Logo que vi os cabelos loiros, soube quem era.

Sentei ao lado de Easton. Ele não disse nada, e ficamos olhando para a estátua de um anjo no meio do jardim. Levou minutos para que ele dissesse, com a voz rouca:

— Ela tem duas semanas, Crom. E é isso.

Senti um aperto no estômago, tão forte que me enjoou.

— Ela vai ficar bem — eu disse. Mas nem eu me convencia disso. — Ela está no topo da lista agora. Vai conseguir um coração. — Easton ficou quieto. Virei para ele. — Como você está?

Ele riu sem achar graça.

— Ainda aqui.

— Ela precisa de você — falei, preocupado com o que ele havia dito. — Quando acordar, quando tirarem ela do coma, vai precisar de você.

Easton concordou com a cabeça.

— É. Eu sei. — Ele se levantou. — Vou entrar.

— A gente se vê amanhã.

Observei Easton seguir para o hospital. Fiquei olhando para o anjo. Aquela noite passou pela minha cabeça a um milhão de quilômetros por hora. Então, uma parte dela não parava de retornar. *Quem tem sinestesia?* Peguei o celular e escrevi minha pergunta no navegador. Meu estômago revirou quando vi que o que Bonnie tinha dito era, na maior parte, verdade. Disse a mim mesmo que eu devia ser uma exceção, mas uma vozinha começou a sussurrar no fundo da minha cabeça.

Você não é nada parecido com seu pai... sua mãe é loira. Você tem cabelo preto... você é alto. Sua mãe e seu pai são baixos...

Meu coração disparou como um canhão dentro do peito. A adrenalina correu por mim, e pensamentos e lembranças bombardearam minha mente. Meus pés me levaram até o ponto de táxi, e peguei um para voltar ao lago. Fui até minha caminhonete, sem nem olhar para o lago, onde Bonnie tinha desmoronado na minha frente. Em vez disso, dirigi. Dirigi até meu corpo ficar exausto. Mas minha mente não desligava. Bonnie estava morrendo. Precisava de um coração. Easton estava caindo aos pedaços, e ainda assim... Aquela pergunta... Aquela maldita pergunta não saía da minha cabeça.

Parei o carro de qualquer jeito em frente aos dormitórios e olhei para o retrovisor.

Meus olhos eram iguais aos da minha mãe. Meus lábios eram iguais aos da minha mãe.

Mas meus cabelos...

— *Por que você quer tanto que eu me aproxime dele?* — *perguntei para meu pai.*

— *Porque ele entende, filho. Ele entende como é ser igual a você.* — Ele suspirou. — *Apenas dê uma chance a ele. Acho que vai gostar dele se o conhecer melhor. Você precisa conhecê-lo, filho.*

Não. Não podia ser verdade. Não era verdade. Não *podia* ser.

Tremendo, enfiei a mão no bolso e peguei o celular. Era coisa demais. Tudo, minha vida, estava se despedaçando. Cliquei no contato e esperei até alguém atender.

— Cromwell! Querido, está tudo bem? — O fraco sotaque da Carolina do Sul da minha mãe flutuou para os meus ouvidos.

— O papai era meu pai verdadeiro? — perguntei sem pensar.

Minha mãe ficou quieta do outro lado do telefone. Eu a ouvi lutando para encontrar as palavras.

— Cromwell... o quê...?

— O papai era meu pai verdadeiro? Só responda à pergunta!

Mas ela não respondeu. Ficou em silêncio.

Aquilo disse tudo.

Apertei o botão para encerrar a chamada. Minha pulsação havia disparado, e antes que percebesse estava fora do carro. Comecei a correr, e não parei até chegar à casa dele, no campus.

Bati na porta até que ele abrisse. Lewis ficou ali parado, de pijama, esfregando os olhos de sono.

— Cromwell? — ele disse, grogue. — O quê...?

— Quem tinha sinestesia, sua mãe ou seu pai?

Demorou um pouco para ele assimilar a pergunta.

— Hã... minha mãe. — E então ele olhou para mim. E me viu encarando-o de volta. E vi a cara do filho da puta ficar pálida.

— Quanto você conhecia minha mãe? — perguntei, com raiva.

Não achei que Lewis fosse responder, mas ele então falou:

— Bem. — Ele engoliu em seco. — Muito bem.

Fechei os olhos. E, quando os abri, notei o cabelo preto de Lewis. Sua constituição física. Sua altura. E soube. Eu me afastei da porta, com mágoa, espanto e Bonnie em coma, tudo se misturando em um balde de merda.

— Cromwell... — Lewis deu um passo à frente.

Ele era meu pai. Meu celular tocou no bolso. Peguei e vi o nome de minha mãe. Ele deve ter visto também.

— Cromwell, por favor, posso explicar. *Nós* podemos explicar.

— Sai de perto de mim, porra — eu disse, recuando para o jardim. Mas ele continuou vindo, e finquei os pés no chão. — Cai fora — avisei de novo, e senti algo se quebrando no peito ao me lembrar de meu pai. De meu pai tentando me entender. Minha música. As cores...

E aquilo nem vinha dele.

Lewis continuou se aproximando. Chegou cada vez mais perto, até ficar bem na minha frente.

— Cromwell, por favor...

Mas antes que ele falasse qualquer outra coisa, enfiei um soco na cara dele. Sua cabeça foi para trás. Quando ele se virou, tinha um corte no lábio.

— Você não é nada — gritei. — Não é nada comparado a ele. — Saí correndo do jardim antes que ele pudesse dizer qualquer coisa. Corri até perceber que tinha voltado ao lago. Mas, assim que cheguei ali, só via Bonnie, e o que quer que tivesse restado do meu coração foi picado em pedaços.

Eu me larguei na ponta do píer com os pés pendurados para fora. Baixei a cabeça e pus tudo para fora. Não consegui mais me segurar.

Bonnie.

Meu pai.

Lewis...

Ao levantar a cabeça novamente, olhei para as estrelas no céu e me senti mais insignificante do que nunca. Não podia ficar ali. Mas não tinha outro lugar para ir.

Não. Aquilo era mentira.

Voltei para o hospital. Quando entrei na sala de espera, todos os Farraday olharam para mim. Eles não tinham saído dali.

— Não vou deixá-la sozinha — eu disse, com a voz rouca e falhando. Devia estar com uma aparência terrível. Soube disso porque a sra. Farraday se levantou, pegou minha mão e me levou até um assento ao lado do dela. Easton sentou-se ao meu lado também. A janela do outro lado da sala mostrava Bonnie, deitada na cama. Então, me concentrei nela. Pedindo às estrelas que tinha acabado de ver que ela conseguisse passar por aquilo.

Eu precisava dela, e não tinha certeza do que faria se não a tivesse mais em minha vida. Portanto, eu esperaria. Esperaria ela acordar. E rezaríamos por um coração.

Ou tinha certeza de que o meu pararia de bater.

23
Bonnie

Cinco dias depois...

Um bipe incessante ocupava minha cabeça. Seu ritmo era constante. Queria voltar a dormir, mas, quando tentei me virar, meu corpo doeu. Tudo doeu. Eu me retraí e senti algo fazendo cócegas no meu nariz. Tentei mover a mão para coçar, mas havia algo nela. Era quente, e eu não queria que saísse. Então tentei me controlar.

— Bonnie? — Uma voz com sotaque bem carregado flutuou até meus ouvidos. Ela me fez lembrar de Mozart. Parecia haver areia nos meus olhos quando os abri à força. A luz forte me fez recuar. Pisquei até meus olhos se acostumarem com ela. As coisas começaram a ficar mais claras. Teto branco. Luz no centro do quarto. Olhei para baixo. Estava em uma cama, com um cobertor cor-de-rosa cobrindo minhas pernas. Aí, vi minha mão e a mão que a envolvia.

Levantei os olhos, com a cabeça extremamente confusa. Mas logo meu olhar colidiu com um par de olhos azuis que me fizeram perder o fôlego de imediato.

— Cromwell — eu disse. Nenhum ruído saía da minha boca. Tentei limpar a garganta, mas doía para engolir. Tentei levantar a mão livre até a garganta, mas meu braço não tinha força, e eu mal consegui movê-lo.

O pânico explodiu dentro de mim. Cromwell foi se sentar na beirada da cama. Eu me acalmei, fascinada por ele, como sempre, enquanto ele levava minha mão a seus lábios. Colocou a outra mão em meu rosto. Eu queria pôr minha mão sobre a dele. Mas não consegui e não sabia por quê.

— Farraday — disse ele, com a voz repleta de alívio. Fez meu coração palpitar.

— Cromwell. — Meus olhos vislumbravam o quarto ao redor. Então, vi minha mão na cama. Fios saindo dela. O pânico me dominou.

— Shhh. — Cromwell levou os lábios à minha testa. Imediatamente, me tranquilizei, tentando ao máximo ficar calma. Quando ele se afastou, analisei seu rosto. Por alguma razão, parecia que eu não botava os olhos nele havia uma eternidade. Busquei na memória a última vez em que ele tinha estado comigo, mas tudo estava confuso e incerto.

Mas, ao examiná-lo, lembrei que da última vez seus olhos brilhavam mais. Lembrei que a barba por fazer ainda não estava tão grande e que seus cabelos, embora sempre estivessem bagunçados, nunca haviam estado tão malcuidados. Ele tinha olheiras escuras sob os olhos e parecia pálido. Vestia, como sempre, suéter e jeans rasgado pretos. Não conseguia ver seus pés, mas sabia que devia estar calçando botas pretas pesadas.

E as tatuagens e os piercings chamavam atenção como sempre. E eu sabia de uma coisa, acima de todo o resto: que o amava. Estava convencida de que poderia esquecer tudo sobre ele, menos aquilo. Que eu o amava com todo o coração.

Cromwell passou os dedos por meus cabelos. Eu sorri, o movimento era familiar. Ele engoliu em seco.

— Estávamos no barco, querida. Você se lembra? — Procurei pela lembrança em minha cabeça. Imagens indistintas do lago vieram à mente. Pássaros cantando e folhas farfalhando. Cromwell apertou mais minha mão. — Você passou mal. — Cromwell olhou para trás. — Talvez seja melhor eu chamar um médico. Para explicar direito. Seus pais...

Ele começou a se levantar, mas o segurei.

— Você — sussurrei. Cromwell suspirou e colocou a mão em meu coração. Ele rangeu os dentes.

— Você teve um ataque cardíaco, querida. — As palavras que disse com a voz falhando continuaram a se repetir em minha cabeça. *Ataque cardíaco... ataque cardíaco... ataque cardíaco...*

O medo e a surpresa logo me tomaram em suas garras, seu peso me apertando, sufocando. Queria sair da cama e fugir da escuridão profunda e caótica que sentia pairando sobre mim. Mas não consegui me mover, então, me agarrei a Cromwell, em busca de segurança. Seu dedo acariciando meu rosto era como água contra o fogo do medo que queimava dentro de mim.

— Você sobreviveu, querida. Os médicos mantiveram seu corpo funcionando. — Ele apontou para os aparelhos que assobiavam e apitavam ao meu redor. — Você ficou em coma induzido enquanto melhorava. Ficou assim por cinco dias. — O lábio dele tremeu. — Estávamos todos esperando você acordar.

Fechei os olhos, tentando repelir o medo que eu me recusava a deixar me dominar. Respirei, sentindo o tubo de oxigênio no nariz. Quando reabri os olhos, quando vi as olheiras dele, perguntei:

— Você... ficou... aqui?

Pensei ter visto os olhos de Cromwell brilhando. Ele se inclinou, até parecer que estava por todos os lados. Olhos azuis fixos nos meus, mostrando com um simples olhar quanto se importava comigo.

— Onde mais eu ficaria? — Ele abriu um breve sorriso. — Decidi que, desse dia em diante, vou estar onde quer que você esteja.

Cromwell beijou minha boca, e a escuridão que me esmagava desapareceu. Foi espantada pela luz dele. Uma lágrima correu pelo canto do meu olho. Ele a enxugou com o polegar.

— É melhor eu ir contar ao médico e aos seus pais que você acordou.

Ele beijou minha mão mais uma vez antes de deixar o quarto. No instante em que saiu, senti um sopro gelado que nunca havia sentido com ele ao meu lado. Cromwell Dean era meu calor. A alma ardente que mantinha a minha amarrada à vida.

Meu olhar passeou pelo quarto. E meu coração gaguejou quando vi meu violão em um canto. O teclado encostado na parede. O violino sobre o sofá. Desta vez, não foi só uma simples lágrima que rolou por meu rosto, foi uma torrente.

— Ele tocou para você todos os dias. — Meu olhar foi para a porta. Meu estômago revirou quando vi Easton. Seu cabelo estava desgrenhado, e dava para perceber a ansiedade em seu rosto.

— Easton — movimentei a boca tentando falar. A emoção roubava qualquer voz que eu tivesse conseguido manter desde que havia acordado.

Easton entrou no quarto, passando os dedos pelo teclado. Seus olhos brilhavam.

— Ele não tem ido para a faculdade. Trouxe estas coisas no dia seguinte ao que você foi internada. E tocou para você o dia inteiro, todos os dias. Papai teve que forçá-lo a comer e dormir. E, enquanto nós íamos fazer essas coisas, ele voltava para cá, para tocar para você. — Ele balançou a cabeça. — Nunca vi nada assim, Bonn. — Easton passou a mão no rosto. Parecia cansado. Muito cansado. A culpa me tomou de assalto. — Ele tem talento, irmãzinha. Tenho que reconhecer. — Ele ficou olhando para os instrumentos, perdido em pensamentos. — Tinha uma canção que ele não parava de tocar no teclado... — Ele soltou uma gargalhada. — Não parava de fazer a mamãe chorar.

Minha canção de luta.

Soube sem precisar de explicações. Soube que, mesmo inconsciente, meu coração também a teria ouvido.

Easton parou ao meu lado. Olhou para o chão, mas, depois de alguns segundos, entrelaçou os dedos com os meus. Vê-lo tão triste me destruiu. Ainda estava com curativos nos pulsos, e eu não queria fazer nada além de pular daquela cama e falar para ele que estava curada.

— Ei, irmãzinha — sussurrou com a voz falha.

— Ei.

Minha mão tremeu. A dele também. Easton se sentou na cama. Meu rosto se despedaçou quando vi lágrimas lavando o rosto dele.

— Pensei que tinha perdido você, Bonn — falou com a voz rouca. Segurei na mão dele o mais apertado que consegui.

— Ainda não... — eu disse, e abri o sorriso que pude. Easton olhou pela janela. — Vou sair dessa — falei, forçando a voz. Easton confirmou com a cabeça, e passei os dedos pelo curativo dele. — Vou viver por nós dois...

Easton virou a cabeça, e seus longos cabelos loiros cobriram seu rosto. Segurei firme em sua mão enquanto ficava ali comigo, apenas sentado. Passos se apressaram pelo corredor, e minha mãe apareceu no quarto, com meu pai logo atrás. Os dois me abraçaram da melhor forma que puderam. Quando se afastaram, vi Cromwell na porta, e, apesar de serem os meus pais que falavam comigo, ele era tudo o que eu conseguia ver.

Ele era o *meu* violeta.

Minha nota favorita.

O médico foi até o quarto ver como eu estava. Meu coração partiu só mais um pouquinho quando me disse que eu estava ali para ficar. Que não teria esse negócio de ir para casa. E que agora eu estava no topo da lista de doação de coração. Aquilo me inspirou tanto terror quanto esperança. Esperança de que eu pudesse de fato ganhar um coração. E terror de que minha vida agora estava em uma contagem regressiva, uma ampulheta com a areia se esvaindo rapidamente. Mas não perguntei quanto tempo tinha. Não queria saber pelo médico. Não queria ouvir coisas daquele tipo vindas de sua boca clínica.

Queria ouvir vindo de alguém que eu amasse.

Por um dia todo lutei contra o cansaço, os efeitos residuais do coma induzido. Achei que estivesse sonhando. Meus olhos estavam bem fechados, e eu podia ouvir a mais bela música tocando. Na verdade, poderia ser levada a pensar que estava no paraíso. Mas então abri os olhos e vi de onde vinha a música. Cromwell estava sentado ao teclado, suas mãos hipnotizantes tocavam minha canção. Eu escutei, meu coração escutou, enquanto as notas que eu havia inspirado flutuaram pelo ar e me envolveram em um casulo. Escutei até ele tocar a última nota.

E, quando ele se virou, simplesmente estendi a mão. Cromwell sorriu, e me derreti na cama. Ele tinha arregaçado as mangas do suéter, deixando à mostra as tatuagens. Naquele dia, usava um suéter branco. Ele estava lindo. Cromwell sentou na cadeira ao meu lado. Mas balancei a cabeça. Ele colocou a mão na minha e se empoleirou na beirada da cama. Aquilo também não era o bastante. Virei o corpo, rangendo os dentes com a dor que o movimento provocava.

— Querida, não — ele disse, mas sorri quando vi que agora havia espaço suficiente para ele se deitar. Ele balançou a cabeça em reprovação, mas também pude ver o esboço de um sorriso em seus lábios.

— Deite-se... por favor. — Cromwell se deitou na cama. A porta do quarto estava fechada, e, mesmo que não estivesse, eu francamente não teria me importado.

O corpo enorme de Cromwell era tão perfeito ao lado do meu. E, pela primeira vez desde que havia acordado, eu me senti quente. Segura. Ao lado de Cromwell, estava completa.

— Minha música — consegui sussurrar, com a garganta ainda raspando por causa do tubo do respirador.

Cromwell deitou a cabeça no travesseiro ao meu lado.

— Sua música. — Por um breve instante senti uma sensação de paz absoluta, até eu me esforçar para respirar, quando percebi que não conseguiria manter aquela sensação por muito tempo.

Eu me inclinei para mais perto de Cromwell, usando seu cheiro e sua forma para criar coragem. Quando olhei nos olhos dele, encontrei-o já me observando. Engoli em seco.

— Quanto tempo? — No momento em que a pergunta saiu, achei ter sentido meu coração disparar.

Cromwell empalideceu assim que as palavras deixaram minha boca.

— Querida. — Ele balançou a cabeça.

Segurei a mão dele com mais força.

— Por favor... tenho que saber.

Cromwell fechou os olhos.

— Não mais que uma semana — ele sussurrou. Achei que essas palavras me machucariam. Achei que se a resposta fosse muito pouco tempo, aquilo me incapacitaria. Em vez disso, uma estranha sensação de calma tomou conta de mim. *Uma semana...*

Acenei com a cabeça. A mão de Cromwell, desta vez, apertou a minha. Era ele que precisava do apoio. Não eu.

— Vão conseguir um coração para você. — Ele fechou os olhos e beijou minha mão. — Sei que vão.

Mas eu não pensava assim.

Era engraçado. Depois de anos rezando para que um coração viesse, desejando estar curada, agora estava ali. No fim. A dias de meu coração cansado ser incapaz de bater mais uma vez, parecia libertador apenas aceitar. Parar de rezar. Parar de desejar. E aproveitar o tempo que me restava com as pessoas que amava.

Respirei fundo.

— Você tem que cuidar do Easton por mim.

Cromwell ficou paralisado. Ele balançou a cabeça, evitando a direção em que eu conduzia aquela conversa.

— Não, querida. Não fale assim.

— Prometa... — Eu estava sem fôlego, aquele pequeno pedido requeria tanto de mim que já me sentia exausta. Cromwell rangeu os dentes e desviou o olhar. — East é frágil... mas é mais forte... do que ele pensa.

O nariz de Cromwell ficou vermelho. Ele se recusava a olhar para mim. Levantei a mão e virei seu rosto na direção do meu.

— Não — ele disse, com a voz falhando. Seus cílios ficavam úmidos com as lágrimas que surgiam. — Não posso... não posso perder você também.

Mordi os lábios para evitar que eu desabasse.

— Você... Você não vai me perder. — Coloquei a mão no coração dele. — Não aqui. — Cromwell virou a cabeça. — Do mesmo jeito que seu pai também não foi embora. — Eu acreditava naquilo. Acreditava que quando alguém estava tão marcado em seu coração, em sua alma, nunca partia de verdade.

Um olhar estranho passou pelo rosto de Cromwell, e ele então enfiou o rosto em meu pescoço. Senti as lágrimas escorrendo. Coloquei o braço em volta dele e dei um abraço apertado. Olhei para o teclado e para o violino e soube que ele criaria músicas que mudariam o mundo. Estava tão certa daquilo quanto de que o sol nasceria todos os dias. Era minha maior tristeza. Não estaria do lado dele para ouvi-las. Para vê-lo tocando em teatros lotados. Para vê-lo nos púlpitos, fazendo as pessoas o aplaudirem de pé.

Quando Cromwell levantou a cabeça, sussurrei:

— Prometa... cuide dele.

Cromwell, os olhos e as bochechas vermelhas, confirmou com a cabeça. Um peso que eu não sabia que carregava saiu dos meus ombros.

— E componha. — Cromwell ficou parado. Dei um tapinha no peito dele. — Não perca sua paixão de novo.

— Você a trouxe de volta para mim.

As palavras dele eram o paraíso para meus ouvidos. Sorri e vi o amor nos olhos de Cromwell.

— Minha bolsa... — eu disse. Ele franziu as sobrancelhas, confuso. — Um bloquinho... na minha bolsa.

Cromwell achou o bloquinho. Pegou-o e o entregou para mim, mas empurrei de volta para ele.

— Para você.

Ele pareceu ainda mais confuso. Fiz um sinal para que ele voltasse a deitar. Foi o que ele fez, e se aconchegou ao meu lado.

— Minhas palavras... — eu disse. Uma expressão de compreensão se espalhou pelo rosto dele.

— Suas canções?

Confirmei com a cabeça.

— A que está no final.

Cromwell passou os olhos pelo bloco preenchido por meus pensamentos e sonhos e desejos. E apenas o observei. Percebi que poderia observá-lo pela eternidade sem nunca me cansar.

Soube quando ele chegou à última página. Vi seus olhos acompanhando primeiro as palavras e depois as notas. Ele não disse nada, mas o brilho em seus olhos e as palavras que nunca saíram disseram o bastante.

— Para... nós dois — expliquei, e beijei as costas da mão dele. Cromwell observava cada coisinha que eu fazia, como se não quisesse perder nenhum movimento meu. Nenhum gesto. Nenhuma palavra. Apontei para o meu velho violão.

— Queria cantá-la para você... mas perdi o fôlego antes de conseguir. — Era meu maior arrependimento, não ter escrito aquilo antes. Clara tinha me ajudado. Ela tinha anotado as palavras, e eu havia ensinado a ela como desenhar as notas.

Queria cantar para ele algum dia quando estivesse melhor. Mas agora... pelo menos ele a tinha agora.

— Bonnie. — Ele passou os dedos pela página como se tivesse ganhado a partitura original da "Quinta sinfonia", de Beethoven.

— Pode imaginar a música em sua cabeça — falei, apontando para as notas simples naquela composição. Nada sofisticado. Nada complicado. Apenas minhas palavras e os acordes que me faziam pensar nele.

— "Um desejo para nós dois" — ele disse, lendo o título em voz alta.

— Huum.

Cromwell se levantou da cama e foi pegar meu violão. Meu coração se encheu de vida quando ele o levou até a beira da cama. Ele colocou meu bloquinho na mesa do lado e posicionou os dedos no braço do violão.

Prendi a respiração por um instante, esperando que ele tocasse. E, quando tocou, soube que seria música para a minha alma como sempre acontecia quando tocava. Soube que ele tocaria a música melhor que qualquer outra pessoa.

Mas nunca esperei pela voz dele. Nunca esperei por aquele tom rouco e perfeitamente afinado da voz dele trazendo vida às minhas palavras. Tentei respirar, mas a beleza da voz dele roubou qualquer ar que eu poderia ter inalado. Enquanto olhava para aquele garoto tatuado e com piercings e um coração de ouro, eu me perguntava como tivera tanta sorte por tê-lo conseguido, no fim das contas. Fiz muitos pedidos em minha vida, mas Cromwell tinha sido o pedido que nunca fiz. O pedido concedido que, no fim, era aquele ao qual eu mais dava valor.

Coração frio e sozinho, até ouvir sua canção.
Sem sinfonia, uma só nota, nenhum refrão.
Batida que dá vida ao ritmo com energia,
Um amor tão puro que fez da noite, dia.
Cada vez que perdi meu ar, um sorriso ganhei,
Para ficar com você, tudo de mim eu dei.
Com o fim mais perto, saboreio cada beijo,
Peço por mais tempo, fecho os olhos e desejo.

Quero ter uma vida com você,
e fazer as coisas que sonhamos fazer.

Seguir a música agora e depois,
um desejo para mim, para você, para nós dois.

Você segura firme minha mão,
passamos por morros, vales e um vulcão.
Beijos sob o céu, árvores, lagos ao redor,
respiro você, palavras, risos, suspiros de amor.
Dedos entrelaçados, nada vai separar,
te amo bem mais do que pode imaginar.
Você me leva para casa, a lua brilha no espaço,
em nosso quarto me aconchego em seu abraço.

Quero ter uma vida com você,
e fazer as coisas que sonhamos fazer.
Seguir a música agora e depois,
um desejo para mim, para você, para nós dois.

Eu me agarro a um indício incerto,
meu último suspiro cada vez mais perto.
Desejo e desejo com tudo de mim,
e seguro em você até o fim.
Nunca pensei ter um amor desse jeito,
que me encanta com cores que leva no peito.
Com você aqui, prometo lutar,
pela vida que sonhamos, com música no ar.

Quero ter uma vida com você,
e fazer as coisas que sonhamos fazer.
Seguir a música agora e depois,
um desejo para mim, para você, para nós dois.
Um desejo para mim, para você, para nós dois.

Escutei enquanto as palavras me envolviam. A letra que era eu e ele. Que era nós dois. Escutei enquanto Cromwell não errava nenhuma nota, e a voz dele dava mais significado à minha letra do que eu poderia ter dado.

E escutei enquanto Cromwell Dean, o garoto que eu havia visto em um vídeo de má qualidade tantos anos antes, tocava minha alma com sua voz. Quando a música acabou, e o momento chegou ao seu desfecho natural, esperei até Cromwell olhar para mim e disse:

— Você me devolveu meu sonho. — Sorri e repassei a performance dele na cabeça. — Ouvi minhas palavras tocadas para mim. A mais perfeita das canções.

Cromwell encostou meu violão e deitou-se na cama ao meu lado. Ele me envolveu em seus braços como se pudesse me proteger. Como se seu abraço pudesse evitar o inevitável. Eu queria ficar daquele jeito para sempre.

— Não há nada de que me arrependa. — Senti Cromwell imóvel. Seu corpo estava tenso enquanto seus lábios tocavam minha cabeça. — Você... Cromwell... não há nada entre nós de que me arrependa. Nem do começo... nem do meio... e, com certeza, nem do fim...

Adormeci daquele jeito e acordei nos braços dele também. E decidi que era daquele jeito que queria me despedir, que queria que fosse quando o dia finalmente chegasse.

Porque era perfeito.

Ele era perfeito.

Daquele jeito, a vida era perfeita.

E era daquele jeito que o céu finalmente me receberia.

24
Cromwell

Atravessei o corredor. Cada passo era mais pesado que o anterior. E a cada vez que respirava, mais meu coração se estilhaçava. Vi a porta fechada e ouvi o baixo murmúrio das vozes por trás dela.

Tinha recebido a ligação vinte minutos antes. Eu havia saído do hospital para tomar um banho. O médico estava indo vê-la, então, eu disse que logo voltaria.

O momento que eu vinha temendo havia chegado.

— Filho... — O sr. Farraday tinha dito do outro lado do telefone. — O médico acabou de entrar... chegou a hora.

Eu sabia que seria logo. Bonnie estava mais fraca do que qualquer outra pessoa que eu já havia visto na vida. A cor havia desaparecido de seu rosto, deixando apenas o púrpura profundo dos lábios.

Sabia que a estava perdendo... mas não conseguia deixar para lá.

Meu cabelo estava molhado, e havia um nó persistente em minha garganta. Meus pés me levaram até o quarto, mas eu não queria chegar lá. Porque, se chegasse, significaria que era o fim. E eu me recusava a acreditar que era o fim.

Minha mão pairou sobre a maçaneta. Meus dedos tremeram ao girá-la. O quarto estava em silêncio quando entrei, o sr. e a sra. Farraday sentados ao lado de Bonnie, segurando na mão dela. Ela estava adormecida, seu lindo rosto perfeito em repouso. Engoli em seco, com a visão borrada pelas lágrimas enquanto olhava para ela.

Não conseguia imaginá-la partindo.

Não sabia como seria minha vida sem ela, agora que ela fazia parte disso.

Eu não conseguia... não conseguia...

A sra. Farraday estendeu a mão. Eu não sabia se minhas pernas se moveriam, mas se moveram. Coloquei a mão na dela. Ela não disse nada. Lágrimas correram por seu rosto enquanto sua filha dormia em paz.

Enquanto sua filha morria.

Enquanto o amor da minha vida estava cada vez mais longe de mim.

Ela já podia se passar por um anjo.

O sr. Farraday estava ao celular. Ele balançou a cabeça, com preocupação gravada no rosto.

— Ele não atende. Não consigo falar com ele.

— Easton? — perguntei.

— Eu disse para ele voltar imediatamente, e ele falou que estava a caminho. Mas ainda não apareceu, e não consigo falar com ele. — O sr. Farraday passou a mão no rosto, o pânico e o estresse eram evidentes em seu olhar. — Ele foi para casa tomar um banho. Eu devia ter ido com ele. Eu...

— Vou atrás dele. — Eu me ofereci. Então, olhei de novo para Bonnie. — Dá tempo? — perguntei, rouco.

A mão do sr. Farraday apertou a minha com força.

— Dá tempo.

Corri para o carro. Tentei ligar para o celular de Easton, mas só tocava. Fui depressa para a casa deles, mas ele não estava lá. Voltei para o carro e voei para a faculdade. Ele não estava no nosso dormitório, e atravessei o campus correndo, o pátio, a biblioteca, o refeitório. Não consegui encontrá-lo em lugar nenhum.

— Cromwell! — A voz de Matt me fez parar na hora.

— Você viu o Easton? — perguntei antes mesmo que ele tivesse a chance de dizer qualquer outra coisa.

Ele balançou a cabeça. Tinha um olhar triste.

— Como está a Bonnie? Ela...?

Sara e Kacey chegaram atrás dele. Bryce chegou por último. Passei a mão no cabelo.

— Preciso encontrar o Easton — eu disse, sem pensar onde mais poderia procurar por ele, até que...

Eu me virei e corri quando um último lugar me veio à cabeça. Cheguei no local secreto perto do lago em menos de cinco minutos. Mas, ao estacionar, meu estômago revirou. Era como se estivesse vendo de fora do meu corpo quando desci da caminhonete e segui as luzes azuis que piscavam entre as árvores. Corri e corri, minha respiração ecoava nos ouvidos. Meus pés hesitaram no momento em que passei pela caminhonete de Easton, e quando virei, apenas para que uma policial me parasse, vi paramédicos empurrando uma maca para uma ambulância. Meu pulso retumbava tão rápido em minha cabeça que eu me esforcei para encontrar sentido no que acontecia. E, aí, vi a corda pendurada na árvore...

— Não. — O horror tomou conta de mim enquanto a ambulância saía dali. — NÃO! — gritei e voltei correndo para a caminhonete. Um medo como nada que havia sentido antes ferveu em meu sangue. Segurei o volante, e minhas mãos ficavam brancas sempre que eu parava em cada maldito sinal vermelho no caminho.

Irrompi pelas portas do hospital e corri até chegar ao quarto de Bonnie... só para ver um policial conversando com o sr. e a sra. Farraday do lado de fora. Meu coração estava na boca enquanto esperava, como uma estátua, pelo que aconteceria em seguida.

A sra. Farraday levou a mão à boca, e seus joelhos fraquejaram. O sr. Farraday balançou a cabeça, um "Não" escapou de seus lábios enquanto seguia sua esposa em direção ao chão. Meu corpo tremeu com o que eu via, com o que assimilava.

— Easton... — sussurrei, com o horror cada vez mais profundo. — Não. — Minha cabeça tremeu, meu estômago parecia ter sido atingido por uma lança. O sr. e a sra. Farraday foram levados às pressas para uma sala privada. A sra. Farraday olhou para mim quando passou, com uma aflição excruciante brilhando nos olhos.

Como se houvesse um ímã ali, meus olhos foram atraídos para a porta do quarto de Bonnie. Ela estava sozinha. Precisava de mim. Sequei o rosto e andei, entorpecido, até a porta. Ela parecia tão pequena naquela cama. Lágrimas que não consegui conter transbordaram de meus olhos e caíram no chão. Fui até a cama e segurei a mão de Bonnie. Ela se mexeu, e seus olhos castanhos se abriram e olharam rapidamente para os meus.

— Cromwell — ela disse, quase sem voz. — Você está aqui.

— É, querida. — Beijei seus lábios com leveza. Ela levou sua mão fraca até minha bochecha. Deve ter sentido a umidade.

— Não... chore... — Eu me inclinei até a mão dela e beijei sua palma. — Fique comigo...

— Sempre — respondi, e sentei ao lado dela na cama. Eu a puxei para perto de mim e a abracei. Não demorou muito para que o sr. e a sra. Farraday entrassem pela porta. Pareciam fantasmas andando. Engoli em seco, e não consegui segurar as lágrimas. Porque naquele instante, eu soube.

Ele não tinha sobrevivido.

Um médico chegou em seguida. Bonnie abriu os olhos enquanto o médico falava com ela.

— Bonnie, temos um coração.

Bonnie tremeu nos meus braços enquanto o médico lhe dizia o que aconteceria. Mas não prestei atenção em nada quando a verdade me acertou como um soco.

Easton... era o coração de Easton.

Com uma olhada para os pais dela, vi a verdade me encarar de volta. Depois disso, foi uma correria. Uma equipe de médicos veio e começou a preparar Bonnie. Quando pude, segurei a mão dela. Seus olhos eram um mar revolto com a confusão e o medo. A mãe e o pai dela seguraram sua outra mão.

— Easton? — Eu a ouvi perguntar, e meu coração se fez em um milhão de pedaços.

— Está a caminho — o pai dela disse. A mentira era necessária naquele momento. Todos sabíamos que Bonnie precisava lutar. Não podia saber a verdade.

— Preciso... dele... — Bonnie sussurrou.

— Ele logo vai estar com você — a mãe dela disse, e eu fechei os olhos. Porque ele logo estaria com ela. Mais do que ela imaginava.

— Cromwell. — Eu abri os olhos. A sra. Farraday olhava para mim, com os olhos atormentados e desolados. Ela se moveu para o lado, abrindo o caminho para Bonnie.

Bonnie estendeu a mão. Fui para o outro lado do quarto e a segurei. Seus dedos estavam tão frios. Bonnie sorriu para mim, e aquilo destruiu minha alma.

— Um coração... — O sorriso dela era o mais aberto que podia, seus lábios púrpuros revelavam o poço de esperança que surgia dentro dela.

— Eu sei, querida — eu disse, forçando um sorriso.

— Vou sobreviver — disse ela, com mais determinação naquele suave sussurro do que haveria em qualquer grito. — Por nós dois... — Fechei os olhos e coloquei a cabeça em seu peito. Ouvi o batimento custoso de seu coração e lembrei da gravação do coração de Easton. Que logo bateria no peito dela. Levantei a cabeça e olhei fixamente para seus olhos castanhos. E soube que aquele novo coração a destruiria quando ela descobrisse a verdade.

Os médicos entraram. Acolhi o rosto dela entre as mãos e beijei seus lábios uma última vez.

— Eu te amo, querida — sussurrei enquanto a levavam embora.

— Eu também te amo — foi sua tímida resposta. Os pais de Bonnie a acompanharam até onde puderam ir. Quando Bonnie desapareceu além das portas duplas, vi, com as emoções me rasgando ao meio, os pais de Bonnie desesperados pelo filho que tinham acabado de perder.

O filho cujo coração podia salvar a vida de sua filha.

Caí no chão, apoiando as costas na parede gelada. E aguardei. Aguardei, com esperança no coração, para ver Bonnie sobrevivendo. Então o horror veio em seguida, porque não sabia como ela superaria aquilo.

Um gêmeo morreu para que a outra pudesse viver.

Meu melhor amigo se foi.

A garota que era dona do meu coração lutava por sua vida.

E eu era incapaz de fazer qualquer coisa para consertar aquilo.

25
Cromwell

Fiquei parado, olhando para ela pelo vidro da janela. Estava de novo com um respirador, e drenos torácicos retiravam o fluido de seu corpo. Mas eu tinha novamente esperanças no meu coração.

Porque ela tinha sobrevivido à operação. E, até então, o médico havia dito que tinha sido um sucesso. Mas ao olhar para o rosto dela, para os olhos fechados que o médico disse que deveriam se abrir naquele dia, soube que não era tão simples. Porque ela teria que acordar e ser informada de que o coração que estava fundido a seu corpo de forma tão perfeita pertencia a seu melhor amigo, seu irmão gêmeo... Easton.

Passei a mão no rosto e me virei para ver os pais de Bonnie no sofá. Estavam de mãos dadas, mas o rosto de ambos tinha uma expressão vaga e desolada. Tudo havia acontecido muito rápido. Tão rápido que apenas estavam assimilando tudo naquele instante. Choraram quando viram Bonnie ser trazida de volta da cirurgia, mas não haviam falado muito.

Eu não fazia ideia do que dizer.

Olhei para o lugar ao meu lado. Onde Easton normalmente se sentava. Senti um aperto no peito ao me lembrar dele. Ao me lembrar do primeiro dia, quando Easton me acolheu logo de cara. Desfilou comigo pelo campus, todo imponente. Suas pinturas vibrantes, que com o tempo sucumbiram à escuridão. E as cores que o cercavam, as cores vivas que se transformaram em cinza e preto.

A culpa navegava por minhas veias. Porque eu tinha visto as cores se apagando. Mas pensei que fosse por causa da irmã dele.

A polícia havia aparecido hoje. Determinaram que a morte de Easton foi suicídio, o que já sabíamos. E tinham trazido uma carta. Uma carta que haviam encontrado na caminhonete dele, endereçada a Bonnie. A sra. Farraday apertava a carta como se ela, de alguma forma, trouxesse assim o filho de volta.

Saí do hospital e peguei meus cigarros. Estava levando um até a boca quando parei de repente. Espiei o céu ensolarado, os pássaros cantando em amarelo-mostarda e as folhas farfalhando em bronze, e taquei o cigarro no chão. Depois, fui até a lixeira e descartei o maço inteiro.

Eu me joguei em um banco próximo, e a ficha caiu. Emoções cresciam dentro de mim com tanta força que me sufocavam. Quis correr para a sala de música e pôr tudo para fora. Mas isso me fazia lembrar de Lewis, e tive que conter aquela raiva, ou ela também me destruiria.

Padrões musicais surgiram em minha cabeça quando me lembrei da primeira vez que toquei piano, quando as cores me mostraram o caminho. Ouvi violinos tocados em *pizzicato*, ouvi uma flauta em seguida. E depois o piano tomava a frente, contando a história do nascimento de um músico. De um pai sentado ao lado dele, incentivando-o. Vi meu pai desaparecer em um solo de violoncelo. Fechei os olhos bem apertados. Então, a história continuou.

Senti alguém apertar meu ombro. Tomei um susto e levantei a cabeça.

— Ela acordou — disse o sr. Farraday.

Engoli em seco.

— Ela já sabe?

Ele balançou a cabeça.

— Tiram o respirador hoje à noite. — Ele acenou com a cabeça, mostrando uma força que eu admirava. — Ela logo vai saber.

Eu me levantei e segui o sr. Farraday pelo corredor até o quarto de Bonnie na UTI. Lavei as mãos e passei pela porta. Os olhos castanhos de Bonnie encontraram os meus. Ela estava com um tubo na garganta, que escondia seus lábios, mas dava para ver o sorriso em seus olhos.

Ela tinha cumprido a promessa. Tinha conseguido.

Oi, querida. Segurando seus dedos, abaixei e beijei a testa dela. Meus lábios tremeram, odiando o fato de eu saber de algo que a destruiria. As mãos de Bonnie apertaram as minhas. Fechei os olhos e lutei contra as lágrimas que ameaçavam cair. — Você foi tão valente, querida — eu disse, e me sentei ao lado dela. Uma lágrima escorreu do canto de seu olho.

Os olhos dela começaram a se fechar. O cansaço a subjugava. Permaneci ao lado dela pelo máximo de tempo que pude. Fiquei na sala de espera enquanto sua mãe e seu pai também a visitavam. Então, quando caiu a noite, o médico nos fez esperar, todos do lado de fora, enquanto removiam o respirador. Quando ele voltou para nos buscar, senti um maldito canhão explodindo em meu peito. Acompanhei os pais dela até o quarto. A mãe de Bonnie correu até ela e a abraçou com cuidado. O pai foi em seguida, e eu me segurei.

Quando eles saíram da frente, Bonnie sorriu para mim. Estava de novo coberta de máquinas, mas seu sorriso era enorme. Eu me aproximei e beijei seus lábios. Sua respiração disparou.

— Eu te amo — sussurrei.

Bonnie disse a mesma coisa, só mexendo a boca. Ela voltou o olhar para o quarto. Meu coração desmoronou. Eu sabia quem ela procurava. Ela franziu as sobrancelhas e piscou, com uma clara interrogação no olhar.

Cadê o Easton?

O pai dela chegou perto.

— Ele não pôde estar aqui, querida. — Tentava protegê-la da tristeza, mas não estava funcionando. Bonnie não tirava os olhos dele. O sr. Farraday tirou o cabelo do rosto dela. Mas Bonnie viu a mãe desabar lentamente na cadeira ao lado. Então olhou para mim, e seu lábio superior tremeu. Cerrei os punhos ao lado do corpo. E me senti inútil, incapaz de impedir que ela sentisse o que eu sabia que estava prestes a sentir.

— Easton? — ela perguntou, com a voz bem rouca por causa do tubo. Lágrimas se acumularam em seus olhos. — Onde... ele está? — Baixei os olhos, incapaz de ver aquilo acontecendo. Tentei respirar, mas o peso em meu peito não deixava. — Ferido? — ela conseguiu perguntar.

Sua mãe chorou, sem conseguir mais se segurar. Levantei os olhos e vi que Bonnie olhava para mim. Tinha que ir até ela. Minhas pernas me levaram até lá e peguei em sua mão.

O sr. Farraday ficou parado. Então disse:

— Houve um acidente, querida. — A voz dele falhou no final.

A mão de Bonnie começou a tremer.

—Não. — As lágrimas que vinham se acumulando em seus olhos transbordaram pelos cílios e escorreram pelas bochechas. Eu a vi puxando a mão que sua mãe segurava e a levando de maneira dolorosamente lenta até o peito. Ela fechou os olhos com seu novo coração, e todo o seu corpo começou a tremer. Lágrimas incessantes pingavam de seu rosto, no travesseiro.

Eu me inclinei e encostei a testa na dela. Isso só a deixou pior. Ela chorava compulsivamente. O sr. Farraday havia dito que Easton tinha sofrido um acidente, mas eu estava bem certo de que Bonnie sabia a verdade.

Easton, por qualquer que fosse o motivo, sentia-se deslocado no mundo. Ninguém sabia disso melhor que sua irmã gêmea.

— Bonnie — sussurrei. Fechei os olhos e apenas a abracei. Eu a abracei enquanto ela desabava. O momento que deveria ser de celebração se transformou em tragédia para ela. Para todos nós.

Continuei abraçado a ela enquanto ela chorava tanto que fiquei preocupado que algo pudesse dar errado. Ela havia acabado de acordar depois de uma grande cirurgia, mas eu tinha certeza de que nada, a não ser descobrir que aquilo tinha sido um pesadelo, acabaria com sua dor.

Bonnie chorou até cair no sono. Não fui a lugar algum. Segurei a mão dela, caso acordasse. Seus pais foram para a sala de espera. Tinham coisas para resolver com a polícia e com o hospital. Eu não conseguia imaginar como lidar com tudo aquilo de uma só vez. Como celebrar o fato de um filho ter escapado da morte quando se perde outro de maneira tão devastadora?

Naquele instante, me senti estarrecido. Mas eu sabia o que estava por vir. Não dava para ter todas aquelas emoções se digladiando dentro de mim sem que elas por fim transbordassem. Por ora, eu as repreendia o máximo que podia.

Devo ter adormecido, porque acordei sentindo dedos em meus cabelos. Abri os olhos piscando e olhei para cima.

Bonnie olhava para mim. Mas, como antes, seus olhos estavam úmidos e sua pele, pálida e marcada de tanto chorar.

— Ele tirou a própria vida... não foi? — Suas palavras foram como balas atingindo meu coração.

Confirmei com a cabeça. Não fazia sentido mentir para ela. Ela soube no momento em que acordou. Bonnie segurou minha mão. Agora, depois de somente um par de dias após a cirurgia, ela apertava com mais força.

Ela estava mais forte.

Eu tinha certeza de que, em algum lugar, Easton esboçava um sorriso com aquele fato.

Bonnie respirou fundo, enchendo os pulmões com tanto ar que a cor logo brotou em seu rosto. Levou minha mão junto com a dela até o peito. Ouvi as batidas de seu novo coração. A batida forte e rítmica sob a palma da mão.

Era magenta.

Quando eu escutara o coração de Easton pelo estetoscópio, a cor também era magenta.

— Estou com o coração dele, não é? — Bonnie disse aquilo com os olhos fechados. Mas em seguida os abriu e fixou o olhar em mim.

— Sim.

O rosto dela se contorceu de dor. Alguma coisa em Bonnie pareceu mudar naquele instante. Foi como se eu visse sua alegria e sua alma saírem de seu corpo. A cor que a cercava mudou de púrpura e cor-de-rosa para marrom e cinza. Mesmo a mão dela, que vinha segurando a minha tão apertado, afrouxou-se e se afastou. Tentei pegá-la de volta, mas Bonnie se fechou como o portão de uma fortaleza.

Impenetrável.

Fiquei no quarto com ela por mais dois dias. E, a cada segundo que passava, a Bonnie que eu conhecia ficava mais e mais distante. Quis chorar quando toquei Mozart no celular e ela se virou para mim, com o olhar vazio, e disse:

— Você poderia, por favor, desligar isso?

Bonnie se curava, mas sua mente estava abalada. Uma noite, achei que ela fosse voltar para mim. Ela acordou às três da madrugada, colocou a mão sobre a minha e rolou de lado para ficar de frente para mim.

— Bonnie... — sussurrei.

O lábio inferior dela tremeu, seus olhos exaustos mal se abriram.

— Como meu coração pode estar consertado, mas eu estar em pedaços? — Cheguei mais perto dela e a abracei. Apenas a abracei enquanto ela desmoronava. Era uma coisa tão trivial, mas nunca havia me sentido tão útil para alguém em toda a minha vida como naquele momento.

Na manhã seguinte, porém, ela voltou a se afastar de mim. Voltou a ser a Bonnie aprisionada em sua cabeça, em sua dor. A Bonnie que mantinha todos longe. Ficando forte fisicamente, mas caindo aos pedaços emocionalmente.

As enfermeiras deram sorrisos largos para mim quando passei pela sala delas e fui até a nova ala onde Bonnie estava. O corpo dela não havia rejeitado o coração, e ela ia bem, bem o bastante para deixar a UTI. Respirei fundo ao me aproximar de seu novo quarto.

Só que, quando cheguei lá, o sr. Farraday estava do lado de fora.

— Oi — eu disse, e fui abrir a porta.

Ele entrou na minha frente. Franzi as sobrancelhas. Seu rosto estava pálido e triste, repleto de arrependimento.

— Ela se recusa a ver qualquer um, Cromwell. — Ouvi as palavras, mas não assimilei. Tentei passar pelo pai dela mais uma vez. Mas ele bloqueou meu caminho de novo.

— Me deixe passar. — Minha voz era grave e ameaçadora. Eu sabia. Mas não me importava. Só precisava chegar a ela.

O sr. Farraday balançou a cabeça.

— Sinto muito, filho. Mas ela... Ela tem achado a vida muito difícil no momento. Não quer ver você. Nenhum de nós. — Eu vi a agonia no rosto dele. — Estou só tentando deixar as coisas melhores para ela, filho. Do jeito que eu puder.

Rangi os dentes, e minhas mãos começaram a tremer. Cerrei os punhos.

— Bonnie! — eu disse, em voz alta o bastante para chamar atenção de todo mundo naquela ala. — Bonnie! — gritei. O sr. Farraday tentou me tirar dali. — BONNIE! — Eu me esquivei do sr. Farraday e abri a porta do quarto com violência.

Bonnie estava sentada na cama, com as costas apoiadas em travesseiros. Ela olhava pela janela. Então, se virou para mim.

— Bonnie — eu disse, e dei um passo à frente. Mas parei no meio do caminho, quando ela desviou o olhar. Quando virou as costas para mim completamente.

E então elas vieram. As comportas se abriram, e todas as emoções das últimas semanas irromperam como o pesado crescendo de um bumbo.

Dei um passo para trás, depois outro, e vi Easton com os pulsos cortados. Bonnie tendo um ataque cardíaco em meus braços. Easton na maca, a corda pendurada na árvore. E então Bonnie... descobrindo que Easton tinha morrido, que o coração dele agora batia no seu peito.

E não consegui. Não consegui lidar com aquilo, porra. Eu me virei bem na hora em que dois seguranças vinham em minha direção. Levantei os braços.

— Estou saindo. Estou saindo! — Arrisquei dar mais uma olhadela para Bonnie, mas ela continuava de costas para mim. Comecei a trotar pelo corredor e, antes mesmo de sair do hospital, já estava correndo a toda velocidade. Cheguei na minha caminhonete, todas as cores e emoções se mesclavam em uma coisa só. Meu cérebro pulsava como um tambor. Minha cabeça doía, a pressão atrás dos olhos era tão grande que eu mal conseguia enxergar.

Cores de neon eram como fogos de artifício em minha cabeça, piscando até eu não aguentar mais. Entrei com tudo no estacionamento e praticamente pulei do carro. Entrei a passos largos no prédio do curso de música, sem plano nenhum, apenas seguindo meus pés. Soquei uma porta.

A porta se abriu, e o rosto de Lewis foi a única coisa que vi. Levei as mãos à cabeça e então, sem me importar se alguém ouvia, disse:

— Quero tocar no concerto.

Lewis ficou boquiaberto, e vi a surpresa em seu rosto. Passei voando por ele e entrei em sua sala.

— Bonnie conseguiu o coração. — Fechei os olhos. — Easton se matou... — Minha voz falhou, e a tristeza desabou sobre mim como um tsunami. Sufoquei com a lembrança da corda, da maca... de Bonnie.

— Cromwell. — Lewis se aproximou.

Levantei a mão.

— Não. — Ele parou na hora. — Vim até você porque ninguém mais entende. — Bati na cabeça. — Você vê o que eu vejo, sente o que sinto. — Respirei fundo. — Preciso de ajuda. — Deixei minhas mãos caírem, meu corpo começou a perder energia. — Preciso de sua ajuda com a música. Estão se formando. As cores. Os padrões — Balancei a cabeça. — A música é muita, muita coisa de uma vez, as cores brilham demais.

Lewis se aproximou outra vez. Quando estava chegando, quando estendeu a mão, dei um passo para trás. Vi o rosto dele. Vi o desespero. Vi a necessidade de conversar. Então, meus olhos passearam pela mesa dele até encontrar um frasco. A bebida. As olheiras sob os olhos dele.

— Não estou aqui por nenhum outro motivo. — falei. Ele ficou paralisado e passou a mão pelos cabelos. Do jeito que eu fazia. Foi outro soco no estômago. Engasguei com minha voz, mas consegui continuar: — Estou aqui pela música. Não quero falar sobre mais nada. Então, por favor... — Meus olhos se encheram de lágrimas. A rejeição de Bonnie estava me impulsionando. Se ela ouvisse minha música, se eu tocasse no concerto, ela saberia que a música era para ela. Veria que eu a amo. Veria que tem uma vida pela qual viver.

Comigo.

Ao meu lado.

Para sempre.

Voltei os olhos para Lewis.

— Por favor... me ajude... — E dei um tapa na cabeça. — Me ajude a transformar isto em música. Só... me ajude.

— Tudo bem — Lewis passou a mão pelos cabelos mais uma vez. — Mas Cromwell, deixe-me explicar. Por favor, apenas ouça...

— Não posso — engasguei. — Ainda não. — Balancei a cabeça, e um buraco começou a se formar em meu peito. Tentei respirar, mas senti muita dificuldade. — Não consigo lidar com isso também... ainda não.

Lewis parecia querer se aproximar de mim. Estava com a mão estendida, mas eu não podia ir até ele. Ainda não.

— Tudo bem. — Ele me olhou nos olhos. — Temos muito pouco, quase nenhum tempo, Cromwell. Está pronto para isso? Serão dias e noites, dias e noites *sem fim*, para chegar aonde precisamos chegar.

Um senso de propósito muito forte acalmou a tempestade dentro de mim.

— Estou pronto. — Puxei o ar, e desta vez consegui respirar. — Tenho isso dentro de mim, professor. Sempre tive. — Fechei os olhos, pensei em meu pai, em Bonnie e na música que vinha tentando se libertar à força de minha alma havia tanto tempo. — Estou pronto para compor. — Uma mudança repentina em mim pareceu acalmar minha mente, minhas emoções. — Estou de saco cheio de me afastar disso tudo.

— Então, me acompanhe. — Lewis me guiou até a sala de música a que tinha me levado na noite em que encontrei Easton, com os pulsos cortados, em nosso quarto. Fui direto para o piano e me sentei. Meus dedos encontraram seus lugares nas teclas. Abri minha alma e deixei as cores voarem.

Vermelhos e azuis, tons de púrpura e cor-de-rosa fervilharam ao meu redor, envolvendo-me em uma nuvem. E as deixei ficarem onde estavam, com meus dedos indicando o caminho.

Azul-celeste.

Pêssego.

Ocre.

E violeta.

Eu sempre buscaria o violeta.

26
Bonnie

Olhei fixamente para a carta em minha mão. A carta que não tinha conseguido abrir nos últimos dias. Minhas mãos tremiam enquanto eu levava o envelope até o nariz. Inalei o aroma pungente que ainda estava preso ao papel. Easton. O cheiro familiar atingiu meu coração como uma adaga.

O coração *dele*.

Apertei a carta contra o peito e fechei os olhos. O nó que travava minha garganta desde que eu tinha acordado aumentou quando pensei em Easton. Em seu sorriso. Em sua gargalhada. Na forma como atraía as pessoas como se fosse um ímã. Então, aquele Easton se apagou, deixando a versão triste de meu irmão que às vezes o dominava. Aquela que era coberta de tinta preta e cinza, desconsolada e tão para baixo que nem mesmo o dia mais ensolarado levantava seu ânimo.

— Easton — sussurrei, correndo os dedos sobre o meu nome no envelope.

Dei uma olhada para baixo, para o vestido e a meia-calça pretos que usava. Supliquei à minha alma que me ajudasse a suportar aquilo, sabendo o que esperava por mim naquele dia. O primeiro passeio pelo mundo real depois da cirurgia.

O último adeus ao irmão que havia salvado minha vida. Que havia sido minha vida por tanto tempo, sem o qual eu nem sabia se podia respirar. Uma música vinha da sala das enfermeiras, do lado de fora, e escutei as notas bem agudas de uma gargalhada.

Quis sorrir com a felicidade na voz delas. Mas, quando olhei para o envelope, não sabia se seria capaz de voltar a me sentir feliz.

Fiquei daquele jeito por mais de uma hora, apenas encarando o envelope. Finalmente, quando reuni coragem suficiente, eu o abri e tirei a carta de dentro.

Minhas mãos tremiam tanto que não sabia se conseguiria lê-la. Mas a virei ao contrário e abri. A carta não era longa. E, antes que eu lesse ao menos uma palavra, minha visão ficou borrada pelas lágrimas.

Fechei os olhos bem apertados e tentei respirar. Meu novo coração batia como um tambor em meu peito. A sensação ainda me surpreendia. Não estava acostumada a ouvir uma batida tão rítmica. Mas as batidas eram fortes e altas, e deveriam fazer com que me sentisse cheia de vida.

Em vez disso, eu me sentia vazia.

Respirei fundo e olhei para as palavras escritas apenas para mim...

Bonnie,

Enquanto escrevo isto, estou olhando para o lago que tanto amamos. Já percebeu como ele fica azul com o sol? Sereno? Não acho que eu tenha olhado tanto para a Terra alguma vez e visto sua beleza.

Escrevo isto enquanto você está em uma cama de hospital. O papai acabou de me ligar para avisar que você não tem mais muito tempo. Não sei se vai receber esta carta. Não sei se vai conseguir. E, se for esse o caso, tenho certeza de que agora estamos juntos em algum lugar, algum lugar que não fica neste mundo. Algum lugar melhor. Algum lugar onde não há dor.

Mas, se por um milagre você conseguir um coração no último minuto, este bilhete é para você. E queria que soubesse por que eu simplesmente não aguentei mais.

Quero que saiba que não foi por sua causa. Sei que culpou a si mesma por muitos anos, mas nada disso nunca teve a ver com você.

Quero explicar como me sinto, embora eu não seja você. Não tenho jeito com as palavras como você. Nunca trouxe alegria a um lugar como você. Em vez disso, sempre senti que estava do lado de fora, olhando para dentro. Vendo todas as pessoas felizes e empolgadas com a vida. Mas, para mim, era o oposto.

Eu achava a vida difícil, Bonnie. Todos os dias, quando respirava, sentia como se inalasse piche. Cada passo que eu dava era como andar em areia movediça. Tinha que me manter em movimento ou seria tragado para baixo.

Lutava contra isso. Mas a verdade é que eu queria afundar. Queria fechar os olhos e desaparecer e acabar com a luta. A luta para querer viver, embora desde que eu consiga me lembrar, tudo o que sempre quis era desistir.

Quando você ficou doente, isso só me fez perceber a verdade – que eu queria ir embora. Queria dormir e nunca mais acordar. Porque, Bonnie, o que é um mundo se você não está nele? E, se conseguiu seu coração, se alguém salvou sua vida dando algo que não podia mais usar, então, saiba que estou feliz. Deve estar com raiva de mim. Na verdade, sei que está. É minha irmã gêmea. Sinto o que você sente. Mas não consigo mais. Mesmo sentado aqui, agora, sabendo que só me restam minutos, quero ir embora. Perdi a luta para ficar por aqui.

E me recuso a me despedir de você, Bonnie. Quero partir assim. Estando em nosso lugar preferido, sabendo que logo vou ver você de novo. Depois de você ter vivido por nós dois. Vivido uma vida que nunca consegui viver.

Alguns de nós simplesmente não foram feitos para este mundo, Bonnie. Eu sou um deles. Sei que você vai lamentar por mim, e, se você sobreviver, vou sentir sua falta todos os dias até que a veja de novo.

Porque a verei de novo, Bonnie. Olhe para o alto, e sempre estarei ali com você.

Mas tenho que ir agora.

Continue forte, irmãzinha. Viva uma vida que você ame. E, quando chegar sua hora, serei eu que virei buscá-la. Sabe que serei.

Eu te amo, Bonn.

Easton.

Soluços destruidores rasgaram meu peito, lágrimas caíam na carta e borravam as palavras. Rapidamente a sequei com a mão, precisando salvar cada parte dela. Eu a segurei perto do peito e tive certeza, naquele instante, de que senti Easton em meu coração. Eu o senti sorrindo para mim, tentando me confortar. Eu o senti *sorrir* para mim. Sorrindo porque, sem que ele soubesse, ele tinha se tornado meu milagre. Ele tirou a si mesmo do mundo e, sem saber, me manteve nele.

Segurei a carta contra o peito até que não sobrassem mais lágrimas para chorar. Quando minha mãe e meu pai foram me buscar para o funeral, enquanto me levavam de cadeira de rodas para fora do hospital, mantive a carta no bolso. Perto de mim. Precisava da força dele para suportar aquele dia.

A hora seguinte foi um borrão. Ser colocada no carro. Seguir o carro que levava o caixão do meu irmão. Margaridas formando o nome dele em branco. Quando chegamos na igreja, meus olhos observaram o caixão sendo retirado do carro. Meu pai e meus tios o cercaram. E então vi uma pessoa que não via havia dias.

Mesmo adormecido, meu coração conseguiu parar por um segundo quando avistei Cromwell. Cromwell, vestindo terno e gravata pretos, com os cabelos também pretos desgrenhados brilhando sob o sol. Tentei tirar os olhos dele, mas descobri que não conseguia. Ele deu uns passos e cumprimentou meu pai. Franzi a testa, imaginando onde estaria indo. Então, ele pegou uma das pontas do caixão, levantando meu irmão em seus ombros, tomando para ele o fardo que Easton não foi capaz de carregar.

Alguém tocou minha mão quando começaram a carregar Easton para dentro da igreja. Minha mãe me empurrou atrás da procissão. Vi pessoas da faculdade nos bancos. Bryce, Matt, Sara, Kacey. Mas não consegui cumprimentá-los. Estava ocupada demais olhando para Cromwell. Ele andava com tanta determinação que partiu meu coração.

Porque eu o havia afastado de mim.

Mantive-o longe de mim quando ele só queria mostrar quanto me amava.

Quanto amava Easton.

No momento em que a cerimônia começou, olhei vagamente para o altar, para a cruz pendurada na parede. O pastor falou, mas não escutei. Em vez disso, olhei para o caixão e repeti a carta de Easton na cabeça. Mas ouvi quando o pastor disse: "E, agora, um pouco de música".

Não fazia ideia do que estava acontecendo, mas aí Cromwell se levantou de seu assento do outro lado da igreja.

Meu coração subiu à garganta quando ele andou até o piano. Prendi a respiração enquanto as mãos dele foram em direção às teclas. E, então, ele destruiu meu coração quando o pastor anunciou a canção que ele tocaria... "Asas".

Uma melodia familiar flutuou pela igreja. Fechei os olhos quando a versão de Cromwell para a minha música começou, angelical, e perfeita naquele momento. A letra não cantada circulava por minha cabeça, tão perfeita próxima à genialidade de Cromwell:

Para alguns a vida não é longa o bastante... Os anjos chegam para me buscar...

Asas de pombos não mais engaiolados...

Lágrimas nos olhos, a última despedida... Vivi, amei e dancei a doce dança da vida...

Enquanto a música tocava, um tipo estranho de satisfação fluiu por mim.

As passagens e os acordes complicados de Cromwell trouxeram Easton para o meu coração, fazendo com que eu soubesse que ele agora estava em paz. Que finalmente estava livre das correntes que o mantinham preso a esta vida.

Que finalmente estava feliz, e não sentia mais dor.

Quando Cromwell parou de tocar, ouvi os sussurros na igreja, a surpresa por Cromwell Dean poder tocar como ele tocou. Perfeitamente. E sem erros.

Ele tocava da mesma forma que ele amava.

Quando Cromwell voltava para o assento, nossos olhos se cruzaram, e naquele breve encontro de olhares vi tudo o que ele sentia. Eu vi, porque vê-lo fazia com que me sentisse daquela maneira também.

Ele sentia minha falta. Estava triste.

Minha mãe esticou o braço e pegou em minha mão. Segurei a mão dela com força enquanto a cerimônia era encerrada. Os carros nos levaram ao túmulo, e deixei as lágrimas correrem por meu rosto enquanto Easton era sepultado.

Mal consegui lembrar do resto. Sei que fui levada de volta para nossa casa, onde foi realizado o velório. Mas passei a maior parte do tempo no quarto, lendo a carta de Easton. Olhei para a noite que chegava do lado de fora e pensei em Cromwell. Ele não foi para lá. Queria que tivesse ido. Mas, como não aconteceu isso, senti-me afundando mais e mais em desespero. Precisava da luz que Cromwell trazia à minha alma. Precisava da cor que trazia ao meu mundo.

— Bonnie? — Minha mãe estava em pé na porta. Ela abriu um pequeno sorriso. — Está tudo bem?

Tentei sorrir também. Mas as lágrimas me traíram. Baixei a cabeça entre as mãos e chorei por tudo aquilo – Easton, Cromwell... tudo.

Minha mãe me abraçou.

— Cromwell tocou? — eu disse. Era uma pergunta. Uma pergunta que significa "como isso aconteceu".

— Ele perguntou na semana passada se podia. — A respiração de minha mãe ficou pesada. — Foi lindo. Se Easton tivesse ouvido...

— Ele ouviu — falei. Minha mãe sorriu entre lágrimas. — Ele estava lá hoje, vendo a gente se despedir.

Ela passou a mão nos meus cabelos.

— Temos que levar você de volta ao hospital, menina. — Meu coração fraquejou. Mas sabia que eu precisava voltar para lá. Não podia ficar fora por muito tempo. Vesti a jaqueta e deixei minha mãe me guiar até o carro. Mas, depois que ela tirou o carro da garagem, havia um lugar onde eu precisava estar. Algo me chamava de volta. E eu sabia o que era.

Meu coração queria fazer uma última visita a seu antigo lar.

— Mãe? — perguntei. — Podemos passar no cemitério primeiro?

Minha mãe sorriu para mim e concordou com a cabeça. Ela entendia como era para mim ser gêmea de alguém. Éramos inseparáveis. Nem mesmo a morte mudaria aquilo.

Quando chegamos ao cemitério, minha mãe me levou até Easton. Conforme nos aproximávamos, vi um vulto sentado ao lado da árvore que encobria sua sepultura. Folhas farfalhavam, e pássaros cantavam nos galhos.

Amarelo-mostarda e bronze.

Cromwell levantou a cabeça quando nos viu chegando. Levantou-se num pulo, com as mãos nos bolsos.

— Sinto muito.

Fechei os olhos ao ouvir a voz dele. A voz grave, rouca, com aquele sotaque, esquentou imediatamente meu corpo gelado. Abri os olhos assim que ele passou por mim. Não pensei direito. Eu não tinha um plano. Em vez disso, deixei meu coração me guiar e peguei na mão dele.

Cromwell ficou paralisado. Ele respirou fundo e depois olhou para minha mão sobre a dele.

— Não vá — sussurrei. Seus ombros relaxaram com minhas palavras.

— Vou deixar vocês dois sozinhos — minha mãe disse. — Espero no carro. Avise quando quiser ir para o hospital.

— Posso levá-la.

Minha mãe olhou para mim, com um ponto de interrogação no olhar.

Pigarreei.

— Ele pode me levar.

Cromwell soltou um longo suspiro. Minha mãe beijou minha cabeça e nos deixou sozinhos. Cromwell continuou segurando minha mão, mas olhava para a frente.

— Senti sua falta — ele sussurrou, e sua voz rouca chegou até os meus ossos.

Respirei fundo, o ar fresco preencheu meu peito.

— Também senti a sua.

Cromwell olhou para mim e apertou minha mão com mais força.

— Está falando melhor — ele disse. Eu sorri e concordei. — Senti falta de sua voz também.

Cromwell se ajoelhou na minha frente, e eu o encarei para ver o mais belo dos azuis olhando de volta para mim. Ele acolheu meu rosto entre as mãos.

— Você é tão linda — falou. E apontou para a árvore. — Quer se sentar comigo? — Confirmei com a cabeça e prendi a respiração quando ele me pegou em seus braços. Ele se sentou e me colocou ao seu lado. Os pássaros cantaram sobre nós, com os galhos protegendo o local onde Easton estava.

Olhei para as flores que tinham sido colocadas ali e para a terra fresca jogada sobre o caixão. Era o lugar perfeito para ele estar.

Era lindo, como ele tinha sido.

— Vou colocar um banco bem aqui — eu disse. — Para que eu possa sempre vir vê-lo. — Cromwell se virou para me olhar, com os olhos reluzindo. — O jeito como tocou para ele hoje... — Balancei a cabeça. — Foi perfeito.

— A música era sua.

Suspirei e olhei para o horizonte, com a lua começando a aparecer.

— Não tinha conseguido ouvir música desde que ele se foi. Me fazia sentir coisas demais. — Um nó torceu minha garganta. — Perdi a alegria que isso antes me trazia.

Cromwell apenas escutou. Exatamente o que eu precisava que ele fizesse. E então:

— Lewis é meu pai.

Virei a cabeça na direção dele tão rápido que senti uma dor no pescoço. A surpresa tomou conta de mim.

— Quê?

Cromwell encostou a cabeça no tronco da árvore.

— Você estava certa. Sinestesia é genético.

— Cromwell... eu... — Balancei a cabeça, incapaz de assimilar a verdade.

— Ele conheceu minha mãe na faculdade. — Ele riu sem achar graça. — Mais do que conheceu. Pelo que sei, ficaram juntos.

Meu coração frágil se esforçava para compreender o que ele dizia. Ainda assim, batia rápido, com uma força que me fazia perder o fôlego com o que tinha acabado de sair da boca de Cromwell.

— Cromwell... — murmurei. — Não sei o que dizer. O que... O que aconteceu com eles?

— Não sei — ele suspirou. — Não consegui perguntar. Ele quer me contar. Vejo nos olhos dele todos os dias. Ele me disse que queria explicar... mas ainda não consigo ouvir — Ele baixou a cabeça, com uma vermelhidão se formando nas bochechas. Quando levantou a cabeça, disse: — Mas ele tem me ajudado. Temos trabalhado juntos todos os dias.

Franzi a testa, até cair a ficha.

— Você vai tocar no concerto?

Um lampejo de sorriso se formou na boca de Cromwell.

— É. E acho... — Ele olhou nos meus olhos. — Acho que está legal, querida. A sinfonia que estou compondo...

Querida. O carinho rodou por minha cabeça, depois caiu flutuando até tomar seu lugar de direito em meu coração. Ao me acomodar, senti-me calma. Quente e segura ao lado do garoto que amava.

— Easton escreveu uma carta para mim. — Fechei os olhos, ainda sentindo a tristeza que ela me trazia, mas... — Ele está descansando agora. — Tentei sorrir. — Não é mais atormentado pelos demônios que levavam sua alegria embora. — Meus olhos permaneceram fixos no túmulo. E me perguntei se ele nos via ali naquele momento, precisando estar com ele. Sentindo tanta saudade que chegava a doer.

Então me virei para Cromwell.

— Que cor você vê ao redor do túmulo dele?

Cromwell suspirou.

— Branco — ele respondeu. — Eu vejo branco.

— E o que isso significa para você? — Minha voz mal era um sussurro.

— Paz — ele disse, com alívio na voz. — Vejo isso como paz.

A última amarra que me mantinha presa ao luto de qual não conseguia me libertar flutuou para o céu escuro sobre nós. Encostei em Cromwell, suspirando de contentamento quando ele me envolveu com o braço e me puxou para perto.

Ficamos daquele jeito até a noite esfriar e eu me cansar.

— Vamos, querida. Hora de levar você de volta. — Cromwell me pegou e levou até o carro. Ele me colocou na caminhonete e depois voltou para buscar a cadeira de rodas. O sono me venceu, e só acordei quando já estava na cama. Abri os olhos com Cromwell beijando meu rosto. Ele olhou em meus olhos, com um apelo no olhar. — Vá ao concerto.

Meu coração fraquejou.

— Não sei, Cromwell. Não sei se consigo.

— Tenho que ir para Charleston. Para trabalhar com a orquestra. Mas vá, por favor. Preciso que você veja. Preciso saber que vai estar lá, na plateia... a garota que trouxe a música de volta para a minha vida.

Fui responder, mas, antes que pudesse, Cromwell se abaixou e me beijou. Roubou meu fôlego e meu coração com aquele beijo doce. Ele foi até a saída, parando na porta.

— Eu te amo, Bonnie. Você mudou minha vida — ele disse sem olhar para trás, e então foi embora.

Tive certeza de que ele levava meu coração consigo à medida que o som de seus passos desaparecia. E soube que a única forma de recuperá-lo seria ir para Charleston algumas semanas depois para vê-lo se apresentar.

Meu garoto, que mais uma vez tinha a música no coração.

27
Cromwell

Muitas semanas depois...

Voltei para o meu assento, fechei os olhos e respirei fundo. Sentia um aperto no peito, mas meu coração batia alto como um tambor. A adrenalina corria pelo meu corpo. Um interruptor foi acionado dentro de mim no instante em que vim para Charleston diversas semanas antes. Quando entrei na sala de ensaio e dei de cara com uma orquestra de cinquenta músicos. A orquestra que tocaria minha música no evento.

Música que *eu* havia composto.

Balancei a cabeça e tomei um gole de uísque. Eu não bebia havia semanas. Tinha parado de fumar naquele dia, do lado de fora do hospital, quando joguei meu maço de cigarros no lixo.

Mas eu precisava de algumas doses de uísque naquele momento.

Eu me levantei, levando o uísque comigo, e saí do camarim, passando pelo corredor em direção ao teatro. O som da porta se fechando ecoou por todo aquele vasto espaço. Olhei para cima, para o teto pintado, e para baixo, para as fileiras e mais fileiras de assentos de veludo vermelho. Subi no palco e fui até a frente. Olhei para o teatro inteiro, e meu sangue esquentou um pouco.

Eu me concentrei em um lugar no centro do teatro. A cadeira que tinha reservado para Bonnie. A dúvida atingiu meu estômago como uma bola de chumbo. Mal tinha falado com ela em todas aquelas semanas. O Natal e o Ano-Novo tinham passado. Ela havia me ligado no dia de Natal, e parecia a antiga Bonnie. Sua voz estava forte, e ela me disse que o coração batia bem.

Mas dava para perceber uma grossa camada de tristeza em sua voz. Ela mal perguntou sobre a música. Minha música.

— Sinto sua falta, Cromwell — sussurrou. — A vida não é a mesma sem você aqui.

— Também sinto sua falta, querida — respondi. Fiz uma pausa. — Por favor, venha ao evento. Por favor...

Ela não disse nada. Nem mesmo naquele momento, na noite anterior ao espetáculo, eu sabia se ela iria. Mas ela tinha que ir. Ela tinha que ouvir aquela composição.

Eu havia escrito para ela. Por causa dela. Tudo em minha vida agora era só para ela.

Não queria que fosse de nenhum outro jeito.

Pulei do palco e sentei em uma cadeira da primeira fileira. Olhei para o teatro, para o cenário que tinha sido construído para a minha performance. Suspirei e tomei um grande gole de uísque.

Fechei os olhos e inalei o perfume do teatro. Eu me lembrava daquele cheiro. Vivia por ele. *Você pertence a este palco, filho*. A voz do meu pai circulou por minha cabeça. *Você os cativa da mesma maneira que faz comigo.*

O nó que sempre se formava apertou minha garganta. Então, senti alguém sentar ao meu lado. Abri os olhos e vi Lewis. Ele tinha estado comigo por todas aquelas semanas. Nunca saiu do meu lado. Trabalhou comigo dia e noite na sinfonia. Não conversou mais comigo sobre o que eu havia descoberto. Apenas trabalhou comigo, de compositor para compositor, de sinestésico para sinestésico.

Ele me entendia melhor do que qualquer outra pessoa que eu conhecesse. Sentia cada nota que eu tocava. E cada emoção que minha música tentava invocar. E, melhor ainda, havia me apoiado quando decidi ser diferente. Minha composição da noite seguinte dividiria opiniões. Eu sabia. Mas tinha que ser feito. Era a história que eu precisava contar, do único jeito que eu sabia fazer.

— Está nervoso? — perguntou Lewis, baixinho, e mesmo assim a voz dele ecoou pelo teatro como se fosse um trovão.

Suspirei. Não respondi logo de cara, mas então disse:

— Não com a apresentação...

— Você quer que Bonnie venha.

Rangi os dentes. Não era bom em me abrir com as pessoas. Em mostrar minhas emoções. Mas Lewis tinha me visto compor. Tinha me ajudado por todo o processo. Ele sabia sobre o que era minha peça. Não fazia sentido esconder isso dele agora.

— É. — Balancei a cabeça. — Não tenho certeza se ela vem. A mãe dela está tentando, mas ela ainda está meio mal. — Meu estômago revirou de tristeza. — Bem no fundo, ela ama música. Mas desde aquilo que aconteceu com Easton, isso se perdeu, e ela não sabe como fazer para trazer de volta.

— Se ela assistir a tudo isso aqui — Lewis disse, apontando para o palco que no dia seguinte estaria preenchido por uma orquestra inteira, luzes e... por mim. — Se vir você nesse palco, regendo uma composição que ela inspirou – e isso ela vai entender –, a música vai conquistá-la novamente. — Virei o rosto para encará-lo quando ficou em silêncio. — Nunca vi ou ouvi nada como o que você criou, Cromwell. — A voz de Lewis estava rouca, e o som dela deixou meu estômago pesado.

Eu tinha passado bem aquelas últimas semanas. Conseguido não pensar na verdade. De quem ele era para mim. Compor tinha me consumido. Meus dias e minutos eram tomados por notas e cordas e *crescendos*. Mas ali, naquele momento, não conseguia resistir, mesmo que tentasse.

— Você é melhor do que eu. — Lewis gargalhou. — Não é fácil para um compositor admitir isso. Mas é verdade... e isso me deixa orgulhoso pra cacete. — A voz dele falhou, e tive que apertar os dentes ainda mais para evitar que o nó em minha garganta ficasse maior. Meu coração batia mais rápido.

— Fui egoísta — ele disse, com a voz áspera. Eu estava segurando a garrafa de uísque com tanta força que tinha certeza de que a quebraria. Lewis passou a mão pelos cabelos. — Eu era jovem e tinha o mundo inteiro aos meus pés. — Ele respirou fundo, como se precisasse de uma pausa. — Sua mãe foi uma pessoa que eu não esperava. — Baixei os olhos para o chão. — Entrou na minha vida como um furacão e me deixou de cabeça para baixo. — Minha mão tremeu, e o líquido âmbar balançou dentro da garrafa. — E me apaixonei por ela. E não foi só um pouco. Ela se tornou meu mundo.

Lewis parou de falar. Seus olhos estavam bem fechados, o rosto retorcido como se sentisse dor. Manteve os olhos fechados ao dizer:

— Mas tinha minha música... e também a bebida e as drogas. Sua mãe não soube disso até muito tempo depois. — Ele bateu no peito. — Eram as emoções. Aquelas coisas ajudavam a acalmar as emoções.

Olhei para o uísque em minha mão. Lembrei-me de como era a única coisa que eu bebia depois de ter perdido meu pai. Quando tudo passou a ser demais.

— Minha música estava começando a ser notada, e a pressão aumentou. E sua mãe ficou ao meu lado, ajudando apenas por estar ali, me amando.

Fiquei gelado quando ele admitiu aquilo. Pensei em minha mãe. Tentei imaginá-la quando era jovem e despreocupada. Ela tinha sido tão quieta e reservada minha vida inteira. Eu me esforçava para entendê-la, mas agora começava a fazer sentido. Lewis partiu o coração dela. Pela primeira vez em anos, senti que a conhecia. E então pensei em Bonnie. Porque Bonnie era aquela pessoa para mim. Aquela para quem me abri. A que me ajudou a suportar as emoções quando elas ficaram pesadas demais. A que acreditou em mim. A que tentei afastar. Mas ela ficou ao meu lado. Agora, eu me sentia mal por Lewis, porque ele tinha perdido sua Bonnie. Senti o estômago girar quando pensei na distância que havia agora entre mim e Bonnie. A dor era insuportável.

— Quanto mais a música me consumia, mais o álcool e as drogas se tornaram o único foco real da minha vida... Foram meses desse jeito, até ela me pegar com as drogas. — O rosto dele se contorceu, e a voz perdeu força. — Ela implorou para que eu parasse, mas não parei. Acreditava, na época, que não poderia, por causa da música. Mas fui egoísta. E esse é o maior arrependimento da minha vida. — Ele finalmente me olhou nos olhos. — Até eu descobrir sobre você.

— Você a deixou quando estava grávida? — perguntei, e a raiva hostil, borbulhante, que eu sentia se revelou em minha voz.

— Eu não sabia que ela estava grávida, a princípio — disse ele. — Eu era um viciado, Cromwell. E sua mãe fez o que era melhor para vocês dois na época. E isso era não me ter por perto na vida de vocês. — Lewis passou a mão no rosto. Parecia exausto. — Descobri sobre você quando ela já estava grávida de seis meses.

— E?

Ele me encarou, permitindo que eu visse a vergonha em seu olhar.

— Nada. Eu não fiz nada, Cromwell. — Ele soltou o ar, trêmulo. — Foi o maior erro da minha vida. — Ele se inclinou para a frente, e seu olhar se perdeu no palco. — Minha vida era a música. Era tudo o que eu tinha. Eu me fiz acreditar que era tudo o que tinha. Tempos depois, ouvi que sua mãe tinha conhecido alguém, um agente do Exército britânico, quando estava grávida. O posto dele era aqui nos Estados Unidos.

Fiquei tenso. Essa era a parte que envolvia meu pai.

— Descobri que ela tinha se mudado para a Inglaterra para ficar com ele. Que tinham se casado... e que você tinha nascido. Um menino. — Ele olhou para mim. — Um filho. — A voz dele falhou, e vi as lágrimas transbordando de seus olhos. — Isso me matou na época, mas, como fiz com todo o resto, afoguei os sentimentos em bebida e drogas. — Ele voltou a recostar no assento. — Fiz turnês pelo mundo, tocando em teatros lotados e criando algumas das melhores músicas da minha vida. — Ele suspirou. — Bloqueei tudo. Praticamente não ia para casa.

Ele juntou as mãos.

— Até que um dia voltei e encontrei uma pilha de cartas. Cartas vindas da Inglaterra. — Meu estômago revirou. — Eram do seu pai, Cromwell. — Lutei contra as lágrimas que ameaçavam cair. Imaginei meu pai, e tudo o que vi era azul-royal. Vi seu sorriso e senti como era estar perto dele. Como ele sempre fazia tudo melhorar. Como ele sempre se orgulhava de fazer a coisa certa. Era o melhor de todos.

— Eram cartas dele me contando tudo a seu respeito. — Uma lágrima escorreu pelo rosto dele. — E fotografias. Fotografias suas... — O nó em minha garganta aumentou, e minha visão ficou borrada. Lewis balançou a cabeça. — Fiquei tanto tempo olhando aquelas fotos que meus olhos cansaram. Você, Cromwell. Meu garotinho, com minhas cores, meu cabelo preto.

O coração martelava meu peito.

— Lutei por anos para ficar sóbrio depois daquilo. Foi uma batalha que só consegui vencer quando você estava bem mais velho. — Ele ficou em silêncio. — Eu vivi por aquelas cartas. Eu vivi por aquelas fotos. Elas se tornaram a única coisa real na minha vida... E então, um dia, uma nova carta chegou. Uma que tinha um vídeo dentro. — Lewis balançou a cabeça. — Perdi a conta de quantas vezes assisti àquele vídeo.

— O que tinha nele? — perguntei com a voz raspando.

— Você. — Lewis enxugou uma lágrima que rolava pelo rosto. — Você tocando piano. A carta do seu pai dizia que você nunca tinha feito nenhuma aula. Mas que simplesmente sabia tocar. — O olhar dele se perdeu nas lembranças. — Assisti a você tocando, suas mãos eram tão habilidosas... E vi o sorriso em seu rosto e o brilho em seus olhos, e senti como se tivesse sido atropelado por um caminhão. Porque ali, naquela tela, estava meu filho... Um amante da música como eu.

Virei o rosto. Não sabia se conseguiria ouvir aquilo.

— Seu pai me contou sobre a sinestesia. Ele sabia da minha turnê na Grã-Bretanha, no Albert Hall, e me pediu uma coisa que nunca achei que fosse acontecer. Ele me pediu para encontrar você. Para te ajudar... Ele achava que eu deveria te conhecer. Por você ser especial daquele jeito. — Minha cabeça caiu para a frente. Meu pai tinha sido especial também. Ele tinha me amado tanto. Queria ter dito a ele quanto o amava enquanto ainda estava aqui.

— Ele sabia que você era sinestésico também. Sabia que seria capaz de me ajudar. — Senti um aperto no coração ao pensar no orgulho que meu pai teve que engolir para pedir ajuda a Lewis, o pai que não me quis. Mas ele havia feito aquilo.

Havia feito aquilo por mim.

Uma lágrima escorreu por minha bochecha.

— Aquela noite — Lewis disse, com a voz trêmula. — Eu estava sóbrio havia alguns anos... — Ele olhou para mim. Era a primeira vez que eu olhava de verdade para ele. E me vi em seu rosto. Vi as similaridades e os traços compartilhados. — Quando vi você... meu filho, em pé ali na minha frente, sua mãe sendo tão gentil por me deixar conhecê-lo depois de tudo o que eu havia feito... fui para casa naquela noite e tive uma overdose tão ruim que acordei no hospital com o fígado permanentemente danificado.

Meus olhos se arregalaram. As lágrimas de Lewis já corriam livremente agora. Eu não suportava. Não suportava nada daquilo.

— Ver você me fez perceber como eu tinha estragado as coisas. E meu filho, que era mais talentoso do que eu jamais seria, não me conhecia. Chamava outra pessoa de pai. — Ele enxugou o rosto com a mão. — Aquilo me destruiu. E daquele momento em diante fiz uma promessa a mim mesmo. De que eu faria tudo o que pudesse para te ajudar... — Lewis baixou a voz, e eu soube o que viria em seguida. — Cromwell, quando soube do seu pai...

— Pare — eu disse, incapaz de ouvir aquilo.

Lewis concordou com a cabeça, e o silêncio caiu pesadamente entre nós.

— Nunca encontrei um homem mais decente que ele na vida. Seu pai... — Sufoquei com o nó na garganta. — Ele te amava mais do que qualquer coisa no mundo. E por causa disso permitiu que eu tivesse vislumbres da sua vida – algo que eu não merecia. E ainda não mereço.

Abaixei a cabeça, e as lágrimas que caíam dos meus olhos pingaram no chão.

— Ele devia estar aqui agora — eu disse. — Vendo isso. Me vendo, amanhã.

Senti um toque em minhas costas. Fiquei parado. Quase disse para ele tirar a mão dali, para ir se foder, mas não disse. Depois de tudo – do meu pai, da Bonnie e do Easton –, só deixei acontecer. Eu precisava daquilo. Precisava saber que não estava sozinho. Pus tudo para fora. No chão do teatro onde eu me apresentaria no dia seguinte, pus para fora tudo o que esteve preso dentro de mim por tanto tempo.

Meus olhos estavam inchados e minha garganta, seca. Levantei a cabeça. Lewis manteve a mão onde estava.

— Não tenho direito de pedir nada a você, Cromwell. E vou entender se nunca mais quiser nada de mim, além da ajuda que dei durante as últimas semanas. — Olhei-o nos olhos e vi o desespero ali. — Não sou um homem bom como o seu pai. E nunca vou ser capaz de estar à altura dele. Mas se em algum momento me quiser por perto ou precisar de mim, ou for gentil o bastante para permitir que participe de sua vida, mesmo que só um pouquinho... — Ele abaixou a voz, e eu sabia que estava se esforçando para concluir. — Bem... esse seria o maior presente que eu poderia ganhar.

Enquanto olhava para Lewis, percebi que estava cansado. Estava cansado de deixar tudo me afetar. De carregar toda a tristeza em meu coração e toda a raiva nas minhas entranhas. Pensei em Bonnie e em Easton, e em tudo o que eles tinham passado. Em como Easton não havia sido capaz de lidar com as coisas. Não queria aquilo para a minha vida. Tinha gastado três anos sufocado com a raiva e a tristeza, arrependido das últimas palavras que disse ao meu pai, e não queria passar por tudo aquilo de novo. Bonnie tinha me mostrado uma nova maneira de viver. E eu me recusava a voltar atrás.

Respirei fundo.

— Não sei quanto posso te dar. — Era a verdade. Lewis parecia ter levado um soco, mas concordou com a cabeça. Começou a se levantar. — Mas posso... tentar — eu disse, e senti um novo tipo de leveza se assentar em meu coração.

Lewis voltou a olhar para mim e fungou. Lágrimas se formaram em seus olhos.

— Obrigado, filho. — Ele começou a andar para longe.

Filho.

Filho...

— Obrigado — agradeci, quando ele se aproximava da saída. Lewis se virou, franzindo as sobrancelhas. — Por tudo o que você fez nesses últimos meses. Eu... Eu não teria conseguido sem você.

— Eu não fiz nada, filho. Foi só você. E amanhã à noite vai ser só você também.

Olhei para o Jack Daniel's em minha mão.

— Você vai ficar bem? Amanhã? — Eu tinha pedido um favor para Lewis, pelo bem da composição. Ele havia aceitado de cara, sem pensar.

Lewis olhou para o palco vazio, que naquela hora, no dia seguinte, estaria repleto de músicos como nós.

— Vou estar ali em cima ao seu lado, Cromwell. — Ele tentou sorrir. — Imagino que nunca estarei melhor em toda a minha vida.

Depois disso, ele saiu pela porta, deixando-me a sós com meus pensamentos. Fiquei ali sentado por mais uma hora, tocando a música em minha cabeça, repetindo como ela parecia nos ensaios. Quando estava prestes a sair, peguei o celular e mandei uma mensagem para Bonnie.

Espero que venha amanhã, querida. É tudo para você. Te amo.

Guardei o celular no bolso e voltei andando para o hotel. E, a cada vez que respirava, pensava no rosto de Bonnie, seus olhos castanhos brilhando com minha música. E pedi a Deus que ela aparecesse lá.

Trazendo, quem sabe, novamente um sorriso nos lábios.

28
Bonnie

A fila estava enorme quando estacionamos no local do evento. Olhei pela janela e engoli minha ansiedade. Cromwell tocaria ali aquela noite. Sentia falta dele. Sentia mais falta dele do que achava ser possível. Todo dia em que ele não estava ao meu lado, sentia mais e mais. Sentia falta de seus profundos olhos da cor do mar. Sentia falta da maneira como ele tirava o cabelo do meu rosto, e sentia falta dos raros sorrisos com os quais às vezes era abençoada.

Sentia falta da mão dele segurando a minha.

Sentia falta de seus beijos.

Sentia falta de sua música.

Mas, acima de tudo, simplesmente sentia falta dele.

Eu não tinha percebido, até ele ir para Charleston, quanto precisava dele em minha vida. Ele era o ar que eu respirava, o luar da minha noite.

Cromwell Dean era meu sol.

— Pronta, Bonnie?

Confirmei para minha mãe. Ela me ajudou a sair do banco de trás e sentar na minha cadeira. Eu tinha começado a andar cada vez mais. A fisioterapia ia bem. Em algumas semanas, esperava estar andando o tempo todo.

O coração de Easton estava se entrosando bem comigo. Mas, até aí, eu sempre soube que seria assim. Meu irmão nunca me deixaria mal.

Minha mãe nos levou para a porta. Mas fomos para uma diferente da que todos os demais usavam. Percebi que era a entrada VIP. Sorri para o homem que pegou nossos ingressos, e então meu coração começou a bater bem alto no peito quando fomos conduzidas pessoalmente para os nossos assentos.

O teatro estava lotado, não se via nenhum assento vago. Perdi o fôlego quando olhei para o palco, ouvindo os sons reveladores da orquestra se aquecendo atrás de uma pesada cortina vermelha. Havia certa eletricidade no ar, fazendo minha pele se arrepiar.

Quando chegamos aos assentos, olhei para as pessoas ao redor, todas muito bem-vestidas. Os homens usavam smokings, e as mulheres, vestidos elegantes. Uma sensação de orgulho preencheu meu coração. Todos estavam ali por causa de Cromwell. Cada uma das pessoas estava ali para ouvir meu Cromwell Dean.

Minha mãe se inclinou e pegou na minha mão. Os olhos dela estavam arregalados.

— Isso é... — Ela balançou a cabeça, lutando para encontrar as palavras.

Apertei a mão dela. Eu também não conseguia encontrar palavras. As luzes do teatro piscaram, sinalizando que o espetáculo estava para começar. Olhei para a cortina como se pudesse enxergar através dela. Fiquei imaginando onde Cromwell estaria. Nos bastidores esperando para ser anunciado? Estaria bem? Queria correr para trás do palco e segurar a mão dele.

Ele não se apresentava havia três anos.

Devia estar muito nervoso.

Compartilhei com ele esse nervosismo quando a sala ficou em silêncio e as luzes diminuíram. A respiração ficou presa em minha garganta quando a cortina se ergueu e a orquestra foi revelada. O aplauso para os músicos reverberou, e depois arrefeceu enquanto esperávamos... Esperávamos pelo garoto que eu amava tanto com meu coração velho quanto com o novo, mais do que qualquer coisa no mundo.

Ouvi meu coração batendo, mas ele parou por um instante quando Cromwell subiu ao palco. Minha mão apertava a mão de minha mãe enquanto eu absorvia aquela visão. Ele estava vestindo um smoking feito sob medida. O tronco largo e a altura o faziam parecer um modelo caminhando até o púlpito. O aplauso da plateia ricocheteou nas paredes quando Cromwell parou no centro do palco. Parei de respirar ao ver as tatuagens do pescoço dele se esgueirando para fora do colarinho da camisa. Seus piercings brilhavam com as luzes. Seus cabelos pretos estavam despenteados como sempre. E meu coração disparou no peito quando vi seu rosto lindo.

Ele estava nervoso. Ninguém perceberia. Mas eu percebi. Conseguia vê-lo enrolando a língua e esfregando um lábio no outro. Vi seus olhos se ajustando à luz e percorrendo os assentos.

Congelei quando seus olhos azuis profundos pararam em mim. E então um calor explodiu por dentro quando os ombros dele relaxaram e o vi soltar o ar. Ele fechou os olhos por um momento, e, quando os reabriu, sorriu. Um sorriso verdadeiro. Um sorriso largo.

Um sorriso de amor.

Um sorriso só para mim.

Qualquer ar que restasse em meus pulmões se foi quando o sorriso dele atingiu meu coração. Cromwell se curvou em agradecimento e virou para a orquestra. Ele levantou uma batuta e, naquele momento em suspensão, notei que estava vendo o verdadeiro Cromwell. O músico proficiente que ele nasceu para ser. A orquestra esperava que desse o sinal, e as luzes diminuíram bastante.

A sinfonia começou com um único violino. E suspirei. Não por causa do som já celestial, mas pela tela sobre a orquestra. Uma tela negra que, quando uma nota era tocada, exibia uma cor e uma forma – um triângulo.

Cromwell estava mostrando para mim. Mostrando como funcionava para ele.

Estava me mostrando as cores que ouvia.

Eu observei, fascinada, formas de todas as cores do arco-íris dançando pela tela. As cordas, as madeiras e os metais entraram, seguindo cada movimento da mão de Cromwell. E observei, com o coração pleno e os olhos arregalados, enquanto Cromwell me mostrava sua alma. Tentei absorver tudo, os sons, as visões, os cheiros dos instrumentos que eram tocados com tanta perfeição. Cromwell, que estava em casa no palco, mostrando ao mundo o que tinha nascido para fazer.

No final do segundo movimento, a música foi reduzida à batida de um único tambor. Cromwell abaixou a batuta. Então, do lado esquerdo do palco, surgiu o professor Lewis. O público bateu palmas tímidas, incerto sobre o que fazer com a aparição-surpresa do conhecido maestro. Cromwell passou a batuta para Lewis e desapareceu na escuridão. O tambor continuou, um ritmo constante... como batidas de um coração...

Um holofote de repente iluminou o lado superior esquerdo do palco. Cromwell estava em pé sob a luz, suas *pickups*, laptop e módulo de percussão à sua frente. Os fones nos ouvidos faziam com que se parecesse muito com o DJ de música eletrônica que eu sabia que ele era. O tambor que tocava logo foi ecoado pela percussão digital de Cromwell.

Em seguida, entraram as cordas, com o contrabaixo e o violoncelo levando a harmonia. Violinos conduziam a melodia. Leve e pura. Então, uma música que eu conhecia começou a tocar. O pianista da direita executava o trecho que eu havia ouvido Cromwell tocar muito tempo antes, em uma sala de música, tarde da noite... parando completamente depois que a última nota silenciou.

Meu coração pulou para a garganta. Lágrimas se acumularam em meus olhos. O pianista tocava a música com perfeição enquanto Lewis regia a orquestra com facilidade. Então, a melodia diminuiu novamente, e o suave som de uma música que eu conhecia – uma música que vinha do meu coração – emanou dos alto-falantes sobre nós.

Minha música.

Minha voz.

Engasguei. Minha voz cantando "Asas" preencheu a sala. A música era acompanhada por uma harpa e uma flauta. Serena. Pura.

Linda.

Levei a mão à boca, com a respiração ofegante. Porque era daquele jeito que ele me via. Então, ao fundo surgiu o som de um coração fora de ritmo. Minhas mãos tremeram quando reconheci o som.

Era o meu coração.

Meu antigo coração.

Uma melodia ficou mais alta. Uma melodia triste. O belo som de um clarinete e um violoncelo tocando lado a lado fez meu coração doer. E aí surgiu o som de outro coração. Um bem mais forte.

O coração de Easton.

Meu coração.

Deixei a mão cair sobre o peito e senti a batida sob a palma, em sincronia com a batida que vinha dos alto-falantes. Cromwell amarrava batidas eletrônicas ao som da orquestra, e as cores de fogos de artifício exibiam o que ele via em sua cabeça quando a música tocava. E fui arrebatada. Fui envolvida pela canção como se a estivesse vivendo. Minha canção de luta veio em seguida, a canção que ele tinha tocado para mim tantas vezes no hospital que se tornou meu hino. A trilha sonora das minhas esperanças e desejos enquanto estava deitada sem fôlego na cama.

Meu desejo de ficar para sempre com ele.

A música que eu tinha afastado por tanto tempo penetrou em minha pele, minha carne, chegando até os ossos. Ela não parou até chegar em meu coração e, por fim, em minha alma.

Fechei os olhos enquanto a sinfonia caminhava para o crescendo, a mistura de mídias, moderna e antiga, fazendo com que me sentisse viva. Senti o coração querendo pular do peito.

Era por isso que eu amava música.

Aquele sentimento ali. Aquela harmonia. Aquela melodia, aquela sinfonia perfeita... e quando ouvi o violão, um violão acústico abrindo caminho sobre as batidas dos tambores e os violinos.

Minha canção.

Nossa canção.

"Um desejo para nós dois."

Lágrimas rolaram por meu rosto enquanto o restante da história era contado. Porque era isso que Cromwell estava fazendo. Estava me contando tudo. Desde sua primeira composição, quando criança, até seu pai, Easton... e eu. Ele estava me contando tudo, por meio da música, por meio da canção... da única maneira que sabia fazer.

Chorei. Com o peito transbordando meu amor por Cromwell Dean, o garoto que conheci na praia em Brighton. O garoto que eu amava com toda a alma. O garoto que criou uma sinfonia só para mim.

Quando a última nota navegou pelo ar, cimentando o lugar de Cromwell entre os grandes nomes da música, a plateia enlouqueceu. As pessoas pulavam, aplaudindo a genialidade de Cromwell e sua sinfonia.

Um programa do espetáculo caiu no chão à minha frente. Quando olhei para baixo, vi o título da sinfonia: "Um desejo para nós dois". E sorri. Deixei as lágrimas escorrerem pelas bochechas, exorcizando a dor, a apatia e minha vida sem Cromwell.

Cromwell foi até o centro do palco. Lewis segurou o braço dele, apresentando o filho à plateia. O orgulho nos olhos de Lewis quase me fez desabar. Cromwell respirou fundo, buscando algo com os olhos na multidão. Bati muitas palmas, com admiração por tudo o que ele era. A pessoa que era e o amor que inspirava em mim.

E então, os olhos dele se fixaram nos meus. Ele levou a mão ao peito e bateu no coração, com um sorriso tímido no rosto. A felicidade preencheu cada célula do meu corpo. Cromwell agradeceu e deixou o palco. O aplauso perdurou por muito tempo depois de sua saída. Um testemunho do efeito que sua música teve sobre as pessoas que deixaram que ela tocasse seu coração.

Quando o teatro esvaziou, minha mãe nos levou para os bastidores. O coração trovoava dentro do meu peito enquanto eu alisava o vestido com as mãos. Músicos perambulavam por trás do palco, e a adrenalina que circulava por eles era palpável.

E, quando viramos no corredor, eu o vi.

Cromwell estava no fim dele, apoiado na parede, com os olhos fechados, respirando fundo. Sua gravata estava com o nó afrouxado e sua camisa, aberta. As mangas estavam dobradas na altura dos cotovelos, revelando as tatuagens.

— Vou deixar vocês dois sozinhos. — Os passos de minha mãe desapareceram ao longe.

Cromwell abriu os olhos. Ficou chocado quando me viu. Desencostou da parede, com o peito estufando e relaxando em movimentos rápidos, e se preparou para dar um passo à frente, mas ergui a mão sinalizando para que parasse.

Foi o que ele fez, e respirou fundo.

Agarrei os braços da cadeira e dei um impulso para me levantar. Meus pés encostaram, trêmulos, no chão... e não tirei os olhos dos de Cromwell o tempo todo. Um sorriso orgulhoso iluminou o rosto dele quando dei um passo em sua direção; minhas pernas fracas sabiam que não tinham outra escolha a não ser me levar adiante. Porque elas sabiam, tão bem quanto meu coração: eu tinha que ficar com Cromwell.

Ele era nosso lar.

Meu coração batia forte. E fui até Cromwell, lembrando da sinfonia que ele havia criado para mim. E a cada nota que lembrava, a cada lampejo de cor que me fez vislumbrar o coração dele, eu me incentivava. Adiante e adiante, até ficar sem fôlego... mas eu estava bem na frente dele. Tinha chegado até ele. Tinha lutado para chegar até ali. E me recusava a desistir agora.

Levantei a cabeça, e os olhos brilhantes de Cromwell estavam fixados em mim.

— Foi lindo — sussurrei, com a voz falhando.

— Querida. — Cromwell passou a mão nos meus cabelos. Fechei os olhos, o toque dele era tão, mas tão bem-vindo depois de tanto tempo separados. E então seus lábios encostaram nos meus, tão doces e perfeitos como eu lembrava que eram.

Eu o senti. Senti tudo daquele momento. Quando se afastou, olhei nos olhos dele.

— Eu te amo — falei, segurando seus pulsos. As mãos dele acolhiam meu rosto.

— Eu também te amo — ele disse, e fechou os olhos. Como se ele não pudesse acreditar que eu estava ali. Como se eu fosse o sonho dele transformado em realidade.

Como se eu fosse o que ele desejava, em carne e osso.

Quando seus olhos se abriram novamente, ele disse:

— Venha comigo.

Assenti. Ele me tomou nos braços e me segurou bem perto do peito enquanto me carregava até o elevador. Quando as portas se fecharam, tudo o que conseguia ver e sentir e cheirar era Cromwell. Não tirei os olhos dos dele. Ele parecia diferente, de certa forma. Seus ombros estavam relaxados, e havia um brilho em seus olhos que eu nunca tinha visto antes. Como se tivessem sido preenchidos com vida.

Quando o olhar dele se fixou em mim, eu não consegui ver nada além de amor.

As portas se abriram, e um ar fresco soprou ao nosso redor. Cromwell não me colocou no chão; ele me manteve em seus braços fortes e me levou até o que vi ser um terraço. Um manto de estrelas olhava para nós, não havia uma nuvem sequer no céu.

— Cromwell... — murmurei, sentindo-me conquistada pela vista. Por tudo naquela noite. Pela música, as batidas do coração, a sinfonia... e por ele.

Sempre ele.

Cromwell se sentou em um sofá no meio de um pequeno jardim no terraço. Água corria ao nosso redor, parecendo um rio tranquilo. Flores de inverno com vermelhos e verdes em vasos decorativos nos cercavam. Era como um vislumbre do paraíso. E, quando Cromwell me deu um abraço apertado, senti-me como se estivesse voltando para casa.

O terraço estava em silêncio. Apenas se ouviam os sons da rua abaixo, a distância. Pisquei, olhando para as estrelas, e me perguntei se Easton estava lá, ainda conectado de alguma forma ao coração dele... a mim.

— É bonito aqui em cima — eu disse, e finalmente me virei para Cromwell.

Cromwell já estava me observando. Ele olhava para mim como se eu fosse um presente que ele não conseguia acreditar que tinha ganhado. Meu peito inflou, preenchido por um amor por ele maior que no minuto anterior. Não sabia que aquilo era possível.

— Você veio — ele sussurrou, e senti meu pulso acelerar.

— Eu vim.

Cromwell se inclinou e pressionou os lábios contra os meus. O beijo foi lento e gentil e trazia uma promessa simples: a de que não seria nosso último. Quando ele se afastou, deixei a testa encostar na dele. Respirei seu perfume e deixei que entrasse em meu corpo em paz. Senti meu lábio tremer, mas abri caminho em meio àquela onda de emoção para dizer:

— Eu quero viver.

Cromwell ficou tenso. Ele se afastou e colocou as mãos em meu rosto.

— Estive pensando sobre as coisas. Tive bastante tempo para pensar sobre as coisas. — Olhei para as estrelas. Enquanto contemplava o céu tão vasto, eu me senti muito pequena. Um simples ponto na tapeçaria que era o mundo. Engoli o nó que se formou na minha garganta. — A vida é tão curta, não é?

Voltei a olhar para Cromwell. Seus olhos azuis estavam arregalados enquanto ele esperava pacientemente pelo que eu teria a dizer.

— Não tinha nada para fazer a não ser pensar na vida, Cromwell. Em cada faceta dela. O bom. — Beijei a testa dele. — O ruim. — O momento em que soube da morte de Easton foi reprisado em minha mente. — E tudo o que está entre os dois. — Recostei no peito musculoso de Cromwell. A camisa dele estava aberta em cima, exibindo suas tatuagens escuras. Estiquei a mão para brincar com um dos botões. — E decidi que quero viver.

Cromwell me abraçou mais apertado. Olhei para seus olhos azuis, olhos que um dia achei serem turbulentos, mas agora pareciam serenos.

— Não quero que a vida passe por mim.

De repente, uma imagem me veio à cabeça. De mim e Cromwell. Nós dois viajando pelo mundo... De nós dois, um dia, talvez tendo uma criança de cabelos escuros e olhos azuis. Igual a ele.

— Quero aproveitar tudo o que puder enquanto ainda posso. Novos lugares, novos sons... tudo. Com você.

— Bonnie — Cromwell disse, com a voz rouca.

Segurei a mão dele e a levantei para ver o número de identificação tatuado em seus dedos. O que eu agora sabia ser um tributo a seu pai.

— Perder pessoas que você ama pode fazer o mundo parecer bastante sombrio. Mas percebi que, embora elas nos deixem fisicamente, nunca nos abandonam de verdade. — Balancei a cabeça. Sabia que estava falando coisas desconexas. Olhei nos olhos de Cromwell. — Eu te amo, Cromwell Dean. E quero amar a vida com você nela. Não importa aonde isso vá nos levar, contanto que signifique alguma coisa. Contanto que nossa vida tenha um propósito para aqueles que não puderam seguir conosco no caminho.

O olhar de Cromwell resplandeceu quando beijei o número em sua mão.

— E enquanto houver você, e houver música, sei que será uma vida *vivida*, não importa se longa ou curta.

— Longa — Cromwell disse, com a voz áspera. — Você vai viver uma vida longa. O coração de Easton vai continuar forte. — Cromwell abaixou a cabeça e beijou o lugar onde estava meu novo coração. Ele batia como se fosse as asas de uma borboleta.

Cromwell me beijou de novo, e olhei de volta para as estrelas, contente apenas por existir. Aquele garoto, que me segurava entre seus braços, era meu sonho realizado. O garoto que havia ficado ao meu lado durante as mais duras provações de minha vida. E o garoto que, quando desabei, trouxe-me de volta para mim, trouxe-me de volta para ele.

Por meio da música.

Por meio do amor.

E por meio das cores de sua alma.

Ele era, e sempre seria, a batida do meu coração.

Simplificando, ele era meu mundo inteiro. Um mundo em que eu pretendia ficar. Prometi fazê-lo. Nunca deixar meu coração desistir. Porque eu queria uma vida com aquele garoto. Queria amar e viver e rir.

Estava determinada. E o meu coração ecoava aquele desejo.

♪♪ EPÍLOGO
Cromwell

Cinco anos depois...

Estava sentado no banco com o sol me iluminando. Fechei os olhos e levantei a cabeça. O calor se espalhou por meu rosto, e ouvi amarelo-mostarda e bronze. Pássaros cantando e folhas farfalhando.

E então elas vieram, as notas que sempre se infiltraram em minha mente com o maior brilho. Cores explodindo em padrões complexos. Abri os olhos e as digitei com pressa no notebook.

— Easton! — Um violeta explodiu em minha cabeça quando a voz de Bonnie foi trazida pelo vento. Levantei a cabeça e vi cor-de-rosa com a risada de Bonnie na sequência. Bonnie chegou correndo ao redor da árvore, com as bochechas enrubescidas. Ela tropeçou, e uma risadinha amarela surgiu detrás dela.

Sorri quando nosso filho, Easton, pulou de trás da árvore e agarrou as pernas dela. Bonnie se virou e o acolheu em um abraço. Ela o jogou para o alto, e a risadinha dele mudou de um amarelo-pálido para um tom brilhante o bastante para rivalizar com o sol.

Bonnie e eu tínhamos um filho. Eu ainda não conseguia acreditar nisso. Casamos logo ao sair da faculdade, e Bonnie viajou pelo mundo comigo para todos os lugares em que toquei. Depois do concerto, nunca mais nos separamos. Nem por uma noite sequer. Eu nunca a deixaria.

Devido ao coração dela, nunca tivemos um tempo garantido. Mas chegamos longe assim. E o coração dela estava forte. Eu sabia, no fundo da alma, que Bonnie teria uma vida longa. E quando um milagre aconteceu e o bebê Easton nasceu, soube que ela nunca nos deixaria para trás.

Farraday desafiaria as probabilidades.

Porque era isso. Esta era a vida que ela desejava. Seu sonho. Ser esposa e mãe. E era perfeita em ambos os papéis. Meu coração se derreteu quando Bonnie começou a cantar. O violeta dançava por minha mente. Não conseguia tirar os olhos dela enquanto cantava para nosso garoto, e ele olhava para ela como se ela fosse seu mundo inteiro.

E era. Para nós dois.

Violeta, branco e cor-de-rosa compunham uma canção de ninar em minha cabeça. Quando ela terminou, Easton se virou para mim, com um enorme sorriso, mostrando as covinhas, e disse:

— Papai! A mamãe canta azul como o céu.

Meu coração se encheu enquanto Bonnie sorria e beijava a bochecha dele. Porque Easton era igual a mim, tanto na aparência quanto na alma. Ele também era igual ao avô Lewis, que ele amava mais do que conseguia expressar. Bonnie pôs Easton no chão e ele correu para mim. Eu o abracei e beijei sua bochecha gordinha. Easton riu, e o som era o mais vívido dos amarelos.

Easton sentou no meu colo. Bonnie passou pelo túmulo de seu irmão e correu os dedos pela lápide. Íamos ali com frequência, Bonnie era incapaz de ficar muito tempo longe do irmão. Mesmo na morte, eram amarrados um ao outro. O coração compartilhado ainda batia com força.

E como ela havia dito a ele uma vez – estava determinada a viver uma vida pelos dois. E é o que fazia. A cada respiração, ela vivia. Ela estava feliz. E, por causa dela, eu também.

Bonnie se juntou a nós e se aconchegou ao meu lado. Eu a envolvi com o braço, e ela fechou os olhos.

— Cantarole para mim o que compôs.

E eu o fiz. Sempre fazia tudo o que ela pedia. Aprendi que a vida era curta demais para lhe negar qualquer coisa. Cantarolei as cores que tinham vindo à minha mente enquanto estava naquele banco, com minha esposa e meu filho escutando. E não conseguia imaginar uma vida mais perfeita que aquela. Compunha todos os dias, fazia uma música que vivia em meu coração, vivendo a vida que nasci para viver. Tinha meu filho, que me mostrava como amar mais do que poderia ter imaginado.

E tinha minha Bonnie. A minha garota que ainda inspirava a música que saía do meu coração. A garota que estava sempre ao meu lado. A garota que era a pessoa mais valente que já conheci.

A mais bonita.

A mais perfeita.

E a garota que, com um único sorriso, ainda iluminava completamente meu mundo.

Eu sabia que, onde quer que estivessem, tanto meu pai quanto Easton estariam nos vendo, sorrindo. Orgulhosos das pessoas que havíamos nos tornado. Felizes com a paz que encontramos. E contentes por saber que nunca desperdiçaríamos um instante sequer.

Com aquele pensamento reconfortante, uma brisa morna soprou sobre nós, trazendo com ela um manto de paz. Um pássaro cantava sua canção lá no alto, presenteando meus olhos com lampejos prateados. Então, uma pomba branca pousou na lápide de Easton. E olhou diretamente para nós...

... e eu sorri.

Leia o primeiro capítulo de
Mil beijos de garoto.

Prólogo

RUNE

Houve exatamente quatro momentos que definiram minha vida.

Este foi o primeiro.

$$* * *$$

Blossom Grove, Geórgia
Estados Unidos da América
Há doze anos
Aos cinco anos de idade

— Jeg vil dra! Nå! Jeg vil reise hjem igjen! — *eu gritei o mais alto que pude, dizendo para a minha* mamma *que eu queria ir embora naquela hora! Eu queria voltar para casa!*

— Não vamos voltar para casa, Rune. E não vamos embora. Nossa casa agora é aqui — *ela respondeu em inglês. Ela se agachou e me olhou bem nos olhos.* — Rune — *disse, suavemente —, eu sei que você não queria ir embora de Oslo, mas seu* pappa *conseguiu um emprego novo aqui na Geórgia.*

Ela passou a mão no meu braço, mas eu não me sentia melhor. Eu não queria estar neste lugar, nos Estados Unidos.

Eu queria ir embora para casa.

— Slutt å snakke engelsk! — *reagi.*

Eu odiava falar inglês. Desde que tínhamos saído da Noruega e chegado à América, mamma *e* pappa *só falavam comigo em inglês. Eles diziam que eu tinha que praticar.*

Eu não queria!

Minha mamma ficou em pé e levantou uma caixa do chão.

— Nós estamos na América, Rune. Eles falam inglês aqui. Você fala inglês há tanto tempo quanto fala norueguês. Está na hora de usá-lo.

Fiquei onde estava, olhando minha mamma enquanto ela passava por mim e entrava na casa. Espiei, ao redor, a pequena rua onde a gente ia morar. Havia oito casas. Eram todas grandes, mas cada uma tinha uma aparência diferente. A nossa era pintada de vermelho, com janelas brancas e uma varanda enorme. Meu quarto era grande e ficava no térreo. Achei mesmo que era, tipo, legal. Um pouco, pelo menos. Eu nunca tinha dormido no térreo antes. Em Oslo, meu quarto ficava no segundo andar.

Prestei atenção nas outras casas. Todas tinham cores brilhantes: azul-claro, amarelo, rosa... Então olhei para a que ficava ao lado. Bem ao lado – dividíamos um pedaço de grama. As duas casas eram grandes, e os jardins também, mas não havia cerca ou muro entre eles. Se eu quisesse, poderia correr para o jardim vizinho; não havia nada para impedir.

A casa era de um branco brilhante, com uma varanda ao redor. Ela tinha cadeiras de balanço e uma grande cadeira suspensa na frente. As beiradas das janelas estavam pintadas de preto, e tinha uma em frente à do meu quarto. Bem na frente! Eu não gostei daquilo. Não gostei que pudesse ver dentro do quarto deles, e eles, do meu.

Vi uma pedra no chão. Eu a chutei, observando-a rolar para a rua. E me virei para seguir minha mamma, mas então ouvi um barulho. Vinha da casa vizinha. Olhei para a porta da frente deles, mas ninguém saiu. Eu estava subindo os degraus da minha varanda quando notei um movimento ao lado da casa – na janela do quarto da casa ao lado, aquela em frente à minha.

As minhas mãos congelaram no corrimão e fiquei olhando enquanto uma garota, usando um vestido azul brilhante, se pendurava na janela. Ela pulou para a grama e limpou as mãos nas coxas. Eu franzi o cenho, com as sobrancelhas para baixo, enquanto a esperava levantar a cabeça. Ela tinha cabelos castanhos, amontoados na cabeça feito um ninho. Usava um grande laço branco na lateral da cabeça.

Quando ela olhou para cima, deu de cara comigo. E então sorriu. Ela me deu um sorriso tão grande. Acenou rápido e aí correu e parou na minha frente.

Ela estendeu a mão e disse:

— Oi, meu nome é Poppy Litchfield, eu tenho cinco anos e moro na casa ao lado.

Encarei a garota. Ela tinha um sotaque engraçado. Fazia as palavras em inglês soarem diferente do modo como aprendi na Noruega. A garota – Poppy – tinha uma mancha de lama no rosto e galochas amarelas nos pés. Cada uma delas tinha um grande balão vermelho do lado.

Ela parecia esquisita.

Subi o olhar de seus pés e reparei na sua mão. Ainda estava estendida. Eu não sabia o que fazer. Eu não sabia o que ela queria.

Poppy suspirou. Balançando a cabeça, ela pegou minha mão e a apertou. Sacudiu-a para cima e para baixo duas vezes e disse:

— Um aperto de mãos. Minha vovó sempre diz que é totalmente certo apertar a mão das pessoas que você conhece. — Ela apontou para nossas mãos. — Isso é um aperto de mãos. E isso foi educado, porque eu não conheço você.

Eu não disse nada; por alguma razão, minha voz não saía. Quando olhei para baixo, percebi que era porque nossas mãos ainda estavam juntas.

Ela também tinha lama nas mãos. Na verdade, ela tinha lama em todo lugar.

— Qual o seu nome? — perguntou Poppy.

Sua cabeça estava inclinada para o lado. Um pequeno graveto estava preso em seu cabelo.

— Ei — ela disse, puxando nossas mãos —, perguntei seu nome.

Limpei a garganta.

— Meu nome é Rune. Rune Erik Kristiansen.

Poppy torceu o rosto, os lábios rosados sobressaindo de um jeito todo estranho.

— Você fala esquisito — disparou.

Puxei minha mão.

— Nei det gjør jeg ikke! — reagi.

Seu rosto se contorceu ainda mais.

— O que você disse? — perguntou Poppy, enquanto eu me virava para entrar em casa. Não queria mais falar com ela.

Com raiva, eu me virei:

— Eu disse: "Não, eu não falo esquisito!". Eu estava falando norueguês! — respondi, dessa vez em inglês. Os olhos verdes de Poppy ficaram enormes.

Ela chegou mais perto, e ainda mais perto, e então perguntou:

— Norueguês? Como os vikings? Minha vovó leu para mim um livro sobre os vikings. Dizia que eles eram da Noruega. — Seus olhos estavam ainda maiores. — Rune, você é um viking? — A voz tinha ficado esganiçada.

Aquilo fez com que eu me sentisse bem. Estufei o peito. Meu *pappa* sempre dizia que eu era um viking, como todos os homens da família. Éramos vikings grandes e fortes.

— Ja — eu disse. — Somos vikings de verdade, da Noruega.

Um grande sorriso se abriu no rosto de Poppy, e um risinho alto de garota saiu de sua boca. Ela levantou a mão e puxou meu cabelo.

— É por isso que você tem cabelo loiro comprido e olhos azuis tão claros e brilhantes. Porque você é um viking. Num primeiro momento, pensei que você fosse uma menina...

— Eu não sou menina! — interrompi, mas Poppy não pareceu se importar. Passei a mão no meu cabelo. Ele chegava ao ombro. Todos os meninos em Oslo tinham o cabelo assim.

— ... mas agora percebi que é porque você é um viking da vida real. Como o Thor. Ele também tinha cabelo loiro comprido e olhos azuis! Você é igualzinho ao Thor!

— Ja — concordei. — Thor serve. E ele é o mais forte de todos os deuses.

Poppy concordou com a cabeça e então colocou as mãos nos meus ombros. Seu rosto havia ficado sério, e a voz era um sussurro.

— Rune, não conte para ninguém, mas eu saio em aventuras.

Eu torci a cara. Não entendi. Poppy chegou mais perto e me olhou nos olhos. Apertou meus braços. Inclinou a cabeça. Olhou para os lados e então se curvou para falar.

— Normalmente não levo ninguém comigo às jornadas, mas você é um viking, e todo mundo sabe que os vikings ficam altos e fortes e que eles são muito bons em aventuras e explorações, em longas caminhadas, em pegar bandidos e... em todo tipo de coisa!

Eu ainda estava confuso, mas Poppy se afastou e estendeu a mão de novo.

— Rune — ela disse, com a voz séria e forte —, você mora na casa ao lado, é um viking e eu amo vikings. Acho que devemos ser melhores amigos.

— Melhores amigos? — perguntei.

Poppy assentiu com a cabeça e espichou a mão ainda mais para o meu lado. Levantei a minha, lentamente, apertei a mão dela e a chacoalhei duas vezes, como ela havia me mostrado.

Um aperto de mão.

— Então agora somos melhores amigos? — perguntei, quando Poppy puxou a mão de volta.

— Somos! — disse ela, empolgada. — Poppy e Rune.

Ela encostou o dedo no queixo e olhou para cima. Seus lábios se projetaram de novo, como se estivesse pensando em algo difícil.

— Fica legal, não fica? Poppy e Rune, melhores amigos até o infinito!

Fiz que sim com a cabeça porque realmente soava legal. Poppy colocou a mão na minha.

— Me mostra seu quarto! Eu quero te falar sobre a nossa próxima aventura.

Ela começou a me puxar, e entramos correndo na casa.

Quando chegamos ao meu quarto, Poppy correu direto para a janela.

— Este é o quarto bem em frente ao meu!

Eu concordei com a cabeça, e ela deu um gritinho, correndo para pegar minha mão de novo.

— Rune! — ela disse, empolgada —, nós podemos conversar de noite e fazer walkie-talkies com latas e barbante. Podemos cochichar nossos segredos um para o outro quando todo mundo estiver dormindo, e podemos planejar, e brincar, e...

Poppy continuou falando, mas eu não liguei. Eu gostava do som de sua voz. Eu gostava do seu riso e do grande laço branco em seu cabelo.

Talvez a Geórgia não seja tão ruim, pensei, não se eu tiver Poppy Litchfield como minha melhor amiga.

* * *

E então éramos Poppy e eu desde aquele dia.

Poppy e Rune.

Melhores amigos até o infinito.

Era o que eu pensava.

Engraçado como as coisas mudam.

**Acreditamos
nos livros**

Este livro foi composto em Dante MT Std
e impresso pela Gráfica Santa Marta para a
Editora Planeta do Brasil em julho de 2019.